La Grèce ancienne

1. Du mythe à la raison

Jean-Pierre Vernant
Pierre Vidal-Naquet

La Grèce ancienne

1. Du mythe à la raison

Éditions Points

ISBN 978-2-7578-2588-4
(ISBN 2-02-012411-4, 1re publication)

AVERTISSEMENT DE L'ÉDITEUR

Dans cette série d'ouvrages consacrés à la *Grèce ancienne*, nous proposons au lecteur un regroupement thématique des textes classiques de Jean-Pierre Vernant et de Pierre Vidal-Naquet.

Le présent volume opère une coupe transversale à travers l'ouvrage de Jean-Pierre Vernant, *Mythe et Pensée chez les Grecs* (Paris, Maspero, 1965, 1971, et La Découverte, 1985), et celui de Pierre Vidal-Naquet, *Le Chasseur noir* (Paris, Maspero, 1981, et La Découverte, 1983). On a adjoint à cet ensemble trois articles que Jean-Pierre Vernant a publiés dans le *Dictionnaire des mythologies*, sous la direction d'Yves Bonnefoy (Paris, Flammarion, 1981).

Une note, placée en ouverture de chacun de ces textes, en précise l'origine et l'historique.

Prochains volumes à paraître :

2. *L'Espace et le Temps.*
3. *Rites de passage et Transgressions.*

Présentation

« Du mythe à la raison », tel était déjà le titre qu'il y a trente-cinq ans j'avais donné à une étude consacrée à la formation de la pensée positive dans la Grèce archaïque et qui figure dans le présent volume. La formule n'était pas sans inconvénient. Elle pouvait laisser croire qu'avait existé en Grèce une réalité bien définie, le mythe, d'où on serait passé à une autre, toute différente, la raison. Certes, j'avais pris soin de préciser que les Grecs n'avaient pas inventé *la* raison mais *une* raison. Encore qu'indéfini ce singulier n'allait pas sans faire problème. Dès lors qu'est dissipée l'illusion d'une Raison immuable et universelle, régentant comme du haut du ciel les progrès du savoir humain, force est d'admettre que se sont succédé au cours du temps et qu'ont pu coexister au sein d'une même civilisation des formes multiples de rationalité répondant aux stratégies diverses que les hommes ont déployées pour explorer les différents domaines du réel, physique et social, pour les maîtriser par la pensée en y repérant un ordre intelligible. En Grèce même, à côté de la démarche des philosophes dont j'étudiais les premiers pas chez les « physiciens » de l'école de Milet, au VIe siècle avant notre ère, il faut faire une place à l'enquête des historiens, à la compétence des médecins, à la science démonstrative des géomètres, aux constructions théoriques de l'astronomie et de l'optique. Si ces disciplines s'inscrivent toutes dans un même champ d'*épistémè*, avec ses lignes de force et ses limites — ce que nous avons appelé l'univers spirituel de la *polis* —, elles n'obéissent pourtant pas exactement aux mêmes normes, n'utilisent pas des procédures de raisonnement identiques ni ne ménagent une place égale aux techniques de recherche empiriques.

Raisons plurielles, donc. Et le mythe qui, à l'autre pôle
de notre binôme, occupait la case départ ? Comme le premier, ce second terme demande une mise au point. Je
l'avais utilisé en lui donnant le sens qui lui est généralement reconnu par les sciences religieuses : traditions légendaires concernant l'origine de toute chose, les temps
primordiaux, les puissances divines. Mais la double enquête
menée, d'un côté par les hellénistes sur l'histoire du mot
muthos dans la culture antique, de l'autre par les anthropologues sur les difficultés d'application de cette notion,
héritée des Grecs, aux sociétés de tradition orale, nous met
en garde contre la tentation d'ériger le mythe en une sorte
de réalité mentale inscrite dans la nature humaine et qu'on
retrouverait à l'œuvre partout et toujours, soit avant les
opérations proprement rationnelles, soit à côté d'elles ou
à leur arrière-plan.

Les hellénistes ont des motifs supplémentaires d'être pru-
dents et de distinguer dans la pensée mythique des formes
et des niveaux divers. Pour reprendre ce que j'ai eu l'occasion d'écrire ailleurs, je rappellerai que si le mot mythe
nous vient des Grecs il n'avait pas pour ceux qui
l'employaient aux temps archaïques le sens que nous lui
donnons aujourd'hui. *Muthos* veut dire « parole, propos,
récit ». Il ne s'oppose pas, tout d'abord, à *logos*, dont le
sens premier est également « parole, discours » avant de
désigner l'explication et la raison. C'est seulement à partir
du Vᵉ siècle, dans le cadre surtout de l'exposé philosophique ou de l'enquête historique, que *muthos*, en contraste
avec *logos*, pourra se charger d'une nuance dépréciative et
désigner une assertion vaine, dénuée de fondement faute
de s'appuyer sur une démonstration rigoureuse ou sur un
témoignage incontestable. Mais même dans ce cas, *muthos*,
disqualifié du point de vue de la vérité, ne s'applique pas
à une catégorie précise de récits sacrés, concernant les dieux
ou les héros. Multiforme comme Protée, il se rapporte à
des réalités d'ordre très divers : théogonies et cosmogonies,
bien sûr, mais aussi fables de toutes sortes, généalogies,
contes de nourrices, proverbes, moralités, énigmes et devi-
nettes, sentences traditionnelles ; bref, tous les on-dit qui
se transmettent comme spontanément de bouche à oreille.
Le *muthos* se présente donc, dans le contexte grec, non

comme une forme particulière de pensée ni comme un type spécifique de récit mettant en scène des puissances sacrées et suscitant, par son caractère religieux, une croyance obligatoire, mais comme l'ensemble de ce que véhicule et diffuse, par communication orale, cette puissance sans visage, anonyme, insaisissable que Platon nomme *Phémé*, la Rumeur[1].

Or, précisément, cette rumeur dont est faite le *muthos*, nous ne pouvons, s'agissant de la Grèce ancienne, la saisir. Dans les civilisations traditionnelles qui ont conservé jusqu'à aujourd'hui leur caractère oral, les ethnologues peuvent se mettre, sur le terrain, à l'écoute des récits de toutes sortes qui forment, par leur reprise de génération en génération, la trame du savoir commun aux membres du groupe. Mais, pour l'Antiquité classique, nous ne possédons que des textes écrits. Nos mythes ne nous parviennent pas vivants à travers les paroles sans cesse répétées et modifiées par la Rumeur ; ils sont définitivement fixés dans les œuvres des poètes épiques, gnomiques, lyriques, tragiques qui les utilisent en fonction de leurs exigences esthétiques et leur confèrent ainsi une dimension littéraire.

Aussi la tâche de l'historien n'est-elle pas de dresser l'un en face de l'autre comme deux adversaires bien distincts, avec chacun ses armes propres, le mythe et la raison. Il lui faut comparer, par une analyse précise des textes, comment « fonctionne » différemment le discours théologique d'un poète comme Hésiode par rapport aux écrits de philosophes et d'historiens, repérer les divergences dans les modes de composition, l'organisation et le développement du récit, le vocabulaire et l'outillage conceptuel, les logiques de la narration, suivre aussi le jeu à la fois ironique et sérieux qui permet à un philosophe comme Platon d'utiliser lui-même la fable, sinon dans la recherche du vrai, du moins dans l'exposé du vraisemblable.

C'est bien de cette façon que, de la *Théogonie* d'Hésiode au *Timée* et au *Politique* de Platon, par des voies multiples, avec parfois des retours en arrière pour explorer des territoires dont les frontières peuvent être indécises et flot-

1. Cf. Marcel Detienne, *L'Invention de la mythologie*, Paris, 1981.

tantes, nous avons, Pierre Vidal-Naquet et moi, dans ce livre, cheminé côte à côte du mythe à la raison.

J.-P. V.

Nous remercions très chaleureusement Nicole Sels, qui a assumé la tâche difficile d'unifier la présentation de ces textes et d'en revoir l'ensemble.

1

Le mythe hésiodique des races
Essai d'analyse structurale [1]

Jean-Pierre Vernant

Le poème d'Hésiode, *Les Travaux et les Jours*, s'ouvre sur deux récits mythiques. Après avoir évoqué en quelques mots l'existence d'une double Lutte (Éris), Hésiode raconte l'histoire de Prométhée et de Pandora ; il la fait suivre aussitôt d'un autre récit qui vient, dit-il, « couronner » le premier : le mythe des races. Les deux mythes sont liés. Ils évoquent l'un et l'autre un ancien temps où les hommes vivaient à l'abri des souffrances, des maladies et de la mort ; chacun rend compte à sa façon des maux qui sont devenus, par la suite, inséparables de la condition humaine. Le mythe de Prométhée comporte une morale si claire qu'il n'est pas besoin pour Hésiode de la développer ; il suffit de laisser parler le récit : par le vouloir de Zeus qui, pour venger le vol du feu, a caché à l'homme sa vie, c'est-à-dire la nourriture, les humains sont voués désormais au labeur ; il leur faut accepter cette dure loi divine et ne pas ménager leur effort ni leur peine. Du mythe des races, Hésiode tire une leçon qu'il adresse plus spécialement à son frère Persès, un pauvre diable, mais qui vaut aussi bien pour les grands de la terre, pour ceux dont la fonction est de régler par l'arbitrage les querelles, pour les rois. Cette leçon, Hésiode la résume dans la formule : écoute la justice, *dikè*, ne laisse pas grandir la déme-

---

1. In *Revue de l'histoire des religions*, 1960, p. 21-54 ; repris dans *Mythe et Pensée chez les Grecs*, nouvelle éd., Paris, 1985, p. 19-47.

sure, *hubris*[2]. Mais, à vrai dire, on voit mal, si l'on s'en tient à l'interprétation courante du mythe, en quoi il peut comporter un enseignement de ce genre.

L'histoire raconte, en effet, la succession des diverses races d'hommes qui, nous précédant sur la terre, ont tour à tour apparu, puis disparu. En quoi un tel récit est-il susceptible d'exhorter à la justice ? Toutes les races, les meilleures comme les pires, ont dû également, le jour venu, quitter la lumière du soleil. Et parmi celles que les hommes honorent d'un culte depuis que la terre les a recouvertes, il en est qui s'étaient ici-bas illustrées par une épouvantable *hubris*[3]. Par surcroît, les races semblent se succéder suivant un ordre de déchéance progressive et régulière. Elles s'apparentent, en effet, à des métaux dont elles portent le nom et dont la hiérarchie s'ordonne du plus précieux au moins précieux, du supérieur à l'inférieur : en premier lieu l'or, puis l'argent, le bronze ensuite, enfin le fer. Le mythe paraît ainsi vouloir opposer à un monde divin, où l'ordre est immuablement fixé depuis la victoire de Zeus, un monde humain dans lequel le désordre peu à peu s'installe et qui doit finir par basculer tout entier du côté de l'injustice, du malheur et de la mort[4]. Mais ce tableau d'une humanité vouée à une déchéance fatale et irréversible ne semble guère susceptible de convaincre Persès ni les rois des vertus de la *dikè* et des dangers de l'*hubris*.

Cette première difficulté, concernant les rapports entre le mythe, tel qu'il nous apparaît, et la signification qu'Hésiode lui prête en son poème, se double d'une seconde qui touche à la structure du mythe lui-même. Aux races d'or, d'argent, de bronze et de fer, Hésiode en ajoute une cinquième, celle des héros, qui n'a plus de correspondant métallique. Intercalée entre les générations du bronze et du fer, elle détruit le parallélisme entre races et métaux ; en outre, elle interrompt le mouvement de décadence continu, symbolisé par une

2. *Les Travaux et les Jours*, 213. Sur la place et la signification des deux mythes dans l'ensemble du poème, cf. Paul Mazon, « Hésiode : La composition des *Travaux et les Jours* », *Revue des études anciennes*, *14*, 1912, p. 328-357.
3. Tel est le cas de la race d'argent ; cf. vers 143.
4. Cf. René Schaerer, *L'Homme antique et la Structure du monde intérieur d'Homère à Socrate*, Paris, 1958, p. 77-80.

échelle métallique à valeur régulièrement décroissante : le mythe précise, en effet, que la race des héros est supérieure à celle de bronze, qui l'a précédée[5].

Constatant cette anomalie, E. Rohde notait qu'Hésiode devait avoir des motifs puissants pour introduire dans l'architecture du récit un élément manifestement étranger au mythe originel et dont l'intrusion semble en briser le schéma logique[6]. Il observait que ce qui intéresse essentiellement Hésiode dans le cas des héros, ce n'est pas leur existence terrestre, mais leur destinée posthume. Pour chacune des autres races déjà, Hésiode indique, d'une part, ce qu'a été sa vie ici-bas ; d'autre part, ce qu'elle est devenue une fois quittée la lumière du soleil. Le mythe répondrait ainsi à une double préoccupation : d'abord exposer la dégradation morale croissante de l'humanité ; ensuite faire connaître le destin, au-delà de la mort, des générations successives. La présence des héros au côté des autres races, si elle est déplacée par rapport au premier objectif, se justifie pleinement du point de vue du second. Dans le cas des héros, l'intention accessoire serait devenue la principale.

Partant de ces remarques, V. Goldschmidt propose une explication qui va plus loin[7]. Le destin des races métalliques, après leur disparition de la vie terrestre, consiste, suivant cet auteur, en une « promotion » au rang des puissances divines. Les hommes d'or et d'argent deviennent, après leur mort, des démons, *daimones ;* ceux de bronze forment le peuple des morts dans l'Hadès. Seuls les héros n'ont pas à bénéficier d'une transformation qui ne pourrait leur apporter que ce qu'ils possèdent déjà : héros ils sont, héros ils restent. Mais leur insertion dans le récit s'explique si l'on observe que leur présence est indispensable pour compléter le tableau des êtres divins qui distingue, conformément à la classification traditionnelle, à côté des *theoi*, dieux proprement dits, dont il n'est pas question dans le récit, les catégories suivantes : les démons, les héros, les morts[8]. Hésiode aurait donc élaboré

5. *Travaux*, 158.

6. Erwin Rohde, *Psyché*, Fribourg, 1894 ; trad. fr. par A. Reymond, Paris, 1953, p. 75-89.

7. Victor Golsdchmidt, « Theologia », *Revue des études grecques*, 63, 1950, p. 33-39, repris in *Questions platoniciennes*, Paris, 1970, p. 141-159.

8. Sur cette classification, cf. A. Delatte, *Études sur la littérature pythagoricienne*, Paris, 1915, p. 48 ; V. Goldschmidt, *loc. cit.*, p. 30.

son récit mythique en unifiant, en adaptant l'une à l'autre
deux traditions diverses, sans doute indépendantes à l'origine : d'une part, un mythe généalogique des races, en rapport avec un symbolisme des métaux et qui racontait le déclin
moral de l'humanité ; d'autre part, une division structurale
du monde divin dont il s'agissait, en remaniant le schéma
mythique primitif pour ménager une place aux héros, de fournir l'explication. Le mythe des âges nous offrirait alors
l'exemple le plus ancien d'une conciliation entre le point de
vue de la genèse et celui de la structure, d'une tentative de
faire correspondre terme à terme les stades d'une série temporelle et les éléments d'une structure permanente [9].

L'interprétation de V. Goldschmidt a le grand mérite de
mettre l'accent sur l'unité et sur la cohérence interne du mythe
hésiodique des races. Que dans sa forme première le récit n'ait
pas comporté la race des héros, on en conviendra volontiers [10]. Mais Hésiode a repensé le thème mythique dans son
ensemble en fonction de ses préoccupations propres. Nous
devons donc prendre le récit tel qu'il se présente dans le
contexte des *Travaux et les Jours*, et nous demander quelle
est, sous cette forme, sa signification.

A cet égard, une remarque préliminaire s'impose. On ne
saurait parler, dans le cas d'Hésiode, d'une antinomie entre
mythe génétique et division structurale. Pour la pensée mythique, toute généalogie est en même temps, et aussi bien, explicitation d'une structure ; et il n'y a pas d'autre façon de
rendre raison d'une structure que de la présenter sous la forme
d'un récit généalogique [11]. Le mythe des âges ne fait, en

9. V. Goldschmidt, *loc. cit.*, p. 87, n. 1.
10. Il est également admis que le mythe comportait primitivement trois
ou quatre races. Cf. cependant les réserves de P. Mazon qui croit à une
création entièrement originale d'Hésiode (*loc. cit.*, p. 839), et de M. P.
Nilsson, *Geschichte der griechischen Religion*, I², Munich, 1955, p. 622.
Le thème d'un âge d'or, celui d'humanités successives détruites par les
dieux paraissent bien d'origine orientale. On verra, sur ce point, la discussion entre M. J. G. Griffiths et H. C. Baldry, *Journal of the History
of Ideas*, 17, 1956, p. 109-119 et 533-554, et 19, 1958, p. 91-93.
11. Dans la *Théogonie*, les générations divines et les mythes cosmogoniques servent à fonder l'organisation du cosmos ; ils expliquent
la séparation des niveaux cosmiques (monde céleste, souterrain, terrestre), la répartition et l'équilibre des divers éléments qui composent
l'univers.

aucune de ses parties, exception à cette règle. Et l'ordre suivant lequel les races se succèdent sur la terre n'est pas à proprement parler chronologique. Comment le serait-il ? Hésiode n'a pas la notion d'un temps unique et homogène dans lequel les diverses races viendraient se fixer à une place définitive. Chaque race possède sa temporalité propre, son âge, qui exprime sa nature particulière et qui, au même titre que son genre de vie, ses activités, ses qualités et ses défauts, définit son statut et l'oppose aux autres races [12]. Si la race d'or est dite « la première », ce n'est pas qu'elle soit apparue, un beau jour, avant les autres, dans un temps linéaire et irréversible. Au contraire, si Hésiode la fait figurer en tête de son récit, c'est parce qu'elle incarne des vertus — symbolisées par l'or — qui occupent le sommet d'une échelle de valeurs intemporelles. La succession des races dans le temps reproduit un ordre hiérarchique permanent de l'univers. Quant à la conception d'une déchéance progressive et continue, que les commentateurs s'accordent à reconnaître dans le mythe [13], elle n'est pas seulement incompatible avec l'épisode des héros (on admettra difficilement qu'Hésiode ne s'en soit pas aperçu) ; elle ne cadre pas davantage avec la notion d'un temps qui n'est pas linéaire, chez Hésiode, mais cyclique. Les âges se succèdent pour former un cycle complet qui, achevé, recommence, soit dans le même ordre, soit plutôt, comme dans le mythe platonicien du *Politique*, dans l'ordre inverse, le temps cosmique se déroulant alternativement dans un sens puis dans l'autre [14]. Hésiode se lamente d'appartenir lui-même à la cinquième et dernière race, celle du fer ; à cette occasion, il exprime le regret de n'être pas mort plus tôt ou *né plus tard* [15], remarque incompréhensible dans la perspective d'un temps humain constamment incliné vers le pire, mais qui s'éclaire si l'on admet que la série des âges compose, comme la suite des saisons, un cycle renouvelable.

---

12. Les âges ne diffèrent pas seulement par une longévité plus ou moins grande ; leur qualité temporelle, le rythme d'écoulement du temps, l'orientation de son flux ne sont pas les mêmes ; cf. *infra*, p. 36 *sq.*

13. Cf. Friedrich Solmsen, *Hesiod and Aeschylus*, New York, 1949, p. 83, n. 27.

14. Platon, *Politique*, 296 c *sq.* Plusieurs traits, dans le mythe du *Politique*, rappellent celui des races ; cf. *infra*, p. 175 *sq.*

15. *Travaux*, 175.

Dans le cadre de ce cycle, la succession des races, en dehors même du cas des héros, ne paraît nullement suivre un ordre de déchéance continu. La troisième race n'est pas « pire » que la seconde et Hésiode ne dit rien de tel [16]. Le texte caractérise les hommes d'argent par leur folle démesure et leur impiété, ceux de bronze par leurs œuvres de démesure [17]. En quoi y a-t-il progrès dans la déchéance ? Il y en a si peu que la race d'argent est la seule dont les fautes excitent le courroux divin et que Zeus anéantit en châtiment de son impiété. Les hommes de bronze meurent, comme les héros, dans les combats de la guerre. Quand Hésiode veut établir une différence de valeur entre deux races, il la formule explicitement et toujours de la même façon : les deux races sont opposées comme la *dikè* à l'*hubris*. Un contraste de ce genre est souligné entre, d'une part, la première et la seconde race ; d'autre part, la troisième et la quatrième. Plus exactement, la première race est à la seconde, du point de vue de la « valeur », ce que la quatrième est à la troisième. Hésiode précise en effet que les hommes d'argent sont « bien inférieurs » à ceux d'or — infériorité qui consiste en une *hubris* dont les premiers sont parfaitement exempts [18] ; il précise encore que les héros sont « plus justes » que les hommes de bronze, voués également à l'*hubris* [19]. Par contre, il n'établit entre la deuxième et la troisième race aucune comparaison de valeur : les hommes de bronze sont dits simplement « tout autres » que les hommes d'argent [20]. Le texte impose donc, quant au rapport entre les quatre premières races, la structure suivante : deux plans différents sont distingués, or et argent d'une part, bronze et héros de l'autre. Chaque plan, divisé en deux aspects antithétiques, l'un positif, l'autre négatif, présente ainsi deux races associées formant la contrepartie nécessaire l'une de l'autre et contrastant respectivement comme la *dikè* et l'*hubris* [21].

16. Contrairement à ce que prétend F. Solmsen, qui écrit : « The third generation [...] has traveled much farther on the road of *hybris* than the second. » Malgré la référence aux vers 143-147, cette affirmation ne repose sur rien.
17. On comparera *Travaux*, 134 *sq.* et 145-146.
18. *Ibid.*, 127.
19. *Ibid.*, 158.
20. *Ibid.*, 144.
21. Ed. meyer a bien aperçu le lien entre races d'or et d'argent d'une

Ce qui distingue entre eux le plan des deux premières races et celui des deux suivantes, c'est, nous le verrons, qu'ils se rapportent à des fonctions différentes, qu'ils représentent des types d'agents humains, des formes d'action, des statuts sociaux et « psychologiques » opposés. Il nous faudra préciser ces divers éléments, mais on peut noter tout de suite une première dissymétrie. Pour le premier plan, c'est *dikè* qui forme la valeur dominante : on commence par elle ; l'*hubris*, secondaire, vient en contrepartie ; pour le second plan, c'est l'inverse : l'aspect *hubris* est le principal. Ainsi, bien que les deux plans comportent également un aspect juste et un aspect injuste, on peut dire que, pris dans leur ensemble, ils s'opposent à leur tour l'un à l'autre comme la *dikè* à l'*hubris*. C'est ce qui explique la différence de destin qui oppose, après la mort, les deux premières races aux deux suivantes. Les hommes d'or et d'argent sont également l'objet d'une promotion au sens propre : d'hommes périssables, ils deviennent des *daimones*. La complémentarité qui les lie en les opposant se marque dans l'au-delà comme dans leur existence terrestre : les premiers forment les démons épichthoniens, les seconds les démons hypochthoniens [22]. Les hommes leur rendent, aux uns comme aux autres, des « honneurs » : honneur royal, *basileion*, en ce qui concerne les premiers, « moindre » en ce qui concerne les seconds, puisque aussi bien ils sont « inférieurs » aux premiers, honneur cependant et qui ne peut se justifier par des vertus ou des mérites qui, dans le cas des hommes d'argent, n'existent pas, mais seulement par leur appartenance au même plan de réalité que les hommes d'or ; par le fait qu'ils représentent, dans son aspect négatif, la même fonction. Tout autre est le destin posthume des races de bronze et des héros. Ni l'une ni l'autre ne connaît, en tant que race, une promotion. On ne peut appeler « promotion » la destinée des hommes de bronze qui est d'une banalité entière : morts à la guerre, ils deviennent, dans l'Hadès, des

---

part, de bronze et des héros de l'autre. Mais il interprète ce lien dans le sens d'une filiation : dans le premier cas dégénérescence, dans le second affinement : cf. « Hesiods Erga und das Gedicht von den fünf Menschengeschlechtern », *Mélanges Carl Robert*, Berlin, 1910, p. 131-165.

22. Cf. 123 et 141 : ἐπιχθόνιοι, ὑποχθόνιοι.

défunts « anonymes [23] ». La majorité de ceux qui forment la race héroïque partage ce sort commun. Seuls, quelques privilégiés de cette race plus juste échappent à l'anonymat ordinaire de la mort et conservent, par la grâce de Zeus qui leur octroie cette faveur particulière, un nom et une existence individuels dans l'au-delà : transportés dans l'île des Bienheureux, ils y poursuivent une vie libre de tout souci [24]. Mais ils ne sont l'objet d'aucune vénération, d'aucun honneur de la part des hommes. Rohde a justement souligné « le complet isolement » de leur séjour dans un monde qui apparaît coupé du nôtre [25]. Contrairement aux *daimones*, les héros disparus sont sans pouvoir sur les vivants et les vivants ne leur rendent aucun culte.

Ces symétries, très fortement marquées, montrent que, dans la version hésiodique du mythe, la race des héros ne constitue pas un élément mal intégré qui fausse l'architecture du récit, mais une pièce essentielle sans laquelle l'équilibre de l'ensemble se trouverait rompu. Par contre, c'est la cinquième race qui semble alors faire problème : elle introduit une dimension nouvelle, un troisième plan de la réalité, qui, contrairement aux précédents, ne se dédoublerait pas en deux aspects antithétiques, mais se présenterait sous la forme d'une race unique. Le texte montre cependant qu'il n'y a pas, en réalité, *un* âge de fer mais deux types d'existence humaine, rigoureusement opposés, dont l'un fait place à la *dikè* et l'autre ne connaît que l'*hubris*. Hésiode vit en effet dans un monde où les hommes naissent jeunes et meurent vieux, où il y a des lois « naturelles » (l'enfant ressemble au père), et « morales » (on doit respecter l'hôte, les parents, le serment), un monde où le bien et le mal, intimement mêlés, s'équilibrent. Il annonce la venue d'une autre vie qui sera en tous

23. *Ibid.*, 154 : νώνυμνοι.
24. La symétrie n'est pas moindre entre la destinée posthume des hommes de bronze et des héros qu'entre celle des hommes d'or et d'argent. Les hommes de bronze disparaissent dans la mort, sans laisser de nom ; les héros poursuivent leur vie dans l'île des Bienheureux, et leurs noms, célébrés par les poètes, survivent à jamais dans la mémoire des hommes. Les premiers s'évanouissent dans la Nuit et l'Oubli ; les seconds appartiennent au domaine de la Lumière et de la Mémoire (cf. Pindare, *Olympiques*, 2, 109 *sq.*).
25. E. Rohde, *op. cit.*, p. 88.

points le contraire de la première[26] : les hommes naîtront vieux avec les tempes blanches, l'enfant n'aura rien de commun avec son père, on ne connaîtra ni amis, ni frères, ni parents, ni serments ; la force seule fera le droit ; dans ce monde livré au désordre et à l'*hubris*, aucun bien ne viendra plus compenser pour l'homme les souffrances. On voit alors comment l'épisode de l'âge de fer, dans ses deux aspects, peut s'articuler sur les thèmes précédents pour compléter la structure d'ensemble du mythe. Alors que le premier niveau concernait plus spécialement l'exercice de la *dikè* (dans les rapports des hommes entre eux et avec les dieux), le deuxième la manifestation de la force, de la violence physiques liées à l'*hubris*, le troisième se réfère à un monde humain ambigu, défini par la coexistence en lui des contraires ; tout bien y a en contrepartie son mal — l'homme implique la femme, la naissance la mort, la jeunesse la vieillesse, l'abondance la peine, le bonheur le malheur. Dikè et Hubris, présentes côte à côte, offrent à l'homme deux options également possibles entre lesquelles il lui faut choisir. A cet univers du mélange, qui est le monde même d'Hésiode, le poète oppose la perspective terrifiante d'une vie humaine où Hubris aurait totalement triomphé, un monde à l'envers où ne subsisteraient que désordre et malheur à l'état pur.

Le cycle des âges, alors, serait bouclé et le temps n'aurait plus qu'à retourner en sens inverse. A l'âge d'or, tout était ordre, justice et félicité : c'était le règne de la pure *dikè*. Au terme du cycle, au vieil âge du fer, tout sera livré au désordre, à la violence et à la mort : ce sera le règne de la pure *hubris*. D'un règne à l'autre la série des âges ne marque pas une déchéance progressive. Au lieu d'une suite temporelle continue, il y a des phases qui alternent selon des rapports d'opposition et de complémentarité. Le temps ne se déroule pas suivant une succession chronologique, mais d'après les relations dialectiques d'un système d'antinomies dont il nous reste à marquer la correspondance avec certaines structures permanentes de la société humaine et du monde divin.

Les hommes de la race d'or apparaissent sans ambiguïté comme des Royaux, des *basilèes* qui ignorent toute forme

---

26. Cf. *Travaux*, 184 : rien ne sera plus tel qu'aux jours passés, ὡς τὸ πάρος περ.

d'activité extérieure au domaine de la souveraineté. Deux traits définissent en effet négativement leur mode de vie : ils ne connaissent pas la guerre et vivent tranquilles, ἥσυχοι[27] — ce qui les oppose aux hommes de bronze et aux héros, voués au combat. Ils ne connaissent pas non plus le labeur, la terre produisant pour eux « spontanément » des biens sans nombre[28] — ce qui les oppose cette fois aux hommes de fer, dont l'existence est vouée au *ponos* et qui sont contraints de travailler la terre pour produire leur nourriture[29].

L'or dont cette race porte le nom est lui-même, comme on l'a montré, symbole royal[30]. Dans la version platonicienne du mythe, il distingue et qualifie, parmi les différentes espèces d'hommes, ceux qui sont faits pour commander, *archein*[31]. La race d'or se situe au temps de Cronos lorsqu'il régnait, ἐμβασίλευεν, dans le ciel[32]. Cronos est un dieu souverain, qui a rapport à la fonction royale : à Olympie, un collège de prêtres, chaque année à l'équinoxe du printemps, lui sacrifiait au sommet du mont Cronos ; ces prêtres s'appelaient les Royaux, *basilai*[33]. Enfin c'est un privilège royal, *basilèion geras*, qui échoit à la race d'or, une fois disparue, et la transforme en démons épichthoniens[34]. L'expression *basilèion geras* acquiert toute sa valeur si l'on observe que ces démons prennent en charge, dans l'au-delà, les deux fonctions qui, suivant la conception magico-religieuse de la royauté, manifestent la vertu bénéfique du bon roi : comme *phulakes*[35], gardiens des hommes, ils veillent à l'observance

---

27. *Ibid.*, 119.
28. *Ibid.*, 118-119 ; on notera l'expression : αὐτομάτη.
29. On rapprochera le tableau de la vie humaine à l'âge de fer, en 176-178, de celui que présente le mythe de Prométhée en 42-48 et 94-105.
30. Cf. F. Daumas, « La valeur de l'or dans la pensée égyptienne », *Revue de l'histoire des religions*, 149, 1956, p. 1-18 ; E. Cassin, « Le pesant d'or », *Rivista degli Studi Orientali*, 32, 1957, p. 8-11. Sur les correspondances entre l'or, le soleil, le roi, cf. Pindare, *Olympiques*, 1, 1 *sq.*
31. Platon, *République*, 413 c *sq.*
32. *Travaux*, 111.
33. Pausanias, VI, 20, 1.
34. *Travaux*, 126.
35. *Ibid.*, 123 ; cf. Callimaque *Hymne à Zeus*, 79-81 : c'est de Zeus que viennent les rois... ; ils sont établis par Zeus « gardiens des villes » ; chez Platon (*République*, 413 c *sq.*), les hommes d'or, faits pour commander, sont appelés *phulakes*. Le terme de gardien, chez cet auteur,

de la justice ; comme *ploutodotai*, dispensateurs de richesses, ils favorisent la fécondité du sol et des troupeaux [36].

Au reste les mêmes expressions, les mêmes formules et les mêmes mots qui définissent les hommes de l'ancienne race d'or s'appliquent aussi bien, chez Hésiode, au roi juste du monde d'aujourd'hui. Les hommes d'or vivent « comme des dieux », ὡς θεοί [37] ; et au début de la *Théogonie*, le roi juste, lorsqu'il s'avance dans l'assemblée, prêt à apaiser les querelles, à faire cesser la démesure par la sage douceur de son verbe, est salué par tous θεὸς ὥς, comme un dieu [38]. Le même tableau de fêtes, de festoiement et de paix, au milieu de l'abondance que dispense généreusement une terre libre de toute souillure, se répète deux fois [39] : la première décrit l'heureuse existence des hommes d'or ; la seconde, la vie dans la cité qui, sous le règne du roi juste et pieux, s'épanouit en prospérités sans fin. Par contre, là où le *basileus* oublie qu'il est « le rejeton de Zeus », et, sans crainte des dieux, trahit la fonction que symbolise son *skeptron* en s'écartant, par *hubris*, des voies droites de la *dikè*, la cité ne connaît que calamités, destruction et famine [40]. C'est que, proches des rois,

---

s'applique tantôt à la catégorie des gouvernants, prise dans son ensemble, tantôt plus spécialement à ceux qui sont chargés de la fonction militaire. Cette spécialisation est compréhensible : les rois sont des *phulakes* en tant qu'ils veillent sur leur peuple au nom de Zeus ; les guerriers accomplissent, au nom du roi, la même fonction.

36. *Travaux*, 126. Les démons épichthoniens, liés à la fonction royale, assument ici un rôle qui appartient normalement à des divinités féminines, comme les Charites. Or ces divinités, dont dépendent la fertilité ou au contraire la stérilité de la terre, sont des puissances ambivalentes. Dans leur aspect blanc, elles se manifestent comme Charites, dans leur aspect noir, comme Érinyes (cf., en dehors même des *Euménides*, Pausanias, VIII, 34, 1 *sq.*). La même ambiguïté se retrouverait dans les rapports entre démons épichthoniens et hypochthoniens. Ils traduiraient les deux aspects, positif et négatif, de l'action du roi sur la fertilité du sol. Les puissances susceptibles de faire s'épanouir ou d'entraver la fécondité se manifestent sur deux plans ; au niveau de la troisième fonction, comme il est normal, sous la forme de divinités féminines ; mais aussi, au niveau de la première fonction, dans la mesure où elle retentit sur la troisième, et sous la forme, cette fois, de démons masculins.

37. *Travaux*, 112.

38. *Théogonie*, 91.

39. *Travaux*, 114 *sq.* ; 225 *sq.*

40. *Ibid.*, 238 *sq.* — Même thème dans *l'Illiade*, XVI, 386. Sur le rap-

se mêlant aux humains, trente mille Immortels invisibles surveillent, au nom de Zeus, la justice et la piété des souverains.
Pas une offense faite par les rois à la *dikè* qui ne soit tôt
ou tard, par leur intermédiaire, punie. Mais comment ne
pas reconnaître dans ces myriades d'Immortels qui sont,
nous dit le poète au vers 252, ἐπὶ χθονί... φύλακες θνητῶν
ἀνθρώπων, les *daimones* de la race d'or définis au vers 122 :
ἐπιχθόνιοι, φύλακες θνητῶν ἀνθρώπων.

Ainsi, la même figure du Bon Souverain se projette tout
à la fois sur trois plans : dans un passé mythique, elle donne
l'image de l'humanité primitive, à l'âge d'or ; dans la société
d'aujourd'hui, elle s'incarne dans le personnage du roi juste
et pieux ; dans le monde surnaturel, elle représente une catégorie de démons surveillant, au nom de Zeus, l'exercice régulier de la fonction royale.

L'argent ne possède pas une valeur symbolique propre. Il
se définit par rapport à l'or : métal précieux, comme l'or, mais
inférieur [41]. De même la race d'argent, inférieure à celle qui
l'a précédée, n'existe et ne se définit que par rapport à elle :
sur le même plan que la race d'or, elle en constitue l'exacte
contrepartie, l'envers. A la souveraineté pieuse s'oppose la souveraineté impie, à la figure du roi respectueux de la *dikè* celle
du roi livré à l'*hubris*. Ce qui perd les hommes d'argent, c'est
en effet « la folle démesure », ὕβριν ἀτάσθαλον, dont ils ne
peuvent s'abstenir entre eux et dans leurs rapports avec les
dieux [42]. Cette *hubris* qui les caractérise ne déborde pas du
plan de la souveraineté. Elle n'a rien à voir avec l'*hubris* guerrière. Les hommes d'argent, comme ceux d'or, restent étrangers aux travaux militaires qui ne les concernent pas plus que
ceux des champs. Leur démesure s'exerce sur un terrain exclusivement religieux et théologique [43].

---

port entre Zeus, le *skeptron* et les rois « qui rendent la justice », cf. *Iliade*,
I, 234 ; IX, 98.

41. Cf. Hipponax, fr. 38 (O. Masson) = 34-35 (Diehl). « Zeus père,
roi des dieux (θεῶν πάλμυ), que ne m'as-tu donné de l'or, roi de l'argent
(ἀργύρου πάλμυν) ? ».

42. *Travaux*, 143.

43. Se référant à un cours de G. Dumézil, à l'École des hautes études, en 1946-1947, Francis Vian écrit dans une note, à propos de la
seconde race hésiodique : « Elle est caractérisée par une démesure et une
impiété envisagées d'un point de vue théologique et non militaire » (*La*

Ils refusent de sacrifier aux dieux olympiens ; et s'ils pratiquent entre eux l'*adikia*, c'est qu'ils ne veulent pas reconnaître la souveraineté de Zeus, maître de la *dikè*. Chez ces Royaux, l'*hubris* prend naturellement la forme de l'impiété. De même, dans le tableau qu'il trace du roi injuste, Hésiode souligne que s'il rend des sentences torses, s'il opprime l'homme, c'est faute de craindre les dieux [44].

Impie, la race d'argent est exterminée par la colère de Zeus ; contrepartie de la race d'or, elle bénéficie après son châtiment d'honneurs analogues. La solidarité fonctionnelle entre les deux races se maintient, au-delà de la mort, par le parallélisme, déjà souligné, entre démons épichthoniens et démons hypochthoniens. Les hommes d'argent présentent, d'autre part, de très frappantes analogies avec une autre catégorie de personnages mythiques, les Titans [45] : même caractère, même fonction, même destin. Les Titans sont des divinités d'*hubris*. Ouranos mutilé leur fait grief de leur folie orgueilleuse, ἀτασθαλίη, et Hésiode lui-même les qualifie d'ὑπερθύμοι [46]. Ces orgueilleux ont pour vocation le pouvoir. Ce sont des candidats à la souveraineté. Ils entrent en compétition avec Zeus pour l'*archè* et la *dunasteia* de l'univers [47]. Ambition naturelle, sinon légitime : les Titans sont des Royaux. Hésychius rapproche Τιτάν de Τίταξ, roi, et de Τιτήνη, reine. En face d'une souveraineté de l'ordre, représentée par Zeus et par les Olympiens, les Titans incarnent la souveraineté du désordre et de l'*hubris*. Vaincus, ils doivent, comme les hommes d'argent, quitter la lumière du jour : précipités loin du ciel, au-delà même de la surface de la terre, ils disparaissaient eux aussi sous la terre, ὑπὸ χθονός [48].

Ainsi, le parallélisme des races d'or et d'argent ne s'affirme pas seulement par la présence, en chacun des trois domaines où se projetait la figure du roi juste, de son double : le roi d'*hubris*. Il se trouve, en outre, confirmé par l'exacte cor-

Guerre des Géants. Le mythe avant l'époque hellénistique, Paris, 1952, p. 183, n. 2).

44. *Travaux*, 251.
45. Cf. Paul Mazon, p. 339, n. 3.
46. *Théogonie*, 209, à rapprocher de *Travaux*, 134 ; et *Théogonie*, 719.
47. *Ibid.*, 881-885 ; Apollodore, *Bibl.*, II, 1.
48. *Théogonie*, 717 ; cf. aussi 697.

respondance entre races d'or et d'argent, d'une part, Zeus et Titans, de l'autre. C'est la structure même des mythes hésiodiques de souveraineté que nous retrouvons dans le récit des deux premiers âges de l'humanité.

La race de bronze nous introduit dans une sphère d'action différente. Reprenons les expressions d'Hésiode : « Née des frênes, terrible et vigoureuse, cette race n'est en rien semblable à celle d'argent ; elle ne songe qu'aux travaux d'Arès et à l'*hubris*[49]. » On ne saurait indiquer plus explicitement que la démesure des hommes de bronze, au lieu de les rapprocher de ceux d'argent, les en distingue : *hubris* exclusivement militaire, qui caractérise le comportement du guerrier. Du plan juridico-religieux nous sommes passé à celui des manifestations de la force brutale (μεγάλη βίη), de la vigueur physique (χεῖρες ἄαπτοι... ἐπὶ στιβαροῖσι μέλεσσι) et de la terreur (δεινόν, ἄπλαστοι) qu'inspire le personnage du guerrier. Les hommes de bronze ne font que la guerre. Il n'y a pas plus d'allusion, dans leur cas, à l'exercice de la justice (sentences droites ou torses), ou au culte à l'égard des dieux (piété ou impiété), qu'il n'y en avait dans les cas précédents à des comportements militaires. Les hommes de bronze sont également étrangers aux activités qui relèvent du troisième plan, celui de la race de fer : ils ne mangent pas le pain[50], ce qui laisse supposer qu'ils ignorent le travail de la terre et la culture des céréales. Leur mort est dans la ligne de leur vie. Ils ne sont pas anéantis par Zeus, ils succombent à la guerre, sous les coups les uns des autres, domptés « par leurs propres bras », c'est-à-dire par cette force physique qui exprime l'essence de leur nature. Ils n'ont droit à aucun honneur : « si terrifiants qu'ils aient été », ils n'en sombrent pas moins dans l'anonymat de la mort.

A ces indications *en clair*, le poète ajoute certains détails à valeur symbolique qui les complètent. D'abord la référence au bronze dont la signification n'est pas moins précise que celle de l'or. Le dieu Arès ne porte-t-il pas lui-même l'épithète de *chalkeos*[51] ? C'est que le bronze, par certaines des vertus qui lui sont attribuées, apparaît intimement lié, dans

49. *Travaux*, 144-146.
50. *Ibid.*, 146-147.
51. Cf. par exemple *Iliade*, VII, 146.

la pensée religieuse des Grecs, à la puissance que recèlent les armes défensives du guerrier. L'éclat métallique du « bronze éblouissant », νώροπα χαλκόν[52], cette lueur de l'airain dont la plaine flamboie[53] et « qui monte jusqu'au ciel[54] », jette la terreur dans l'âme de l'ennemi ; le son du bronze entrechoqué, cette φωνή qui révèle sa nature de métal animé et vivant, repousse les sortilèges de l'adversaire. A ces armes défensives — cuirasse, casque et bouclier — en bronze, s'associe dans la panoplie du guerrier mythique une arme offensive, la lance, ou, mieux, la javeline, en bois[55]. On peut même préciser davantage. La lance est faite d'un bois à la fois très souple et très dur, celui du frêne. Et le même mot désigne tantôt la javeline, tantôt l'arbre dont elle provient : μελία[56]. On comprend que la race de bronze soit dite par Hésiode issue des frênes, ἐκ μελιᾶν[57]. Les *Meliai*, Nymphes de ces arbres de guerre qui se dressent eux-mêmes vers le ciel comme des lances, sont constamment associées, dans le mythe, aux êtres surnaturels qui incarnent la figure du guerrier. A côté des hommes de bronze nés des frênes, il faut mentionner le géant Talos, dont le corps tout entier de bronze, gardien de la Crète, doué d'une invulnérabilité conditionnelle, comme Achille, et dont seules sauront triompher les magies de Médée : Talos est issu d'un frêne. La troupe des Géants, dont F. Vian[58] a montré qu'ils représentent le type d'une confrérie militaire et qui bénéficient, eux aussi, d'une invulnérabilité conditionnelle, est en rapport direct avec les Nymphes *Meliai*. La *Théogonie* raconte comment naissent ensemble « les grands Géants aux armes étincelantes [elles sont en bronze], tenant en main leur longue javeline [elles sont en frêne], et les Nymphes qu'on appelle Méliennes[59] ». Autour du berceau du jeune Zeus crétois,

---

51. Cf. par exemple *Iliade*, VII, 146.
52. *Iliade*, II, 578 ; *Odyssée*, XXIV, 467.
53. *Iliade*, XX, 156 ; Euripide, *Phéniciennes*, 110.
54. *Iliade*, XIX, 362.
55. C'est cette « panoplie » qu'on retrouve dans le *palladion* et dans le *tropaion*.
56. *Ibid.*, XVI, 144 ; XIX, 361 et 390 ; XXII, 225 ; *Anthologie palatine*, VI, 52 ; cf. Hesychius : μελίαι, soit δόρατα, arbres ; soit λόγχαι, lances.
57. *Travaux*, 145.
58. F. Vian, *op. cit.*, spécialement p. 280 *sq.*
59. *Théogonie*, 185-187.

Callimaque groupe encore, à côté des Courètes dansant la danse guerrière et heurtant armes et boucliers pour en faire résonner l'airain, les *Dyktaiai Meliai*, appelées, de façon significative, Κυρβάντων ἐτάραι[60].

Les frênes, ou les nymphes des frênes, dont sont issus les hommes de bronze, jouent un rôle dans d'autres récits d'hommes primordiaux. A Argos, Phoroneus, premier homme, descend d'une Méliade[61]. A Thèbes, Niobè, mère primordiale, enfante sept Méliades dont on peut penser qu'elles forment, comme *hetairai* et comme épouses, la contrepartie féminine des premiers hommes indigènes[62]. Ces récits d'autochthonie s'intègrent, dans la plupart des cas, à un ensemble mythique qui intéresse la fonction militaire et qui apparaît comme la transposition de scènes rituelles mimées par une troupe de jeunes guerriers en armes. F. Vian a souligné ces aspects dans le cas des Géants, qui forment, pour reprendre l'expression de Sophocle[63], ὁ γηγενὴς στρατός, « la troupe armée née de la terre », troupe qui évoque l'image de la lance brandie dans la plaine, λόγχη πεδιάς, et de la force sauvage, θήρειος βία. On sait que les Arcadiens, ces guerriers aux bonnes piques comme les appelle l'*Iliade*[64], ces *autochthones hubristai*, suivant le scholiaste du *Prométhée* d'Eschyle[65], prétendaient descendre d'une tribu de Géants dont le chef était Hoplodamos. L'origine mythique des Thébains n'est pas différente. Les Spartes dont ils sont issus sont généralement des *gègéneis*, qui ont surgi tout armés de la terre pour commencer aussitôt à combattre les uns contre les autres. L'histoire de ces Spartes, de ces « Semés », mérite qu'on l'examine de plus près : elle éclaire certains détails dans le mode de vie et la destinée des hommes de bronze. Arrivé sur les lieux où il lui faut fonder Thèbes, Cadmos envoie des compagnons chercher de l'eau à la fontaine d'Arès, gardée par un serpent[66]. Ce serpent, présenté tantôt comme un *gègénès* tantôt comme un fils d'Arès[67],

60. Callimaque, *Hymne à Zeus*, 47.
61. Clément, *Stromata*, I, 21.
62. Scholie à Euripide, *Phéniciennes*, 159.
63. *Trachiniennes*, 1058-1059.
64. *Iliade*, II, 604 et 611 ; VII, 134.
65. Scholie à Eschyle, *Prométhée*, 438.
66. Apollodore, III, 4, 1.
67. Euridipe, *Phéniciennes*, 931 et 935 ; Pausanias, IX, 10, 1.

tue les hommes de la troupe ; le héros met le monstre à mort.
Sur le conseil d'Athéna, il sème ses dents à travers une plaine,
un *pedion*. Dans ce champ germent et surgissent en un instant des hommes adultes, tout armés, des ἄνδρες ἔνοπλοι.
A peine nés, ils engagent entre eux un combat à mort ; ils
périssent, comme les hommes de bronze, sous leurs propres
bras, à l'exception de cinq survivants, ancêtres de l'aristocratie thébaine. Le même schéma rituel se retrouve, sous une
forme plus précise, dans le mythe de Jason en Colchide.
L'épreuve que le roi Aiétès impose au héros consiste en un
labourage d'un caractère bien particulier : il s'agit de se rendre non loin de la ville dans un champ qui porte le nom de
pedion d'Arès, d'y mettre sous le joug deux taureaux monstrueux, aux sabots de bronze, vomissant le feu ; de les atte-
ler à une charrue ; de leur faire tracer un sillon de quatre
arpents ; d'y semer les dents du dragon d'où naîtra aussitôt
une cohorte de Géants luttant en armes [68]. Par la vertu d'un
philtre offert par Médée et qui l'a rendu momentanément
invulnérable en infusant une vigueur surnaturelle à son corps
et à ses armes, Jason triomphe dans cette épreuve de labour
dont tous les détails soulignent l'aspect proprement militaire :
il a lieu dans un champ *inculte*, voué à *Arès* ; on y sème, *à
la place du fruit de Demeter*, *les dents du dragon* ; Jason s'y
présente, non dans une tenue rustique, mais en *guerrier* revêtu
de la cuirasse et du bouclier, le casque et la lance à la main
; enfin il se sert, pour dompter les taureaux, *de sa lance en guise
d'aiguillon*. Au terme du labourage, les *gègéneis* jaillissent,
comme les Spartes, de la terre. « La campagne, écrit Apollonius de Rhodes, se hérisse de boucliers, de lances et de cas-
ques, dont l'éclat se réfléchit jusqu'au ciel [...]. Les terribles
Géants brillent comme une constellation dans une nuit
d'hiver. » Grâce au stratagème de Jason, qui envoie au milieu
d'eux une énorme pierre, ils se précipitent les uns contre les
autres et se massacrent mutuellement. Ce labourage, exploit
spécifiquement militaire, sans rapport avec la fécondité du
sol, sans effet sur sa vertu nourricière, permet peut-être de
comprendre une remarque d'Hésiode, dont on a souvent noté
le caractère paradoxal sans pouvoir en donner une explica-

---

68. Apollodore, I, 9, 23 ; Apollonius de Rhodes, *Argonautiques*, III,
401 *sq.* et 1026 *sq.*

tion satisfaisante. Au vers 146, le poète souligne que les hommes de bronze « ne mangent pas de pain » ; un peu plus loin il affirme que « leurs armes étaient de bronze, de bronze leurs maisons, avec le bronze ils labouraient [69] ».

La contradiction paraît évidente : pourquoi labourer si on ne mange pas le blé ? La difficulté serait levée si le labourage des hommes de bronze, rapproché de celui qu'effectue Jason, devait être considéré comme un rite militaire, non comme un travail agricole. Une telle interprétation peut s'autoriser d'une dernière analogie entre les hommes de bronze et les Semés, fils du Sillon. Les Spartes nés de la terre appartiennent, comme les hommes de bronze, à la race des frênes ; ils sont aussi ἐκ μελιᾶν. On les reconnaît, en effet, à ce qu'ils portent tatoué sur le corps, en marque distinctive de leur race, le signe de la lance [70] ; et ce signe les caractérise en tant que guerriers.

Entre la lance, attribut militaire, et le sceptre, symbole royal, il y a différence de valeur et de plan. La lance normalement est soumise au sceptre. Lorsque cette hiérarchie n'est plus respectée, la lance exprime l'*hubris* comme le sceptre la *dikè*. Pour le guerrier, l'*hubris* consiste à ne vouloir connaître que la lance, à se vouer entièrement à elle. Tel est le cas de Caineus, le Lapithe à la lance, doué comme Achille, comme Talos, comme les Géants, comme tous ceux qui ont subi l'initiation guerrière, d'une invulnérabilité conditionnelle (il faudra l'ensevelir sous les pierres pour le tuer) [71] : il a planté sa lance en plein milieu de l'agora, il lui voue un culte et oblige les passants à lui rendre les honneurs divins [72]. Tel est encore le cas de Parthénopée, incarnation typique de l'*hubris* guerrière : il ne vénère rien que sa lance, il la révère plus qu'un dieu et prête serment sur elle [73].

---

69. *Travaux*, 150-151. Il ne semble pas possible de comprendre comme certains l'ont fait : ils travaillaient le bronze. Cf. Charles Kérényi, *La Mythologie des Grecs*, Paris, 1952, p. 225.

70. Aristote, *Poétique*, 16, 1454 b 22 ; Plutarque, *Des délais de la vengeance divine*, 563 ; Dion Chrysostome, IV, 23 ; Julien, discours II, 81 c.

71. Apollonius de Rhodes, *Argonautiques*, I, 57-64 ; Apollodore, *Épitome*, I, 22.

72. Scholie à *Iliade*, I, 264, et à Apollonius de Rhodes, *Argonautiques*, I, 57.

73. Eschyle, *Les Sept contre Thèbes*, 529 *sq.* On notera que ce guer-

Fille de la lance, tout à Arès, entièrement étrangère au plan juridique et religieux, la race de bronze projette dans le passé la figure du guerrier voué à l'*hubris* en tant qu'il ne veut rien connaître de ce qui dépasse sa propre nature. Mais la violence toute physique qui s'exalte dans l'homme de guerre ne saurait franchir les portes de l'au-delà : chez Hadès, les hommes de bronze se dissipent comme une fumée dans l'anonymat de la mort. Ce même élément d'*hubris* militaire, nous le retrouvons, incarné par les Géants, dans les mythes de souveraineté qui racontent la lutte des dieux pour le pouvoir. Après la défaite des Titans, la victoire sur les Géants consacre la suprématie des Olympiens. Immortels, les Titans avaient été expédiés chargés de liens dans les profondeurs de la terre. Il n'en est plus de même pour les Géants. Déjouant leur invulnérabilité, les dieux les font périr. Pour eux, la défaite signifie qu'ils n'auront nulle part au privilège de l'immortalité, objet de leur convoitise [74]. Comme les hommes de bronze, ils partagent le sort commun des créatures mortelles. La hiérarchie Zeus, Titans, Géants correspond à la succession des trois premières races.

La race des héros se définit par rapport à celle de bronze, comme sa contrepartie dans la même sphère fonctionnelle. Ce sont des guerriers ; ils font la guerre, ils meurent à la guerre. L'*hubris* des hommes de bronze, au lieu de les rapprocher des hommes d'argent, les en séparait. Inversement la *dikè* des héros, au lieu de les séparer des hommes de bronze, les unit à eux en les opposant. La race des héros est dite, en effet, δικαιότερον καὶ ἄρειον, plus juste et tout à la fois militairement plus valeureuse [75]. Sa *dikè* se situe sur le même plan militaire que l'*hubris* des hommes de bronze. Au guerrier, voué par sa nature même à l'*hubris*, s'oppose le guerrier juste qui, reconnaissant ses limites, accepte de se

---

rier porte un nom qui évoque la jeune fille *(parthenos)*. Caineus avait acquis l'invulnérabilité en même temps qu'il changeait de sexe ; Achille, guerrier invulnérable, sauf au talon, a été élevé au milieu de filles, habillé en fille. Les initiations guerrières comportent des travestissements sexuels.

74. On sait que *Gè* a tenté de procurer aux Géants un *pharmakon* d'immortalité qui devait les mettre à l'abri des coups d'Héraklès et des dieux ; Apollodore, I, 6, 1.

75. *Travaux*, 158.

soumettre à l'ordre supérieur de la *dikè*. Ces deux figures antithétiques du combattant, ce sont celles qu'Eschyle, dans *Les
Sept contre Thèbes*, campe dramatiquement en face l'une de
l'autre : à chaque porte se dresse un guerrier d'*hubris*, sauvage et frénétique ; semblable à un Géant, il profère contre
les dieux souverains et contre Zeus des sarcasmes impies ;
à chaque fois, lui est opposé un guerrier « plus juste et plus
courageux » dont l'ardeur au combat, tempérée par la
sôphrosunè, sait respecter tout ce qui a valeur sacrée.

Incarnations du guerrier juste, les héros, par la faveur de
Zeus, sont transportés dans l'île des Bienheureux où ils
mènent éternellement une vie semblable à celle des dieux.
Dans les mythes de souveraineté, une catégorie d'êtres surnaturels correspond exactement à la race des héros et vient
se situer dans la hiérarchie des agents divins à la place réservée au guerrier serviteur de l'ordre. Le règne des Olympiens
supposait une victoire sur les Géants, représentant la fonction militaire. Mais la souveraineté ne saurait se passer de
la force ; le sceptre doit s'appuyer sur la lance. Zeus a besoin,
sur ses talons, de *Cratos* et de *Bia*, qui jamais ne le quittent,
jamais ne s'éloignent de lui[76]. Pour obtenir leur victoire sur
les Titans, les Olympiens ont dû recourir à la force et appeler des « militaires » à la rescousse. Les Hécatoncheires, qui
leur donnent le succès, sont en effet des guerriers en tous
points semblables aux Géants et aux hommes de bronze :
insatiables de guerre, orgueilleux de leur force, ils terrifient
par leur stature et par la vigueur innombrable de leurs
bras[77]. Ils sont l'incarnation de *Cratos* et de *Bia*. Entre
Titans et Olympiens, la lutte, raconte Hésiode[78], durait
depuis dix ans déjà ; incertaine, la victoire hésite entre les
deux camps de Royaux ; mais Terre a révélé à Zeus qu'il
obtiendrait le succès s'il savait se ménager l'aide des Hécatoncheires dont l'intervention sera décisive. Zeus parvient à

76. *Théogonie*, 885 *sq*. On notera l'exact parallélisme entre l'épisode
des Hécatoncheires et celui de *Cratos* et de *Bia*. Comme les Hécatoncheires, *Cratos* et *Bia* se rangent, au moment décisif, du côté de Zeus
contre les Titans. La victoire des Olympiens est alors assurée, tandis que
Cratos et *Bia*, comme les Hécatoncheires encore, obtiennent en récom-
pense des « privilèges » qu'ils n'avaient pas auparavant.
77. On comparera *Théogonie*, 149 *sq*., et *Travaux*, 145 *sq*.
78. *Théogonie*, 617-664.

les ranger dans son camp. Avant l'assaut final il leur demande
de révéler dans la bataille, face aux Titans, leur force terrible, μεγάλην βίην, et leurs bras invincibles, χεῖρας
ἀάπτους [79]. Mais il leur rappelle aussi de ne jamais oublier la
« loyale amitié » dont ils doivent faire preuve à son égard [80].
Au nom de ses frères, Cottos, baptisé pour la circonstance de
ἀμύμων, répond en rendant hommage à la supériorité de Zeus
quant à l'esprit et à la sagesse (πραπίδες, νόημα, ἐπι-
φροσύνη) [81]. Il s'engage à combattre les Titans « ἀτενεῖ νόῳ
καὶ ἐπίφρονι βουλῇ, d'un cœur inflexible et d'un vouloir plein
de sagesse [82] ». Dans cet épisode, les Hécatoncheires se situent
aux antipodes de l'*hubris* guerrière. Soumis à Zeus, ils n'apparaissent plus comme des êtres de pur orgueil ; la valeur militaire, chez ces φύλακες πιστοὶ Διός, ces gardiens fidèles de
Zeus, comme les appelle Hésiode [83], marche désormais de
pair avec la *sôphrosunè*. Pour obtenir leur concours et les
récompenser de leur aide, Zeus accorde aux Hécatoncheires
une faveur qui n'est pas sans rappeler celle qu'il octroie à la
race des héros et qui en fait des « demi-dieux », doués d'une
vie immortelle dans l'île des Bienheureux. Aux Hécatoncheires il offre, à la veille du combat décisif, le nectar et l'ambroisie, nourriture d'immortalité, privilège exclusif des dieux [84].
Il les fait ainsi participer au statut divin qu'ils ne possédaient
pas auparavant ; il leur confère une immortalité pleine et
entière dont ils étaient, sans doute, comme les Géants, privés [85]. Le généreux vouloir de Zeus ne va pas sans arrière-
pensée politique : la fonction guerrière, associée désormais
à la souveraineté, s'y intègre au lieu de s'y opposer. Le règne
de l'ordre n'est plus menacé par rien.
    Le tableau de la vie humaine à l'âge de fer n'est pas pour
nous surprendre. A deux reprises déjà, Hésiode l'a tracé, en

    79. *Ibid.*, 649.
    80. *Ibid.*, 651.
    81. *Ibid.*, 656-658.
    82. *Ibid.*, 661.
    83. *Ibid.*, 735.
    84. *Ibid.*, 639-640.,
    85. Entre la mortalité des « éphémères » et l'immortalité des dieux,
il y a bien des échelons intermédiaires : en particulier la série des êtres
qu'on appelle *macrobioi*, parmi lesquels il faut ranger les Nymphes,
comme les *Meliai*, et les Géants.

introduction et en conclusion du mythe de Prométhée. Les
maladies, la vieillesse et la mort ; l'ignorance du lendemain
et l'angoisse de l'avenir ; l'existence de Pandora, la femme ;
la nécessité du labeur : autant d'éléments, pour nous dispa-
rates, mais dont la solidarité, pour Hésiode, compose un
tableau unique. Les thèmes de Prométhée et de Pandora forment les deux volets d'une seule et même histoire : celle de
la misère humaine à l'âge de fer. La nécessité de peiner sur
la terre pour obtenir la nourriture, c'est aussi pour l'homme
celle d'engendrer dans et par la femme, de naître et de mourir, d'avoir chaque jour à la fois angoisse et espoir d'un lendemain incertain. La race de fer connaît une existence ambiguë
et ambivalente. Zeus a voulu que, pour elle, le bien et le mal
ne soient pas seulement mêlés, mais solidaires, indissociables.
C'est pourquoi l'homme chérit cette vie de malheur comme
il entoure d'amour Pandora, « mal aimable » que l'ironie des
dieux s'est plu à lui offrir [86]. Toutes les souffrances qu'endu-
rent les hommes de fer — fatigues, misères, maladies, angoisses —, Hésiode en a indiqué clairement l'origine : Pandora.
Si la femme n'avait pas soulevé le couvercle de la jarre où
étaient enfermés les maux, les hommes auraient continué à
vivre, comme auparavant, « à l'abri des souffrances, du labeur
pénible, des maladies douloureuses qui apportent le trépas [87] ». Mais les maux se sont dispersés à travers le monde ;
cependant l'espoir subsiste, car la vie n'est pas toute sombre
et les hommes trouvent encore des biens mêlés aux maux [88].
De cette vie mélangée, contrastée, Pandora apparaît comme
le symbole et l'expression. Καλὸν κακὸν ἀντ'ἀγαθοῖο, la définit Hésiode, « un beau mal, revers d'un bien [89] » : terrible
fléau installé au milieu des mortels, mais aussi merveille
(thauma) parée par les dieux d'attrait et de grâce — race maudite que l'homme ne peut supporter, mais dont il ne peut non
plus se passer — contraire de l'homme et sa compagne.

Sous son double aspect de femme et de terre [90], Pandora

---

86. *Travaux*, 57-58.
87. *Ibid.*, 90 *sq.*
88. *Ibid.*, 179.
89. *Théogonie*, 585.
90. Pandora est le nom d'une divinité de la terre et de la fécondité. Comme
son doublet *Anesidora*, elle est représentée, dans les figurations, émergeant
du sol, suivant le thème de l'*anodos* d'une puissance chthonienne et agraire.

représente la fonction de fécondité, telle qu'elle se manifeste à l'âge de fer dans la production de la nourriture et dans la reproduction de la vie. Ce n'est plus cette abondance spontanée qui, à l'âge d'or, faisait jaillir du sol, par la seule vertu de la souveraineté juste, sans intervention étrangère, les êtres vivants et leurs nourritures : c'est l'homme désormais qui dépose sa vie au sein de la femme, comme c'est l'agriculteur, peinant sur la terre, qui fait germer en elle les céréales. Toute richesse acquise doit être payée par un effort en contrepartie dépensé. Pour la race de fer, la terre et la femme sont en même temps principes de fécondité et puissances de destruction ; elles épuisent l'énergie du mâle, dilapidant ses efforts, le « desséchant sans torche, si vigoureux qu'il soit [91] », le livrant à la vieillesse et à la mort, en « engrangeant dans leur ventre » le fruit de ses peines [92].

Plongé dans cet univers ambigu, l'agriculteur d'Hésiode doit choisir entre deux attitudes qui correspondent aux deux *Éris* évoquées au début du poème. La bonne Lutte est celle qui l'incite au travail, qui le pousse à ne pas ménager sa peine pour accroître son bien. Elle suppose qu'il a reconnu et accepté la dure loi sur laquelle repose la vie à l'âge de fer : pas de bonheur, pas de richesse qui ne soient payés d'abord d'un rude effort de labeur. Pour celui dont la fonction est de pourvoir aux nourritures, la *dikè* consiste en une soumission complète à un ordre qu'il n'a pas créé et qui s'impose à lui de l'extérieur. Respecter la *dikè*, pour l'agriculteur, c'est vouer sa vie au travail : alors il devient cher aux Immortels ; sa grange s'emplit de blé [93]. Le bien, pour lui, l'emporte sur le mal.

L'autre Lutte est celle qui, arrachant l'agriculteur au travail pour lequel il est fait, l'incite à rechercher la richesse, non plus par le labeur, mais par la violence, le mensonge et l'injustice. Cette *Éris*, « qui fait grandir la guerre et les querelles [94] », représente l'intervention dans le monde de l'agriculteur d'un principe d'*hubris* qui se rattache au deuxième plan, à la fonction guerrière. Mais l'agriculteur en révolte

---

91. *Travaux*, 705.
92. *Théogonie*, 599.
93. *Travaux*, 309.
94. *Ibid.*, 14.

contre l'ordre auquel il est soumis n'en devient pas pour
autant un guerrier. Son _hubris_ n'est pas cette ardeur frénétique qui anime et pousse au combat Géants ou hommes de
bronze. Plus proche de l'_hubris_ des hommes d'argent, elle
se définit, de façon négative, par l'absence de tous ces sentiments « moraux et religieux » qui règlent, par la volonté des
dieux, la vie des hommes : pas d'affection pour l'hôte, l'ami,
le frère ; pas de reconnaissance aux parents ; pas de respect
pour le serment, le juste, le bien. Cette _hubris_ ne connaît pas
la crainte des dieux, et pas davantage celle que le lâche doit
éprouver devant le valeureux : c'est elle qui pousse le pol-
tron à attaquer l'_areiôn_, le plus valeureux, et à le vaincre,
non au combat, mais par de tortueuses paroles et par l'emploi
de faux serments [95].

Le tableau de l'agriculteur égaré par l'_hubris_, tel que le présente l'âge de fer à son déclin, est essentiellement celui de
la révolte contre l'ordre : un monde sens dessus dessous où
toute hiérarchie, toute règle, toute valeur est inversée. Le
contraste est complet avec l'image de l'agriculteur soumis à
la _dikè_, au début de l'âge de fer. A une vie de mélange où
les biens viennent encore compenser les maux, s'oppose un
univers négatif de privation où ne subsistent plus que le désordre et le mal à l'état pur.

L'analyse détaillée du mythe vient ainsi confirmer et préciser sur tous les points le schéma que, dès l'abord, les grandes articulations du texte nous avaient paru imposer : non
pas cinq races se succédant chronologiquement suivant un
ordre de déchéance plus ou moins progressif, mais une construction à trois étages, chaque palier se divisant lui-même en
deux aspects opposés et complémentaires. Cette architecture
qui règle le cycle des âges est aussi celle qui préside à l'organisation de la société humaine et du monde divin ; le
« passé », tel que le compose la stratification des races, se
structure sur le modèle d'une hiérarchie intemporelle de fonctions et de valeurs. Chaque couple d'âges se trouve alors
défini, non seulement par sa place dans la série (les deux premiers, les deux suivants, les derniers), mais aussi par une qualité temporelle particulière, étroitement associée au type
d'activité qui lui correspond. Or et Argent : ce sont âges de

95. _Ibid._, 193-194.

vitalité toute jeune ; Bronze et Héros : une vie adulte, qui ignore à la fois le jeune et le vieux ; Fer : une existence qui se dégrade au long d'un temps vieilli et usé.

Examinons de plus près ces aspects qualitatifs des âges et la signification qu'ils revêtent par rapport aux autres éléments du mythe. Les hommes d'or et d'argent sont également des « jeunes », comme ils sont également des Royaux. Mais la valeur symbolique de cette jeunesse s'inverse des premiers aux seconds : de positive elle devient négative. Les hommes d'or vivent « toujours jeunes » dans un temps inaltérablement neuf, sans fatigue, sans maladie, sans vieillesse, sans mort même[96], un temps tout proche encore de celui des dieux. Par contre, l'homme d'argent représente l'aspect opposé du « jeune » : non plus l'absence de sénilité, mais la pure puérilité, la non-maturité. Pendant cent ans, il vit dans l'état de *pais*, dans les jupes de sa mère, μέγα νήπιος, comme un grand bambin[97]. A peine quitté l'enfance et franchi le point crucial que marque le *metron hèbès*, le seuil de l'adolescence, il fait éclater mille folies et meurt aussitôt[98]. On peut dire que toute sa vie se borne à une interminable enfance et que l'*hèbè* constitue pour lui le terme même de l'existence. Aussi n'a-t-il aucune part à cette *sôphrosunè* qui appartient à l'âge mûr et qui peut même s'associer spécialement à l'image du *gerôn*, opposé au jeune[99]; il ne connaît pas non plus l'état de ceux qui, ayant franchi le *metron hèbès*, forment la classe d'âge des *hèbôntes*, des *kouroi*, soumis à la discipline militaire[100].

Sur la durée de vie des hommes de bronze et des héros, Hésiode ne nous donne aucune indication. Nous savons seulement qu'ils n'ont pas le temps de vieillir : tous meurent en plein combat, dans la force de l'âge. Sur leur enfance, pas un mot. On peut penser que si Hésiode n'en dit rien, après

96. *Ibid.*, 113 *sq.* Plus qu'à une mort, leur fin est semblable au sommeil. Enfants de Nuit, *Thanatos* et *Hupnos* sont des jumeaux, mais des jumeaux opposés ; cf. *Théogonie*, 763 *sq.* : *Hupnos* est tranquille et doux pour les hommes ; *Thanatos* a un cœur de fer, une âme implacable.

97. *Travaux*, 130-131.

98. *Ibid.*, 132-133.

99. Sur l'aspect positif du « vieux », synonyme de sagesse et d'équité, cf. *Théogonie*, 234-236.

100. Cf. Xénophon, *République des Lacédémoniens*, IV, 1 : Lycurgue s'est spécialement occupé des *Hèbôntes*, qui sont les *Kouroi*.

s'être étendu longuement sur celle des hommes d'argent, c'est
que les hommes de bronze n'ont pas d'enfance. Dans le
poème ils apparaissent d'emblée comme des hommes faits,
en pleine vigueur, et qui n'ont jamais eu en tête d'autres soucis
que les travaux d'Arès. L'analogie est frappante avec les
mythes d'autochthonie où les *gègéneis*, jaillissant de terre,
se présentent, non comme de petits enfants qui viennent de
naître et auront à grandir, mais comme des adultes, déjà tout
formés, tout armés, prêts au combat, des ἄνδρες ἔνοπλοι.
C'est que l'activité guerrière, liée à une classe d'âge, oppose
la figure du combattant tout à la fois au *pais* et au *gerôn*.
A propos des Géants, F. Vian écrit ces mots qui nous paraissent devoir s'appliquer exactement aux hommes de bronze
et aux héros : « On ne trouve chez eux ni vieillards, ni bam-
bins : dès leur naissance ils sont des adultes, ou mieux, les
adolescents qu'ils resteront jusqu'à leur mort. Leur existence
est enfermée dans les limites étroites d'une classe d'âge [101]. »
Toute la vie des hommes d'argent se déroule avant l'*hèbè*.
Celle des hommes de bronze et des héros commence à l'*hèbè*.
Ni l'une ni l'autre ne connaît le vieil âge.

C'est le vieil âge qui donne, au contraire, sa couleur au
temps des hommes de fer : la vie s'y use dans un vieillissement continu. Fatigues, labeur, maladies, angoisses, tous
les maux qui épuisent incessamment l'être humain le transforment peu à peu d'enfant en jeune homme, de jeune
homme en vieillard, de vieillard en cadavre. Temps équivoque, ambigu, où le jeune et le vieux, associés, se mélan-
gent et s'impliquent l'un l'autre comme le bien le mal, la
vie la mort, la *dikè* l'*hubris*. A ce temps qui fait vieillir le
jeune s'oppose, au terme de l'âge de fer, la perspective d'un
temps tout vieux : un jour viendra, si l'on cède à l'*hubris*,
où aura disparu de la vie humaine tout ce qui est encore
jeune, neuf, vivace et beau : les hommes naîtront vieux avec
les tempes blanches [102]. Au temps du mélange succédera,
avec le règne de la pure *hubris*, un temps tout en vieil âge
et tout en mort.

Ainsi les traits qui donnent aux diverses races leur tona-
lité temporelle particulière s'ordonnent suivant le même

101. F. Vian, *op. cit.*, p. 280.
102. *Travaux*, 181.

schéma triparti dans lequel nous ont paru s'encadrer tous les éléments du mythe.

Qu'il s'agisse d'une filiation ou d'une invention indépendante, ce schéma rappelle, dans ses lignes fondamentales, le système de tripartition fonctionnelle, dont G. Dumézil a montré l'emprise sur la pensée religieuse des Indo-Européens [103]. Le premier étage de la construction mythique d'Hésiode définit bien le plan de la souveraineté dans lequel le roi exerce son activité juridico-religieuse, le second, le plan de la fonction militaire où la violence brutale du guerrier impose une domination sans règle, le troisième celui de la fécondité, des nourritures nécessaires à la vie, dont l'agriculteur a spécialement la charge.

Cette structure tripartie forme le cadre dans lequel Hésiode a réinterprété le mythe des races métalliques, et qui lui a permis d'y intégrer, avec une parfaite cohérence, l'épisode des héros. Ainsi restructuré, le récit s'intègre lui-même dans un ensemble mythique plus vaste, qu'il évoque, en chacune de ses parties, par un jeu, à la fois souple et rigoureux, de correspondances à tous les niveaux. Parce qu'elle reflète un système classificatoire à valeur générale, l'histoire des races se charge de significations multiples : en même temps qu'elle raconte la suite des âges de l'humanité, elle symbolise toute une série d'aspects fondamentaux du réel. Si l'on traduit ce jeu d'images et de correspondances symboliques dans notre langage conceptuel, on peut le présenter sous la forme d'un tableau à plusieurs entrées où la même structure, régulièrement répétée, établit, entre des secteurs différents, des rapports d'ordre analogique : série des races, niveaux fonction-

---

103. G. Dumézil, à qui nous avions communiqué cet article en manuscrit, nous fit observer qu'il avait, dans *Jupiter, Mars, Quirinus*, Paris, 1941, suggéré une interprétation trifonctionnelle du mythe des Races. Il écrivait (p. 259) : « ... Il semble bien que, tout comme le mythe indien correspondant, le mythe des Races, dans Hésiode, associe à chacun des Ages, ou plutôt des trois "couples d'Ages" à travers lesquels l'humanité ne se renouvelle que pour se dégrader, une conception "fonctionnelle" — religion, guerre, labeur — des variétés de l'espèce. » Par la suite, G. Dumézil devait accepter, comme satisfaisante, l'interprétation proposée par V. Goldschmidt (cf. G. Dumézil, « Triades de calamités et triades de délits à valeur fonctionnelle chez divers peuples indo-européens », *Latomus*, XIV, 1955, p. 179, n. 3). Il nous dit alors que notre étude lui semblait de nature à confirmer la valeur de son hypothèse première.

nels, types d'actions et d'agents, catégories d'âges, hiérarchie des dieux dans les mythes de souveraineté, hiérarchie de
la société humaine, hiérarchie des puissances surnaturelles
autres que les *theoi* — à chaque fois les divers éléments impli-
qués s'évoquent et se répondent.

Si le récit d'Hésiode illustre, de façon particulièrement heureuse, ce système de multicorrespondance et de surdétermi-
nation symbolique qui caractérise l'activité mentale dans le
mythe, il comporte aussi un élément nouveau. Le thème
s'organise en effet suivant une perspective nettement dicho-
tomique, qui domine la structure tripartite elle-même et en
distend tous les éléments entre deux directions antagonistes.
La logique qui oriente l'architecture du mythe, qui en arti-
cule les divers plans, qui règle le jeu des oppositions et des
affinités, c'est la tension entre Dikè et Hubris : non seulement elle ordonne la construction du mythe dans son ensemble, lui donnant sa signification générale, mais elle confère
à chacun des trois niveaux fonctionnels, dans le registre qui
lui est propre, un même aspect de polarité. Là réside l'originalité profonde d'Hésiode, qui en fait un véritable réforma-
teur religieux, dont l'accent et l'inspiration ont pu être
comparés à ceux qui animent certains prophètes du judaïsme.

Pourquoi Dikè occupe-t-elle dans les préoccupations
d'Hésiode et dans son univers religieux cette place centrale ?
Pourquoi a-t-elle pris la forme d'une puissante divinité, fille
de Zeus, honorée et vénérée par les dieux olympiens ? La
réponse ne relève plus de l'analyse structurale du mythe, mais
d'une recherche historique visant à dégager les problèmes
nouveaux que les transformations de la vie sociale, vers le
VIIe siècle, ont posés au petit agriculteur béotien et qui l'ont
incité à repenser la matière des vieux mythes pour en rajeu-
nir le sens [104]. Une telle enquête n'entre pas dans le cadre de

---

104. Cf. Édouard Will, « Aux origines du régime foncier grec.
Homère, Hésiode et l'arrière-plan mycénien », *Revue des études anciennes*, 59, 1957, p. 5-50. On y trouvera des indications suggestives concernant les modifications du statut foncier dont l'œuvre d'Hésiode porte
témoignage (partage de la succession, morcellement des terres, formes
de cession du *Klèros*, dettes et créances, processus de dépossession des
petits propriétaires, accaparement des terres vaines par les puissants).
Louis Gernet note, parallèlement à l'emploi nouveau du terme πόλις,
désignant une société déjà organisée, la transformation de la fonction

la présente étude. L'analyse du mythe autorise cependant quelques remarques qui permettent de préciser certaines direction de recherche.

On constate, en effet, que la figure du guerrier, contrairement à celles du roi et de l'agriculteur, n'a plus chez Hésiode qu'une valeur *purement* mythique. Dans le monde qui est le sien et qu'il décrit, parmi les personnages auxquels il s'adresse, on ne voit pas qu'il y ait une place pour la fonction guerrière ni pour le guerrier, tels que le mythe les dessine [105]. L'histoire de Prométhée, celle des races, le poème dans son ensemble visent à édifier Persès, petit agriculteur comme son frère. Persès doit renoncer à l'*hubris*, se mettre enfin au travail et ne plus chercher à Hésiode procès et mauvaises querelles [106]. Mais cette leçon du frère au frère, du paysan au paysan, concerne également les *basileis*, dans la mesure où c'est à eux qu'incombe de régler les querelles, d'arbitrer droitement les procès. Ils ne sont pas sur le même plan que Persès : leur rôle n'est pas de travailler et Hésiode ne les y incite pas ; ils doivent respecter la *dikè* en rendant des sentences droites. Certes, la distance est grande entre l'image mythique du Bon Souverain, maître de la fertilité, dispensateur de toute richesse, et les rois « mangeurs de présents [107] » auxquels Hésiode risque fort d'avoir affaire (et c'est cette distance qui explique sans doute, en partie, que Dikè se soit, à ses yeux, envolée de la terre vers le ciel) [108] ;

---

judiciaire, qui se marque d'Homère à Hésiode (*Recherches sur le développement de la pensée juridique et morale en Grèce*, Paris, 1917, p. 14-15).

105. On sait le rôle qu'a joué, aux origines de la cité, la disparition du guerrier, comme catégorie sociale particulière et comme type d'hommes incarnant des vertus spécifiques. La transformation du guerrier de l'épopée en hoplite combattant en formation serrée ne marque pas seulement une révolution dans les techniques militaires ; elle traduit aussi, sur le plan social, religieux et psychologique, une mutation décisive. Cf., en particulier, Henri Jeanmaire, *Couroi et Courètes. Essai sur l'éducation spartiate et les rites d'adolescence*, Lille-Paris, 1939, p. 115 *sq.*

106. Sur le litige entre les deux frères, la matière et les vicissitudes du procès, cf. B. A. Van Groningen, *Hésiode et Persès*, Amsterdam, 1957.

107. *Travaux*, 264.

108. L. Gernet écrit : « La δίκη hésiodique, elle [contrairement à la δίκη homérique, plus homogène], est multiple et contradictoire parce qu'elle répond à un état nouveau et à un état critique de société : la δίκη-

cependant le poète demeure persuadé que la façon dont les
rois s'acquittent de leur fonction judiciaire retentit directement sur l'univers du laboureur, en favorisant ou, au
contraire, en tarissant l'abondance des fruits de la terre[109].
Il y a donc entre la première et la troisième fonction, entre
les rois et les laboureurs, une connivence à la fois mythique
et réelle. L'intérêt d'Hésiode est précisément centré sur les
problèmes qui concernent à la fois la première et la troisième
fonction — qui les concernent *solidairement*[110]. En ce sens
son message a un double aspect ; il est lui-même ambigu,
comme toute chose à l'âge de fer. Il s'adresse au cultivateur
Persès — aux prises avec une terre ingrate, avec les dettes,
la faim et la pauvreté — pour lui prêcher le travail ; il
s'adresse aussi, par-delà Persès, aux rois qui vivent de tout
autre façon, en ville, passant leur temps dans l'agora et qui
n'ont pas à travailler. C'est que le monde d'Hésiode,
contrairement à celui de l'âge d'or, est un monde mélangé
où coexistent côte à côte, mais s'opposent par leur fonction,
les petits et les grands, les vilains, δειλοί, et les nobles,
ἐσθλοί[111], les agriculteurs et les rois. Dans cet univers
discordant, point d'autre secours que Dikè. Si elle disparaît,
tout sombre dans le chaos. Si elle est respectée à la fois par
ceux dont la vie est vouée au *ponos* et par ceux qui disent
le droit, il y aura plus de biens que de maux ; on évitera
les souffrances qui ne sont pas inhérentes à la condition
mortelle.

---

coutume sera à l'occasion la force primant le droit (189, 192) ; la δίκη-
sentence est fréquemment considérée comme injuste (39, 219, 221, 262,
264 ; cf. 254, 269, 271). A ces deux formes de la δίκη s'oppose la Δίκη
divine (219-220 et 258 *sq*.) : dans ces deux passages, Δίκη est l'antithèse
formelle des δίκαι » (*op. cit.*, p. 16). Cf. aussi les remarques de l'auteur
sur la divinisation d'Αἰδώς, chez Hésiode (p. 75).

109. *Travaux*, 238 *sq.*
110. Cette solidarité se marque pleinement dans la partie du poème
d'Aratos où cet auteur reprend, d'après Hésiode, le récit des races métalliques. Le règne de Dikè y apparaît inséparable de l'activité agricole. Les
hommes d'or ignorent la discorde et la lutte ; pour eux « le bœuf, la
charrue et Dikè elle-même, dispensatrice des biens légitimes, fournissent
tout en surabondance ». Les hommes de bronze, en même temps qu'ils
forgent l'épée de la guerre et du crime, mettent à mort et mangent le
bœuf de labour (*Phénomènes*, 110 *sq*.).
111. *Travaux*, 214, où l'opposition est bien marquée.

Quelle est alors la place de l'activité guerrière ? Dans le tableau qu'Hésiode trace de la société de son temps, elle ne constitue plus un niveau fonctionnel authentique correspondant à une réalité humaine de fait. Elle n'a plus d'autre rôle que de justifier, sur le plan du mythe, la présence, dans le monde des rois et des paysans, d'un principe néfaste, de cette *hubris*, facteur de discorde et de querelle. Elle fournit une réponse à ce qu'on pourrait appeler, dans un vocabulaire trop moderne, le problème du Mal. Où réside, en effet, la différence entre la justice et la fécondité qui règnent à l'âge d'or et celles qui se manifestent à l'âge de fer, dans un monde de discordance ? A l'âge d'or, Justice et Abondance sont « pures » : elles n'ont pas de contrepartie. La justice s'impose d'elle-même ; elle n'a pas de querelles ni de procès à régler ; de même la fécondité apporte « automatiquement » l'abondance, sans avoir besoin de l'émulation du labeur. L'âge d'or ignore, dans tous les sens, l'*éris*. C'est, au contraire, la Lutte qui définit le mode d'existence à l'âge de fer, ou, plus exactement, ce sont les deux Luttes contraires, la bonne et la mauvaise. Aussi la *dikè*, celle du roi comme celle du laboureur, doit-elle s'exercer toujours *à travers* une *éris*. La *dikè* royale consiste à apaiser les querelles, à arbitrer les conflits qu'a suscités la mauvaise *éris ;* la *dikè* de l'agriculteur, à faire de l'*éris* vertu, en déplaçant la lutte et l'émulation du terrain de la guerre à celui du labeur où, au lieu de détruire, elles construisent, au lieu de semer les ruines, elles apportent la féconde abondance.

Mais d'où vient l'*éris* ? Quelle est son origine ? Indissolublement associée à Hubris, Lutte représente l'esprit même de l'activité guerrière ; elle exprime la nature profonde du combattant ; elle est le principe qui, « faisant grandir la guerre méchante », préside à la deuxième fonction.

Le récit des races témoigne ainsi de ce qu'une pensée mythique comme celle d'Hésiode peut comporter tout à la fois de rigoureusement élaboré et de novateur. Non seulement Hésiode réinterprète le mythe des races métalliques dans le cadre d'une conception trifonctionnelle, mais il transforme la structure tripartie elle-même et, dévalorisant l'activité guerrière, il en fait, dans la perspective religieuse qui lui est propre, moins un niveau fonctionnel parmi d'autres, que la source du mal et du conflit dans l'univers.

2

Le mythe hésiodique
des races.
Sur un essai de mise au point [1]

Jean-Pierre Vernant

Dans un « Essai de mise au point » sur le mythe hésiodique des races, J. Defradas a soumis à une critique serrée l'interprétation qu'à la suite de G. Dumézil j'avais proposée du texte des *Travaux et les Jours* [2]. Son analyse le conduit à rejeter entièrement les conclusions auxquelles j'étais parvenu et qui reposeraient, selon lui, sur une simplification systématique des données du récit, sur une lecture superficielle. Les objections de J. Defradas se présentent comme suit :

1. Par « la substitution d'un schéma structural à un schéma chronologique » j'aurais méconnu les aspects temporels du récit d'Hésiode, au point de prétendre que les races ne se succèdent pas dans le temps. Selon moi, écrit J. Defradas, le mythe « grouperait deux par deux des races qui ne se succéderaient pas, mais qui ne seraient pas autre chose qu'une transposition des trois fonctions fondamentales de la société indo-européenne ». Or Hésiode, observe l'auteur de la mise au point, a pris soin de préciser que la deuxième race a été créée plus tard que la première, μετόπισθεν (127), que la troi-

---

1. In *Revue de philologie*, 1966, p. 247-276 ; repris in *Mythe et Pensée chez les Grecs*, *op. cit.*, p. 48-85.
2. J. Defradas, « Le mythe hésiodique des races. Essai de mise au point », *L'Information littéraire*, 1965, n°4, p. 152-156 ; J.-P. Vernant, « Le mythe hésiodique des races. Essai d'analyse structurale », *supra*, chap. 1.

sième n'est apparue qu'après la disparition de la seconde, la quatrième après la disparition de la troisième, que la cinquième enfin est introduite par le mot ἔπειτα (174). Nous avons donc bien affaire à une série diachronique.

2. On soutient en général qu'exception faite de celle des héros chaque race est inférieure à la précédente. En affirmant que rien de tel n'est dit de la race de bronze par rapport à la race d'argent, qu'elle est présentée comme « en rien semblable » et non comme inférieure à l'argent, j'aurais substitué une « différence de structure » à une « différence de qualité » ; j'aurais ainsi cherché à établir la thèse suivant laquelle, « en réalité, le mythe n'exprimerait pas une idée de décadence dans le temps ». Or, note J. Defradas, de l'âge d'or à l'âge de fer, il y a une incontestable dégradation ; elle n'est interrompue pour un moment que par la race des héros, marque d'une insertion tardive. S'il est vrai que le texte insiste surtout sur la différence entre race de bronze et race d'argent, il n'en reste pas moins que, dans toutes les classifications qui se réfèrent aux métaux, le bronze est bien inférieur à l'argent. Au reste le sort posthume réservé aux hommes d'argent, promus Bienheureux des Enfers (μάκαρες ὑποχθόνιοι), marque leur supériorité sur les hommes de bronze qui deviennent dans l'au-delà le peuple anonyme des morts de l'Hadès. Il faut donc bien de la subtilité, conclut notre critique, pour prétendre qu'avec ces derniers la décadence marque le pas.

3. Il y aurait plus grave. Ce serait par besoin de symétrie que j'aurais, après G. Dumézil, découvert ou inventé une sixième race qui ferait pendant à la race de fer dont Hésiode est contemporain. Jamais Hésiode, fait observer J. Defradas, n'a parlé d'une sixième race ; il a seulement imaginé une détérioration progressive qui conduira la race de fer à sa mort, laquelle se produira au moment où les hommes naîtront avec des tempes blanches. Il n'y a donc pas trois couples de races qui pourraient correspondre aux trois fonctions indoeuropéennes. Le mythe devait comporter à l'origine quatre races métalliques, de valeur régulièrement décroissante. Hésiode y a inséré une cinquième race, celle des héros, sans répondant métallique ; c'est elle qui vient perturber la succession normale en interrompant momentanément le processus progressif de déchéance.

4. Dernier point enfin : Hésiode, qui vit au milieu des hom-

mes de la cinquième race, celle de fer, exprime le regret de
n'être pas mort plus tôt ou né plus tard. Remarque incompréhensible, avais-je observé, dans la perspective d'un temps
humain constamment incliné vers le pire, mais qui s'éclaire
si l'on admet que la série des âges compose, comme la suite
des saisons, un cycle renouvelable. « Il faut vraiment, répond
J. Defradas, connaître déjà les doctrines orphiques et les
échos que nous en a transmis Platon sur le retour éternel,
pour faire reposer sur cette simple remarque une conception
du temps cyclique. Rien, dans l'œuvre d'Hésiode, ne permet
une telle extrapolation. » Quelle serait alors, selon J. Defradas, la signification de la formule hésiodique ? Comme
P. Mazon l'avait indiqué, elle aurait un sens tout à fait
banal ; elle n'impliquerait pas une référence précise à un état
antérieur ni à un état postérieur bien définis ; ce serait simple façon de dire qu'Hésiode eût préféré vivre à *n'importe
quelle époque* plutôt qu'à la sienne. A quoi J. Defradas ajoute
des considérations personnelles sur ce qu'il appelle l'« empirisme » d'Hésiode. Le poète n'a pas de système arrêté. Il n'a
pas hésité, pour placer dans la série des âges les héros de l'épopée, à interrompre le processus de décadence ; rien ne
s'oppose pour lui non plus à ce que l'avenir ne soit pas aussi
sombre que le présent. Tant il est loin de prévoir l'arrivée
d'une sixième race pire que celle de fer !

Telles sont, aussi fidèlement résumées que nous l'avons pu,
les quatre séries d'arguments par lesquels J. Defradas entend
ruiner une interprétation où il voit « une brillante tentative
dépourvue de fondement ».

Si j'ai voulu répondre de façon détaillée à ces objections,
ce n'est pas goût de la polémique ni même besoin de me justifier. J. Defradas a raison sur un point : le débat est important. Par-delà le mythe des races, il pose des problèmes
généraux de méthode ; il engage toute l'interprétation d'une
œuvre comme celle d'Hésiode. Comment aborder les écrits
du plus ancien poète théologien de la Grèce, quelle lecture
apparaît propre à déchiffrer son message, comment espérer
saisir, à travers les textes, l'organisation d'une pensée religieuse dont l'archaïsme peut dérouter notre intelligence du
XXᵉ siècle ?

A lire les objections de J. Defradas, j'ai eu parfois le sentiment que nous ne parlions pas la même langue et que je

n'avais pas été entendu. J'ai craint de n'avoir pas été assez explicite sur des questions qui me paraissaient aller de soi. Je saisis donc cette occasion de m'expliquer plus à fond et, reprenant une analyse qui me semble toujours valable, je voudrais préciser sur plusieurs points essentiels ma position.

1. Ai-je vraiment méconnu les aspects temporels du récit, ai-je affirmé que les races ne se succèdent pas les unes aux autres ? La dernière objection de J. Defradas me paraît déjà faire justice de cette critique. Si, comme il me le reproche au point 4, j'ai eu tort d'admettre que la série des races forme un cycle temporel complet, qu'elles se succèdent comme la suite des saisons, c'est que je reconnais à leur succession une valeur de temporalité. Le temps cyclique n'est pas moins temporel que le temps linéaire ; il l'est autrement. La présence dans le texte hésiodique de termes comme « plus tard, ensuite » ne saurait donc en rien compromettre mon interprétation[3]. Une grande partie des *Travaux et les Jours* est consacrée à un exposé du calendrier des tâches agricoles, rythmant le cycle saisonnier. Hésiode commence son récit par les semailles, à l'époque des pluies d'automne, quand la grue jette son cri et que les Pléiades, à leur coucher matinal, plongent dans la mer (448-450). Il termine son récit sur les mêmes semailles d'automne, sur le même coucher des Pléiades, la fin des travaux inaugurant un nouveau cycle saisonnier (614-617). Devrait-on en conclure qu'il n'y a pas, selon Hésiode, dans l'échelonnement des tâches agricoles d'avant ni d'après, que tous les travaux ont lieu en même temps ?

Cependant la contradiction n'est peut-être pas chez mon critique, mais dans ma propre étude. Peut-être ai-je soutenu, en certaines pages, que le temps des races est cyclique, en d'autres qu'il n'y a pas succession dans le temps ? Examinons donc la question de plus près. C'est en 1959, lors des *Entretiens sur les notions de genèse et de structure*, que j'ai exposé pour la première fois oralement mon interprétation

---

3. J'écrivais, par exemple : « Chaque couple d'âges se trouve alors défini non seulement par sa place dans la série (les deux premiers, les deux suivants, les derniers), mais aussi par une qualité temporelle particulière, étroitement associée au type d'activité qui lui correspond » (*supra*, p. 36).

du mythe des races. Dans la discussion qui suivit, on me demanda déjà si je n'avais pas eu tendance à pousser trop loin l'élimination de la temporalité. Je répondis : « Je reconnais chez Hésiode l'existence d'une temporalité, mais je la crois très différente de notre temps d'aujourd'hui, linéaire et irréversible. Je dirai volontiers que c'est un temps qui comporte moins succession de moments que stratification de couches, superposition d'âges[4]. » Je reprenais ainsi un thème que j'avais développé dans une étude antérieure où j'écrivais, concernant le récit de la *Théogonie* et celui des races : « Cette genèse du monde, dont les Muses racontent le cours, comporte de l'avant et de l'après, mais elle ne se déroule pas dans une durée homogène, dans un temps unique. Il n'y a pas, rythmant ce passé, une chronologie, mais des généalogies [...]. Chaque génération, chaque race, *genos*, a son temps propre, son âge, dont la durée, le flux et même l'orientation peuvent différer du tout au tout. Le passé se stratifie en une succession de races. Ces races forment l'*ancien temps*, mais elles ne laissent pas d'exister encore et pour certaines d'avoir plus de réalité que n'en possèdent la vie présente et la race actuelle des humains[5]. » Peut-être aurais-je dû, pour éviter toute erreur, répéter ce que j'avais déjà écrit ; mais on ne peut pas redire indéfiniment les mêmes choses. Je croyais aussi que les travaux des historiens des religions, des anthropologues, des psychologues et des sociologues sur les diverses formes de temporalité, spécialement sur les aspects de ce qu'on appelle le temps mythique, étaient aujourd'hui familiers à tout le public cultivé. Mais il est clair que le malentendu entre J. Defradas et moi vient de ce qu'il identifie purement et simplement temps et chronologie, alors que je les distingue avec soin. Quand il me reproche de substituer un schéma structural à un schéma chronologique, il en conclut que j'ai expulsé toute temporalité du récit d'Hésiode. J'écrivais pourtant : « L'ordre suivant lequel les races se succèdent sur la terre n'est pas, à proprement parler, chronologique. Comment le serait-il ? Hésiode n'a pas la notion d'un temps

---

4. *Entretiens sur les notions de genèse et de structure*, Paris, 1965, p. 121.
5. « Aspects mythiques de la mémoire en Grèce », *Journal de psychologie*, 1959, p. 1-29 ; repris in *Mythe et Pensée chez les Grecs*, *op. cit.*, p. 115.

unique et homogène dans lequel les diverses races viendraient
se fixer à une place définitive. Chaque race possède sa temporalité propre, son âge, qui exprime sa nature particulière
et qui, au même titre que son genre de vie, ses activités, ses
qualités et ses défauts, définit son statut et l'oppose aux autres
races[6]. » On ne doit parler en effet de temps chronologique
stricto sensu que dans les séries temporelles où chaque événement est défini par une date et comme caractérisé par cette
date ; ce qui suppose à la fois le souci d'une datation rigoureuse et les moyens d'établir une chronologie précise et exacte.
Cela n'est possible que lorsque le temps est conçu comme un
cadre unique et homogène, au cours linéaire, continu, indéfini, irréversible ; alors tout événement occupe dans la série
une place et une seule ; rien ne peut jamais se répéter ; tout
fait a donc *sa* date. Non seulement le temps d'Hésiode, mais
même celui des historiens grecs, pour ne pas parler des Tragiques, ne possède pas encore ces caractères que seul le développement de l'histoire moderne saura lui conférer.
S'appuyant sur les analyses de J. de Romilly[7] pour définir
la nature du temps historique de Thucydide, un psycholo-
gue comme I. Meyerson note que « Thucydide, qui apporte
volontiers des précisions numériques et topographiques quand
elles peuvent éclairer son récit, ne donne jamais une date ».
Il conclut : « La succession des faits est logique chez Thucydide. Tout, dans son histoire, est construction et même construction rigoureuse [...] Le temps de Thucydide n'est pas
chronologique : c'est, si l'on peut dire ainsi, un temps
logique[8]. »
   Bien entendu, la succession des races, chez Hésiode, n'obéit
pas, comme chez Thucydide, à des impératifs logiques.
Hésiode n'est pas passé par l'école des Sophistes. Mais la
notion même de chronologie est plus encore, dans son cas,
inadéquate, puisqu'il ne s'agit pas de temps ni d'événements
historiques. Je me suis donc demandé sur quel type d'ordre
repose la construction du récit des races successives. Il m'a
semblé que le temps se déroulait, non de façon continue, mais

6. *Supra*, p. 17 ; cf. aussi la n. 12.
7. J. de Romilly, *Histoire et Raison chez Thucydide*, Paris, 1956.
8. I. Meyerson, « Le temps, la mémoire, l'histoire », *Journal de psychologie*, numéro spécial intitulé : *La Construction du temps humain*, 1956, p. 340.

suivant des alternances de phases, les races se succédant en couples antinomiques : « Au lieu d'une suite temporelle continue, il y a des phases qui alternent selon des rapports d'opposition et de complémentarité. Le temps ne se déroule pas suivant une succession chronologique, mais d'après les relations dialectiques d'un système d'antinomies dont il reste à marquer la correspondance avec certaines structures permanentes de la société humaine et du monde divin [9]. » Ainsi l'ordre de succession temporelle, exprimé dans un récit généalogique, me paraissait correspondre à l'ordre hiérarchique qui préside en permanence à l'organisation de la société, tant humaine que divine. Comment ai-je conçu les rapports entre le mythe génétique et le schéma structural ? Est-il exact que j'ai « substitué » le deuxième au premier, au point d'effacer les aspects de genèse ? J'ai soutenu exactement le contraire. Selon moi, ce qui caractérise la pensée d'Hésiode, dans le récit de la *Théogonie* comme dans celui des races, c'est que mythe génétique et division structurale [10], au lieu de s'opposer nettement comme ils le font à nos yeux, apparaissent indissociables. « On ne saurait parler, dans le cas d'Hésiode, d'une antinomie entre mythe génétique et division structurale. Pour la pensée mythique, toute généalogie est en même temps, et aussi bien, explicitation d'une structure ; et il n'y a pas d'autre façon de rendre raison d'une structure que de la présenter sous la forme d'un récit généalogique. Le mythe des âges ne fait, en aucune de ses parties, exception à cette règle [11]. » Autrement dit, en chacune de ses parties, le texte d'Hésiode se prête comme à une double lecture ; on peut l'interpréter selon une perspective diachronique ou selon une perspective synchronique. Pour nous, qui avons aujourd'hui l'idée d'un temps possédant, en tant que tel, sa structure, son ordre proprement chronologique, une suite temporelle qui se déroule sur le modèle d'une structure permanente nous apparaît comme de la pseudo-temporalité. Aussi certaines des formules que j'ai employées pouvaient-elles donner le sentiment qu'à mes yeux il n'y avait pas chez Hésiode de temps véritable.

9. *Supra*, p. 21.
10. Et non pas, comme le dit J. Defradas, schéma chronologique et schéma structural.
11. *Supra*, p. 16.

Mais pour Hésiode, qui n'a pas l'idée d'un temps dont l'ordre obéit à des règles de pure chronologie, il s'agit bien d'une temporalité authentique.

Au reste, quelle est en la matière la position de J. Defradas ? Dans la dernière partie de sa mise au point il adopte, après l'avoir opposée à la mienne, l'interprétation de Victor Goldschmidt, que mon étude avait prise pour point de départ [12]. Il écrit : « Il est donc permis de dire qu'Hésiode a utilisé le mythe des races pour expliquer la hiérarchie des êtres divins et pour replacer la condition humaine dans la série des êtres. » Et il conclut : « Cherchant à expliquer la structure actuelle de la société religieuse, la hiérarchie des êtres divins, il en transpose les données en un mythe théogonique et, dans une succession de générations différentes, il retrouve, dans un ordre chronologique, l'origine des différentes familles divines. » Au terme de son étude critique, J. Defradas me paraît donc accepter, au moins sur ce point précis, le type d'interprétation qu'à la suite de V. Goldschmidt j'avais retenu, mais dont j'avais essayé d'analyser précisément les implications psychologiques, en ce qui concerne l'exacte nature du temps dans la pensée d'Hésiode.

2. En observant que la race de bronze n'est pas présentée comme inférieure mais comme « en rien semblable » à celle d'argent qui la précède, ai-je voulu prouver que le mythe n'exprime pas une idée de décadence dans le temps ? J'ai estimé au contraire que la série des races composait un cycle complet de décadence. Partant d'un âge d'or où règnent, à l'état pur, la jeunesse, la justice, l'amitié mutuelle, le bonheur, on aboutit à un âge qui est en tout l'inverse du premier : il est entièrement livré à la vieillesse, à l'injustice, à l'esprit de querelle, au malheur : « A l'âge d'or tout était ordre, justice et félicité : c'était le règne de la pure *dikè*. Au terme du cycle, au vieil âge du fer, tout sera livré au désordre, à la violence et à la mort : ce sera le règne de la pure *hubris* [13]. » Ce que j'ai prétendu, c'est que ce processus de

12. J. Defradas, *loc. cit.*, p. 156 ; V. Goldschmidt, « Theologia » (*loc. cit.*, n. 7 du chap. 1er), p. 20-42.
13. *Supra*, p. 21.

déchéance ne suit pas un cours régulier ni continu. En ce qui concerne les héros, tous les commentateurs seront d'accord : Hésiode indique formellement qu'ils sont supérieurs à ceux qui les ont précédés. Ils interrompent donc de façon évidente le processus de décadence. Marque, fait-on observer, d'une insertion tardive. Je le veux bien et j'admets aussi l'hypothèse que le mythe devait comporter à l'origine quatre races métalliques dont la valeur était sans doute régulièrement décroissante. Mais une chose est le mythe primitif tel que nous pouvons hypothétiquement le reconstruire, autre chose le récit d'Hésiode, tel qu'il lui a fallu le repenser en fonction de ses préoccupations propres, tel qu'il se présente effectivement à nous dans un texte qui mentionne, à côté des races métalliques, celle des héros. Or quelles qu'aient été les raisons qui ont déterminé Hésiode à insérer les héros dans la série des races, à la place qu'il leur assigne, cette insertion montre que le mythe n'avait plus à ses yeux la signification que nous sommes tentés de reconnaître à la version première : Hésiode ne se proposait pas de décrire un progrès continu de déchéance dans la condition humaine. On ne peut échapper à ce dilemme : ou Hésiode veut dire autre chose que la simple continuité dans la déchéance, ou il se contredit ouvertement [14]. Avant d'admettre la seconde hypothèse, il semble de bonne méthode d'interroger le texte au plus près pour rechercher quel est le propos d'Hésiode dans le mythe, quels traits il a donnés, en fonction même de ce propos, aux diverses races, enfin suivant quel ordre il les a disposées pour que leur succession, du début à la fin du cycle, puisse illustrer la morale que lui-même tire de son récit.

Les Travaux et les Jours s'ouvrent sur une déclaration surprenante. Il n'y a pas une seule Lutte (Éris), mais deux Luttes opposées, une bonne et une mauvaise. Dans la *Théogonie*, Hésiode avait rangé Éris au nombre des enfants de la Nuit, c'est-à-dire parmi les sombres puissances du Mal [15]. Dans la descendance sinistre de Nux, aussitôt après Némésis, Éris figurait étroitement associée à Apatè (Tromperie), Philotès (Tendresse amoureuse) et Gèras (Vieil Age). Éris enfantait à son tour toute une série de maux : à côté de Ponos (Peine),

14. Cf. E. Rohde, *Psyché* (*op. cit.*, n. 6 du chap. 1er), p. 77-78.
15. *Théogonie*, 211-233.

de Léthè (Oubli), de Limos (Famine), d'Algéa (Douleurs), qui ouvrent la série, de Dusnomia (Anarchie) et Atè (Malheur), qui la ferment avec en serre-file Horkos (Serment), se présentaient deux groupes symétriques de puissances, d'abord les quatre puissances meurtrières de la guerre, puis les trois puissances de la parole mauvaise et du mensonge exerçant leurs méfaits, non plus dans les combats belliqueux, mais dans les disputes et les contestations judiciaires[16].

Les Travaux et les Jours reprennent, mais aussi corrigent sur des points essentiels cette théologie du mal. A côté de la mauvaise Éris qui jette les hommes les uns contre les autres dans la guerre ou qui les oppose sur l'agora dans des procès[17], il faut reconnaître une Éris toute différente, qu'on doit louer et non plus condamner[18], car elle est profitable aux hommes[19]. C'est elle en effet qui les incite au travail, qui les pousse à labourer et à planter pour amasser du bien[20].

Hésiode s'adresse alors solennellement à son frère Persès, cultivateur comme lui, pour le mettre en demeure de choisir entre ces deux Éris. Qu'il renonce à la méchante Éris (Ἔρις κακόχαρτος)[21] : en le poussant vers l'agora à l'affût des querelles et des procès, dans l'espoir de mettre la main, de façon injuste, sur le bien d'autrui, elle le détourne du travail de la terre, auquel l'incite la bonne Éris et qui lui procurera, dans la justice, une aisance bénie des dieux.

---

16. Cf. Clémence Ramnoux, *La Nuit et les Enfants de la nuit dans la tradition grecque*, Paris, 1959, p. 66 *sq.*

17. Hésiode, au vers 14 des *Travaux*, parle de l'*éris* qui fait grandir πόλεμον καὶ δῆριν, guerre et combat. La valeur de δῆρις est précisée au paragraphe suivant, dans lequel le poète adjure son frère de renoncer à soulever, sur l'agora, νείκεα καὶ δῆριν, querelles et combat, pour s'emparer du bien d'autrui (33) ; cf. 30 : νεικέων τ'ἀγορέων, et 29 : νείκεα... ἀγορῆς. Ce n'est pas sous forme de butin guerrier que Persès, pauvre bougre, δειλός (214), peut espérer mettre la main sur les richesses d'autrui ; faute de pouvoir utiliser l'*éris* du bras, il lui faut se rabattre sur l'*éris* de la langue : « La richesse ne doit pas se ravir : donnée par les dieux, elle vaut bien davantage. On peut gagner une immense fortune par la violence, avec ses bras ; on peut la conquérir avec sa langue, ainsi qu'il arrive souvent quand le gain dupe l'esprit de l'homme... » (320-324).

18. *Travaux*, 13 et 12.

19. *Ibid.*, 19.

20. *Ibid.*, 21-22.

21. *Ibid.*, 28.

Suivent alors deux récits mythiques. La signification du premier est transparente. Introduit par le mot γάρ, le mythe de Pandora apporte la justification théologique de cette nécessaire présence d'Éris dans le monde humain et de l'obligation du travail qui en découle. En effet, les dieux ont caché aux hommes leur vie, βίος, c'est-à-dire leur nourriture[22]. Il leur faut peiner sur la terre, la retourner saison après saison, y enfouir en automne la semence pour que germent les céréales. Il n'en a pas toujours été ainsi. Primitivement les hommes vivaient sans travailler dans une abondance telle qu'ils n'avaient point occasion de se jalouser les uns les autres ni besoin de rivaliser au labeur pour être riches. Mais Prométhée a voulu tromper Zeus et donner aux hommes plus qu'ils n'avaient droit. Si rusé que le Titan ait pu être, son *apatè*[23] se retourne finalement contre lui. Entraînant dans le malheur toute l'humanité, Prométhée est pris au piège qu'il avait tendu. Zeus donne à sa vengeance une forme ambiguë comme est ambiguë dans le monde des hommes la figure d'Éris : Pandora est un mal, mais un mal aimable, la contrepartie et le revers d'un bien[24] ; les hommes, séduits par sa beauté, entoureront d'amour cette peste qui leur a été envoyée[25], qu'ils ne peuvent supporter, mais dont ils ne sauraient se passer, leur contraire et leur compagne. Réplique à la ruse de Prométhée, Pandora est elle-même une ruse, un leurre, un δόλος[26], la tromperie faite femme, l'*apatè* sous le masque de la *philotès*. Parée par Aphrodite d'une irrésistible *charis*, dotée par Hermès d'un esprit menteur et d'une langue de fausseté[27], elle introduit dans le monde une sorte d'ambiguïté fondamentale ; elle livre la vie humaine au mélange et au contraste. Avec Pandora, en effet, non seulement les puissances de la Nuit se répandent à travers la terre, les *algea* des maladies,

22. *Ibid.*, 42.
23. Cf. *Travaux*, 48 ; *Théogonie*, 537 et 565.
24. Cf. *Théogonie*, 585 : καλὸν κακὸν ἀντ'ἀγαθοῖο ; et 602 : ἕτερον δὲ πόρεν κακὸν ἀντ'ἀγαθοῖο.
25. *Travaux*, 57-58 : κακόν, ᾧ κεν ἅπαντες τέρπωνται κατὰ θυμὸν ἑὸν κακὸν ἀμφαγαπῶντες.
26. δόλος et δολίη τέχνη de Prométhée : *Théogonie*, 540, 547, 550, 551, 555, 560, 562 ; Pandora, comme δόλος : *Théogonie*, 589 ; *Travaux*, 83.
27. *Travaux*, 65-68, 73-78.

le *ponos*, le *gèras* [28], ces maux que l'humanité dans sa pureté originelle ignorait, mais tout bien comporte maintenant sa contrepartie de mal, son aspect nocturne, son ombre qui le suit pas à pas : l'abondance implique désormais le *ponos*, la jeunesse le vieil âge, la *dikè* l'*éris* ; de la même façon, l'homme suppose en face de lui son double et son contraire, cette « race des femmes [29] », à la fois maudite et chérie. Qu'un homme fuyant les μέρμερα ἔργα γυναικῶν [30], les œuvres ou les travaux pénibles qu'apportent les femmes, décide de ne se pas marier, il a du pain en abondance toute sa vie [31] ; mais le malheur le guette par un autre biais : point d'enfant pour lui servir d'appui en ses vieux jours et son bien passe, après sa mort, aux collatéraux. Celui qui tout au contraire se marie, dût-il par chance tomber sur une bonne épouse, n'en est pas pour autant mieux loti : tout au long de sa vie « le mal vient pour lui compenser le bien [32] ». Une question se pose ici. Pourquoi le célibataire, contrairement à l'homme marié, ne manque-t-il pas de pain ? Inscrite dans le texte d'Hésiode, la réponse explicite le lien, si fortement établi par le mythe, entre la création de la première femme, l'apparition des maux, la nécessité d'une continuelle émulation dans le labeur agricole. La femme est en effet présentée, en divers passages, comme un ventre affamé engloutissant toutes les nourritures que l'homme s'échine, en labourant la terre, à faire germer du sol. Avant ses noces, la femme lorgne déjà vers les granges de son futur qui se laisse prendre au charme de sa séduction (*philotès*), duper par son babil menteur (*apatè*) [33]. Mariée, la femme est au foyer de la mai-

---

28. *Travaux*, 90 *sq*. On sait qu'en 92 on corrige habituellement le γῆράς du texte par κῆρας. Correction inutile ; le sens, parfaitement clair, est bien celui que précise le vers 93, interpolation empruntée à l'*Odyssée* : « car les hommes vieillissent vite dans la misère ». Il ne faut pas oublier que *Gèras* figure, à côté des autres puissances du mal, parmi les enfants de Nuit.

29. *Théogonie*, 591.

30. *Ibid*., 603.

31. *Ibid*., ὅ γ' οὐ βιότου ἐπιδευὴς ζώει.

32. *Ibid*., 609-610 : τῷ δέ τ'ἀπ' αἰῶνος κακὸν ἐσθλῷ ἀντιφερίζει ἔμμεναι. On comparera à *Travaux*, 179, pour comprendre comment Pandora peut symboliser la vie à l'âge de fer.

33. *Travaux*, 373-375 : τεὴν διφῶσα καλιήν. Noter le thème de l'*apatè* et de la *peithô*.

son une faim (*limos*) installée en permanence. Ne suppor-
tant pas le dénuement (*penia*), recherchant toujours davantage dans son exigence de satiété (κόρος), elle pousse son
homme au travail, mais engrange dans son propre ventre
le fruit des peines d'autrui [34]. Aussi apporte-t-elle à
l'homme, au même titre que les autres maux qu'elle a intro-
duits dans le monde, la tristesse du vieil âge (*gèras*).
Comme les maladies, les soucis, le labeur, elle use les forces du mâle, elle le « dessèche sans feu [35] ». Parce qu'elle
est δειπνολόχης, toujours prête à se mettre à table, toujours à l'affût du festin, elle livre son mari, si vigoureux
qu'il soit, à une vieillesse prématurée [36]. Si l'on veut bien
se rappeler qu'Hésiode, dans son catalogue des enfants de
Nuit, avait précisément rassemblé côte à côte en un même
groupe Apatè, Philotès, Gèras et Éris, on comprendra que
le mythe de Pandora puisse servir à justifier la présence
du mal, sous ces diverses formes, dans la vie des hommes
d'aujourd'hui [37].

34. *Théogonie*, 593-602.
35. *Travaux*, 705 : εὔει ἄτερ δαλοῖο. Pour Hésiode, le jeune homme,
dans sa fleur, est plein de sève. La vieillesse est un dessèchement progressif. Le rôle des femmes, dans cette dessiccation du vieil âge, se comprend mieux si l'on tient compte aussi de l'indication donnée en 586-587 :
au cœur de la saison sèche, quand Sirius brûle la tête et les genoux
(γούνατα) des hommes, les femmes sont μαχλόταται, plus lascives, les
hommes ἀφαυρότατοι, plus affaiblis. Par contre, lors des pluies
d'automne, quand le soleil suspend son ardeur et que Sirius chemine peu
durant le jour sur la tête des mortels, le corps des hommes devient πολ-
λὸν ἐλαφρότερος : bien plus vif (414-416).
36. *Ibid.*, 705 : ὠμῷ γήραϊ δῶκεν.
37. Le thème de Pandora chez Hésiode apparaît ainsi symétrique de
celui d'Hélène, tel qu'il était présenté dans les *Chants cypriens*, tel qu'il
sera repris en particulier par les Tragiques : la vengeance divine, la *Némésis* (le catalogue des enfants de Nuit mentionne, après *Némésis*, la série
Apatè, *Philotès*, *Gèras*, *Éris*), pour faire expier aux hommes leur impiété
et pour mettre un terme à leur pullulement, suscite le personnage de la
Femme fatale, mélange d'*Apatè* et de *Philotès*, dont la venue provoque
l'*éris*, la guerre, la mort. D'après Athénée, 334 c-d (= fr. VII, éd. Allen),
l'auteur des *Cypria* aurait écrit que *Némésis*, s'étant unie dans la *philotès* avec Zeus, enfanta Hélène, θαῦμα βροτοῖσι (cf. la même expression
dans *Théogonie*, 575, 584 et 588 pour Pandora). Mais cette « merveille »
est en même temps un *dolos*, un piège (l'aspect d'*Apatè* est encore ren-
forcé dans la figure d'Hélène par le thème du double, de l'εἴδωλον, qu'on
rapprochera de *Théogonie*, 572, 584 et *Travaux*, 62-63 et 71, où θαῦμα

Le premier récit mythique comporte ainsi trois leçons :
1° Impossible de duper Zeus. Pas une fraude qui lui échappe.
Toute injustice est tôt ou tard découverte et punie [38]. 2° La
réplique de Zeus à la fraude de Prométhée institue la grande
loi qui va désormais régner chez les hommes : rien sans rien,
tout se paie. Les agriculteurs sont les premiers à faire les frais
de cette décision. Le froment ne pousse plus tout seul. Pour
en avoir en suffisance il faut payer de sa personne, rivaliser
dans le travail, s'user à la tâche. Le paysan doit accepter cette
dure loi que Zeus lui impose en châtiment de la faute prométhéenne. S'il veut obtenir l'abondance, sans commettre une
injustice qu'il devrait plus tard expier, il lui faut jour après
jour peiner sur son champ. Alors il devient cher aux Immortels. Sa *dikè* passe par l'émulation au travail, par la bonne
Éris. 3° Un malheur ne vient jamais seul. Les puissances du
mal sont parentes et solidaires. Tous les dons de la terre doivent être payés par la sueur du paysan. Pandora — tous les
dons de la terre — n'a pas seulement figure de divinité du
sol, de puissance de fécondité. Elle est aussi la femme qui
symbolise, en sa duplicité, une condition humaine où les maux
ont désormais leur place à côté des biens, où ils se trouvent
comme inextricablement mêlés à eux.

Ces remarques préliminaires paraîtront peut-être un peu
trop étendues. Je ne les crois pas inutiles. Elles montrent que
le récit d'Hésiode n'a rien de décousu. Les aspects systéma-
tiques de l'œuvre se marquent non seulement, comme on l'a
montré, dans les procédés de composition [39], mais dans la

---

est associée à εἶδος et εἰκών). Sous son aspect séduisant Hélène est une
Éris, qui réalise la βουλὴ Διός. Sur Hélène *Éris*, cf. Eschyle, *Agamemnon*, 1468-1474 ; Euripide, *Hélène*, 36 ; *Électre*, 1282 : Zeus a envoyé
à Ilion un *eidôlon* d'Hélène pour qu'*éris* et *phonos* apparaissent chez
les mortels ; *Oreste*, 1639-1642 : les dieux se sont servis de cette « toute
belle » καλλίστευμα, pour mettre en conflit Grecs et Phrygiens ; ils ont
provoqué des morts afin de purger la terre de l'insolence, ὕβρισμα, des
mortels, dont le pullulement l'emplissait.

38. *Ibid.*, 105.

39. Cf. P. Walcot, « The problem of proemium of Hesiod's Theogony », *Symbolae Osloenses*, 33, 1957, p. 37-47 ; « The composition of
the *Works and Days* », *Revue des études grecques*, 1961, p. 1-19 ; cf.
aussi in *Annuaire de l'École pratique des hautes études*, VIᵉ section,
1962-1963, p. 142 *sq.*, le compte rendu de mes conférences consacrées
à la composition du prélude de la *Théogonie*.

constance de certains thèmes dont la signification joue à plusieurs niveaux et qui, repris ou développés en maints passages, tissent un réseau de correspondances très étroites entre
des parties diverses qui se complètent, s'enrichissent sans se
répéter jamais. Nous avons donc affaire à une pensée très
fortement élaborée dont la rigueur n'est pas comparable à
celle d'une construction philosophique, mais qui n'en a pas
moins dans l'agencement des thèmes et des images mythiques
sa cohérence et sa logique propres. Hésiode s'affirme inspiré
des Muses. A ce titre, il se considère comme l'égal en un certain sens des rois [40]. Son message ne relève pas de la fantasie individuelle ; sur toutes les questions dont il traite, il
prononce « la vérité [41] ». Les Grecs, de génération en génération, ont pris ce message au sérieux. Sous peine de n'y rien
comprendre, nous devons le lire dans le même esprit en considérant que toute indication, même de détail, si elle est inscrite dans le texte, a sa valeur.

Le second mythe est celui des races. Il a plusieurs points
communs avec le premier. Comme lui, il explique l'état présent d'une humanité dont la vie offre un mélange de biens
et de maux. Comme lui aussi, il présente le thème de l'*éris*,
ou plutôt de la double *éris*. A l'âge d'or, non seulement il
n'existe pas de maux, les hommes jouissant de tous les biens,
mais il n'est pas non plus de place pour aucune des deux *éris*.
En effet : 1° les hommes d'or ne se combattent pas à la guerre
(ἥσυχοι) ; 2° sans jalousie les uns à l'égard des autres
(ἐθελημοί), ils ne connaissent pas non plus querelles et procès ; comme le note très justement Mazon, ils ignorent le
κόρος, le désir insatiable, et le ζῆλος, la jalousie, qui engendrent l'*hubris* [42] ; 3° enfin ils n'ont pas davantage besoin,
pour manger, de la bonne *éris*, de l'émulation au labeur. La
terre produit spontanément, sans qu'ils aient besoin de la
travailler, tous les biens en abondance [43]. Au contraire,

40. *Théogonie*, 93 *sq.*
41. *Ibid.*, 29 *sq.*
42. *Travaux*, 118-119.
43. Cf. *Ibid.*, 117-118 : αὐτομάτη, καρπὸν πολλόν τε καὶ ἄφθονον.
Le meilleur commentaire à ce tableau nous est fourni par Platon décrivant, au début du IIIe livre des *Lois*, l'état de l'humanité après le déluge,
quand on n'utilise encore ni fer ni bronze (678 d 1). Peu nombreux, les
hommes ont une grande joie à se fréquenter (678 c 5) ; ils s'aiment et

Hésiode prévoit, à la fin du cycle des races, une vie où il n'y aura plus que des maux : « De tristes souffrances resteront seules aux mortels ; contre le mal il ne sera point de remède [44]. » C'est que les hommes se seront entièrement abandonnés à cette mauvaise *éris* contre laquelle Hésiode mettait en garde son agriculteur de frère : « Aux pas de tous les misérables humains s'attachera ζῆλος κακόχαρτος, la jalousie au cœur mauvais, au langage de médisance, au regard de haine [45]. » Même entre ceux qu'unissaient autrefois des liens d'affection réciproque et désintéressée, la haine jalouse viendra se glisser : l'ami cessera d'être cher à l'ami, le frère au frère, l'hôte à l'hôte, les parents à leurs enfants. Le fils refusera les aliments au père qui l'a nourri [46].

Les hommes au milieu desquels vivent Hésiode et Persès n'en sont heureusement pas encore là. Certes ils ne cesseront pas de connaître fatigues et misères, envoyées par les dieux, mais du moins trouveront-ils « encore des biens mêlés aux maux [47] ». De la même façon, les conseils prodigués par le poète à son frère montrent que si l'âge d'or ne connaît aucune *éris*, pas plus la bonne que la mauvaise, si la vie au terme de l'âge de fer sera tout entière livrée à la mauvaise *éris*, Hésiode et Persès vivent, pour leur part, dans un monde caractérisé par la présence côte à côte des deux formes opposées d'Éris et par la possibilité qui s'offre encore de choisir la bonne contre la mauvaise.

Cependant, d'un récit à l'autre, le thème mythique n'est pas seulement repris et enrichi. Il subit un déplacement. L'accent n'est plus mis, comme auparavant, sur le couple que forment la bonne et la mauvaise Éris, mais sur un couple différent, encore que symétrique : les deux puissances opposées de Dikè et d'Hubris. La leçon du mythe des races est en effet

---

se regardent avec bienveillance, ils n'ont pas à se disputer la nourriture, qui ne risque pas de leur faire défaut (678 d 9 *sq.*) ; aussi ne connaissent-ils ni la discorde, στάσις, ni la guerre, πόλεμος (678 d 6) ; ils sont de caractère généreux : οὔτε γὰρ ὕβρις οὔτ'ἀδικία, ζῆλοί τε αὖ καὶ φθόνοι οὐκ ἐγγίγνονται (679 c), car ni démesure, ni injustice, non plus que jalousies ni rivalités ne prennent naissance.

44. *Travaux*, 200-201.
45. *Ibid.*, 195-196 ; cf. 28 : Ἔρις κακόχαρτος.
46. *Ibid.*, 183-185.
47. *Ibid.*, 176-179.

formulée par Hésiode avec toute la netteté désirable. Cette leçon s'adresse très directement au paysan Persès, auquel Hésiode recommande de se la mettre bien dans l'esprit[48]. Le mythe est suivi, comme d'une parenthèse, d'une courte fable destinée cette fois non plus à Persès, mais à ceux qui, contrairement à lui, disposent de la force et seraient tentés d'en abuser : les rois[49]. La morale que Persès doit, pour sa part, tirer du récit est la suivante : écoute la *dikè*, ne laisse pas grandir l'*hubris*[50]. L'*hubris* est spécialement mauvaise pour les pauvres gens, pour les petits paysans comme Persès ; au reste, même pour les grands comme les rois, elle peut entraîner des désastres[51]. Que Persès lui préfère donc l'autre route, qui mène à Dikè. Car finalement Dikè toujours triomphe d'Hubris.

Le cadre dans lequel le récit s'insère étant ainsi fixé, revenons au texte lui-même pour préciser suivant quel ordre se présente la suite des quatre premières races. La lecture la plus superficielle fait apparaître aussitôt une différence entre les séquences 1-2 et 3-4 d'une part, la séquence 2-3 de l'autre. La relation entre la première et la deuxième race comme entre la troisième et la quatrième est exprimée par un comparatif : πολὺ χειρότερον dans le premier cas, δικαίότερον dans le deuxième[52]. Que signifie ce comparatif ? Dans les deux cas, il traduit une différence de « valeur » qui se réfère à plus de Justice ou au contraire à plus de Démesure. La race d'argent est de « beaucoup inférieure » à celle d'or en ce sens qu'elle est caractérisée par une *hubris* dont la première est parfaitement exempte. La race des héros est « plus juste » que celle de bronze, vouée à l'*hubris*. Or il n'y a rien de tel entre la deuxième et la troisième race, d'argent et de bronze. Leur différence n'est pas exprimée par un comparatif qui les situerait plus haut et plus bas dans une même échelle de valeur. Elles ne sont pas dites meilleures ni pires, mais « en rien semblables » l'une à l'autre[53]. Bien entendu, on ne saurait tirer

---

48. *Ibid.*, 107.
49. *Ibid.*, 202 : Νῦν δ'αἶνον βασιλεῦσι ἐρέω.
50. *Ibid.*, 213 : Ω Πέρση, σὺ δ'ἄκουε δίκης, μηδ'ὕβριν ὀφελλε.
51. Noter l'opposition, en 214, entre δειλῷ βροτῷ (Persès) et ἐσθλός (le roi, auquel Hésiode s'adressait dans la courte parenthèse précédente).
52. *Travaux*, 127 et 158.
53. *Ibid.*, 144.

de cette simple constatation, prise en elle-même, aucune conclusion valable. C'est sur la comparaison de cet οὐδὲν ὁμοῖον avec le πολὺ χειρότερον qui le précède et le δικαίοτερον suivant que j'ai fondé mon argumentation. Il s'agit de savoir si cette différence, révélée dès la première lecture, est bien significative, si le trait distinctif ainsi repéré apparaît, quand on le replace dans le contexte d'ensemble, pertinent ou non pertinent. La question comporte, me semble-t-il, une réponse sans équivoque. Alors que la race d'or s'oppose à la race d'argent comme plus de *dikè* à plus d'*hubris*, celle de bronze aux héros comme plus d'*hubris* à plus de *dikè*, les deux races successives d'argent et de bronze sont l'une et l'autre également définies par leur *hubris* (ὕβριν ἀτάσθαλον pour l'argent, ὕβριες pour le bronze)[54]. Comment une race caractérisée par l'*hubris* peut-elle être dite « en rien semblable » à une autre race caractérisée elle aussi par l'*hubris* ? S'il s'agissait d'une différence de degré, elle devrait être assez considérable pour situer les deux races « en rien semblables » aux deux bouts de l'échelle des valeurs. Hésiode l'exprimerait, ainsi qu'il l'a fait dans les autres cas, par un comparatif du type : de beaucoup inférieur ou beaucoup plus juste. Non seulement le texte ne dit rien de tel, mais le tableau des folies et des impiétés auxquelles se livrent les hommes d'argent ne nous permet pas de supposer qu'Hésiode entend les présenter, malgré tout, comme beaucoup moins avancés dans l'*hubris* que leurs successeurs. Il ne reste qu'une solution : les deux races, également vouées à l'*hubris*, sont différentes par cette *hubris* même ; en d'autres termes, alors que la première et la deuxième race, la troisième et la quatrième, s'opposent comme *dikè* à *hubris*, la deuxième et la troisième font contraste comme deux formes opposées d'*hubris*. La lecture fine du texte impose cette interprétation. En effet, après avoir déclaré que la race de bronze n'est « en rien semblable » à celle d'argent, dont l'*hubris* impie a attiré le châtiment de Zeus, Hésiode explicite cette différence radicale en précisant : « Ceux-là [les hommes de bronze] ne songeaient qu'aux travaux gémissants d'Arès et aux œuvres de démesure, d'*hubris*[55]. » On ne saurait mieux indiquer que c'est

54. *Ibid.*, 134 et 146.
55. *Ibid.*, 145-146.

précisément l'*hubris* des hommes de bronze qui n'est « en rien semblable » à celle des hommes d'argent. L'*hubris* des hommes de bronze se manifeste dans les travaux d'Arès ; c'est une démesure guerrière. L'*hubris* des hommes d'argent se manifeste par l'injustice dont ils ne peuvent s'abstenir dans leurs rapports mutuels et par leur impiété à l'égard des dieux. Zeus fait disparaître cette race parce qu'elle refuse d'honorer, par le culte qui leur est dû, les dieux olympiens. C'est une démesure juridique et théologique, nullement guerrière.

La suite du texte fournit comme la contre-épreuve à l'appui de cette interprétation. En effet la race des héros qui succède à la race de bronze est dite non seulement plus juste, mais δικαιότερον καὶ ἄρειον, à la fois juste et plus courageuse [56]. Sa *dikè* se situe sur le même plan guerrier que l'*hubris* des hommes de bronze. C'est pourquoi j'écrivais : « L'*hubris* des hommes de bronze, au lieu de les rapprocher des hommes d'argent, les en séparait. Inversement, la *dikè* des héros, au lieu de les séparer des hommes de bronze, les unit à eux en les opposant [57]. » La succession des quatre premières races ne se présente donc pas sous forme d'une suite régulière et progressive : 1-2-3-4, mais d'une suite articulée en deux étages : 1-2 d'abord, 3-4 ensuite. Chaque plan, divisé en deux aspects antithétiques, présente deux races formant la contre-partie l'une de l'autre et s'opposant respectivement comme *dikè* à *hubris*. On a ainsi : or suivi d'argent = *dikè* suivie d'*hubris*, mais une *dikè* et une *hubris* situées sur un plan juridico-théologique ; ensuite, bronze suivi des héros = *hubris* suivie de *dikè*, mais sur un plan « en rien semblable » au premier, c'est-à-dire une *hubris* et une *dikè* guerrières.

Qu'en est-il alors de la double objection que J. Defradas formule sur ce point : 1° dans les classifications des métaux, le bronze est inférieur à l'argent ; 2° la destinée posthume de la race d'argent, à laquelle les hommes rendent un culte, prouve sa supériorité sur celle de bronze qui disparaît dans l'anonymat de la mort ? L'interprétation que j'ai défendue me semble échapper à ces deux critiques. J'ai fait observer, en effet, qu'entre les deux couples que j'avais distingués il existait une nette dissymétrie : « Pour le premier plan, c'est

dikè qui forme la valeur dominante : on commence par elle ;
l'*hubris*, secondaire, vient en contrepartie ; pour le second
plan, c'est l'inverse : l'aspect *hubris* est le principal. Ainsi,
bien que les deux plans comportent également un aspect juste
et un aspect injuste, on peut dire que, pris dans leur ensemble, ils s'opposent à leur tour l'un à l'autre comme la *dikè*
à l'*hubris*. C'est ce qui explique la différence de destin qui
oppose, après la mort, les deux premières races aux deux suivantes. Les hommes d'or et d'argent sont également l'objet
d'une promotion au sens propre : d'hommes périssables, ils
deviennent des *daimones*. La complémentarité qui les lie en
les opposant se marque dans l'au-delà comme dans leur existence terrestre : les premiers forment des démons *épichthoniens*, les seconds les démons *hypochthoniens*. Les hommes
leur rendent, aux uns comme aux autres, des "honneurs" [...]
Tout autre est le destin posthume des races de bronze et des
héros. Ni l'une ni l'autre ne connaît, en tant que race, une
promotion. On ne peut appeler "promotion" la destinée des
hommes de bronze qui est d'une banalité entière : morts à
la guerre, ils deviennent, dans l'Hadès, des défunts "anonymes" [58] ». Autrement dit, la suite des quatre races, groupées
en deux couples dont un terme représente la *dikè*, l'autre
l'*hubris*, fait apparaître un *décalage* lors du passage de la
deuxième à la troisième, puisqu'on ne va plus de la *dikè* à
l'*hubris* ou l'inverse, mais d'une forme d'*hubris* à une autre.
Quelle est la signification de ce décalage ? Les races d'or et
d'argent sont vouées à une fonction qui, pour Hésiode, est
en propre l'affaire des rois : exercer la justice sous son double aspect, d'abord dans les rapports mutuels entre les
humains, ensuite dans les rapports des hommes avec les dieux.
Dans l'accomplissement de cette tâche, la première race se
conforme à la *dikè*, la seconde la méconnaît entièrement. La
race de bronze et celle des héros sont vouées exclusivement
à la guerre ; elles vivent, elles meurent en combattant. Les
hommes de ces races sont des guerriers ; mais ceux de bronze
ne savent que la guerre ; ils n'ont cure de la justice. Les héros,
jusque dans la guerre, reconnaissent la valeur supérieure de
la *dikè*. Or, pour Hésiode, fonction royale et activité judiciaire d'une part, fonction guerrière et activité militaire de

58. *Supra*, p. 19-20.

l'autre ne sont pas sur le même plan. La fonction guerrière doit être soumise à la fonction royale ; le guerrier est fait pour obéir au roi. Je formulais cette infériorité de la façon suivante : « Entre la lance, attribut militaire, et le sceptre, symbole royal, il y a différence de valeur et de plan. La lance normalement est soumise au sceptre. Lorsque cette hiérarchie n'est plus respectée, la lance exprime l'*hubris* comme le sceptre la *dikè*. Pour le guerrier, l'*hubris* consiste à ne vouloir connaître que la lance, à se vouer entièrement à elle [59]. » Tel est précisément le cas des hommes de bronze.

S'ils sont donc effectivement inférieurs aux hommes d'argent, cette infériorité est d'une autre nature que celle qui sépare l'argent de l'or ou le bronze des héros : non l'infériorité que son *hubris* confère à une race par rapport à celle, plus juste, qui lui est associée dans la même sphère fonctionnelle, mais l'infériorité, dans la hiérarchie des fonctions, des activités propres à un couple de races par rapport à celles de l'autre couple.

Y a-t-il là, comme le veut J. Defradas, qui ne semble pas d'ailleurs nous avoir exactement compris, un excès de subtilité ? Tout le problème est de savoir si cette subtilité se trouve dans le texte d'Hésiode. Les historiens des religions nous ont appris à reconnaître, dans des mythes que leur archaïsme paraissait vouer à une simplicité toute primitive, une richesse et une complexité de pensée remarquables.

On observera, en tout cas, qu'un des traits que J. Defradas peut légitimement invoquer pour prouver l'infériorité des hommes de bronze sur ceux d'argent — l'infériorité de leur statut posthume — vaut aussi bien pour les héros. Les races d'or et d'argent, une fois disparues, sont l'objet d'un culte. Aux hommes d'or, qui interviennent directement dans leur vie comme gardiens et comme dispensateurs de richesse, les mortels accordent un honneur royal, βασιλήιον γέρας ; aux hommes d'argent, bien qu'inférieurs, ils reconnaissent encore une τιμή [60]. Rien de semblable pour les hommes de bronze, mais rien de semblable non plus pour les héros. Les premiers, qui périssent dans les combats où ils se massacrent mutuellement, connaissent un destin posthume d'une entière banalité : ils partent pour l'Hadès sans laisser de nom ; la mort

59. *Supra*, p. 30.
60. *Travaux*, 126 et 142.

les prend[61]. Les héros, qui périssent également « dans les dures guerres et les mêlées douloureuses[62] », partagent en leur immense majorité ce sort commun : la mort, nous est-il dit, les enveloppa[63]. Seuls quelques privilégiés de cette race bénéficient d'un destin exceptionnel : transportés par Zeus aux confins du monde, loin des hommes, δίχ' ἀνθρώπων, ils mènent dans l'île des Bienheureux une existence libre de tout souci[64]. Mais, dans le texte hésiodique, même cette minorité d'élus, contrairement aux deux premières races, ne fait l'objet d'aucune vénération, d'aucun culte de la part des hommes. E. Rohde écrit très justement à ce propos : « Hésiode ne dit rien d'une action ou d'une influence quelconque que les hommes enlevés (les héros) exerceraient des îles des Bienheureux sur le monde d'en deçà, comme le font les démons de la race d'or ; il ne dit pas non plus qu'ils soient vénérés comme les esprits souterrains de la race d'argent, ce qui ferait supposer qu'ils disposent d'un certain pouvoir. Toute relation entre eux et le monde des hommes est brisée ; toute action d'eux sur lui contredirait à l'idée de cet heureux isolement[65]. »

Comment expliquer ces données du récit hésiodique ? On doit bien reconnaître qu'au moins ceux des héros que la mort engloutit et qui ne sont pas miraculeusement enlevés par Zeus dans l'île des Bienheureux ont dans l'au-delà un statut bien inférieur à celui des hommes d'argent honorés, comme esprits souterrains, d'une *timè*. Les héros sont cependant beaucoup plus justes que ces hommes d'argent, voués à une épouvantable *hubris*. C'est donc que l'infériorité dont témoigne leur statut posthume moins élevé n'est en rien liée à un surcroît d'*hubris*, à une plus grande corruption. Et la subtilité consisterait ici à prétendre, en dépit du texte, qu'il n'est pas nécessaire de distinguer entre deux types différents d'infériorité : celle qui oppose dans le cadre d'une même fonction une race d'*hubris* à une race de *dikè*, celle qui distingue dans la hiérarchie des fonctions la moins élevée et la plus haute.

---

61. *Ibid.*, 154 : νώνυμνοι θάνατος [...] εἷλε μέλας.
62. *Ibid.*, 161.
63. *Ibid.*, 166 : τοὺς μὲν θανάτου τέλος ἀμφεκάλυψε.
64. *Ibid.*, 167 : τοῖς δέ διχ'ἀνθρώπων βίοτον καὶ ἦθε'ὀπάσσας.
65. E. Rohde, *op. cit.*, p. 88.

Si l'on accepte cette distinction que le texte lui-même impose, le récit devient intelligible. Les hommes d'or, ces Royaux, incarnation de la justice du Souverain, obtiennent dans l'au-delà un honneur qualifié de royal ; ceux d'argent bénéficient d'un honneur moindre, ou plus précisément d'un honneur « second » par rapport au premier, auxquels ils sont inférieurs par leur *hubris* — d'un honneur cependant et qui ne peut se justifier, dans leur cas, par des vertus ou des mérites qu'ils n'ont jamais possédés, mais seulement par le fait qu'ils se rattachent à la même fonction, celle des Royaux, la plus élevée dans la hiérarchie [66]. Ce lien étroit, fonctionnel, entre les deux premières races s'exprime dans la complémentarité de leur statut posthume : les uns, les justes, deviennent les démons épichthoniens ; les autres, les injustes, les démons hypochthoniens. Inversement, les héros, pour justes qu'ils soient, connaissent dans leur immense majorité le même sort posthume que les hommes de bronze, voués comme eux à la fonction guerrière, subordonnée à la fonction de souveraineté. Cependant, l'infériorité des guerriers injustes par rapport aux guerriers justes se traduit également par une différence dans l'au-delà. Tous les hommes de bronze sans exception se perdent dans la foule anonyme des défunts oubliés qui forment le peuple de l'Hadès ; au contraire, quelques-uns parmi les héros échappent à l'anonymat de la mort ; ils poursuivent dans les îles des Bienheureux une existence fortunée, et leur nom, célébré par les poètes, survit à jamais dans la mémoire des hommes. Mais ils n'en sont pas pour autant l'objet d'une vénération ni d'un culte, réservés à ceux qui furent durant leur vie des Royaux et qui conservent, jusque dans l'au-delà, des accointances avec la fonction royale dont ils surveillent le juste exercice [67].

Je m'en suis tenu volontairement, dans ma réponse à la deuxième objection de J. Defradas, à l'examen aussi précis que possible du cadre et des grandes articulations du récit. Mais le déchiffrement du mythe exige en outre une analyse de contenu. Il faut en particulier dresser l'inventaire et établir la signification des traits distinctifs qu'Hésiode attribue

---

66. *Travaux*, 141-142 : ὑποχθόνιοι μάκαρες θνητοῖς καλέονται, δεύτεροι, ἀλλ' ἔμπης τιμὴ καὶ τοῖσιν ὀπηδεῖ.
67. *Ibid.*, 252-253.

à chacune des races : valeur symbolique du métal, genre de vie, activités pratiquées ou ignorées, traits psychologiques et moraux, types divers de jeunesse, de maturité ou de vieillesse, forme de mort propre aux individus de chaque race, destruction ou extinction de ces races elles-mêmes, destin posthume. Il ne suffit plus alors de considérer le récit en lui-même ; il devient nécessaire d'établir des rapprochements avec d'autres passages des *Travaux* et de la *Théogonie*, voire de confronter certaines images mythiques d'Hésiode avec des faits cultuels ou des traditions légendaires bien attestés. C'est, pour une très large part, à cette étude qu'était consacré mon « Essai d'analyse structurale ». Il n'est pas question, bien entendu, de répéter une argumentation déjà exposée en détail. Une remarque s'impose cependant. Entre les conclusions de l'analyse formelle, telles que je viens de les développer à nouveau dans les pages précédentes, et les résultats de l'étude de contenu, le lien est trop étroit pour qu'on puisse rejeter les unes sans avoir ruiné les autres. La vraisemblance de l'interprétation proposée tire en effet sa force de la convergence de ces deux ordres de données qui se recoupent très exactement : « L'analyse détaillée du mythe, pouvais-je constater au terme de mon enquête, vient ainsi confirmer et préciser sur tous les points le schéma que, dès l'abord, les grandes articulations du texte nous avaient paru imposer [68]. » Pour nous en tenir à la série des quatre premières races, le cadre dégagé par l'analyse formelle se remplit, pour l'essentiel, de la façon suivante : les divers traits qui caractérisent les races d'or et d'argent les montrent associées étroitement en même temps qu'opposées comme l'envers et l'endroit, le positif et le négatif ; aucune des deux races ne connaît ni la guerre ni le travail ; la *dikè* de l'une, l'*hubris* de l'autre concernent exclusivement les fonctions d'administration de la justice, apanage des rois. Le couple antithétique formé par la race d'or et la race d'argent se retrouve dans le tableau brossé par Hésiode de la vie sous le règne du bon roi, du roi de justice, et sous le règne du roi d'*hubris*, du roi impie qui ne se soucie pas de la *dikè* de Zeus. C'est la même opposition qui, dans la *Théogonie*, sépare Zeus, souverain de l'ordre, de ses rivaux pour la royauté de l'univers, les Titans, souverains du désor-

68. *Supra*, p. 36.

dre et de l'*hubris* ; le lien de l'or et de l'argent se marque
encore, nous l'avons dit, par l'évidente symétrie entre les
démons épichthoniens qui jouissent d'un honneur royal, qui
surveillent au nom de Zeus la façon dont les rois rendent la
justice, et les démons hypochthoniens, qui possèdent eux aussi
une *timè*. Dernier trait enfin : les hommes d'or vivent indéfiniment jeunes sans connaître le vieil âge[69] ; l'homme
d'argent vit pendant cent ans comme un grand bambin dans
les jupes de sa mère[70]. Mais dès qu'il a franchi le seuil de
l'adolescence, il fait mille folies et meurt aussitôt. Hommes
d'or et hommes d'argent sont donc également des jeunes.
Mais la jeunesse pour les premiers signifie l'absence de sénilité ; pour les seconds, l'absence de maturité, la pure puérilité.

Même solidarité fonctionnelle, même contraste aussi entre
les hommes de bronze et les héros. De même que l'image
mythique du Bon Souverain se projetait sur une série de plans
pour s'y opposer chaque fois au Souverain d'*hubris* (dans
le passé sous forme des deux races successives d'or et
d'argent, dans le présent sous les traits du bon roi et du mauvais roi, chez les grands dieux dans les personnes de Zeus et
des Titans, chez les puissances surnaturelles autres que les
theoi comme démons épichthoniens et hypochthoniens), de
même le personnage du guerrier injuste se dresse en face du
guerrier juste, les Géants, en lutte contre Zeus, contrastent
avec les Cent-Bras, gardiens fidèles de Zeus assurant aux
Olympiens la victoire dans leur combat contre les Titans,
enfin les morts anonymes s'opposent aux héros glorieux. Si
les hommes d'or et d'argent apparaissent comme des jeunes,
les guerriers que sont les hommes de bronze et les héros semblent ignorer à la fois l'état de *pais* et de *gérôn*. D'emblée,
ils sont représentés comme des adultes, des hommes faits,
ayant déjà franchi le seuil de l'adolescence, ce *metron hébès*
qui représentait pour la race d'argent le terme même de
l'existence.

Il est, bien entendu, possible de récuser l'ensemble de cette
interprétation. J. Defradas craint qu'elle ne simplifie une réalité historique trop complexe. Il semble qu'on lui reproche-
rait plutôt sa trop grande complexité, puisqu'elle fait inter-

69. *Travaux*, 114 : οὐδέ τι δειλὸν γῆρας ἐπῆν.
70. *Ibid.*, 131 : μέγα νήπιος.

venir, pour comprendre l'ordre de succession des races, non plus un simple schéma linéaire, mais un progrès suivant des phases alternées, impliquant d'une part une association des races en couple fonctionnel et, d'autre part, la présence à tous les niveaux du récit du thème de l'opposition entre la *dikè* et l'*hubris*. Quoi qu'il en soit, la réfutation, pour ruiner l'édifice, devrait porter sur l'essentiel : il faudrait montrer que, pas plus dans les séquences formelles du récit que dans le tableau de la vie des races, de leur mort, de leur destin posthume, les deux premières races ni les deux suivantes n'apparaissent spécialement liées les unes aux autres. C'est cette démonstration qui ne me semble pas avoir encore été faite.

3. Passons à la troisième objection. J'aurais, après G. Dumézil, découvert par besoin de symétrie une sixième race qui ferait pendant à la race de fer dans laquelle vit Hésiode. « Seul un survol rapide du texte d'Hésiode autoriserait une telle erreur qui ne résiste pas à une lecture sérieuse[71]. » Elle n'y résiste pas, en effet ; elle y résiste même si peu que personne ne saurait être tenté de la commettre et qu'il a fallu un survol rapide de mon texte pour qu'elle me soit attribuée. « C'est la cinquième race, ai-je écrit, qui semble alors faire problème : elle introduit une dimension nouvelle, un troisième plan de la réalité qui, contrairement aux précédents, ne se dédoublerait pas en deux aspects antithétiques, mais se présenterait sous la forme d'une race unique[72]. » Si j'avais découvert une sixième race là où Hésiode écrit très clairement qu'il y en a cinq, je n'aurais pas eu à poser le problème. Je ne parle donc pas d'une sixième race ; je prétends que, contrairement aux autres, la cinquième race n'est pas une, qu'elle comporte successivement deux types d'existence humaine rigoureusement opposés dont l'un fait encore sa place à la *dikè* et l'autre ne connaît que l'*hubris*. C'est parce qu'il est double, qu'il a deux aspects, que l'épisode de l'âge de fer peut compléter la structure d'ensemble du mythe[73]. Ce deuxième aspect de l'âge du fer, je l'appelle parfois « vieil

71. J. Defradas, *loc. cit.*, p. 155.
72. *Supra*, p. 20.
73. *Supra*, p. 21.

âge du fer [74] », parfois « âge du fer à son déclin [75] » ; je ne
dis jamais : sixième race.

Mais là n'est pas l'essentiel. Y a-t-il vraiment dans le cas
de la race de fer deux types différents d'existence humaine
qu'il est nécessaire de distinguer ? Notons d'abord
qu'Hésiode ne parle pas et ne pouvait pas parler de la race
de fer comme des autres. Les quatre premières races appartiennent au passé ; elles ont disparu ; Hésiode s'exprime à
leur égard sur le mode du passé, du « déjà accompli ». Par
contre, quand il s'agit de la race de fer, Hésiode n'apparaît
plus tourné vers le passé ; il s'exprime maintenant au *futur* ;
il dit ce qui attend désormais l'humanité ; il ouvre devant Persès, auquel son discours s'adresse, un avenir dont une partie
est toute proche et comme « déjà là » — c'est le νῦν, le maintenant du vers 176 — mais dont l'autre est une perspective
encore lointaine que certainement ni Hésiode ni Persès ne
connaîtront : ce sera le moment où Zeus n'aura plus qu'à
détruire à son tour cette race dont les hommes naîtront avec
des cheveux blancs ; et ce moment, qui se profile au bout
de l'horizon, prend l'allure apocalyptique d'une fin des
temps. Aucune autre race n'a été ainsi décrite tout au long
d'une durée susceptible de modifier ses conditions premières d'existence, aucune n'a été présentée comme ayant subi,
au cours de son âge, une détérioration quelconque [76]. Chaque race du passé demeure ce qu'elle est, du début à la fin,
sans comporter de véritable épaisseur temporelle. C'est au
contraire cette épaisseur temporelle qui caractérise le destin
de la race de fer, précisément parce que ce destin n'est pas

---

74. *Ibid.*
75. *Supra*, p. 36.
76. Le seul cas qui pourrait être invoqué est celui des hommes d'argent,
qui vivent cent ans comme des enfants, puis font des folies et meurent
rapidement. Mais il est clair que le rapprochement serait fallacieux. Ce
sont les *individus*, appartenant à la race d'argent, qui nous sont présentés s'acheminant vers la mort, au long d'une enfance d'un siècle, comme
Hésiode et Persès s'avancent vers la mort dans un vieillissement progressif. Il ne s'agit pas d'un changement des conditions de vie de la *race
d'argent* elle-même. On ne nous dit pas qu'après plusieurs générations
les hommes d'argent, au lieu de rester jeunes jusqu'à leur mort, sont
nés adultes ou vieux. Il n'est donc pas exact de prétendre, comme le fait
J. Defradas, qu'« Hésiode n'agit pas autrement avec la race de fer qu'avec
les précédentes ».

déjà accompli, mais en train de se vivre dans un présent qui reste continuellement ouvert sur l'avenir. C'est *maintenant*, dit Hésiode, la race de fer. Les hommes ne *cesseront* pas d'être tourmentés par tous les maux que les dieux leur enverront. Hésiode ajoute : « Mais pour ceux-là les biens se mêleront encore aux maux [77]. » Remarque qui n'est pas pour nous surprendre, puisque la vie dont Hésiode et Persès ont à faire la dure expérience est cette existence mélangée, contrastée, dont Pandora est apparue, dans le récit précédent, comme le symbole.

A ce νῦν où les biens viennent encore se mêler aux maux, Hésiode oppose, du vers 180 au vers 201, la perspective terrifiante d'un avenir autrement sinistre puisqu'il sera tout entier livré aux puissances nocturnes du Mal. La conclusion de ce dernier paragraphe fait très précisément écho à la conclusion du passage précédent. Au vers 179 : « pour ceux-là [les hommes de maintenant] les biens se mêleront encore aux maux », répondent les vers 200-201 : « aux mortels il ne restera que les tristes souffrances ; contre le mal, il ne sera pas de secours ».

S'il n'existait entre le statut actuel et le statut futur de la race de fer que cette seule différence : dans un cas mélange des biens et des maux, dans l'autre exclusivement les maux, cela suffirait à distinguer au sein de cette race deux types d'existence opposés, car la signification fondamentale du mythe tient précisément à ce point. Rappelons que les hommes de la race d'or se trouvaient κακῶν ἔκτοσθεν ἁπάντων, loin de tous les maux ; tous les biens étaient à eux, ἐσθλὰ δὲ πάντα τοῖσιν ἔην. Aux hommes d'or, aucun mal, tous les biens. Aux hommes parmi lesquels vivent Hésiode et Persès, des biens et des maux. Aux hommes de l'avenir, aucun bien, tous les maux.

Mais ce n'est pas le seul trait qui situe la race de fer (c'est-à-dire la vie présente, telle qu'il s'agit d'en rendre compte et d'en révéler à Persès le sens profond) comme à mi-chemin entre la race d'or, au début du cycle, et la race de fer à son déclin, en fin de cycle. De même qu'ils ignorent le πόνος et l'οἰζύς (ces deux enfants de Nuit), les hommes d'or ne connaissent pas le vieil âge, γῆρας. Nés jeunes, ils restent tou-

---

77. *Travaux*, 179 : ἀλλ'ἔμπης καὶ τοῖσι μεμείξεται ἐσθλὰ κακοῖσιν.

jours semblables à eux-mêmes (ὁμοῖοι)[78]. Hésiode vit dans
un monde où l'on naît jeune et meurt vieux, la jeunesse se
muant peu à peu, en raison des soucis, du labeur, des maladies, des femmes, en vieil âge. A la fin de l'âge de fer, il ne
restera plus que le γῆρας : les hommes naîtront vieux, avec
les tempes blanches[79]. Si l'on veut bien se souvenir que chaque race comporte, comme trait distinctif, une façon de
s'identifier avec un des âges de la vie humaine, on comprendra
que le mythe n'est intelligible qu'à condition de donner
toute sa valeur à l'opposition marquée par Hésiode entre les
deux aspects de la race de fer.

Les hommes d'or vivent, dans leur justice, ἐθελημοὶ
ἥσυχοι[80]. Pacifiques, ils ignorent les rixes guerrières du
champ de bataille. Sans jalousie, ils ne connaissent ni disputes ni procès, avec leur cortège de faux serments, de propos
mensongers, de paroles torses, armes propres à l'*éris* judiciaire qui se déploie sur l'agora. Au terme de l'âge de fer,
nous l'avons vu, la mauvaise *éris* aura le champ libre. Ni la
dikè, ni le serment, ni les dieux ne seront craints ni respec-
tés. On honorera exclusivement l'*hubris*[81]. La parole
humaine prendra la forme du mensonge, des mots tortueux,
du faux serment[82]. La jalousie (ζῆλος), celle qui a même
cœur que la mauvaise *éris* (κακόχαρτος), régnera en maîtresse exclusive sur tous les humains. Cette jalousie-là n'est
pas la bonne *éris* qui rend le potier jaloux du potier, le charpentier du charpentier : elle ne pousse pas à faire mieux que
le rival, à travailler davantage pour produire meilleur
ouvrage ; elle cherche à s'approprier, grâce à la fraude, aux
mensonges, aux faux serments, l'ouvrage que le rival a produit par son labeur[83].

---

78. *Ibid.*, 114.
79. *Ibid.*, 181.
80. *Ibid.*, 118-119.
81. *Ibid.*, 191 : καὶ ὕβριν ἀνέρα τιμήσουσι.
82. *Ibid.*, 194.
83. Comparer 195-196 à 21-26. Le mendiant est jaloux (φθονέει) du
mendiant, le chanteur du chanteur. Le voisin envie (ζηλοῖ) le voisin plus
riche et de ce jour s'empresse au travail pour être plus riche à son tour.
L'Envie (Ζῆλος) est donc double et ambiguë comme l'Éris. De même
qu'il y a une bonne Éris à côté de l'Éris κακόχαρτος — qui se plaît
au mal — il y a un bon Zèlos à côté du Zèlos κακόχαρτος. On a là
un remarquable exemple du jeu des notions ambiguës chez Hésiode. La

Qu'en est-il, sur ce point encore, du monde dans lequel vit Hésiode ? Entre le statut actuel et le statut futur de la race de fer, la coupure est-elle aussi tranchée que dans les deux cas précédents ? Nous avons déjà fait observer que l'exorde du poète à son frère l'invitant à choisir la bonne *éris* et à renoncer à la mauvaise prouve suffisamment qu'elles sont toutes deux présentes dans leur vie de paysans. Mais il y a plus. Quand la jalousie emplira le cœur des hommes, il ne restera plus de place, indique Hésiode, pour ces sentiments d'amitié, de *philia*, qui normalement unissent l'hôte à l'hôte, l'ami à l'ami, le frère au frère, les enfants aux parents. Et le poète ajoute : ὡς τὸ πάρος περ, comme il en était auparavant[84]. Cet « auparavant » qui fait une place, à côté de l'*éris*, à la *philia*, c'est précisément le νῦν, le « maintenant » de la vie présente. Dans le monde d'Hésiode, il y a certes des guerres, de mauvaises querelles, des procès frauduleux comme ceux que Persès tente de susciter contre lui, mais il y a aussi, au sein de la famille, entre voisins et entre amis, des liens d'amitié et d'assistance[85]. Persès en a fait lui-même l'expérience : à son frère venu vers lui dans le besoin, Hésiode n'a pas ménagé son aide[86]. Au reste, s'il arrive aux rois de prononcer des sentences torses, ils peuvent aussi rendre droitement la justice : sur tout leur pays on voit alors les biens l'emporter sur les maux ; pas de guerre (πόλεμος), pas de faim (λιμός), pas de désastre (ἄτη)[87] ; le peuple festoie

---

bonne Éris, celle qu'il faut louer, qui est profitable aux mortels, qui est liée à la *dikè*, comporte un élément de *phthonos* et de *zèlos*, puissances normalement associées à la guerre (cf., par exemple, Lysias, II, 48 : la guerre éclata entre les Grecs : διὰ ζῆλον καὶ φθόνον). La mauvaise Éris, l'Éris guerrière, implique *zèlos et phthonos* dans le mauvais sens, mais elle fait une part aussi à l'émulation dans le bon sens, celle qui pousse le guerrier à se montrer « meilleur » (ἀρείων) que son adversaire et à le vaincre par un surcroît de valeur. C'est cet aspect positif du Zèlos guerrier qui apparaît en *Théogonie*, 384 : *Zèlos* associé à *Nikè*, comme *Cratos* à *Bia*, encadrent le trône de Zeus souverain. Au contraire, à la fin de l'âge de fer, c'est le mauvais Zèlos qui pousse le méchant, le vilain (κακός), à attaquer plus valeureux, plus noble (ἀρείονα), non pas à armes égales, dans un combat loyal où le meilleur triomphe, mais « par des mots tortueux appuyés d'un faux serment » (*Travaux*, 193-195).

84. *Ibid.*, 184.
85. Cf., par exemple, *ibid.*, 342 *sq.*, 349.
86. *Ibid.*, 396.
87. *Ibid.*, 228 *sq.*

joyeusement les fruits des champs qu'il a labourés ; les femmes enfantent à leurs époux des enfants « semblables à leurs pères », alors qu'à la fin de l'âge de fer il nous est dit que les fils ne seront même plus « semblables à leurs pères [88] ». La lecture attentive du texte semble donc bien confirmer que la race de fer comporte deux aspects, soigneusement distingués et même opposés par Hésiode. La race de fer désigne, en premier lieu, la vie actuelle, celle-là même dont rendait compte aussi le mythe de Pandora, et à laquelle s'appliquent les conseils religieux, moraux, pratiques, agricoles que dispensent généreusement *Les Travaux et les Jours*. Cet âge de fer occupe dans le mythe une place particulière, puisque le récit est précisément destiné à rendre compte de sa nature ambiguë, de son statut « mélangé [89] », et à justifier le choix qu'Hésiode recommande à son frère en faveur de la *dikè* et du travail. La race de fer désigne, en second lieu, non plus cette vie présente telle que le poète la constate, mais une vie à venir, telle que sa sagesse inspirée lui permet de la prévoir. Cette prédiction terrifiante d'un monde tout entier livré à l'*hubris* est en même temps un avertissement solennel à Persès : si lui-même et ses semblables continuent à se conduire comme ils le font, à ignorer la *dikè*, à mépriser le travail, on peut être sûr que le monde en viendra à cette extrémité de malheur. La vison prophétique du poète a donc une double signification : d'une part elle fixe le terme d'un cycle des âges qui aura sa fin comme il a eu son commencement ; elle boucle le cercle qui a conduit l'humanité de la *dikè* à l'*hubris*, du bonheur au malheur, de la jeunesse à la vieillesse, de la *philia* à la mauvaise *éris ;* mais, d'autre part, elle lance un appel à Persès et aux méchants : il en est encore temps ; qu'ils comprennent la leçon, qu'ils acceptent d'écouter la *dikè*, qu'ils ne laissent pas l'*hubris* grandir, alors peut-être les puissances maléfiques de la Nuit ne pourront-elles pas envahir toute l'existence ; il y aura place encore, chez les pauvres humains, pour du bonheur.

88. 235 et 182.
89. Nous aurions donc déjà, sur le plan des images mythiques, la préfiguration de ce qui sera, sur le plan des notions philosophiques, l'important concept de « mélange » (μίξις).

4. Les analyses précédentes ont déjà répondu à la quatrième objection formulée par J. Defradas, au moins en ce qui concerne le point suivant : la série des races forme bien un cycle complet de décadence qu'Hésiode conçoit comme un tout, avec son commencement et sa fin, strictement opposés l'un à l'autre. Une précision doit seulement être ajoutée. Les hommes de la race d'or vivent « comme des dieux » (112), dans un état qui n'est pas encore réellement « séparé » de la béatitude des Immortels et où se reflète la parenté d'origine entre race divine et race humaine [90]. De la même façon, dans la *Théogonie*, la contestation qui met aux prises les dieux et les hommes à Mécônè pour le partage de la bête sacrifiée — contestation que Prométhée, par sa fraude, va trancher en faveur des humains — suppose, sinon une communauté complète d'existence, du moins une fréquentation et un commerce assidus entre proches [91]. Au contraire, le tableau de la fin du cycle des races offre l'aspect désespérant d'un monde humain radicalement coupé de celui des dieux ; *Aidôs* et *Némésis*, qui inspiraient encore aux hommes le souci du ciel et qui leur donnaient la possibilité d'établir avec lui la communication, abandonnent désormais la terre pour l'Olympe ; elles délaissent une humanité livrée au Mal et à la Nuit pour rejoindre la race lumineuse des Bienheureux [92].

C'est parce que le récit d'Hésiode embrasse ainsi dans sa totalité le destin du genre humain, comme on raconterait le cycle de vie d'un individu depuis son plus jeune âge jusqu'au

90. Ainsi pourrait se comprendre, comme le suggère B. A. Van Groningen (*La Composition littéraire archaïque grecque*, 2e éd., Amsterdam, 1960, p. 288, n. 3), le vers 108, condamné par P. Mazon : « que dieux et mortels ont même origine ». J. Defradas propose une autre interprétation : « Si la hiérarchie des classes d'hommes contient l'explication de la hiérarchie des êtres divins auxquels s'adressent des cultes, la formule suspecte en sera la véritable introduction. » Cette hypothèse se heurte à une objection décisive. La hiérarchie des êtres divins dont le mythe doit rendre compte comporte toutes les puissances surnaturelles à l'exception précisément des θεοί. Or, si le mythe a bien la fonction qu'on lui attribue, le mot θεός doit être pris dans son sens technique, marquant la différence entre les dieux proprement dits et les démons ou héros.

91. *Théogonie*, 535 *sq.*

92. *Travaux*, 197-200. Est-il nécessaire de souligner que, dans le monde d'Hésiode, *Aidôs* et *Némésis* sont encore présentes ? Au νῦν de la vie présente (176) s'oppose le τότε du vers 197 qui marque le point final du cycle, le départ de tout ce qui restait dans le monde de divin.

terme de sa vieillesse, que j'ai été conduit à m'interroger sur
le sens du vers 175. Hésiode regrette de « n'être pas mort plus
tôt ou né plus tard ». « Mort plus tôt » se comprend : il aurait
pu naître au jeune temps de la race d'or. « Né plus tard »
fait problème : au point où il se situe dans la série des races,
l'avenir n'offre plus que de sombres perspectives ; Hésiode
ne peut pas souhaiter de naître dans un monde qui ne
connaîtra plus, selon lui, que vieillesse, malheur, injustice.
Il envisage donc qu'une fois venue l'heure où Zeus aura
anéanti à son tour cette race de fer, c'est-à-dire une fois ter-
miné ce qui nous est apparu comme un cycle complet, une
nouvelle race d'hommes pourra naître dont le poète, avec plus
de chance, aurait pu faire partie. Nous n'avons aucun moyen,
faute d'autre indication de la part d'Hésiode, de savoir
comment il se représente la venue de cette race. Les remarques qu'on peut faire, sur ce point, gardent dont un caractère hypothétique. Il ne paraît pas cependant illégitime,
Hésiode ayant conçu la série des races sur le modèle d'un
cycle, de supposer qu'il devait se représenter la suite, puisque suite il y a, sur un modèle également cyclique. Comme
les générations d'hommes se succèdent à l'intérieur d'une
même race, comme les races se succèdent à l'intérieur du cycle
total des âges, de même les cycles pourraient se succéder les
uns aux autres. Ce renouvellement du cycle, après la destruction prévue par Hésiode de la race de fer, au terme ultime
de la déchéance, n'a, bien entendu, rien à voir, sinon dans
l'idée de J. Defradas, avec le retour éternel des doctrines
orphiques ni avec leur eschatologie[93]. Tout simplement
Hésiode conçoit le cours des races humaines à l'image du
cours des saisons. Le calendrier hésiodique a un caractère
cyclique ; tous les points de repère temporels qu'il signale se
répètent régulièrement chaque année. Par contre, il ne nous
fournit aucun indice d'une éventuelle datation des années permettant de les distinguer les unes des autres et de les ordon-
ner en une série linéaire (comme, par exemple, lorsqu'on les
désignera par les noms de magistrats civils ou religieux). On
pourrait dire, en reprenant l'expression de Maurice Halbwachs, que les cadres sociaux de la temporalité sont encore
dans le monde paysan d'Hésiode, comme chez les « archaï-

93. J. Defradas, *loc. cit.*, p. 155.

ques », essentiellement d'ordre cyclique[94]. Le temps est
formé d'une suite de saisons nettement séparées les unes des
autres par des « coupures » marquées par des points temporels singuliers servant de repère dans le cadre d'un calendrier
annuel[95]. Cette suite de saisons différenciées forme un cycle
complet qui, arrivé à son terme, recommence. L'emprise de
cette image cyclique du temps se marque aussi bien chez
Homère : quand il évoque le destin des hommes « périssables », ce n'est pas, comme le feront les Lyriques, pour exprimer la nostalgie de l'individu devant la fuite inexorable du
temps, mais pour comparer la succession des générations
humaines au retour périodique des saisons[96] : « Comme
naissent les feuilles, ainsi font les hommes. Les feuilles, tour
à tour, c'est le vent qui les épand sur le sol et la forêt ver-
doyante qui les fait naître, quand vient la saison du printemps ; ainsi les hommes : une génération naît à l'instant
même où une autre s'efface[97]. »

L'hypothèse d'un renouvellement du cycle des âges, sug-
gérée par le vers 175, se trouve renforcée par le texte du *Politique* où Platon, évoquant comme par jeu les vieux mythes
du temps jadis, expose que les générations humaines se succèdent en cycle et que ce cycle, arrivé à son terme, recommence mais en sens inverse[98]. Or les allusions à Hésiode
paraissent, dans ce passage, manifestes : ainsi l'état de
l'humanité sous le règne de Cronos est décrit de la façon suivante : « Ils avaient à profusion les fruits des arbres et de

94. Maurice Halbwachs, *Les Cadres sociaux de la mémoire*, Paris,
1976.

95. Cf., sur le calendrier hésiodique, les remarques de P. Nilsson, *Primitive time reckoning*, Lund, 1920.

96. Cf. J.-P. Vernant, « Aspects mythiques de la mémoire », in *Mythe
et Pensée chez les Grecs, op. cit.*, p. 129 : « La prise de conscience plus
claire, à travers la poésie lyrique, d'un temps humain fuyant sans retour
au long d'une ligne irréversible, met en cause l'idée d'un ordre tout entier
cyclique, d'un renouveau périodique et régulier de l'univers. » Sur la
conception d'une suite de jours, de mois, de saisons se succédant dans
le cadre d'un cycle annuel circulaire, cf. *Hymne homérique à Apollon*,
349-350 : « Mais lorsque les jours et les mois touchèrent à leur terme
et que vinrent les Heures avec le retour du cycle de l'année, ἅψ περιτελ-
λομένου ἔτεος καὶ ἐπήλυθον ' Ὧραι » ; cf. *Travaux*, 386 : αὖτις δὲ περι-
πλομένου ἐνιαυτοῦ...

97. *Iliade*, VI, 146 *sq.*

98. Platon, *Politique*, 268 e *sq.*

toute une végétation généreuse et les récoltaient sans culture
sur une terre qui les leur offrait d'elle-même » (αὐτομάτης
ἀναδιδούσης τῆς γῆς ; cf. *Travaux*, 117-118 : ἄρουρα αὐτομάτη) [99]. Que se passe-t-il, selon Platon, à la fin du cycle,
au moment où l'univers commence à se mouvoir en sens
inverse ? « Tout ce qu'il y a de mortel cessa d'offrir aux yeux
le spectacle d'un vieillissement graduel, puis, se remettant à
progresser, mais à rebours, on les vit croître en jeunesse et
en fraîcheur. Chez les vieux, les cheveux blancs se remirent
à noircir ; chez ceux dont la barbe avait poussé, les joues rede-
vinrent lisses, et chacun fut ramené à la fleur de son printemps [100]. » Il est difficile de ne pas voir dans l'humour
platonicien qui préside à ce tableau la réplique à la description hésiodique du vieillissement progressif des races
humaines.

Il est vrai qu'on peut avec P. Mazon ne pas prendre au
pied de la lettre le vers 175 et y reconnaître « une formule
analogue à ces antithèses familières si fréquentes chez les
Grecs pour exprimer cette idée de n'importe qui ou n'importe
quoi [101] ». Cependant cette antithèse du passé et de l'avenir
apparaît chez Hésiode dans un contexte trop précis pour
qu'on puisse sans autre précaution la rapprocher d'expressions toutes faites comme celles qu'on évoque chez Sophocle, *Antigone*, 1108 : ἴτ'ἴτ'ὀπάονες οἵ τ'ὄντες οἵ τ'ἀπόντες,
« allez, allez, serviteurs, ceux qui sont là et ceux qui n'y sont
pas », ou *Électre*, 305-306. J. Defradas, pour prouver qu'il
y a bien une « chronologie » dans la succession des races,
invoquait la présence au vers 127 de μετόπισθεν, au vers 174
d'ἔπειτα. Il aurait pu observer que, sur les sept adverbes de
temps qui figurent dans la centaine de vers du texte [102], quatre se trouvent précisément concentrés entre les vers 174 et
176 : un premier ἔπειτα en 174, les deux πρόσθεν et ἔπειτα
du vers 175, le νῦν du début du vers 176. Le texte a donc
le sens suivant : « Plût aux dieux que ce ne fût pas *ensuite*
[c'est-à-dire *après* la race des héros] que j'eusse moi-même

---

99. *Ibid.*, 272 a.
100. *Ibid.*, 270 d-e.
101. P. Mazon, cité par J. Defradas, *loc. cit.*, p. 153.
102. En dehors du vers 127, un ἔπειτα au vers 137 ; et le τότε final
du vers 197, quand *Aidôs et Némésis* quittent la terre pour le ciel.

à vivre au milieu des hommes de la cinquième race, mais que je fusse ou mort *antérieurement* ou né *plus tard ; maintenant*, en effet, c'est la race de fer. » Il semble que, s'il est un passage où il faille donner aux indications temporelles leur valeur, ce doive être celui-là.

Au terme de son examen critique, avant de conclure, J. Defradas, jetant un regard sur les ruines qu'il pense avoir accumulées autour de lui, sent la tristesse l'envahir : « Il est pénible, écrit-il, de décevoir ceux qui ont cru rencontrer une explication cohérente et solide en leur montrant qu'elle repose sur une lecture superficielle des textes ou sur une systématisation qui fausse la complexité du réel [103]. » Aussi, « pour ne pas laisser le lecteur sur cette impression négative », fait-il appel, pour en adopter les conclusions, à l'étude de V. Goldschmidt, mentionnée plus haut. C'est cette étude qui a précisément servi de point de départ à ma propre recherche ; j'ai emprunté à V. Goldschmidt le principe d'explication qu'il proposait quand, insistant sur « l'effort de *systématisation* que trahit le texte d'Hésiode [104] », il y voyait une mise en correspondance de deux séries différentes, un mythe génétique et une division structurale, fixant la hiérarchie des puissances surnaturelles autres que les *theoi*, c'est-à-dire les démons, les héros et les morts. V. Goldschmidt n'apportait pas une analyse complète du mythe des races : l'objet de son article était autre ; il ne traitait d'Hésiode qu'incidemment. J'ai donc voulu reprendre l'enquête pour elle-même, dans la direction indiquée, en m'efforçant de trouver une réponse aux questions que V. Goldschmidt n'avait pas abordées et aux difficultés que son schéma interprétatif laissait encore subsister. J'ai cru trouver la solution, non en récusant ce schéma, mais en le poussant plus loin, en l'intégrant dans une interprétation à la fois plus large et plus complexe susceptible, tout en respectant l'aspect systématique du mythe, justement souligné par Goldschmidt, d'en expliquer chaque détail.

103. J. Defradas, *loc. cit.*, p. 155.
104. V. Goldschmidt, *loc. cit.*, p. 36 (le mot *systématisation* est souligné par V. Goldschmidt).

Les difficultés que présente le texte quand on y voit la réunion *directe*, l'adaptation *sans autre intermédiaire* d'un mythe génétique, où les métaux ont une valeur régulièrement décroissante, et d'une classification des êtres divins, n'ont pas échappé à V. Goldschmidt. 1° La race des héros, dont la présence est indispensable pour la classification des êtres divins, fausse l'architecture du récit ; du point de vue de la suite des races elle apparaît comme une pièce surajoutée, non intégrée à l'ensemble. 2° La race d'argent fait problème à tous égards. En premier lieu, si Hésiode utilise une tradition légendaire qui présentait la suite des races d'après un ordre de déchéance progressive, pourquoi trace-t-il des hommes de la race d'argent le tableau que nous avons vu ? Puisqu'il les situe tout de suite après l'or au sommet de l'échelle des métaux, pourquoi les caractériser négativement par leur « démentielle *hubris* » ? Rien ne l'y obligeait. Car de deux choses l'une : ou bien il se conforme à la tradition et c'est alors que cette tradition elle-même ne respectait pas le schéma d'un progrès singulier dans la déchéance ; ou bien, comme je le crois personnellement, Hésiode a modifié sur ce point la tradition et inventé les traits qui définissent dans son récit la race d'argent. Il avait ses raisons pour agir de la sorte ; nous devons essayer de les discerner.

La difficulté s'accroît lorsqu'on passe de la perspective génétique à la perspective structurale. Hésiode aurait relié ces deux perspectives en cherchant à montrer que le statut posthume des diverses races, leur promotion au rang de puissances divines (autres que les *theoi*) sont mérités par la vie terrestre qui a été la leur. « Cela ne va pas, note V. Goldschmidt, sans quelque difficulté pour la race d'argent, ensevelie par Zeus courroucé, parce qu'elle refusait de rendre hommage aux dieux olympiens ; cependant même les membres de cette race impie sont vénérés [105]. » Ainsi Hésiode avait deux raisons pour une de peindre la race d'argent sous des couleurs favorables : d'abord parce qu'elle suit immédiatement l'or ; ensuite parce qu'il s'agit de justifier le culte que lui rendent les hommes. Il faut bien répondre à la question : pourquoi fait-il exactement l'inverse ?

Il y a plus grave. La classification des êtres divins dont le récit des races doit fournir l'étiologie comprend, en dehors

---

105. V. Goldschmidt, *loc. cit.*, p. 35.

des *theoi*, dont il n'est pas question dans le mythe, la série suivante : démons, héros, morts. On peut noter déjà que l'ordre normal n'est pas respecté et que les morts apparaissent, dans le mythe, avant les héros, ce qui ne se produit dans aucun de nos textes présentant cette série : les héros sont parfois classés avant les démons, jamais après les morts [106]. Mais surtout il y a une suite de *quatre* races pour rendre compte de *trois catégories* d'êtres surnaturels. Les hommes d'or deviennent, après leur mort, des δαίμονες qualifiés d'ἐπιχθόνιοι ; les hommes de bronze, dits νώνυμνοι, peuplent le séjour moisi de l'Hadès (morts ordinaires) ; les héros restent ce qu'ils sont : héros. Qu'en est-il alors des hommes d'argent qualifiés de μάκαρες ὑποχθόνιοι ? Ou bien ils forment une catégorie à part, une quatrième espèce d'êtres divins qui ne rentrerait pas dans le cadre de la classification traditionnelle et dont on ne voit pas en quoi elle pourrait consister. Ou bien ils s'associent aux hommes de la race d'or pour constituer avec eux, en tant qu'hypochthoniens contrepartie des épichthoniens, la catégorie des démons. C'est cette solution qu'après Rohde V. Goldschmidt, suivi par J. Defradas, adopte très légitimement : « On peut admettre, écrit-il, qu'Hésiode a dédoublé la classe des démons pour assigner ainsi à la race d'argent une place dans le système [107]. » Mais qui ne voit toute la chaîne de conséquences qu'entraîne cette observation ? Pour la cohérence du système, c'est-à-dire pour que les deux séries, génétique et structurale, puissent s'adapter l'une à l'autre, Hésiode a dû unir très étroitement les deux premières races, les concevoir sous forme d'un couple, et d'un couple indissociable, puisqu'elles se complètent pour former la catégorie unique des démons. On comprend alors qu'il ait conféré aux hommes de la race d'argent, dans tout le détail du tableau qu'il trace de leur vie, des traits qui les font apparaître comme la contrepartie des hommes d'or. Nous tenons donc du même coup la réponse à la question que nous posions tout à l'heure : pourquoi les hommes d'argent, situés aussitôt après l'or au sommet de l'échelle des métaux, n'apparaissent-ils pas un peu inférieurs aux hommes d'or et bien supérieurs aux races suivantes ? C'est qu'en réalité les hom-

106. *Ibid.*, p. 31.
107. *Ibid.*, p. 37.

mes d'argent « doublent » la race d'or ; ils offrent, de la vie
de cette race, un tableau inversé où la démentielle *hubris* a
remplacé la *dikè*.

Ces remarques s'appliquent aux deux races suivantes
comme aux deux premières, pour les raisons que nous avons
déjà dites. S'il est vrai que chacune de ces deux races rend
compte d'une catégorie spéciale des puissances de l'au-delà,
les habitants de l'Hadès d'une part, les habitants des îles des
Bienheureux de l'autre, il s'agit pour Hésiode de deux types
de défunts qui ne sont ni les uns ni les autres objet d'une *timè*
comme les démons. Pas plus chez Hésiode que chez Homère
nous ne trouvons l'attestation d'un *culte* des héros, comparable à celui qui apparaît organisé dans le cadre de la religion civique [108]. Les héros sont seulement des *morts* qui, au

108. C'est pourquoi ce texte d'Hésiode pose à l'historien de la religion grecque, en ce qui concerne le culte héroïque, un problème de première importance. On sait que chez Homère le terme ἥρως n'a pas de
signification religieuse précise. Chez Hésiode, le terme apparaît pour la
première fois dans le cadre d'une classification des puissances surnaturelles avec une signification religieuse, mais sans qu'il soit encore question d'une *timè*, d'un culte, ou du moins d'un culte public, dépassant
le cadre familial dans lequel reste normalement confiné le rituel en l'honneur des morts. Au contraire, dans l'organisation de la religion de cité,
le culte public des héros a une place et une physionomie très précises.
Comment et quand ce culte s'est-il constitué dans les traits spécifiques
que nous lui connaissons à l'âge classique ? Difficile problème. Notons
seulement que la catégorie des héros regroupe des éléments d'origines
diverses et dont le disparate est manifeste. Aucune des deux théories traditionnelles ne parvient à rendre compte de tous les faits : ni celle qui
rattache le culte héroïque au culte funéraire, ni celle qui voit dans les
héros d'anciens dieux tombés en désuétude. En dehors des héros qui sont
manifestement d'anciennes divinités ou des morts illustres dont le culte
est lié à un tombeau, il y a des divinités du sol, très proches des démons
souterrains d'Hésiode, et des divinités fonctionnelles de toutes sortes.
On a bien le sentiment que l'unification de ces éléments divers dans une
catégorie homogène et bien définie, ayant sa place fixe dans le culte et
dans la hiérarchie des êtres divins, a dû correspondre à certains besoins
sociaux en rapport avec la fondation de la cité. Ici encore Hésiode se
situerait entre le monde homérique et le monde de la *polis*. Sur le plan
théologique, par sa nomenclature des êtres divins, sa classification en
dieux, démons, morts, héros, il ferait vraiment figure de précurseur. C'est
bien ainsi, semble-t-il, que Platon et Plutarque le comprennent (*Cratyle*,
397 e *sq.* ; *Moralia*, 415 B). Car non seulement Homère ne fait pas des
héros une catégorie religieuse, mais il ne distingue pas non plus précisément les *theoi* des *daimones*. Plutarque a donc raison d'écrire qu'Hésiode
a été le premier à fixer ces genres : καθαρῶς καὶ διωρισμένος.

lieu de rejoindre la foule anonyme de l'Hadès, ont été transportés, loin des hommes, dans les îles des Bienheureux.
Davantage, tous ceux qui forment la race divine des héros
ne vont pas dans l'île des Bienheureux. Dans leur immense
majorité ils rejoignent les hommes de bronze dans l'Hadès.
On comparera sur ce point les vers 154-155, où il nous est
dit des hommes de bronze θάνατος εἷλε μέλας : la noire mort
les prit, au vers 146, où il nous est dit de la plupart des héros
(τοὺς μέν, opposés à τοῖς δέ, du vers 179) θανάτου τέλος
ἀμφεκάλυψε, la mort qui tout achève les enveloppa.

Si donc on accepte le principe d'explication de V. Goldschmidt et si l'on admet avec lui qu'Hésiode a voulu unir
l'un à l'autre un mythe génétique et une division structurale,
il faut compléter son analyse en observant que pour établir
une correspondance entre une série à quatre termes (les
quatre races) et une série à trois termes (les trois catégories
de puissances surnaturelles autres que les *theoi*) l'adaptation
supposait une refonte du mythe, l'élaboration d'un système
neuf. Si l'on tient compte de tous les détails du récit, si
l'on situe chaque fois ces détails dans le contexte d'ensemble
du mythe, si le mythe lui-même est replacé dans l'œuvre hésiodique, on peut dégager les principes de cette réorganisation.
Premièrement, les races ont été regroupées deux à deux et
chaque couple a une signification fonctionnelle précise.
Deuxièmement, chaque fonction ainsi dédoublée en deux
aspects antithétiques traduit, au niveau qui lui est propre,
l'opposition de la *dikè* et de l'*hubris*, thème central et leçon
du mythe [109].

Mon interprétation prolonge donc celle de V. Goldschmidt
sans la contredire. Elle n'est pas plus simple ; elle la compli-
que pour rendre compte de toute une série d'éléments que
V. Goldschmidt avait laissés en dehors de son enquête. Pour
opposer sa thèse à la mienne, il faut nous avoir lus, l'un et
l'autre, un peu vite.

Et c'est bien finalement un problème de lecture que soulève cette trop longue discussion. Comment lire Hésiode ?
Comme le fait V. Goldschmidt, « frappé par l'effort de *systé-*

---

109. Je me permets de renvoyer ici à la conclusion de ma première
étude, *supra*, p. 39-43, où ces deux principes d'explication étaient plus
largement développés.

matisation » du texte hésiodique ? Ou comme J. Defradas, pour qui, au contraire, Hésiode « n'a pas de système arrêté », n'a pas hésité, pour classer ses héros, à interrompre le processus de décadence et envisage aussi bien dans son « empirisme » un avenir moins sombre que par le passé [110] ? Dans le premier cas, on prend le texte, si je puis dire, par le haut. On admet que la tâche de l'interprète est de se hisser au niveau d'une œuvre à la fois riche, complexe, systématique, possédant son type propre de cohérence qu'il faut tenter de découvrir. On se refuse toute facilité. On s'efforce par une patiente lecture, reprise jour après jour, de rendre compte de tous les détails en même temps que de les intégrer à l'ensemble. Si une difficulté subsiste dans le déchiffrement du texte, on l'impute au défaut d'intelligence du lecteur plutôt qu'aux contradictions ou aux négligences du créateur.

Dans le second cas, on interprète Hésiode par le bas.

3

Méthode structurale
et mythe des races [1]

Dans *Questions platoniciennes*, Victor Goldschmidt reproduit l'étude qu'il avait publiée, vingt ans auparavant, dans la *Revue des études grecques*, sous le titre « Theologia ». Il la fait suivre d'un *Addendum* où, discutant la lecture que j'avais, après lui, proposée du mythe hésiodique des races humaines, il entreprend de prolonger sa réflexion « sur le détail et aussi sur l'ensemble de l'interprétation du mythe ». Cette « mise au point » comporte deux aspects : d'abord, à côté du constat des convergences et, parfois, d'un « accord complet » entre nous, Goldschmidt énumère les objections ou, comme il le dit, les questions que ma thèse soulève à ses yeux ; ensuite, concernant la sienne, il apporte des éclaircissements sur les points qui m'avaient semblé faire problème et il élargit son analyse en y intégrant des éléments nouveaux qui, dans la ligne d'une étude de P. Walcot parue entre-temps, confirment son point de vue tout en en assurant plus fermement les fondations. La question lui tenait à cœur. Il y revient dans le dernier article qu'il a publié : évoquant notre « controverse amicale » et « jusqu'à un certain point notre accord de principe », il se réfère à nos « deux tentatives de solution » pour définir les conditions d'un emploi valable de la méthode structurale dans la lecture des textes, littéraires ou philosophiques [2].

---

1. In *Histoire et Structure. A la mémoire de Victor Goldschmidt*, études réunies par J. Brunschwig, C. Imbert et A. Roger, Paris, 1985, p. 43-60 ; repris dans *Mythe et Pensée chez les Grecs, op. cit.*, p. 86-106.
2. V. Goldschmidt, « Theologia », in *Questions platoniciennes*, Paris, 1970, chap. IX, p. 141-159, avec l'*Addendum*, p. 159-172 ; « Remarques

Pour honorer sa mémoire comme je crois qu'il le souhai-
terait — en poursuivant le dialogue avec lui —, je voudrais
tenter à mon tour une mise au point et, reprenant le problème
dans son ensemble, souligner ma dette envers mon ami, marquer son apport à l'intelligence du mythe et préciser ma position dans un débat qui, par-delà nos personnes, engage une
question pour lui essentielle : de quelles procédures de déchiffrement l'interprète moderne, qu'il soit historien de la philosophie ou de la religion, est-il en droit de faire usage pour
restituer à un écrit son sens véritable ?

Dans le cas du mythe des races, il s'agissait, pour rendre
intelligible un récit dont les séquences narratives, mal arti-
culées, ne permettent pas de saisir l'ordonnance et la signification globales, d'en chercher la clef dans une structure qui
n'y est pas immédiatement lisible mais qui, bien attestée dans
d'autres documents, confère à l'ensemble du texte une parfaite cohérence, tout en rendant compte de ses apparentes
distorsions. En gros, pour Victor Goldschmidt, cette structure est celle de la théologie grecque traditionnelle qui distingue, dans la hiérarchie des puissances surnaturelles, à côté
des dieux proprement dits, les *theoi*, trois catégories d'êtres
auxquels les hommes rendent un culte : les démons, les héros,
les morts (les quatre premières races, après leur disparition,
accèdent au rang de ces trois entités religieuses). Pour moi,
cette structure était celle du système de tripartition fonctionnelle — souveraineté, guerre, fécondité — dont Georges
Dumézil a montré l'emprise sur la pensée religieuse des Indo-
Européens. Les deux solutions n'étaient pas, à mes yeux, contradictoires ; la structure trifonctionnelle, telle que je la con-
cevais, me paraissait susceptible d'englober la structure
théologique. J'écrivais en effet : « Si donc on accepte le principe d'explication de V. Goldschmidt et si l'on admet avec
lui qu'Hésiode a voulu unir l'un à l'autre un mythe génétique et une division structurale, il faut compléter son analyse
en observant que pour établir une correspondance entre une
série à quatre termes (les quatre races) et une série à trois termes (les trois catégories de puissances surnaturelles autres que

sur la méthode structurale en histoire de la philosophie », in *Métaphysique, Histoire de la philosophie. Recueil d'études offert à Fernand Brun-
ner*, Paris, 1981, p. 213-240.

les *theoi*) l'adaptation supposait une refonte du mythe, l'élaboration d'un système neuf. Si l'on tient compte de tous les détails du récit, si l'on situe chaque fois ces détails dans le contexte d'ensemble du mythe, si le mythe lui-même est replacé dans l'œuvre hésiodique, on peut dégager les principes de cette réorganisation. Premièrement, les races ont été regroupées deux à deux et chaque couple a une signification fonctionnelle précise. Deuxièmement, chaque fonction ainsi dédoublée en deux aspects antithétiques traduit, au niveau qui lui est propre, l'opposition de la *dikè* et de l'*hubris*, thème central et leçon du mythe[3]. »

Qu'est-ce donc alors qui constituait, aux yeux de Goldschmidt, entre nos deux lectures, sinon une incompatibilité, du moins une divergence d'orientation assez grave pour mettre en cause, d'entrée de jeu, les principes méthodologiques auxquels il était attaché ? Les critiques de détail qu'il avait formulées contre ma thèse, celles que j'avais opposées à la sienne, n'étaient pas à cet égard l'essentiel. Au cœur du débat il y avait un clivage que Goldschmidt, dans un passage des « Remarques sur la méthode structurale en histoire de la philosophie », met en pleine lumière et dont il explicite les enjeux : « La tripartition fonctionnelle, si elle peut être objectivement juxtaposée au texte (et, par là, fournir une contribution à la sociologie religieuse), n'en éclaire pas la visée interne ; alors que la théologie tripartite permet de ressaisir le sens, et le sens tout à fait nouveau, que le poète confère à l'antique récit des âges du monde dont il fait le mythe étiologique de cette hiérarchie ; elle permet, autrement dit, de retrouver l'intention de l'auteur. Or c'est l'intention de l'auteur qui, en dernier ressort, devra légitimer les confrontations, et c'est à partir de là que l'on peut poser d'une manière plus précise le problème de la méthode des structures appliquées aux textes philosophiques[4]. » Ces remarques soulèvent deux ordres de questions. Le premier concerne la tripartition fonctionnelle. Est-il exact que cette structure peut être objectivement juxtaposée au texte et, dans l'affirmative,

3. « Le mythe hésiodique des races. Sur un essai de mise au point », *supra*, p. 83.
4. « Remarques sur la méthode structurale... », *loc. cit.*, p. 219-220 ; cf. aussi p. 217-218.

de quelle nature est cette juxtaposition ? En quoi peut-elle être valable sur le plan de la sociologie religieuse sans pour autant éclairer la visée interne du texte auquel elle s'applique ? Le second concerne « l'intention de l'auteur ». Que faut-il entendre exactement par là, et l'intention de l'auteur d'un texte philosophique est-elle entièrement assimilable à celle d'un poète utilisant la matière d'un très ancien mythe pour lui conférer un sens nouveau ?

La tripartition fonctionnelle d'abord. On sait que ce modèle, s'il n'a pas en Grèce la même prégnance qu'en Inde ou à Rome où il constitue la clef de voûte du système religieux, se survit cependant dans certaines parties de la légende, dans le groupement de quelques figures divines et jusque dans la pensée philosophique d'un Platon, avec la théorie des trois classes sociales de *La République*. Il est donc, du point de vue de la sociologie religieuse, historiquement possible qu'Hésiode ait utilisé ce schéma classificatoire. Bien entendu, cette possibilité ne signifierait rien si cette structure trifonctionnelle n'était pas « dans le texte », explicitement imposée par l'ordre même du récit. Or, en ce qui concerne les quatre premières races, leur succession n'apparaît intelligible qu'à deux conditions : qu'elles soient regroupées en couple — or et argent, bronze et héros —, les deux races associées présentant en commun un ensemble systématique de traits qui les opposent sans ambiguïté aux deux autres ; ensuite, qu'à l'intérieur de chaque couple les deux races rapprochées contrastent l'une avec l'autre comme *dikè* et *hubris*, justice et démesure se manifestant dans le domaine qui est propre à ces deux races et qui les distingue précisément du couple suivant. Dans le cadre d'une suite de races se succédant au rythme *dikè-hubris*, puis *hubris-dikè*, Hésiode a souligné, à l'intérieur de chaque couple, ces rapports d'opposition complémentaire et, entre les deux couples, ces différences fonctionnelles avec trop de netteté et de précision pour qu'on puisse supposer qu'il n'en était pas pleinement conscient. Quelle qu'ait pu être la visée ou l'intention du poète, il a utilisé, pour faire passer son message, deux types de structures qui devaient être familières à son public : l'opposition *dikè-hubris*, qui joue tout au long du texte, et l'opposition souveraineté-activité guerrière qui situe l'un par rapport à l'autre le couple des deux premières races et celui des deux suivantes. L'or et l'argent se rattachent à la fonction de souveraineté qui assure le bon exercice de la justice entre les hommes et le respect de la piété envers les dieux ; bronze et héros se situent entièrement dans le champ de l'activité militaire, vouée à la guerre et aux combats.

Cependant si à la figure du Roi, qui tantôt respecte, tantôt ignore les obligations dont il a la charge, le texte oppose nettement celle du Guerrier, qui tantôt ne connaît que la violence brutale propre à sa nature et tantôt accorde une place aux valeurs de justice et de piété qui la dépassent, c'est la troisième fonction, celle de fécondité, qui, je le reconnais aujourd'hui, fait problème[5].

Certes la race de fer, la cinquième, celle d'Hésiode, est vouée au dur labeur, à l'activité agricole. Elle forme avant tout un monde de paysans. Mais les rois y sont présents eux aussi ; la guerre, parfois, peut y sévir. Surtout, le tableau de cette race à son déclin, quand rien ne sera plus comme auparavant parce que *hubris* aura envahi tout le champ de l'existence humaine et que, faute de justice, il n'y aura plus désormais aucun remède contre le mal —, ce tableau déborde largement le cadre de la troisième fonction ; les hommes qu'il dépeint ne sont pas seulement des producteurs ; leurs erreurs, leurs crimes ne relèvent pas exclusivement d'activités liées aux nourritures, à la richesse, à la fécondité. Il faut donc reconnaître que si Hésiode utilise le modèle des trois fonctions, c'est en lui faisant subir, pour la dernière, une distorsion manifeste puisque la race qui lui correspond représente l'ensemble de l'humanité actuelle. Le schème trifonctionnel intéresse moins le poète pour ce qu'il signifie en lui-même que comme un moyen d'articuler entre elles les quatre premières races, de les regrouper deux à deux de façon à référer chaque couple fonctionnel, comme chaque race à l'intérieur des deux couples, aux catégories fondamentales de la *dikè* et de l'*hubris*. Fonction royale et fonction guerrière, prises dans leur généralité, s'opposent en effet comme *dikè* et *hubris*. A cet égard, par son rôle juridique et religieux, le Roi est au Guerrier, serviteur au combat de l'esprit de querelle *(éris)*, dans un rapport analogue, du point de vue de la jus-

5. Cf. sur ce point les remarques de P. Pucci, « Lévi-Strauss and the classical culture », *Arethusa*, 4, 1971, p. 103-117.

tice, à celui que l'or entretient avec l'argent dans le cadre de
la souveraineté, les héros avec le bronze dans celui de l'activité militaire. La visée du texte n'est pas la trifonctionnalité
en tant que telle, mais l'opposition *dikè-hubris*. La répartition des quatre premières races suivant l'ordre des deux grandes fonctions traditionnelles de souveraineté et de guerre
permet de donner à cette opposition, où s'exprime l'intention d'Hésiode puisqu'il en fait la leçon du mythe (« Écoute
la justice, ne laisse pas grandir la démesure »), sa pleine extension et son entière systématicité.

L'étude de Walcot, justement utilisée par Goldschmidt,
doit être ici prise en compte ; elle complète ces remarques
et en éclaire le sens [6]. Walcot a bien montré que les quatre
premières races forment un cycle complet, fermé en quelque
façon sur lui-même et, par là, séparé de la cinquième avec
laquelle les précédentes font en bloc contraste. L'existence
posthume des héros — ou au moins de ceux d'entre eux qui
ont été transportés après leur mort dans les îles des Bienheureux — rejoint en effet exactement celle que menaient pendant leur vie les hommes de la race d'or. Hésiode les décrit
toutes deux en termes volontairement identiques. Comme le
note Goldschmidt, « le récit rejoint son point de départ ».
Au terme de la quatrième race, les héros bienheureux retrouvent dans l'au-delà ce même état de pleine béatitude dont
jouissait la première à l'âge d'or.

Entre la race de fer, la cinquième, et celle des héros, la quatrième, la coupure est donc autrement plus profonde et tranchée que celle qui séparait chacune des quatre premières races
des précédentes. La nature de la frontière, cette fois, n'est
plus la même. On comprend bien pourquoi. Les quatre premières races ont toutes en commun d'avoir disparu ; elles
appartiennent à un passé révolu, à un autre temps que le
nôtre. Elles n'ont plus d'autre réalité que leur existence à l'état
posthume ; elles sont ce qu'elles sont devenues quand elles
ont cessé d'être à la lumière du soleil. Pour chacune d'entre
elles, le récit de sa vie sert ainsi de prélude à la description
du sort qui lui a été réservé et du statut qui est le sien depuis
que la terre l'a recouverte. Rien de tel pour la cinquième race,

6. P. Walcot, « The composition of "The Works and Days" », *Revue
des études grecques*, 74, 1961, p. 4-7.

de fer : elle est celle d'Hésiode, elle constitue son temps et son monde, le lieu d'où il parle. Elle relève du « maintenant » et de l'« ici-bas ». Étrangère à l'ancien temps, elle ne présage aucun destin posthume ; elle ne s'ouvre pas non plus sur un au-delà de la condition humaine. Elle débouche sur un avenir purement terrestre, un « demain » qui risque, si on méconnaît la leçon du récit et qu'on laisse grandir l'*hubris*, d'être pire encore qu'aujourd'hui et de constituer, par rapport à cet âge d'or, inauguré par la première race, retrouvé par la quatrième après sa disparition, un renversement radical. A l'âge d'or, comme dans les îles des Bienheureux, tous les biens disponibles sont à la portée de chacun ; il n'existe aucun mal ; aujourd'hui les biens et les maux sont mêlés ; demain peut-être il ne restera plus que les maux ; contre le mal il n'y aura pas de remède. Les seules divinités qui maintenaient entre les mortels et les immortels un contact quitteront la terre pour rejoindre l'Olympe. L'humanité se trouvera, par sa faute, son mépris de *dikè*, radicalement séparée du divin, coupée du ciel. La cinquième race dans ses deux aspects, ses deux phases, le « maintenant » d'Hésiode, le « demain » qu'il prophétise et qu'il redoute, fait donc contraste avec le cycle des races antérieures que les héros ont bouclé et dont le tableau, tout en expliquant le malheur présent, tout en laissant prévoir bien pire encore pour l'avenir si on laisse triompher l'*hubris*, rend compte, comme Goldschmidt l'avait compris, de l'existence dans le monde, à côté des *theoi*, de trois catégories de puissances religieuses issues des premières humanités englouties : les démons (épichthoniens et hypochthoniens), les morts dans l'Hadès, les héros aux îles des Bienheureux.

Le mythe des races, tel qu'Hésiode l'a remodelé, unirait ainsi deux finalités, deux visées internes ; dédoublée, l'intention du poète serait à la fois d'illustrer la parenté originelle des dieux et des hommes (en rattachant aux premières races de mortels les trois catégories d'êtres surnaturels qu'à côté des *theoi* reconnaissait la piété populaire) et de mettre en garde les hommes d'aujourd'hui en les invitant à tirer la leçon du récit, à respecter la *dikè* pour que leur pauvre existence demeure encore liée au divin et ne soit pas livrée tout entière à l'*hubris* et au mal.

Victor Goldschmidt, dans son *Addendum*, reconnaissait cette double visée du texte quand il notait que l'intention théo-

logique n'était pas nécessairement incompatible « avec celle,
non moins évidente (sans quoi le récit ne saurait couronner
le mythe de Prométhée), d'expliquer la déchéance progressive de l'humanité par les idées de justice et de démesure ».
S'interrogeant sur la façon dont les deux visées ont pu être,
par Hésiode, harmonisées, Goldschmidt fait un pas de plus.
En ajoutant, observe-t-il, les héros à la série des races métalliques et en les plaçant, comme il l'a fait, après la race de
bronze, Hésiode « interrompt certes le mouvement de déclin
dessiné jusqu'au troisième terme ; mais l'insertion, à cet
endroit, des héros dont la vie, aux îles des Bienheureux,
rejoint celle de la race d'or, rend plus sensible la leçon morale
du mythe en opposant l'âge d'or à l'âge de fer, opposition
qui avait déjà servi de cadre au mythe de Prométhée. Autrement dit le mythe des races, après avoir retracé les étapes du
déclin, s'achève comme le mythe de Prométhée sur le
contraste, *sans intermédiaires*, entre l'âge d'or et l'âge de
fer [7] ».

Si le mythe des races rejoint, à son terme, celui de Prométhée, sa visée interne ne nous conduit-elle pas à sortir du récit
pour le confronter, d'abord, bien sûr, aux deux versions que
donne Hésiode de l'épisode prométhéen, ensuite et aussi bien
à l'ensemble des mythes qui, dans la *Théogonie*, racontent
la naissance des différents dieux, l'émergence progressive d'un
monde divin organisé jusqu'au moment où la victoire de Zeus
établit l'ordre qui doit y régner à jamais et que rien ni personne n'aura plus pouvoir de modifier ? Sans cet arrière-plan
que constituent la genèse des dieux, la répartition entre eux
des honneurs et des apanages, le statut commun qui est dévolu
à leur race en tant qu'Immortels, on ne saurait comprendre
les avatars que subissent, l'une après l'autre, celles des hommes périssables. Mais cet élargissement de la perspective ne
va pas sans poser à l'interprète de nouveaux problèmes. Pour
Victor Goldschmidt, le mythe des races forme « en quelque
sorte une suite de la *Théogonie* [8] ». Ce premier poème avait
mis en place la grande famille des Olympiens, des dieux au
sens propre, des *theoi*. Affaire réglée donc en ce qui les
concerne. Mais restait, dans la hiérarchie des êtres divins que

7. *Questions platoniciennes, op. cit.*, chap. IX, p. 169-170.
8. *Ibid.*, p. 169 ; cf. p. 155.

reconnaissait, à l'époque du poète, la pratique cultuelle, la série des suivants : démons, héros, morts — dont la *Théogonie* n'avait rien dit et qui faisait par conséquent encore problème. L'intention d'Hésiode serait donc de pallier cette lacune et de compléter le tableau d'ensemble des puissances surnaturelles. En rattachant l'existence des démons, des héros et des morts aux races humaines antérieures, qui leur ont donné naissance, le texte assumerait ainsi une fonction proprement « théogonique ». A la genèse des êtres divins dont la *Théogonie* prenait en charge la narration, il ajouterait le chapitre qui manquait encore. C'est cette « visée interne » qu'Hésiode exprimerait, d'entrée de jeu, en prélude au récit, au vers 108, athétisé par Mazon et dont Goldschmidt, pour cette raison, ne s'était pas tout d'abord prévalu. Si on accepte l'authenticité du vers, que rien n'autorise à mettre en doute du point de vue paléographique, il faut le rattacher au vers précédent et comprendre de la façon suivante l'avertissement d'Hésiode à son frère Persès sur la portée du mythe qu'il s'apprête à conter : « Mets-toi bien dans l'esprit que dieux *(theoi)* et hommes mortels ont même origine. » Vers-programme, peut écrire Goldschmidt[9], où Hésiode livre d'emblée la signification qu'il entend donner au mythe des races : si les dieux ont créé les races humaines successives (les deux premières ont été créées par « les Immortels qui tenaient l'Olympe », les deux suivantes par Zeus ; rien n'est dit sur l'origine de la cinquième), ces races ont, en retour, donné naissance à des être divins ; dieux et hommes mortels ont donc bien même origine.

En ce point où la visée du texte, telle que l'interprète moderne la reconstitue, rejoint le projet du poète tel qu'il le formule lui-même, tout semble, dans la lecture de Goldschmidt, définitivement noué. Or c'est là cependant qu'en chaîne surgissent les interrogations. Sur le texte lui-même d'abord : le sens du vers 108 est-il bien celui qu'on veut lui reconnaître ? Sur son articulation ensuite avec le mythe de Prométhée et Pandora, qui le précède immédiatement et dont il constitue le « couronnement ». Enfin, dans la mesure où elle présente la classification dieux, démons, héros, morts comme une donnée de la tradition religieuse s'imposant d'emblée à

9. *Ibid.*, p. 169.

Hésiode, cette interprétation est-elle compatible avec ce que nous savons des réalités du culte entre le VIIIᵉ et le VIIᵉ siècle ? C'est sur ces trois points — spécialement le premier et le dernier — que s'étaient pour l'essentiel manifestées naguère mes réserves à l'égard du point de vue de Goldschmidt. Qu'en est-il aujourd'hui ?

Le sens du vers 108 dépend de la façon dont on comprend l'expression ὁμόθεν γεγάασι. Veut-elle dire que dieux et hommes, par leur descendance commune à partir d'un même ancêtre ou par les liens de filiation qui les unissent, forment une seule et même race ? ou que dieux et hommes ont fait leur apparition depuis un point de départ commun, qu'ils ont surgi à partir d'un état où ils ne se distinguaient pas nettement les uns des autres ? Dans le premier cas, le récit entendrait illustrer, entre la race des dieux et celle des mortels, comme une identité de nature ; dans le second, une proximité originelle en ce qui concerne le mode de vie, une communauté première d'existence [10]. Entre ces deux interprétations, est-il possible de trancher ? Qu'Hésiode ait voulu affirmer que les *theoi* et les hommes mortels appartiennent à la même famille, cela fait difficulté à bien des égards. Les dieux ont créé les hommes non au sens qu'ils les ont engendrés mais qu'ils les ont produits ou fabriqués (ποιεῖν). En retour, les puissances divines auxquelles donnent naissance les quatre premières races ne sont pas des θεοί, même si, comme l'observe Goldschmidt pour répondre à l'objection que j'avais formulée sur ce point, les hommes de la race d'or « vivent comme des dieux » et si les héros forment la « race divine » (θεῖον γένος) de ceux qu'on appelle demi-dieux (ἡμίθεοι) [11]. Quand Hésiode évoque, au vers 731, le θεῖος ἀνήρ, l'homme divin, qui sait comment s'y prendre pour uriner la nuit sans offenser les Immortels, l'emploi du qualitatif θεῖος ne signifie pas que cet homme, à ses yeux, compte au nombre des divinités. Certes, sur des détails de ce genre, la discussion est toujours possible ; mais il existe une raison, qui semble décisive, pour écarter la lecture par l'identité de race. Le vers 108 fait corps avec le précédent, qu'il explicite et où Hésiode présente le

---

10. Cf. le commentaire de M. L. West au vers 108, dans Hesiod, *Works and Days*, Oxford, 1978, p. 178.

11. *Questions platoniciennes*, *op. cit.*, chap. IX, p. 168-169.

mythe des races comme ἕτερον λόγον, un autre, un second récit qui, après le premier, celui de Prométhée, en constitue le couronnement, c'est-à-dire le récapitule en en exprimant l'essentiel. Or que disait l'histoire de Prométhée ? Elle montrait comment les deux races différentes des hommes et des dieux, tout en partageant à l'origine la même existence bienheureuse puisque les humains, aux temps primordiaux, vivaient mêlés aux dieux et « comme les dieux », se sont trouvées un beau jour engagées dans une procédure de séparation. Si ce divorce a finalement abouti à réduire les mortels à cet état de souffrance et de privation qui est le leur aujourd'hui, la faute en est à Prométhée : à l'heure du partage, quand il s'est agi de délimiter pour chacune des deux races le statut qui lui revenait, le Titan, animé par Éris, l'esprit de querelle jalouse, est entré en rébellion contre Zeus dont il a essayé de tromper l'intelligence infaillible. En alternative au mythe de Prométhée, le récit des races constitue une autre façon, adaptée et savante (εὖ καὶ ἐπισταμένως), d'illustrer le même thème de la coupure entre les dieux et les hommes à partir d'un état où ils vivaient et prospéraient tous ensemble [12]. Cependant si la visée des deux récits est la même, les différences entre eux sont significatives. Dans le premier, la séparation a lieu d'un coup et une fois pour toutes. Au terme du partage auquel préside Prométhée, la race humaine se trouve à jamais fixée à la place qui est la sienne : entre les bêtes et les dieux. Comme les bêtes, les hommes sont désormais soumis à la faim, aux maladies, à la mort, mais ils s'écartent des bêtes en ce qu'ils reconnaissent la justice et la piété alors qu'elles les ignorent ; des dieux, les hommes sont maintenant séparés par une distance infranchissable, mais ils restent en contact et commerce avec eux par les opérations du culte, les honneurs qu'ils leur rendent, les sacrifices qu'ils leur offrent. Dans le mythe des races la distance s'établit en plusieurs fois et par paliers sans être, même au temps d'Hésiode, définitivement fixée puisque le poète envi-

---

12. Sur les rapports et les différences entre le récit des races et le mythe de Prométhée concernant le thème de la séparation des hommes et des dieux, j'ai pu lire, grâce à l'obligeance de l'auteur, l'étude à paraître de Helen King, *Hesiod and Hippocrates : the Myth of the Five Ages and the Origin of Medicine*.

sage, au cours de la race de fer, le moment où, le fossé se
creusant encore davantage, tous les liens qui subsistaient pour
unir les hommes aux dieux seront coupés : *Aidôs* et *Némésis*, les deux divinités qui demeuraient sur terre avec les mortels, les quitteront pour regagner l'Olympe. La séparation
alors sera totale entre deux races dont l'existence était primitivement semblable et commune.

De plus, dans le mythe prométhéen, les hommes n'ont pas
de responsabilité directe dans les malheurs qui les frappent.
Ils subissent les conséquences d'une séparation qu'ils n'ont
ni voulue ni causée. Ils sont victimes plus que coupables. Leur
seul tort est l'affection que leur porte Prométhée, ou peut-
être la secrète complicité qui les unit à la nature rebelle du
Titan, à son esprit d'*éris*. Dans le second récit, au contraire,
la distance des dieux aux hommes varie suivant la nature des
différentes races. Le fossé s'accuse ou s'estompe selon qu'en
chacune la conduite des mortels relève davantage de la *dikè*
ou de l'*hubris*. Les hommes jouent ainsi leur partie dans les
étapes d'une déchéance dont le cours n'est pas nécessairement
linéaire, comme le montre le cas des héros. La chute risque
bien à terme d'être totale, mais cette fin d'apocalypse dont
la menace se profile à l'horizon de la race de fer ne se produira que si les humains n'écoutent pas l'avertissement solennel du poète. Ils ne sont plus, dans le mythe des races, les
spectateurs passifs d'un drame qui, contre eux, se joue en
dehors d'eux.

De ce point de vue l'épisode des héros, comme l'avait bien
vu Goldschmidt, n'apparaît plus déplacé mais central. Il souligne la portée morale et pédagogique du récit. La race des
héros a un double caractère. Historique d'abord : elle a si
immédiatement précédé celle de fer que son souvenir est
encore bien vivant, à travers l'épopée, dans la mémoire de
tous les contemporains d'Hésiode [13] : mythique, ensuite et

13. Cf . Jean Rudhardt, « Le mythe hésiodique des races et celui de
Prométhée. Recherche des structures et des significations », in *Du mythe,
de la religion grecque et de la compréhension d'autrui. Revue européenne
des sciences sociales*, 19, n° 58, Genève, 1981, p. 255-257. L'analyse de
J. Rudhardt constitue la tentative la plus poussée pour harmoniser le
récit des races et le mythe de Prométhée tout en les intégrant l'un et l'autre
dans le cadre « chronologique » qu'implique la succession des générations divines et le remplacement du règne de Cronos par celui de Zeus.

aussi bien, puisqu'elle clôt le cycle des races d'antan, maintenant disparues, et qui n'existent plus que dans les êtres d'au-delà auxquels chacune a donné naissance.

Juste avant nous a donc existé une race de héros guerriers, vouée aux exploits belliqueux et destinée à périr au combat comme celle qui l'avait précédée. Mais, plus justes et meilleurs que les hommes de bronze, les héros ont redressé la barre et inversé le cours de cette dérive qui depuis l'âge d'or éloignait les hommes des dieux. Certes, sur cette terre les héros n'ont pas vécu à la façon de la race d'or, en proximité complète avec les dieux, semblables à eux, dans la félicité de la paix et de l'abondance, sans esprit de querelle ni affrontements guerriers. Cependant, au temps héroïque, dieux et déesses sont encore venus s'unir à des mortels pour engendrer, au point de rencontre des deux races, ceux « qu'on appelle demi-dieux *(hèmitheoi)* » et dont l'existence prouve qu'entre mortels et immortels la frontière n'était pas alors infranchissable comme aujourd'hui. Plus justes, plus rapprochés des dieux pendant leur vie [14], les héros reçoivent de Zeus, après leur mort, le privilège d'une existence libre de tout souci, de toute peine. Ils deviennent les « Bienheureux », les « Fortunés » qui ont retrouvé, dans l'au-delà, la même forme de vie divine qui régnait, à l'âge d'or, au temps de Cronos, quand dieux et hommes n'étaient pas encore vraiment séparés. Ils retrouvent cette vie, mais avec deux réserves. D'abord, ils ne jouissent de cette félicité qu'après leur mort ; ensuite, si leur existence posthume rappelle celle des dieux, ils n'en sont pas pour autant mêlés à eux, tout proches d'eux.

Dans cette perspective, c'est entre les races d'or et d'argent, d'une part, la série des suivantes, de l'autre, que s'accuse la coupure. Entre la race des héros et celle de fer, il y aurait au contraire une sorte de continuité. Les hommes de la race de fer perpétueraient la race des héros, sous une forme pervertie. De fait, Hésiode ne dit pas explicitement que la race des héros s'est trouvée, comme les autres, anéantie ; il n'emploie pas à son sujet la formule « quand la terre l'eut recouverte », il ne dit pas non plus que la race de fer a été créée par Zeus ou par les dieux. En ce sens, il y a bien, dans la succession, même s'il s'agit de deux races différentes, désignées par des appellations distinctes, une proximité particulière entre race des héros et race de fer.

14. Sur la communauté d'existence entre les dieux et les héros, cf. Hésiode fr. 1, 5 *sq.*, Merkelbach et West.

Ces demi-dieux, ces *hèmitheoi* à la charnière des deux races,
Zeus les a en effet fixés aux confins du monde, en un lieu tout
à fait à part que son isolement éloigne et des dieux et des hommes. L'humanité en laquelle les races, jadis mêlées, des mortels et des Immortels se croisent encore, est à la fois la plus
proche du monde d'Hésiode — qu'elle jouxte dans le temps,
voisinant avec elle de si près que les lignées nobles, dans la race
de fer, prétendent descendre directement d'un ancêtre héroïque, d'un *hèmitheos* — et la plus lointaine par sa localisation
et son statut posthumes, si on les compare à ceux des deux premières races, devenues des démons, toujours présents sur la
terre où leur action s'exerce au beau milieu des hommes.

Bien des commentateurs ont souligné, après Rohde, cette
différence de condition entre or et argent d'une part, bronze
et héros de l'autre.

Créées toutes deux par les « Immortels qui occupaient
l'Olympe », quand régnait Cronos, les races d'or et d'argent
représentent la jeunesse des humanités qui se sont succédé sur
terre. La première reste identiquement jeune au cours de sa
très longue vie ; elle ignore la sénilité. La seconde vit cent ans
dans l'enfance pour mourir aussitôt franchi le seuil de l'adolescence ; elle est toute puérilité. L'une et l'autre vivent, à tous
égards, au voisinage des dieux, ces « toujours jeunes » dont
la nature exclut la vieillesse non moins que la mort. Au sein
de l'abondance, elles ignorent la dure nécessité du travail et
de l'émulation au labeur, de la bonne *éris ;* elles ne s'affrontent
pas non plus dans les combats guerriers, que suscite la mauvaise
éris. Les hommes d'argent, au cours du bref moment où ils
ont quitté les jupes de leur mère et leurs jeux enfantins, ne peuvent s'abstenir entre eux de démesure, mais ils ne se font pas
la guerre dont ils ne semblent pas même posséder les instruments. A peine livrés à eux-mêmes au terme d'un siècle d'enfance, leur irréflexion d'immatures se manifeste sous deux formes : injustice dans les rapports avec leurs semblables, impiété
à l'égard des dieux auxquels ils s'abstiennent d'offrir un culte,
soit qu'ils s'imaginent pouvoir se passer d'eux, soit qu'ils s'estiment leurs égaux, en raison peut-être de leur mutuelle proximité. Ils rappellent, sur ce plan, les Cyclopes d'Homère [15]

15. *Odyssée*, IX, 105-115 ; 187-189 ; 274-276. Sur les Cyclopes
d'Homère comme témoignage d'un état antérieur et primitif de l'humanité, cf. Platon, *Lois*, III, 680 be.

auxquels la terre fournit tout d'elle-même, sans labour ni semailles, mais qui, en leur ingratitude, n'ont envers les dieux ni crainte ni respect. Dans la maison où il règne en seul maître, chaque cyclope fixe à sa guise la justice (θεμιστεύει ἕκαστος) sans s'occuper d'autrui (οὐδ' ἀλλήλων ἀλέγουσι) et se croit assez fort pour n'avoir à se soucier ni des dieux ni de Zeus (οὐ γὰρ Κύκλωπες Διὸς... ἀλέγουσιν οὐδὲ θεῶν μακάρων). Au pays des Cyclopes, avec son relent d'âge d'or, il n'y a ni assemblées délibérantes pour dire une justice commune (ὄυτ' ἀγοραὶ βουληφόροι οὔτε θέμιστες), ni autels pour les dieux. Tout le monde y est roi, mais chacun chez soi et pour soi. Jouissant des mêmes privilèges que les hommes de la race d'or, ceux de la race d'argent s'écartent de leurs prédécesseurs en ne respectant pas plus que ne le font les Cyclopes la *thémis*, ni à l'égard les uns des autres, ni à l'égard des Immortels. Ils refusent de sacrifier aux Bienheureux (μάκαρες) selon la *thémis* des hommes. Zeus, furieux de les voir méconnaître la *timè* des dieux bienheureux (μάκαρες θεοί), maîtres de l'Olympe, les fait disparaître.

Les hommes de la race d'or, quand la terre les a recouverts, deviennent, conformément au vouloir de Zeus, des « démons épichthoniens » — ce qui signifie que leur résidence n'est pas au ciel, comme les *theoi* olympiens, mais sur la terre. C'est là qu'ils veillent sur les « hommes mortels » dont ils assurent, en tant que *phulakes*, la « garde ». En quoi consiste cette garde et sur quel plan s'exerce-t-elle ? Aux vers 225-247 Hésiode oppose la cité épanouie, la nature prospère, le peuple florissant des rois justes, en tout et toujours respectueux de *dikè* (tableau qui, par bien des traits, évoque la vie de la race d'or), aux calamités — peste et famine — qui frappent en son entier la population dont les souverains, n'ayant qu'*hubris* en tête, rendent des sentences torses. S'adressant alors directement aux rois — et non plus comme auparavant à son frère Persès —, pour les inviter à méditer, eux aussi, sur cette *dikè*, Hésiode les avertit qu'ils sont, dans leurs décisions de justice et leur fonction royale, étroitement surveillés par une myriade de divinités que Zeus a établies au milieu d'eux comme gardiens (φύλακες) : « Tout près de vous, leur dit-il, mêlés aux hommes, des Immortels sont là, observant ceux qui, par des sentences torses, se maltraitent les uns les autres et n'ont souci de la crainte des dieux. Trente milliers

d'immortels, sur la terre nourricière (ἐπὶ χθονὶ πολυβοτείρῃ),
sont, de par Zeus, les surveillants des mortels (φύλακες
θνητῶν ἀνθρώπων) ; et ils surveillent (φυλάσσουσιν) leurs
sentences, leurs œuvres méchantes, vêtus de brume, visitant
toute la terre. » Comment ne pas reconnaître dans ces Immortels, surveillant sur la terre les hommes mortels (ἐπὶ χθονὶ…
φύλακες θνητῶν ἀνθρώπων) les δαίμονες ἐπιχθόνιοι φύλακες θνητῶν ἀνθρώπων que, par le vouloir de Zeus, sont devenus les hommes de la race d'or ? S'ils ont reçu la charge de
veiller au juste exercice de la fonction royale, dans son double aspect — ne pas maltraiter autrui par des sentences torses, respecter les dieux —, on comprend mieux que leur statut
posthume leur soit octroyé comme « privilège royal » (γέρας
βασιλήιον) et qu'ils soient qualifiés de πλουτοδόται, dispensateurs de richesse : de la droite justice du souverain dépendent en effet, pour leurs sujets, cette heureuse abondance,
cette paix florissante qui constituent, en pleine race de fer,
le précieux reflet d'un âge d'or disparu.

Et les hommes de la race d'argent, qui prennent la relève
de la race d'or, aux premiers temps de l'humanité, qu'advient-
il d'eux après leur disparition ? Semblables aux mauvais rois
qu'Hésiode interpelle et dont la faute est double — ils se maltraitent les uns les autres (ἀλλήλους τρίβουσι), ils ignorent
la crainte des dieux — les hommes d'argent, au terme de leur
existence enfantine, font preuve de démesure les uns par rapport aux autres (ὕβριν… οὐκ ἐδύναντο ἀλλήλων ἀπέχειν)
et méconnaissent tous leurs devoirs envers les dieux. Cou-
plée avec la race d'or, dont elle inverse la *dikè* en *hubris*, la
race d'argent est la seule, des quatre premières, qui provoque le courroux du souverain des dieux (χολούμενος). Zeus
la cache (ἔκρυψε) de la même façon que, dans son courroux
contre le Titan Prométhée (χολωσάμενος), il cache (ἔκρυψε,
κρύψε) aux hommes ce qui les faisait vivre auparavant dans
l'abondance et la félicité de l'âge d'or. Le roi des dieux fait
disparaître cette race pour la punir de ne pas rendre aux Bienheureux Immortels les honneurs (τιμαί) qui leur sont dus, de
ne pas leur offrir les sacrifices qu'exige des hommes la *themis*. Le paradoxe, c'est que le sort réservé à ces impies, après
leur châtiment, quand la terre les a recouverts, n'en comporte
pas moins une *timè, timè* « restrictive », certes, comme le marque l'adverbe ἔμπης, inférieure et de beaucoup à celle qui

revient aux dieux bienheureux, inférieure aussi (δεύτεροι) à celle que Zeus accorde, comme *geras* royal, à la race d'or, *timè* cependant et qui implique qu'aux yeux d'Hésiode les hommes d'argent, après leur mort, sont l'objet, sous une forme ou une autre, de ce qu'il faut bien appeler un culte. Quelle en est la nature et à quel type de puissance religieuse est-il adressé ? La réponse est d'autant moins facile que le texte se prête à plusieurs lectures. Le seul point sûr, concernant cette catégorie de défunts « honorés » par les hommes, est qu'« on les appelle μάκαρες, bienheureux ». Or dans le paragraphe qui concerne la race d'argent, ce terme est celui-là même qu'Hésiode a utilisé à deux reprises, pour désigner les Immortels (ἀθάνατοι), les dieux (θεοί) qui tiennent l'Olympe, de la même façon que le mot *timè* s'applique indifféremment à l'honneur dû aux *theoi* et à celui qui accompagne encore le statut posthume de cette seconde race. Cependant, si, dans la quasi-totalité des cas, μάκαρες renvoie chez Hésiode aux Immortels, aux dieux olympiens, deux occurrences, dans les *Travaux*, font exception. La première concerne les νῆσοι μακάρων (171), les îles des Bienheureux, séjour de ceux qu'on appelle demi-dieux, les héros fortunés (ὄλβιοι) ; la seconde, le simple mortel (549) dont une nuée « chargée de blé » féconde les champs en s'épandant sur eux depuis le ciel. Dans ces deux exemples, μάκαρ fait référence à un état de félicité, d'abondance heureuse qui, soit de façon constante (les îles des Bienheureux), soit pour l'année à venir (le mortel dont la récolte sera florissante), évoque l'existence des authentiques *makares* et rapproche à cet égard certaines créatures mortelles des dieux Bienheureux dont la vie ne connaît ni fatigue ni peine ni souci. Mais on n'appelle pas seulement les morts de la seconde race *makares*. Ils sont aussi *hupochthonioi*, terme qui les associe aux hommes d'or, qualifiés d'*epichthonioi*, en les opposant à eux comme ceux qui sont sous terre à ceux qui sont sur la surface de la terre.

On peut donc être tenté, comme Goldschmidt et moi, après d'autres, l'avons fait, de « coupler » les destins posthumes des deux premières races et de voir en chacune l'origine des puissances qui forment de concert la catégorie des δαίμονες : δαίμονες qualifiés de ἐσθλοί, pour marquer leur supériorité de valeur, et d'ἐπιχθόνιοι, puisque leur séjour est sur terre, pour la race d'or ; δαίμονες dits inférieurs, δεύτεροι, mais

dont la qualité démonique serait connotée par le terme μάκαρες et confirmée par le parallélisme ὑποχθόνιοι-ἐπιχθόνιοι.
Cette interprétation est, au moins en partie, solidaire de la
correction proposée, au vers 141, par Peppmüller, adoptée
par Mazon et Rzach, du θνητοί des manuscrits en θνητοῖς.
Le passage concernant le destin des hommes d'argent après
la disparition de leur race se lirait, dans ce cas, de la façon
suivante : ce sont eux qui, par les mortels, sont appelés bienheureux ὑποχθόνιοι. Mais si l'on maintient le θνητοί des
manuscrits, comme le font d'autres éditeurs, West en particulier, le sens est modifié : ils sont appelés ὑποχθόνιοι, bienheureux mortels, μάκαρες θνητοί. Joint à θνητοί, le terme
μάκαρες ne désignerait plus dès lors un état apparenté à celui
de δαίμονες. Au contraire, il exprimerait l'opposition entre
les défunts de la première race et ceux de la deuxième. « Just
as ὑποχθόνιοι answers ἐπιχθόνιοι, θνητοί answers δαίμονες.
These are not gods. The word also serves to exclude the divine
connotation of μάκαρες », commente West [16]. Θνητοί assumerait ainsi une double fonction : souligner le hiatus entre
race d'or et race d'argent ; expliciter le contraste entre les
μάκαρες θνητοί et les vrais μάκαρες, les θεοί ἀθάνατοι.

Cette interprétation soulève une série de difficultés. Elle
ne tient aucun compte des liens qui, jusque dans leur opposition *(dikè-hubris)*, associent étroitement l'or et l'argent pour
en faire un couple de races complémentaires. Elle n'explique pas en quoi et pourquoi la race d'argent, après sa disparition, fait l'objet, comme la précédente, d'une τιμή, d'un
culte. Si l'intention d'Hésiode était de dénier à la race d'argent
l'accès *post mortem* à un statut sinon divin du moins proche
du divin, c'est-à-dire démonique, pour quelle raison lui appliquer le qualificatif de μάκαρες qui, même précisé par θνητοί,
ne peut manquer d'évoquer les μάκαρες θεοί des lignes précédentes ? Que peuvent être enfin, s'il ne s'agit pas de héros,
les μάκαρες θνητοί, sinon des sortes de δαίμονες ? West
reconnaît que, chez les Tragiques (Eschyle, *Perses*, 634, et
Euripide, *Alceste*, 1003), μακαρίτης et μακάριος se trouvent associés au statut de δαίμων et que l'expression μάκαρες θνητοί peut désigner une condition à la fois mortelle et
divine, comme celle des Dioscures qui, même « sous terre »,

16. *Works and Days, op. cit.*, p. 186.

ont une τιμή, à l'instar des dieux (*Odyssée*, 11, 301-304). A la fin du *Rhésos* d'Euripide, la Muse, mère du roi des Thraces tombé sous le glaive d'Ulysse, proclame le sort réservé à son fils dans l'au-delà. Il ne descendra pas au fin fond de l'Hadès comme les morts ordinaires. « Caché » dans le creux de la terre il y reposera vivant, « homme et dieu tout ensemble, ἀνθρωποδαίμων » [17]. C'est une expression analogue qu'emploie Isocrate au sujet du mortel qui, par sa supériorité dans tous les domaines et sa complète félicité, son εὐδαιμονία, s'est révélé, du début à la fin de sa vie, μακαριστότατος, parfaitement bienheureux : on peut dire de lui qu'il est comme un dieu au milieu des hommes et l'appeler δαίμων θνητός (*Evagoras*, 72). Comme G. Nagy l'a fait observer [18], Hésiode lui-même, dans la *Théogonie*, présente un cas de démon mortel. De Phaéton, homme tout pareil aux dieux (987), Aphrodite fait, après sa mort, le gardien souterrain, νηοπόλος νύχιος, de son temple (991), ce qui signifie que, dans la demeure sacrée de la déesse, un μυχός, un antre souterrain, a été réservé comme tombe à ce mortel, devenu δῖος δαίμων, démon divin [19].

Le maintien de θνητοί, au lieu de θνητοῖς, au vers 141, ne nous semble donc pas ruiner l'hypothèse d'une promotion des hommes de la race d'argent, après leur mort, au rang des démons. Proches des dieux pendant leur vie, comme leurs prédécesseurs de la race d'or, même si leurs défauts, en leur faisant méconnaître la τιμή propre aux Immortels, les ont déjà éloignés d'eux, ils reçoivent, dans la répartition des honneurs, leur lot : celui de démons inférieurs en dignité, localisés dans une demeure souterraine, y manifestant sur place leur action au lieu d'intervenir partout à l'air libre, invisibles au milieu des mortels, à la façon des démons épichthoniens, chargés par Zeus de veiller à ce que, chez les vivants, les *dikai* des rois soient conformes à sa justice souveraine. Aux démons, intermédiaires entre les dieux et les hommes,

17. Euripide, *Rhésos*, 970 *sq.*
18. Gregory Nagy, *The Best of the Achaeans. Concepts of the Hero in Archaic Greek Poetry*, Baltimore et Londres, 1979, p. 191.
19. Dans l'*Alceste* d'Euripide, Alceste qui mourut pour son époux est, dans l'au-delà, μάκαιρα δαίμων. Sa tombe est honorée à l'égal des dieux (*Alceste*, 1003 *sq.*). Cf. aussi, dans les *Perses* d'Eschyle, les expressions χθόνιοι δαίμονες ἁγνοί, en 628 ; ἰσοδαίμων βασιλεύς, en 633.

auxiliaires de Zeus, résidant non pas au ciel comme les *theoi* mais ici-bas, mêlés à cette race de créatures éphémères qu'ils ont eux-mêmes précédée sur la terre, Hésiode associerait des puissances qu'on vénérait en liaison avec une chambre funéraire, comme ces tombes mycéniennes qui, au cours du VIIIe siècle, ont commencé à faire l'objet d'un culte, ou comme ces antres, ces *bothroi*, analogues à celui qui fut, à Lébadée, aménagé pour la consultation de Trophonios.

Mais s'il est extrêmement malaisé de passer du texte d'Hésiode à la pratique religieuse effective en rattachant directement les δαίμονες ἐπιχθόνιοι et les μάκαρες ὑποχθόνιοι à des cultes contemporains bien précis (et c'est sur ce point que la thèse de Goldschmidt, si on la prend au pied de la lettre, fait difficulté), on reconnaîtra, sans sortir du texte, que le poète, dans le cas des races d'or et d'argent, a clairement indiqué que ces premiers humains mortels dont la vie était encore proche des dieux, même si les seconds, par *hubris*, avaient commencé à s'en écarter, ont donné naissance, une fois disparus, à des êtres sacrés, distincts des dieux, mais objets, comme eux, d'une vénération et d'un culte.

Il en va différemment pour les deux races suivantes, l'une et l'autre créées par Zeus. Les hommes de bronze ne sont pas châtiés par le roi des dieux. Aucune allusion, dans leur cas, en dépit de leur *hubris*, à une quelconque impiété, à un refus de sacrifier aux Immortels. Ne songeant qu'aux travaux d'Arès ils meurent comme ils ont vécu, en guerroyant. Leur race disparaît de même façon que cesse le combat : faute de combattants. Ils se massacrent les uns les autres, ils périssent « domptés par leurs propres bras » ; ils quittent la lumière du soleil pour gagner tous ensemble le séjour moisi de l'Hadès. Quand la terre les a recouverts, ils s'évanouissent comme une fumée dans la brume du pays des morts. En ce sens, leur statut posthume s'apparente à celui des défunts ordinaires. Une question dès lors peut se poser : en évoquant le destin de la race de bronze, Hésiode n'avait-il pas en tête les pratiques du culte funéraire ? Il n'y pensait sûrement pas de façon directe. D'abord parce qu'il ne souffle mot d'une *timè* qui leur serait attribuée, contrairement à ce qu'il avait indiqué pour le couple des races antérieures ; ensuite et surtout parce qu'en les qualifiant de *nônumnoi*, « sans nom », il exclut, des vivants à eux, toute espèce de célébration commémorative. L'anonymat où sombrent, si effrayants qu'ils aient été, les hommes de bronze, leur disparition au sein de l'Hadès sans laisser trace ni souvenir ici-bas les opposent clairement à la race qui leur fait suite et qui leur est étroitement associée. Les héros périssent comme leurs prédécesseurs dans les combats meurtriers où ils s'entre-tuent. Mais, plus justes et plus valeureux, leur nom et leur gloire, indéfiniment chantés par les poètes, restent à jamais présents dans la mémoire des hommes. Peut-on parler dans leur cas d'une *timè* qui leur serait rendue par les hommes, et l'intention d'Hésiode serait-elle, avec eux, de faire référence de façon précise au rituel du culte héroïque ? La réponse de V. Goldschmidt est affirmative. Pour lui, comme pour Marie Delcourt à laquelle il se réfère, « si Hésiode appelle les héros demi-dieux, c'est parce qu'ils recevaient de son temps des honneurs semi-divins [20] ». J'écrivais au contraire : « Pas plus chez Hésiode que chez Homère nous ne trouvons l'attestation d'un *culte* des héros comparable à celui qui apparaît organisé dans le cadre de la religion civique [21]. » Jugement trop sommaire et rapide que précisait et nuançait une longue note dont les termes, et surtout la conclusion, ont rencontré « l'accord complet » de V. Goldschmidt. Tentons d'être aujourd'hui plus explicite. Les réticences que j'exprimais se situent sur deux plans qu'il est nécessaire de bien distinguer : celui du texte, dans sa logique propre ; celui du culte héroïque, dans sa naissance et son développement.

Concernant le texte, il faut commencer par dire un mot d'Homère. Dans l'*Iliade* et dans l'*Odyssée*, le terme « héros » n'a, comme chacun sait, aucune signification cultuelle : il désigne un prince ou un simple guerrier. Mais, contrairement à ce que j'étais porté à croire, cela ne veut pas dire qu'à l'époque où les poèmes ont été composés n'existait encore aucun culte de type héroïque, c'est-à-dire rendu par un groupe humain sur la tombe d'un personnage ayant vécu en des temps révolus. Les découvertes archéologiques des dernières années ont montré que dans la seconde moitié du VIIIᵉ siècle se développe très rapidement, dans bien des régions de la Grèce continentale, une réutilisation à des fins religieuses

---

20. *Questions platoniciennes*, *op. cit.*, p. 165.
21. *Supra*, p. 82 et n. 108.

des sépultures mycéniennes tombées en désuétude[22]. Attribués comme tombeaux à des figures légendaires que la tradition épique avait rendues célèbres, ces monuments font l'objet d'un culte funéraire suivi, distinct des rituels accomplis pour un défunt par ses proches parents dans le cadre de la vie domestique. Plusieurs passages de l'*Iliade*, qui mentionnent des tombeaux d'hommes d'autrefois, même s'il n'y est pas question explicitement d'un culte, ne sont compréhensibles que par rapport à cet usage[23]. Il en est ainsi de la tombe (*tumbos*, *sèma*, *stèlè*) d'Ilos, héros éponyme d'Ilion. Située hors les murs, dans la plaine, elle sert de lieu de ralliement et de conseil (βουλή) pour ceux des chefs troyens qui ont voix au conseil (βουληφόροι), fonction qui évoque par avance les tombes de héros, sur l'*agora*, à l'époque de la cité classique. Le monument funéraire que les Troyens ont de leurs mains élevé « au divin Ilos » (θεῖος) assume ce rôle « prépolitique » en tant qu'il recouvre la dépouille mortelle d'un παλαιὸς δημογέρων, d'un Ancien du Peuple, des jours d'antan (*Iliade*, X, 414 ; XI, 166 et 371 ; XXIV, 349 ; cf. pour le tombeau d'Aipytos, en Arcadie, II, 604 ; pour Érechthée, dans l'Acropole d'Athènes, II, 547).

Entre les héros que met en scène l'épopée homérique et ceux auxquels s'adresse le culte naissant, la différence se marque par un changement de perspective temporelle à leur égard. Pour célébrer leurs exploits, le poète épique se situe lui-même — et transporte ses auditeurs — dans le temps des héros ; il s'insère dans l'époque qui les a vus vivre, il se fait contemporain des hommes qui guerroyaient glorieusement sous les murs de Thèbes et le long des rives de Troie. Au contraire, les héros du culte se rattachent, aux yeux de ceux qui les honorent, à un temps lointain et révolu ; ils appartiennent à un autre âge, ils forment une humanité différente de celle des

22. J. N. Coldstream, « Hero-cults in the age of Homer », *Journal of Hellenic Studies*, 96, 1976, p. 8-17 ; A. M. Snodgrass, *Archaeology and the Rise of Greek State*, Cambridge, 1977, p. 31 ; « Les origines du culte des héros dans la Grèce antique », in *La Mort, les morts dans les sociétés anciennes*, sous la direction de G. Gnoli et J.-P. Vernant, Cambridge et Paris, 1982, p. 107-119 ; Claude Bérard, « Récupérer la mort du prince : héroïsation et formation de la cité », *ibid.*, p. 89-105.
23. Cf. T. Hadzisteliou Price, « Hero-Cult and Homer », *Historia*, 22, 1973, p. 129-142.

mortels qui leur rendent hommage. Ils constituent « la race divine des héros » aujourd'hui disparue dont ne restent plus visibles ici-bas, comme vestiges, que les tombeaux. Il arrive que dans le texte de l'*Iliade* cette seconde perspective, fugitivement, se dessine. L'expression ἡμιθέων γένος ἀνδρῶν, la race (ou la génération) des hommes demi-dieux, pour parler des héros, ne se rencontre qu'une seule fois dans tout le poème[24]. Elle figure dans un passage dont G. Nagy a bien saisi le sens et la fonction[25]. Ces quelques vers font sortir le poète du temps de son récit ; ils le mettent à distance de cet âge héroïque où se déroulent les événements dont il poursuit la narration. Ouvrant la perspective d'un futur encore à venir d'où l'on pourra regarder de loin les actions qui font la matière de son chant, l'aède, pour un instant, se projette lui-même au moment où Troie aura été prise et détruite, où le mur édifié par les Grecs en défense de leurs navires aura disparu, effacé par les flots : les guerriers des deux camps auront depuis longtemps cessé d'être ces hommes vivants au milieu desquels nous installe le savoir de la Muse ; la plaine qui sert de théâtre à la guerre ne gardera même plus la trace des hauts faits relatés par le chant. C'est alors que le texte, s'évadant en quelque sorte de sa propre temporalité, au lieu de nommer les acteurs du récit « héros » comme à l'ordinaire, peut parler d'eux en évoquant « la race des hommes demi-dieux ».

Qu'en est-il du texte d'Hésiode ? Les hommes de la quatrième race sont ceux « qui périrent dans la dure guerre et la mêlée douloureuse », les uns devant les murs de Thèbes, les autres à Troie, au-delà de la mer. Il s'agit bien évidemment des héros de la tradition épique. Aucune allusion à une τιμή, aucune référence à des vestiges, des tombeaux où leur serait rendu un culte. Parmi les héros, deux catégories sont distinguées. Au sujet des uns (τοὺς μὲν, au vers 166) il nous est dit que « le terme de la mort (θανάτου τέλος) les a cachés », ce qui les rapproche des hommes de bronze que saisit la noire mort (μέλας θάνατος) ; au sujet des autres (τοῖς δέ, au vers 167), que Zeus leur a donné une vie (βίοτον, en contraste avec θάνατος) et une résidence dont il est précisé qu'elles se situent « à l'écart des humains », dans un monde

---

24. *Iliade*, XII, 22-23.
25. *The Best of the Achaeans*, *op. cit.*, p. 160.

à part, ces îles des Bienheureux où ils retrouvent une condition d'âge d'or, mais dont une des caractéristiques, selon le texte, est qu'il n'a pas de lien avec le monde des mortels de la race de fer, cette humanité d'aujourd'hui à laquelle Hésiode appartient. Le destin posthume des héros, s'il réserve à un groupe d'élus, par exceptionnelle faveur de Zeus, le privilège d'être enlevé d'ici-bas et transporté dans un au-delà de vie bienheureuse, ne s'en oppose pas moins, au même titre que celui des hommes de la race de bronze, à la condition des défunts des deux premières races, promues au rang des démons et recevant, à ce titre, sur cette terre, les honneurs auxquels ils ont droit de la part de mortels auxquels ils demeurent en quelque façon mêlés.

La référence directe à un culte héroïque, dans sa spécificité, semble donc absente du texte. Il est vrai cependant qu'en mentionnant « la race divine des hommes héros qu'on appelle demi-dieux », Hésiode n'envisage plus les membres de cette race comme le faisaient les poèmes épiques. De façon bien plus radicale qu'Homère dans le passage unique que nous avons signalé, il prend ses distances par rapport à l'âge héroïque, il s'en démarque pour se situer dans un présent qui rejette la race entière de ses prédécesseurs dans un autre temps que le sien, un passé aboli. Pour parler des héros de l'épopée, Hésiode adopte donc la perspective temporelle qui est celle du culte héroïque : les héros sont présentés comme les hommes d'autrefois, quand dieux et mortels pouvaient encore s'unir parce qu'ils n'étaient pas séparés comme ils le sont maintenant.

Dans sa finalité et sa logique, le texte reste distinct des réalités cultuelles. Il ne coïncide pas exactement avec elles, même si elles permettent de mieux définir le cadre religieux à l'intérieur duquel il faut situer le récit des races pour éclairer ses intentions. Le développement, entre 750 et 650 avant J.-C., d'un culte adressé à un personnage humain et mortel, ayant vécu dans des temps lointains, culte célébré sur une tombe d'époque mycénienne (quelles qu'aient pu être les raisons expliquant cette pratique et les formes, peut-être purement locales ou même familiales, qu'elle a revêtues à l'origine), mettait ouvertement en cause les rapports entre mortels et immortels, la distance des hommes aux dieux. Si certains mortels ayant vécu en un autre temps que le nôtre sont l'objet d'un culte permanent et régulier, toute une série de questions surgissent : qu'est-ce qui dans leur cas a justifié cette promotion ? Quel rôle leur revient-il ? Quelle place occupent-ils dans l'économie des pouvoirs surnaturels ? Comment les situer par rapport aux dieux immortels d'une part, aux défunts ordinaires de l'autre ? Ces questions se posaient avec d'autant plus d'acuité que la pratique cultuelle, encore mal fixée et flottante, n'y avait pas, croyons-nous, clairement répondu. Les inscriptions auxquelles se réfère Victor Goldschmidt et qui, comme celles de Dodone, présentent la série dieux, héros, démons ne sont pas antérieures au IVe siècle. Les pythagoriciens et Thalès, auxquels, selon des témoignages tardifs, serait attribuée pour la première fois la division des puissances surnaturelles en ces trois catégories, ne nous font pas remonter au-delà du VIe. Cette classification n'est certes pas une invention plus ou moins gratuite d'Hésiode ; tous les termes qu'emploie le poète pour les attribuer aux diverses races disparues étaient déjà en usage, mais sans que leur valeur technique, leur spécificité religieuse sur le plan cultuel soient bien établies. Les démons des races d'or et d'argent assument chez Hésiode des fonctions assez proches de celles que prendront en charge des rituels rattachés à des personnages héroïques — ce qui n'est pas étonnant puisque, de façon générale, les démons ne sont pas considérés dans la pratique religieuse de l'époque classique comme des morts divinisés. La construction systématique d'Hésiode garde assez de distance par rapport aux traditions populaires de la religion de son temps, tout en répondant d'assez près aux interrogations nouvelles soulevées par l'émergence d'un culte des héros pour qu'un interprète aussi averti que G. Nagy ait pu soutenir que les défunts des deux premières races correspondent, sous le nom de *daimones*, au double aspect des héros *dans le culte*, ceux des deux suivantes au double aspect, également contrasté, des héros *dans l'épopée*[26].

Notant que « chez Homère le terme ἥρως n'a pas de signification religieuse précise » et que chez Hésiode « il apparaît pour la première fois dans le cadre d'une classification des puissances surnaturelles avec une signification religieuse mais sans qu'il soit encore question d'une *timè*, d'un culte, ou du

---

26. *Ibid.*, p. 151-173.

moins d'un culte public, dépassant le cadre familial dans
lequel reste normalement confiné le rituel en l'honneur des
morts », j'observais dans la longue note à laquelle j'ai déjà
fait allusion que, là encore, « Hésiode se situerait entre le
monde homérique et le monde de la *polis*. Sur le plan théologique, par sa nomenclature des êtres divins, sa classification en dieux, démons, morts, héros, il ferait vraiment figure
de précurseur. C'est bien ainsi, semble-t-il, que Platon et Plutarque le comprennent (*Cratyle*, 397 e sq. ; *Moralia*, 415 B).
Car non seulement Homère ne fait pas des héros une catégorie religieuse, mais il ne distingue pas non plus précisément
les θεοί des δαίμονες. Plutarque a donc raison d'écrire
qu'Hésiode a été le premier à fixer ces genres καθαρῶς καί
διωρισμένως [27], avec netteté et précision ».

Citant ces lignes, Victor Goldschmidt écrit : « L'accord ici
est complet et je me réjouis qu'il se place sous le signe du
sage de Chéronée [28]. » Dans cet accord, ma dette est grande
envers mon ami et de lui devoir ajoute à la joie de nous retrouver ensemble, au terme de notre débat, sous la grande ombre
de Plutarque.

27. *Supra*, p. 82, n. 108.
28. *Questions platoniciennes*, *op. cit.*, p. 162 et 172.

4

Cosmogonies et mythes de souveraineté [1]

Jean-Pierre Vernant

Dès le haut archaïsme, les Grecs ont dû connaître des traditions multiples et divergentes de mythes cosmogoniques [2]. On trouve, chez Homère, la trace de certaines d'entre elles. Dans l'*Iliade*, à deux reprises, le poète donne à Okéanos et à Téthys des titres qui les font apparaître comme le couple divin primordial. Okéanos est d'abord appelé origine (ou père générateur) des dieux, *theôn genesis*, Téthys étant leur mère [3] ; plus loin, la même expression est reprise et élargie : c'est pour toutes choses ou tous êtres, *pantessi*, qu'Okéanos est père originel [4]. Platon et Aristote déjà accordaient à ces passages une portée cosmogonique : avant Thalès qui fera de l'eau le principe dont tout est issu, Homère aurait placé, à l'origine des dieux comme du monde, l'élément liquide [5]. On peut penser qu'en Grèce, comme en bien d'autres civilisations, cette valeur « première » accordée aux puissances aquatiques tient au double caractère des eaux douces : leur fluidité, leur absence de forme les prédisposent d'abord à

---

1. Ce chapitre se compose de deux articles publiés dans le *Dictionnaire des mythologies* (sous la direction d'Yves Bonnefoy), Paris, 1981, et respectivement intitulés : « Cosmogoniques (Mythes). La Grèce », et « Théogonie et mythes de souveraineté. En Grèce ».
2. Les principaux textes ou fragments concernant les mythes cosmogoniques grecs sont rassemblés et discutés dans : G. S. Kirk et J. E. Raven, *The Presocratic Philosophers*, Cambridge, 1960, au chap. Ier : « The Forerunners of Philosophical Cosmogony », p. 8-73.
3. Homère, *Iliade*, XIV, 200 ; cf. XIV, 302.
4. *Ibid.*, XIV, 246.
5. Platon, *Théétète*, 152 e ; Aristote, *Métaphysique*, A 3 983 b 27.

représenter cet état originel du monde où tout était uniformément noyé et confondu dans une même masse homogène ; leur vertu vivifiante et génératrice — la vie et l'amour relèvent pour les Grecs de l'élément humide — explique ensuite qu'elles recèlent en leur sein le principe des engendrements successifs. Cependant, dans l'épopée, Okéanos et Téthys ne définissent pas seulement l'état initial du monde et la puissance qui préside à sa génération. Ils continuent d'exister dans l'univers organisé, mais relégués à ses frontières, refoulés jusqu'à ses extrêmes limites. Le couple est d'autre part brouillé : Okéanos et Téthys ne dorment plus ensemble[6], ce qui est une façon de dire que leur activité d'engendrement est maintenant tarie, que le cosmos, comme société divine organisée sous le règne de Zeus, a trouvé sa forme et sa stabilité définitives. Faut-il comprendre que le couple des divinités primordiales n'a dès lors plus rien à faire, que leur présence, aux frontières du monde, ne sert qu'à évoquer le souvenir d'un passé révolu ? Il semble au contraire que le rôle qui leur est assigné à l'origine de la genèse détermine leur place et leur fonction à son terme, dans l'univers différencié et ordonné des dieux olympiens. Okéanos est ce courant d'eau vive qui circule tout autour du monde, qui le ceinture d'un flux incessant à la façon d'un fleuve dont les ondes, après un long parcours, feraient retour aux sources dont elles sont issues, pour les alimenter sans fin. Aux extrémités du cosmos, Okéanos constitue les *peirata gaïès*[7], les limites de la terre, et ces limites sont conçues comme des liens qui tiennent enserré l'univers. Cette image d'un fleuve circulaire bouclant le monde comme en un nœud ne joue pas seulement sur le plan horizontal, celui où l'on voit chaque jour le soleil et les astres émerger d'Okéanos à leur lever pour plonger de nouveau en lui au couchant, cette baignade quotidienne dans les eaux primordiales leur procurant une vigueur et une jeunesse toujours neuves. Des indications mythiques, à vrai dire fragmentaires, montrent que les sources, les fontaines, les puits, les fleuves qui apportent la vie à la surface du sol s'alimentent eux-mêmes au cours d'Okéanos, ce qui suppose que ses eaux, ou au moins une partie d'entre elles, circulent sou-

---

6. Homère, *Iliade*, XIV, 304-306 et 205-207.
7. *Ibid.*, XIV, 200 et 301.

terrainement tandis que les autres s'enroulent autour du monde[8]. Davantage, on peut se demander si les eaux célestes ne sont pas à leur tour en relation avec le cours d'Okéanos[9] qui enserrerait ainsi la totalité du cosmos, vers le haut et vers le bas comme au levant et au couchant, dans la résille liquide de son flux. Le déroulement temporel d'une genèse qui fait progressivement émerger le monde à partir des eaux primordiales s'articulerait alors exactement sur le schéma spatial d'un univers de toute part cerné par ces mêmes eaux dont il est issu, leur cours balisant ses limites tout en servant d'inépuisable réservoir à sa vitalité.

Ce modèle, tout ensemble cosmogonique et cosmologique, s'il est bien attesté ailleurs, ne se présente nulle part dans la tradition grecque sous forme d'un exposé systématique ; on en saisit des éléments épars comme si des traditions concurrentes et parallèles n'en avaient laissé subsister que des débris. Chez Homère lui-même, un autre passage semble bien conférer à *Nux*, la Nuit, l'autorité et le pouvoir que Zeus, tout souverain qu'il soit, doit reconnaître à une puissance primordiale, antérieure à son règne[10]. De fait, dans les cosmogonies orphiques, Nuit, comme entité orginelle, prendra la place d'Okéanos et Téthys — le thème des Ténèbres où toutes choses demeurent confondues avant d'émerger à la lumière se substituant à celui de la fluidité des eaux. Ces deux thèmes, au reste, ne s'excluent pas ; ils ont entre eux assez d'affinités pour que parfois ils se recoupent. C'est l'obscurité nocturne qui règne dans la profondeur des eaux, comme la Nuit est faite, pour les Grecs, d'une brume d'humidité, d'un sombre et opaque brouillard.

La publication en 1957 d'un papyrus de commentaires à un poème cosmogonique d'Alcman confirme bien que, dès le VIIe siècle avant notre ère, la poésie pouvait s'inspirer de traditions mythiques, déjà fort sophistiquées, où les eaux primordiales se trouvaient étroitement unies à la Nuit originelle. Au commencement du monde, Alcman place la Néréide Thétis, divinité marine comme Téthys, l'épouse d'Okéanos, pré-

8. Homère, *Iliade*, VIII, 478 ; *Odyssée*, IV, 563 ; X, 511 ; XI, 13 *sq.* ; Hésiode, *Théogonie*, 788.

9. Aristote, *Météorologiques*, 347 a 10 ; *Etymologicum Magnum Genuinum et Auctum*, Lasserre et Livadaras, 821, 8.

10. Homère, *Iliade*, 258.

sentée d'ordinaire comme son aïeule. Thétis dispose du même pouvoir de prendre toutes les formes, de la même intelligence retorse que l'Océanide Mètis, promue au rang de grande divinité primordiale dans les cosmogonies orphiques. Les deux puissances divines font, à bien des égards, figure de doublet. Ténébreuse déesse des fonds marins, Thétis la sombre, *Kuanea*, est associée chez Alcman à trois entités : Obscurité *(Skotos)* qui régnait seule d'abord quand tout demeurait en elle informe et indiscernable ; ensuite, solidaires l'un de l'autre, Poros et Tecmôr, qui surgissent, encadrant Thétis aussitôt qu'elle fait son apparition au sein de la nuit des eaux primordiales — ces eaux qu'elle représente comme déesse marine mais que, par sa capacité intelligente de machiner à l'avance l'avenir, elle dépasse. Poros — la voie, le trajet, l'issue — et Tecmôr — le signe, l'indice, le repère — agissent comme principes intelligents de différenciation : dans l'obscurité du ciel et des eaux originellement confondus, ils font apparaître des directions précises et diversifiées ; ils tracent en effet les voies par où le soleil pourra, en cheminant, apporter la lumière du jour, et les étoiles dessiner dans le ciel nocturne les routes lumineuses des constellations. Le monde s'ordonne au fur et à mesure que, par le visible tracé des mouvements célestes, par la claire signalisation des diverses parties de l'horizon, l'obscurité confuse d'une masse liquide fait place à une étendue organisée, délimitée, orientée où l'homme, au lieu de se perdre, trouve le cadre et les points de repère pour observer, conjecturer, supputer, prévoir, bref se situer soi-même à la place qui convient.

Mais par rapport à ces traditions un peu secondaires, marginales ou éclatées, le poème théogonique d'Hésiode se présente, tel qu'il nous a été transmis dans sa forme d'œuvre complète et systématique, comme le témoignage central, le document majeur dont nous disposons pour comprendre la pensée mythique des Grecs et ses orientations maîtresses dans le domaine cosmogonique [11].

---

11. On lira le texte de la *Théogonie* dans Hésiode, texte établi et traduit par P. Mazon, Paris, 1947. On en trouvera un commentaire fourni dans Hesiod, *Theogony*, ed. with Prolegomena and Commentary by M. L. West, Oxford, 1966. Les scholies à ce texte ont été publiées par H. Flach, *Glossen und Scholien zu Hesiodos Theogonie*, Leipzig, 1876.

Le premier problème est de savoir dans quel registre exactement doit se situer la lecture de ce texte. On ne saurait le traiter en simple fantaisie littéraire, encore qu'il s'inscrive dans la ligne d'une littérature que l'écrit a déjà commencé à fixer et qu'on y retrouve toute une série d'éléments formulaires empruntés à la tradition homérique. On peut cependant montrer que là même où les emprunts sont les plus directement attestés, la valeur des formules — morceaux de vers, vers entiers ou groupe de vers — se trouve modifiée par de légers écarts pour produire, en se démarquant du modèle, l'effet de sens différentiel qu'exige le projet, non plus épique, mais théogonique du poète. On ne doit pas non plus lire Hésiode par référence aux systèmes philosophiques postérieurs : ils supposent l'élaboration d'un vocabulaire conceptuel et de modes de raisonnement différents de ceux du poète béotien. Son discours n'en traduit pas moins un puissant effort d'abstraction et de systématisation, mais qui s'exerce sur un autre plan et suivant une autre logique que la philosophie. Nous sommes donc en présence d'une pensée étrangère aux catégories qui nous sont habituelles : elle est à la fois mythique et savante, poétique et abstraite, narrative et systématique, traditionnelle et personnelle. C'est cette spécificité qui fait la difficulté et l'intérêt de la *Théogonie* hésiodique.

Théogonie, puisque c'est la race vénérée des dieux que chante Hésiode, sous l'inspiration des Muses qui, tandis qu'il paissait ses agneaux au pied de l'Hélicon, lui ont révélé la « vérité », enseigné « tout ce qui a été et tout ce qui sera » (22 et 32). Son récit reproduit fidèlement le chant des Muses, celui dont elles charment les oreilles du souverain des dieux en célébrant sa gloire, c'est-à-dire en réactualisant sans cesse par la parole sa généalogie, sa naissance, ses luttes, ses exploits, son triomphe. La narration hésiodique est donc indissolublement une théogonie, qui expose la suite des générations divines, et un vaste mythe de souveraineté relatant de quelle façon, à travers quels combats, contre quels ennemis, par quels moyens et avec quels alliés Zeus a réussi à établir sur tout l'univers une suprématie royale qui donne à l'ordre présent du monde son fondement et qui en garantit la permanence.

Mais cette parole de louange, pour être pleinement efficace, doit prendre la geste divine à ses débuts, en remontant à l'origine première, *ex archès* (45) ; elle s'enracine donc en un temps où ni Zeus ni les autres dieux olympiens, objets du culte, n'existaient encore. Le récit s'ouvre sur l'évocation de puissances divines dont les noms, la place, le rôle marquent la signification cosmique. Ces dieux « primordiaux » sont encore assez engagés dans les réalités physiques qu'ils évoquent pour qu'on ne les puisse séparer de ce que nous appellerions aujourd'hui des forces ou des éléments « naturels ». Avant que l'univers ne devienne le théâtre des luttes pour la souveraineté entre les dieux proprement dits, il faut que le cadre où ces combats vont se dérouler soit mis en place, le décor planté. C'est cette partie du texte d'Hésiode, prélude à l'entrée en scène des Titans, premiers dieux « royaux », qui constitue au sein de la *Théogonie* la strate proprement cosmogonique.

« Donc avant tout vint à l'être Béance *(Chaos)*, écrit Hésiode, mais ensuite Terre aux larges flancs *(Gaia eurusternos)*, assise sûre à jamais pour les Immortels qui occupent les cimes de l'Olympe neigeux et les Tartares de sombre brume, au tréfonds du sous-sol aux larges routes — et aussi Amour *(Érôs)*, le plus beau des dieux immortels, celui qui rompt les membres » (116-121). Chaos, Terre, Amour, telle est donc la triade de puissances dont la genèse précède et introduit tout le processus d'organisation cosmogonique.

Comment faut-il entendre ce Chaos qu'Hésiode fait naître en tout premier ? On l'a interprété — et les Anciens déjà — en termes de philosophie : on y a vu soit le vide, l'espace comme pur réceptacle, l'abstraction du lieu privé de corps [12] soit, comme les Stoïciens, un état de confusion, une masse où se trouvent indistinctement mêlés tous les éléments constitutifs de l'univers, une *sunchusis stoicheiôn*, en rapprochant Chaos de *cheesthai* : verser, répandre. Mais ces deux interprétations pèchent par anachronisme. De plus, si Chaos définit le vide, la pure négativité, comment admettre que ce *rien* puisse naître *(geneto)* ? Dans une perspective voisine, on a fait de Chaos l'équivalent de ce que l'épopée nomme : *aèr*,

12. Aristote, *Physique*, 208 b 26-33, et H. Fränkel, *Dichtung und Philosophie des frühen Griechentums*, New York, 1951 ; 2e éd., Munich, 1960 (éd. anglaise sous le titre : *Early Greek Poetry and Philosophy*, Oxford, 1975).

c'est-à-dire une brume, humide, sombre, non compacte. Que ces aspects soient présents dans Chaos, nul n'en disconviendra. Mais qu'on puisse identifier Chaos avec l'*aèr* en tant qu'élément, au sens que ce terme prend, avec Anaximène, dans les cosmogonies ioniennes, cela fait à tous égards difficulté. D'abord parce qu'Hésiode distingue lui-même *aèr* de Chaos (697-700) ; ensuite parce qu'*Érébos* et *Nux*, plus proches des valeurs d'*aèr*, naissent précisément de Chaos qui leur est donc, logiquement comme chronologiquement, antérieur.

On peut tenter aussi une interprétation « mythique » — et de plusieurs façons. Chaos désignerait l'espace entre le ciel et la terre[13] ; en le nommant pour commencer, Hésiode anticiperait sur la séquence de son récit où, mutilé par le coup de serpe castrateur que lui porte son fils Cronos, Ouranos-Ciel s'éloigne pour toujours de Gaia-Terre. L'espace aérien serait ainsi, au cours du texte, évoqué deux fois : au départ d'abord, avant même l'apparition de Gaia ; puis après la mise en place de Gaia et d'Ouranos disjoints l'un de l'autre, comme intervalle s'ouvrant entre les deux. Mais que pouvait bien être l'espace entre ciel et terre quand n'existaient encore ni le ciel, ni la terre ?

Ne faut-il pas alors se représenter Chaos comme un gouffre sans fond, un espace d'errance indéfinie, de chute ininterrompue semblable à l'immense abîme, le *mega chasma* du vers 740, dans la description du Tartare : de cette ouverture béante, il nous est dit qu'on n'en atteindrait pas le fond, fût-ce au bout d'une année, mais qu'on ne cesserait pas d'y être emporté d'un côté, puis d'un autre, en tout sens, par des bourrasques dont les souffles entremêlés confondent toutes les directions de l'espace.

En fait, pour comprendre la venue à l'être de Chaos, il faut le situer dans ses rapports d'opposition et de complémentarité avec Gaia, exprimés dans la formule : « *prôtista... autar epeita*, tout d'abord [fut Chaos]... mais ensuite [Terre] ». Le terme chaos se rattache, du point de vue étymologique, à *chaskô, chandanô*, béer, bâiller, s'ouvrir. La Béance qui naît avant toute chose n'a pas de fond comme elle n'a pas de som-

13. F. M. Cornford, *Principium Sapientiae. The Origins of Greek Philosophical Thought*, Oxford, 1952 ; et G. S. Kirk, *The Nature of Greek Myths*, Penguin Books, 1974, spécialement chap. VI, p. 113-144.

met : elle est absence de stabilité, absence de forme, absence
de densité, absence de plein. En tant que « cavité » elle est
moins un lieu abstrait — le vide — qu'un abîme, un tourbil-
lon de vertige qui se creuse indéfiniment, sans direction, sans
orientation. Cependant, en tant qu'« ouverture », elle débouche sur ce qui, lié à elle, est aussi son contraire. Gaia est une
base solide pour marcher, une sûre assise où s'appuyer ; elle
a des formes pleines et denses, une hauteur de montagne, une
profondeur souterraine ; elle n'est pas seulement le plancher
à partir duquel l'édifice du monde va se construire ; elle est
la mère, l'ancêtre qui a enfanté tout ce qui existe, sous toutes les formes et en tous lieux, à la seule exception de Chaos
lui-même et de sa lignée, qui constituent une famille de puissances entièrement séparées des autres.

La vocation stabilisatrice, génératrice, organisatrice de
Gaia se traduit par les qualificatifs qui lui sont dès le départ
attribués : elle est un siège à jamais solide pour les Immortels ; elle l'est d'abord par les monts qu'elle dresse en hauteur vers le ciel (siège des Olympiens) ; elle l'est ensuite par
les profondeurs qui la prolongent vers le bas (siège des Titans,
ces dieux souterrains, *hupochthonioi*). Stable et sûre en sa
vaste surface, s'étendant verticalement dans les deux sens,
Gaia n'est pas seulement le contraire, la réplique positive du
sombre Chaos ; elle est aussi son pendant. Du côté du ciel,
elle se couronne de la blanche luminosité des neiges ; mais,
vers le bas, elle plonge, pour s'y enraciner, dans la ténèbre
obscure du Tartare qui représente, à son fondement, sur le
plan spatial, cette même béance originelle, ce même abîme
vertigineux, à partir duquel et contre lequel elle s'est constituée au tout début des temps. Aussitôt nommée, Gaia se présente, dans sa fonction d'assise pour les dieux, étirée entre
les deux pôles du haut et du bas, tendue entre ses clairs som-
mets neigeux et son sombre fond souterrain. De la même
façon, Chaos, aussitôt apparu, donne naissance à deux couples d'entités contraires : Érèbe *(Érébos)* et noire nuit *(Nux)*
d'abord ; puis leurs enfants, Éther *(Aithèr)* et Lumière du
Jour *(Hèmerè)*. Dans ce groupe de quatre, la disposition ne
se fait pas au hasard. Dans chacun des deux couples, le premier nommé se situe de la même façon par rapport au
second : *Érébos* est à *Nux* ce que *Aithèr* est à *Hèmerè*. D'un
côté, un noir et un clair, isolés dans l'absolu de leur nature ;

de l'autre, un noir et un clair réunis dans leur mutuelle relativité. En effet Nuit et Jour ne sont pas dissociables ; ils se conjuguent dans leur opposition, chacun d'eux impliquant l'existence de l'autre, qui lui succède suivant une alternance régulière. En contraste avec la clarté et l'obscurité relatives d'un Jour et d'une Nuit qui se combinent pour former la trame du temps à la surface de la terre, Érèbe et Éther correspondent aux formes extrêmes et exclusives d'un Blanc et d'un Noir qui règnent sans partage au plus haut et au plus bas. Éther est la brillance d'un ciel constamment illuminé, ignorant l'ombre des nuées comme celle de la nuit, le séjour de ces dieux bienheureux où le nocturne n'a aucune place. Érèbe est la Ténèbre complète et permanente, la Nuit totale que jamais ne percent les rayons du soleil, le noir radical auquel sont voués, dans leur prison cosmique, les dieux réprouvés, au-delà de la demeure de Nuit (744), cette demeure devant laquelle, précisément, Jour et Nuit se rencontrent, s'interpellent, échangent leur position, s'ajustant l'un à l'autre pour équilibrer exactement leur parcours (748-757).

Si de Chaos naissent, à côté d'Érèbe qui en est comme le prolongement direct, une Nuit qui déjà voisine avec la lumière diurne et surtout la pure luminosité d'Éther comme celle, plus mêlée, de Jour, il n'est pas possible de le réduire, ainsi que le fait H. Fränkel, au Non-Être s'opposant à l'Être, à l'Autre en face du Même, ou, comme Paula Philippson[14], à la Non-Forme, en bref à la pure négativité. Il est bien exact que si l'on veut traduire en termes philosophiques le problème qu'on imagine sous-jacent au discours cosmogonique d'Hésiode, on devra le formuler, avec H. Fränkel, de la façon suivante : « Tout ce qui est existe par le fait que spatialement, temporellement et logiquement, il repose contre un vide non-être. Et il est déterminé pour ce qu'il est, en se définissant contre ce qui n'est pas : le vide. Ainsi donc le tout du monde, et toute chose au monde, chacune selon son rang, a des limites où elle se heurte contre le vide[15]. » S'exprimer ainsi c'est

14. P. Philippson, « Genealogie als mythische Form », *Symbolae Osloenses*, Suppl. VII, 1936.

15. H. Fränkel, *Dichtung und Philosophie des frühen Griechentums*, *op. cit.*, p. 148-149 ; texte cité dans la traduction donnée par Cl. Rammoux dans *La Nuit et les Enfants de la nuit (op. cit.*, n. 16 du chap. 2), p. 85.

déjà biaiser, forcer le texte hésiodique en l'éclairant de la lumière conceptuelle ; dire que le problème ne se pose pas, dans la *Théogonie*, en ces termes n'est pas suffisant. A la vérité, le problème ne s'y trouve pas posé du tout. Hésiode ne répond pas à une difficulté théorique préalable. Il nous convie à revivre une naissance ; il raconte un processus de genèse *(geneto)*. Ce qui vient à l'être, c'est d'abord Béance et puis Terre. Ces deux puissances sont liées non seulement comme les deux aspects successifs d'un seul et même procès de genèse, mais parce que le rapport de tension, qui les oppose et les unit à l'origine, ne cesse jamais de les tenir attachées l'une à l'autre. Dans l'univers différencié et ordonné, Gaia « tient » encore à Chaos qui demeure présent, au plus profond, au centre d'elle-même, comme cette réalité *contre* laquelle il lui a fallu et il lui faut encore s'établir — en donnant au mot *contre* ses deux sens : en opposition d'abord à une Béance, écartée, isolée, colmatée par tout un appareil de portes, de murs, de remparts, de planchers, de socles scellés, de seuil d'airain inébranlable ; mais aussi en prenant appui sur une Béance dont Terre ne peut pas plus se passer pour subsister que pour naître.

La dépendance de Gaia par rapport à Chaos est donc autrement complexe que celle de l'Être à l'égard du Non-Être. Chaos n'est pas simplement le négatif de Gaia. Il produit cette lumière sans laquelle aucune forme ne serait visible. Inversement, Gaia, qui engendre tout ce qui a densité et figure, est elle-même qualifiée de *dnophera* (736), épithète de *Nux* (101) : c'est la terre obscure, la terre noire. Entre les deux entités primordiales, il y a des glissements, des passages, des recoupements qui s'accusent au fur et à mesure que l'une et l'autre développent cette dynamique de la genèse qu'elles portent en elles par leur puissance d'engendrement. Elles sont liées, mais elles ne s'unissent pas. Aucun enfant de la descendance de Chaos ne dormira avec une progéniture de Gaia. Ce sont deux strates qui s'enveloppent et s'étayent réciproquement sans se jamais mêler. Et s'il arrive que les mêmes entités se retrouvent dans les deux lignées différentes (comme *Apatè*, Tromperie, et *Philotès*, Tendresse amoureuse), ce n'est jamais le fruit d'un métissage mais la marque qu'en dépit de leur contraste il peut y avoir, d'une puissance primordiale à l'autre, des effets de résonance et comme une sorte d'oscillation.

La présence d'Éros, à côté de Chaos et Gaia, dans la triade première ne va pas sans poser des problèmes. Éros ne peut figurer la puissance d'attraction qui conjoint les contraires, qui unit le mâle et la femelle dans la procréation d'un nouvel être différent de ceux qui l'ont engendré : Chaos et Gaia ne s'unissent pas l'un à l'autre et les enfantements que chacun d'eux produira, au début de la genèse, s'effectuent sans union sexuelle ; Chaos et Gaia tirent d'eux-mêmes les enfants qu'ils font venir à l'être. D'autre part, quand Hésiode précise qu'une divinité enfante après s'être unie sexuellement ou en dehors de cette union, il ne dit pas que le rejeton a été conçu avec l'aide d'Éros ou sans lui, mais avec ou sans *philotès* (125, 132). Enfin la naissance d'Aphrodite marque le moment où le processus générateur va être soumis à des règles strictes, où il va s'opérer, sans confusion et sans excès, par l'union momentanée de deux principes contraires, masculin et féminin, rapprochés par le désir, mais maintenus à distance par l'opposition de leur nature. Dès qu'Aphrodite est née, *Himeros* (Désir) et Éros s'ajustent à la déesse qui va dès lors présider à l'union sexuelle, posée comme la condition nécessaire de toute procréation normale. Plus vieux qu'Aphrodite à laquelle il s'adapte et s'associe le moment venu, Éros représente une puissance génératrice antérieure à la division des sexes et à l'opposition des contraires. C'est un éros primordial comme celui des orphiques — en ce sens qu'il traduit la puissance de renouvellement à l'œuvre dans le processus même de la genèse, le mouvement qui pousse d'abord Chaos et Gaia à émerger successivement à l'être, puis, aussitôt nés, à produire à partir d'eux-mêmes quelque chose d'autre qui, tout en les prolongeant, se pose en face d'eux — à la fois leur reflet et leur contraire. Ainsi se constitue un monde où il existe, associés et confrontés, des partenaires qui vont donner à la genèse, au fur et à mesure qu'elle se poursuit, un cours dramatique, fait de mariages, de procréations, de rivalités entre générations successives, d'alliances et d'hostilité, de combats, d'échecs et de victoires.

Mais avant que le poème cosmogonique ne débouche dans le récit de la grande geste divine, il faut que Gaia, par sa puissance d'enfantement, achève de produire tout ce qui manque encore au monde pour en faire véritablement un univers. Gaia donne d'abord naissance à Ciel étoilé *(Ouranos aste-*

roeis) ; elle le produit « égal à elle-même » afin qu'il la recouvre et l'enveloppe de partout (126-127). Le dédoublement de
Gaia pose, en face d'elle, un partenaire masculin qui apparaît à son tour, comme Terre elle-même et comme Chaos,
étiré entre l'obscur et le lumineux ; c'est le sombre ciel nocturne, mais constellé d'étoiles. Ce double aspect répond au
rôle que Ciel sera amené à jouer quand il se sera définitivement éloigné de Gaia : refléter, en clair ou en ténébreux,
l'alternance du Jour et de la Nuit qui se succèdent dans l'intervalle entre la terre et le ciel. Parce qu'il est égal à Gaia-Terre,
Ouranos-Ciel la recouvre exactement quand il s'étend sur
elle ; peut-être même faut-il comprendre cette égalité dans
le sens qu'il l'enveloppe jusque dans ses profondeurs en
s'étendant tout autour d'elle. Quoi qu'il en soit, à la tension
primitive Béance-Terre, succède un équilibre Terre-Ciel, dont
l'entière symétrie fait du monde un ensemble organisé et
fermé sur lui-même, un cosmos. Les dieux bienheureux peuvent y habiter comme en un palais en toute sûreté (128), chacun d'eux à la place qui lui est réservée. Gaia enfante alors
les hautes montagnes qui marquent son affinité avec le rejeton Ciel qu'elle vient de produire. Mais qui dit montagnes
dit aussi vallons (point de montagne sans vallée, de la même
façon qu'il n'est pas de chaos sans terre, de terre sans ciel,
ni d'obscurité sans lumière). Ces vallons serviront de séjour
à une catégorie particulière de divinités : les Nymphes.
Comme elle a produit Ciel étoilé, Gaia enfante enfin, à partir d'elle-même, son double et son contraire liquide, *Pontos*,
Flot marin, dont les eaux sont tantôt d'une clarté limpide
(atrugetos), tantôt obscurcies par de chaotiques tempêtes [16].

Ainsi s'achève la première phase de la cosmogonie.
Jusqu'ici les puissances qui sont venues à l'être se présentent
comme des forces ou des éléments fondamentaux de la nature
(106-110). Le théâtre du monde est maintenant dressé pour
l'entrée en scène d'acteurs divins de type différent. Gaia ne
les produit plus en les tirant de son propre fond. Elle s'unit
d'amour, pour les enfanter, à un partenaire masculin. D'un
mode de procréation à l'autre le changement est comparable
à celui qui fait naître Gaia après Chaos ; dans les deux cas,

16. Sur les cosmogonies aquatiques, cf. J. Rudhardt, *Le Thème de
l'eau primordiale dans la mythologie grecque*, Berne, 1971.

même formule pour exprimer la mutation : *autar epeita*, mais ensuite (116 et 132).

Des embrassements d'Ouranos, Gaia engendre trois séries d'enfants : les douze Titans et Titanes, les trois Cyclopes, les trois Cent-Bras *(Hécatoncheires)*. La portée des Titans comprend six garçons et six filles. Cronos, le plus jeune, rival direct de Zeus dans la lutte pour la royauté du ciel, est nommé à part, le dernier. L'ensemble des autres se trouve comme encadré d'un côté par Okéanos, cité le premier (aussitôt après l'évocation de Pontos auquel il s'oppose par sa double origine : céleste autant que terrestre), de l'autre par Téthys, mentionnée en fin de liste, juste avant Cronos. La première génération des dieux fils de Terre et de Ciel, en tant qu'ils représentent déjà l'ensemble du cosmos, sont comme inclus dans le couple Okéanos-Téthys. Associé à *Phoibè*, la Brillante, *Coios* a sans doute rapport à la voûte du ciel, comme Phoibè sa sœur et compagne, à la lumière céleste. *Creios* (ou *Crios*), qui évoque la supériorité, la suprématie, épousera une fille de Pontos, *Eurubiè* (375-377), Large Violence, et leur fils Pallas enfantera à Styx, l'Océanide, les deux Puissances qui attachées à la personne de Zeus assureront sa souveraineté : *Cratos*, Pouvoir, et *Bia*, Force violente (385-388). *Huperiôn*, celui qui va en haut, s'unit à sa sœur *Theia*, la Lumineuse ou la Visible, qui met au monde le Soleil, la Lune, Aurore enfin *(Éôs)*, mère des astres, de l'étoile du matin, des vents réguliers. A certains égards, Hypérion et Theia rappellent Poros et Tecmôr, de la cosmogonie d'Alcman. Comme eux, ils traduisent, dans le ciel, les aspects de rotation régulière, de tracés lumineux, de configurations astrales bien délimitées, qui font de la voûte céleste un espace différencié et orienté. Japet, uni à Clyménè, fille d'Okéanos, est le père d'une lignée de rebelles, Atlas, Ménoitios, Prométhée, Épiméthée, tous excessifs en leurs ambitions, leur force, leur subtilité ou leur imprévoyance. Tous agissent en marge de l'ordre contre lequel ils se révoltent. Les deux derniers, dans leurs démêlés avec Zeus, causeront le malheur des humains. Thémis et Mnémosyné ont plus d'affinité avec la terre qu'avec le ciel. Thémis représente ce qui est fixe et fixé ; elle est une puissance oraculaire : elle dit l'avenir comme déjà établi. *Mnèmosunè*, Mémoire, mère des Muses (54), connaît et chante le passé comme s'il était toujours là. Toutes deux, par leur mariage avec Zeus, lui apportent cette vision totale du temps, cette coprésence à l'esprit de ce qui a été, est et sera — dont il a besoin pour régner. Rhéia, compagne de Cronos, est toute proche de Gaia. Elles est une mère, attachée à ses enfants et prête à les défendre même contre le père qui les a engendrés. Elle est une puissance de ruse qui détient, comme Gaia, une sorte de savoir primordial.

Les Titans se répartissent donc entre la terre et le ciel, parfois davantage d'un côté, parfois plutôt de l'autre. Aucun n'est une puissance physique simple à la façon d'Ouranos ou de Gaia. Cependant leur personnage de dieu n'est pas entièrement dégagé des forces élémentaires. Ils gardent des aspects primordiaux, mais ils répondent à un univers déjà plus complexe et mieux organisé : les couples Coios-Phoibè, Hypérion-Theia sont plus particularisés, mieux délimités que Ciel étoilé ; Thémis, Mnémosyné, Rhéia spécifient et précisent certains traits de Gaia. Tous les Titans et Titanes ne combattront pas Zeus. Certains resteront neutres ; d'autres se rangeront à ses côtés pour lui apporter l'appui de ces pouvoirs et savoirs primordiaux dont il ne pourrait se passer. Mais considérés dans leur ensemble comme ce groupe de divinités qu'ont engendré Ouranos et Gaia, ils constituent la première génération des dieux maîtres du ciel, les premiers dieux à vocation royale. Sous la conduite de Cronos, qui les représente et les mène, ils font figure d'adversaires directs des dieux de la seconde génération, les Olympiens, contre lesquels ils engagent une bataille dont l'enjeu est, avec la souveraineté du monde, la répartition des prérogatives et des honneurs dus à chaque puissance divine, c'est-à-dire la mise en ordre définitive de l'univers.

Frères des Titans, Cyclopes et *Hécatoncheires* (Cent-Bras) ont en commun, avec des traits monstrueux, la brutalité et la violence d'êtres tout primitifs. Bien différents des sauvages pasteurs de l'*Odyssée*, les Cyclopes d'Hésiode, avec leur œil unique au milieu du front, joignent à leur force sans pareille les habiles savoir-faire, les ingénieux tours de main d'adroits métallurgistes (*mèchanai*, 146). Du feu brut, que Gaia dissimule en ses profondeurs, ils feront, en le façonnant, un instrument utilisable, l'arme absolue de la victoire : la foudre. Dans leurs noms : *Brontès* (Tonnant), *Steropès* (Éclatant), *Argès* (Éclairant), on entend rouler le vacarme, on voit briller l'éclat de l'arme qu'ils remettront à Zeus et qui s'apparente à la puissance magique d'un regard fulgurant.

Comme les Cyclopes confèrent à Zeus, en temps voulu, le privilège de la suprématie du regard par le flamboiement d'un œil de foudre, les *Hécatoncheires* lui apportent, au moment décisif, l'extrême puissance de la main et du bras. Par leurs membres prodigieusement multipliés, qui jaillissent en souplesse tout autour des épaules, Cottos, Briarée et Gugès (ou Guès) sont des combattants invincibles, des guerriers possédant le secret de prises imparables, capables d'imposer à tout ennemi la maîtrise de leur terrible poigne.

Avec la triple descendance d'Ouranos et de Gaia, les acteurs sont en place qui joueront le dernier épisode du processus cosmogonique. Ouranos, dans la simplicité de sa puissance primitive, ne connaît d'autre activité que sexuelle. Vautré sur Gaia, il la recouvre en son entier et s'épanche en elle, sans cesse, dans une interminable nuit. Ce constant débordement amoureux fait d'Ouranos celui qui « cache » ; il cache Gaia sur laquelle il vient s'étendre ; il cache ses enfants au lieu même où il les a conçus, dans le giron de Gaia qui gémit, encombrée en ses profondeurs du fardeau de sa progéniture. Ouranos, le géniteur, bloque le cours des générations en empêchant ses petits d'accéder à la lumière comme le jour d'alterner avec la nuit. Éperdu d'amour, collé à Gaia, plein de haine envers ses enfants qui pourraient s'interposer entre elle et lui s'ils grandissaient, il rejette ceux qu'il a engendrés dans les ténèbres de l'avant-naissance, au sein même de Gaia. L'excès de sa puissance sexuelle désordonnée immobilise la genèse. Aucune « génération » nouvelle ne peut apparaître aussi longtemps que se perpétue cet engendrement incessant qu'Ouranos accomplit sans trêve en restant uni à Gaia. Il ne laisse place ni à un espace au-dessus de Gaia, ni à une durée faisant naître, l'une après l'autre, les lignées de divinités nouvelles. Le monde serait resté figé en cet état si Gaia, indignée d'une existence rétrécie, n'avait imaginé une ruse perfide, qui va changer la face des choses. Elle crée le blanc métal acier, elle en fait une serpe ; elle exhorte ses enfants à châtier leur père. Tous hésitent et tremblent, sauf le plus jeune, Cronos, le Titan au cœur audacieux et à l'astuce retorse. Gaia le cache, le place en embuscade ; quand Ouranos s'épand sur elle dans la nuit,

Cronos d'un coup de serpe lui tranche les parties sexuelles. Cet acte de violence aura des conséquences cosmiques décisives. Il éloigne à jamais le Ciel de la Terre, il le fixe au sommet du monde comme le toit de l'édifice cosmique. Ouranos ne s'unira plus à Gaia pour produire des êtres primordiaux. L'espace s'ouvre et cette déchirure permet à la diversité des êtres de prendre leur forme et de trouver leur place dans l'étendue et dans le temps. La genèse se débloque, le monde se peuple et s'organise.

Cependant ce geste libérateur est en même temps un horrible forfait, une rébellion contre le Ciel-Père. Tout se passe comme si l'ordre cosmique, avec les hiérarchies de pouvoir, les différenciations de compétence qu'il suppose chez les dieux, ne pouvait être institué qu'au moyen d'une violence coupable, d'une ruse perfide dont il faudra payer le prix. Ouranos mutilé, écarté, impuissant, lance contre ses fils une imprécation qui institue pour tout l'avenir cette loi du talion dont Cronos, promu en raison de sa retorse audace souverain du ciel, fera le premier l'expérience. La lutte, la violence, la fraude ont fait, avec le coup de serpe de Cronos, leur entrée sur la scène du monde. Zeus lui-même ne sera pas plus en mesure de les supprimer que Gaia ne peut se passer de Chaos : il pourra seulement les éloigner des dieux, les écarter, en les reléguant au besoin chez les hommes.

Avant que le rideau ne tombe sur la partie cosmogonique du poème d'Hésiode et que la scène ne s'ouvre aux grandes batailles divines pour la royauté du monde, deux dernières séquences illustrent cette nécessaire inscription de la guerre, de la ruse, de la vengeance, du châtiment et plus généralement des puissances mauvaises au fondement même de l'univers organisé : la naissance d'Aphrodite, les enfants de Nuit.

La naissance d'Aphrodite d'abord. Cronos tient dans sa main gauche le sexe d'Ouranos qu'il a tranché d'un coup de serpe, avec la droite. Il s'en débarrasse aussitôt, jetant les débris sanglants par-dessus son épaule, sans regarder, pour conjurer le mauvais sort. Peine perdue. Les gouttes du sang céleste tombent sur Gaia, la Terre noire, qui toutes les reçoit en son sein. Le sexe, projeté plus loin, s'en vient chuter dans les flots liquides de Pontos, qui le porte jusque vers le large. Ouranos, émasculé, ne peut plus se reproduire ; mais en ensemençant Terre et Flot, son organe géniteur va réaliser la malédiction qu'il a lancée à la face de ses enfants : que l'avenir tirerait vengeance de leur forfait (210). Sur Terre, les gouttes de sang vont faire naître trois groupes de puissances divines : celles qui prennent en charge la poursuite de la vengeance, la punition des crimes commis sur la personne des parents (Érinyes), celles qui patronnent les entreprises guerrières, les activités de lutte, les épreuves de force (Géants et Nymphes des frênes, *Meliai*). Longtemps en gestation dans le sein de Gaia (184), ces puissances, au cours d'un temps désormais débloqué, mûriront ; elles se déploieront dans le monde le jour où Zeus sera devenu en état (493) de venger Ouranos en faisant payer à Cronos « la dette due aux Érinyes de son père » (472) ; alors se déclenchera dans le monde divin un conflit sans merci, une guerre inexpiable, l'épreuve de force qui le divisera contre lui-même.

Longtemps porté sur les vagues mouvantes de Flot, le sexe tranché d'Ouranos mêle à l'écume marine qui l'entoure l'écume du sperme jailli de sa chair. De cette écume *(aphros)* naît une fille, que dieux et hommes appellent Aphrodite. Dès qu'elle met le pied à Chypre, où elle aborde, Amour et Désir (Éros, Himéros) lui font cortège. Son lot, chez les mortels et les Immortels, ce sont les babils de fillettes, les sourires, les tromperies *(exapatai)*, le plaisir, l'union amoureuse *(philotès)*.

La castration d'Ouranos engendre donc, sur Terre et sur Flot, deux ordres de conséquences, inséparables dans leur opposition : d'un côté, violence, haine, guerre ; de l'autre, douceur, accord, amour. Cette nécessaire complémentarité des puissances de conflit et des puissances d'union, également issues des parties sexuelles d'Ouranos, se marque d'abord dans le régime des procréations que la mutilation du dieu a inauguré. Quand Ouranos s'unissait à Gaia, dans une étreinte indéfiniment répétée, l'acte d'amour, faute de distance entre les partenaires, aboutissait à une sorte de confusion, d'identification qui ne laissait pas place à une progéniture. Désormais, avec Aphrodite, l'amour s'accomplit par l'union de principes qui restent, dans leur rapprochement même, distincts et opposés. Les contraires s'ajustent et s'accordent, ils ne fusionnent pas. Comme écartelée, la puissance primordiale d'Éros s'exerce à travers la différenciation des sexes. Éros s'associe à Éris, Lutte, cette Éris que, dans *Les Tra-*

vaux et les Jours, Hésiode placera « aux racines de la terre »
(19).

Le monde va donc s'organiser par mélange des contraires, médiation entre les opposés. Mais dans cet univers de
mixtes où s'équilibrent puissances de conflit et puissances
d'accord, la ligne de partage ne s'établit pas entre le bien et
le mal, le positif et le négatif. Les forces de la guerre et celles
de l'amour ont également leurs aspects clairs et leurs aspects
sombres, bénéfiques et maléfiques. Le rapport de tension qui
les maintient écartées les unes des autres se manifeste aussi
bien en chacune d'entre elles, sous forme d'une polarité,
d'une ambiguïté immanente à sa propre nature.

Terrifiantes, implacables, les Érinyes sont aussi les indispensables auxiliaires de la justice, dès lors qu'elle a été violée.
L'ardeur guerrière des Méliades et des Géants « aux armes étincelantes, aux longues javelines » est celle-là même que les Cent-
Bras mettront au service de Zeus pour qu'il fasse triompher
l'ordre. De son côté, si Aphrodite ne connaît ni la violence ven-
geresse ni la brutalité guerrière, la rusée déesse met en œuvre
des armes qui ne sont pas moins efficaces ni dangereuses : le
charme des sourires, les piperies du babil féminin, l'attrait péril-
leux du plaisir et toutes les tromperies de la séduction.

On comprend alors pourquoi la séquence des enfants de Nuit
vient immédiatement s'enchaîner à l'épisode de la castration
d'Ouranos, avec la naissance, face aux terrestres Érinyes,
Géants et Méliades, de l'Aphrodite marine — épisode qui
s'achève sur la malédiction du dieu Ciel contre ses enfants.

Fille de Chaos, Nuit enfante, sans s'unir à quiconque,
comme des émanations qu'elle tire de son propre fond, toutes
les forces d'obscurité, de malheur, de désordre et de privation
à l'œuvre dans le monde. Ces entités témoignent, par leur existence, de la nécessaire inclusion au sein de l'univers organisé
d'éléments « chaotiques ». Elles sont comme l'envers de l'ordre, le prix à payer pour assurer l'émergence d'un cosmos différencié, l'individualisation précise des êtres et de leurs formes.

Sans entrer dans le détail d'une série de puissances qui
concernent, pour l'essentiel, le monde des hommes — ce monde
du mélange où tout bien a son revers, où vie et mort, comme
Jour et Nuit, sont liées —, on notera qu'en dehors de Trépas
qui, sous un triple nom, ouvre la liste, associé à Sommeil et
à la race des Songes, la plupart de ces entités se répartissent

en deux groupes qui recoupent, dans le registre de l'obscur et du chaotique, les deux catégories de divinités issues, par Terre et Flot, des génitoires tranchées d'Ouranos. Aux Érinyes répondent exactement Némésis et les Kères, implacables vengeresses, à la poursuite des fautes contre les dieux ou les hommes, déesses dont le courroux n'a de cesse que les coupables n'aient reçu leur châtiment. Aux Géants et Nymphes des frênes font écho, sur un mode pleinement sinistre, l'odieuse Lutte, *Eris stugerè*, avec son cortège de Mêlées, Combats, Meurtres et Tueries. Aphrodite elle-même, l'Aphrodite d'or (mais il existe aussi une Aphrodite noire, *Melainis*), trouve, parmi les enfants de Nuit, les puissances qui incarnent ses pouvoirs, ses moyens d'action, ses privilèges de déesse. Les babils de jeunes filles *(parthenioi oaroi)*, les tromperies *(exapatai)*, l'union amoureuse *(philotès)* qu'elle a pour apanage, Nuit les a reproduites en taillant dans le tissu de l'obscurité ces sombres sorcières qui s'appellent Mots menteurs *(Pseudea)*, Tromperie *(Apatè)*, union amoureuse *(Philotès)*.

Au terme du processus cosmogonique, l'acte de violence qui a éloigné Ouranos, ouvert l'espace entre ciel et terre, débloqué le cours du temps, équilibré les contraires dans la procréation, est aussi celui en qui viennent converger et comme se confondre l'obscure puissance primordiale de Chaos et ces jeunes divinités dont la naissance marque la venue d'un nouvel ordre du monde. Par la faute de Cronos — cette faute qui place la rébellion et le désordre au fondement de l'ordre —, les enfants de Nuit se répandent jusque dans le monde divin ; pour les besoins de la vengeance, ils le livrent, en pleine gestation, à la lutte et à la guerre, à la ruse et à la tromperie. Ce sera la tâche de Zeus d'expulser l'engeance nocturne hors des régions éthérées, de la rejeter du séjour lumineux des dieux olympiens, en l'exilant au loin, en la reléguant chez les hommes, de même qu'il lui faudra, par les portes d'airain que, sur son ordre, Poséidon scelle derrière les Titans, écarter, isoler à jamais du Cosmos l'abîme béant et chaotique du Tartare [17].

17. Sur la cosmogonie hésiodique, cf. F. M. Cornford, *Principium Sapientiae. The Origins of Greek Philosophical Thought, op. cit.* ; M. Detienne et J.-P. Vernant, *Les Ruses de l'intelligence : la Mètis des Grecs*, Paris, 1975 ; H. Fränkel, *Dichtung und Philosophie des frühen Griechentums, op. cit.* ; O. Gigon, *Der Ursprung der Griechischen Phi-*

La phase cosmogonique de la *Théogonie*, telle que la chante Hésiode, s'achève avec la mutilation de Cronos et ses conséquences : la séparation du ciel et de la terre, la venue à la lumière de la nouvelle génération des dieux Titans, l'apparition des puissances de conflit, de vengeance, de guerre et, en contrepartie, la naissance d'Aphrodite, maîtresse des unions amoureuses.

Quelles sont, à ce stade, les divinités qui composent l'univers ? Gaïa d'abord, avec ses montagnes élevées, ses profondeurs souterraines et, en son ultime fond, ce lieu tartarien qui, comme un ombilic, rattache l'ensemble de l'édifice cosmique au chaos primordial dont il est issu. Ouranos ensuite, maintenant immobilisé au sommet éthéré du monde : de ses hauteurs, les nouveaux dieux, maîtres du ciel, pourront surveiller tout ce qui se passe jusqu'aux derniers confins de leur empire. Pontos enfin, Flot salé, inépuisable masse liquide, en perpétuelle mouvance, défiant les prises, rebelle à l'entrave des formes. Pontos engendre Nérée, le Vieux de la Mer, en qui se concentrent toutes les vertus bénéfiques, toute la subtilité fluide des eaux marines. A Nérée, Doris, l'Océanide, donne cinquante filles, les Néréides, qui traduisent, à l'image de leur géniteur, des aspects de la mer, de la navigation, du savoir intelligent, de la loyauté, de la justice. Par contre, dans son union avec Gaia, Pontos manifeste l'autre face de l'élément marin : son absence de forme ; leur couple fait naître une lignée d'êtres monstrueux, hybrides mi-hommes mi-serpents, femmes-oiseaux, insaisissables, rapides, violentes comme les vents.

Mais ce sont les enfants d'Ouranos et de Gaia qui occupent désormais le devant de la scène, spécialement le plus

losophie von Hesiod bis Parmenides, Bâle, 1945 ; 2ᵉ éd., 1968. G. S. Kirk, *The Nature of Greek Myths, op. cit.*, spécialement ch. VI, p. 113-144 ; P. Philippson, « Genealogie als mythische Form », *loc. cit.* ; Cl. Rammoux, *La Nuit et les Enfants de la nuit, op. cit.* ; H. Schwabl, *Hesiods Theogonie. Eine unitarische Analyse*, Vienne, 1986; Fr. Schwenn, *Die Theogonie des Hesiodos*, Heidelberg, 1934 ; M. C. Stokes, « Hesiodic and Milesian cosmogonies » I et II, *Phronesis*, VII, I, 1962, p. 1-37 ; VIII, I, 1963, p. 1-34. On verra aussi *infra* J.-P. Vernant, « La formation de la pensée positive dans la Grèce archaïque » (chap. 8 du présent ouvrage) ; et A. Ballabriga, *Le Soleil et le Tartare : l'Image mythique du monde en Grèce archaïque*, Paris, 1986.

jeune, le plus audacieux, le plus rusé d'entre eux, Cronos à l'astuce retorse. En se retirant de Gaia, Ouranos leur a laissé le champ libre. Ils ne sont plus bloqués dans les entrailles de la terre. Chacun se met en place, s'associe une de ses sœurs, ou se choisit une compagne parmi ses cousines et ses nièces, établissant ainsi entre les lignées issues de Gaia, d'Ouranos, de Pontos une série d'alliances qui tissent, d'un domaine cosmique à l'autre, un réseau plus serré de connexions. Okéanos et Téthys produisent, en la personne des fleuves, des sources, des courants souterrains, toutes les eaux nourricières, dispensatrices de vie. Hypérion et Theia engendrent Hélios (Soleil), Sélénè (Lune), Éôs (Aurore) : puissances célestes, lumineuses, réglées. Coios et Phoibè ont deux filles ; la première, Létô, toute douceur, donnera à Zeus Apollon et Artémis ; la seconde, Astérie, est la mère d'Hécate qui occupe, aux yeux d'Hésiode, dans l'économie du monde divin, une place à part : sa puissance s'exerce sur la terre et la mer autant qu'au ciel ; ses honneurs et ses privilèges, unanimement reconnus par les dieux, ne seront jamais mis en question, par aucun des deux camps, au cours de la grande guerre où s'affrontent les enfants d'Ouranos et ceux de Cronos : Hécate se situe en marge et au-dessus du conflit entre Titans et Olympiens. A ces trois premiers couples de frères et sœurs, il faut ajouter deux Titans, Japet d'abord qui, uni à l'Océanide Clyménè, donne naissance à une lignée de rebelles ; Crios ensuite, auquel la fille de Pontos, Eurybiè, enfante des garçons joignant à la supériorité de force la rectitude de l'action : Astraïos, père des vents réguliers, par son union avec Éôs ; Persès, époux d'Astérie et père d'Hécate ; Pallas à qui l'Océanide Styx donne Cratos et Bia, Pouvoir et Force : tous deux se rangeront le jour venu aux côtés de Zeus. Deux Titanes, à leur tour, se marient en dehors de leurs frères : Thémis et Mnémosyné. A la couche de Zeus elles apporteront, la première, les *Hôrai* (Saisons) et les *Moirai* (Destinées), la seconde les *Mousai* (Muses). Le dernier couple de Titans est celui de Cronos et de sa sœur Rhéia. Seul de tous ses frères à avoir osé, à l'instigation de Gaia, émasculer Ouranos, Cronos n'a pas seulement conquis la liberté : avec l'accord et l'appui des autres Titans, il est le maître d'un univers désormais constitué, le souverain du monde, le roi des dieux. Premier monarque — suivant la tradition hésiodique

—, Cronos est bien différent de son père Ouranos et les problèmes qu'il lui faut affronter sont tout autres. Ouranos s'abandonnait sans défense à ses appétits sexuels ; il ne voyait pas plus loin que le giron de Gaia. Cronos n'est pas une puissance débordant d'une vitalité excessive comme son père, il est un prince violent, retors et soupçonneux, toujours sur le qui-vive, constamment aux aguets. Régnant sur un empire différencié, hiérarchisé, c'est sa suprématie qui est l'objet de ses soins et de ses inquiétudes. L'exploit — fait d'audace et de fourberie — qui lui a ouvert le chemin du pouvoir a inauguré chez les dieux l'histoire des avatars de la souveraineté. La question qui était au cœur des mythes cosmogoniques était celle des rapports du désordre et de l'ordre ; avec l'instauration d'un premier roi du ciel et les luttes qui s'ensuivent pour l'hégémonie divine, le problème se déplace : l'accent porte désormais sur les rapports de l'ordre et du pouvoir.

Les débordement sexuels d'Ouranos, en empêchant ses enfants de naître, bloquaient le cours de la genèse. La conduite de Cronos envers les siens, pour n'être pas plus tendre, s'inspire de raisons strictement « politiques » : il s'agit d'empêcher un de ses fils d'obtenir à sa place « l'honneur royal parmi les Immortels » (461-462). Au récit d'une genèse s'est substitué un mythe de succession au pouvoir. Comment le monarque, même divin, peut-il éviter, au fil des ans, l'usure, le vieillissement de son autorité ? Cronos s'est hissé sur le trône en attaquant son père. La souveraineté qu'il a fondée repose sur un acte de violence, une traîtrise à l'égard de son « ancien », qui l'a maudit. Ne doit-il pas subir de la part de son fils le même traitement qu'il a infligé à son père ?

Si l'instauration de la suprématie, par l'épreuve de force qu'elle suppose, engage une injustice envers autrui, une contrainte imposée par un mélange de brutalité et de ruse, la lutte pour la domination ne va-t-elle pas renaître et rebondir à chaque génération nouvelle sans que la souveraineté puisse jamais échapper à cet engrenage de la faute et du châtiment que Cronos a déclenché du jour où, en mutilant Ouranos, il s'est emparé du pouvoir ? Et, dans ce cas, l'ordre du monde que chaque souverain des dieux institue à son avènement ne risque-t-il pas d'être indéfiniment remis en cause ? Tel est le problème auquel répond le récit de la guerre des dieux et de la victoire de Zeus.

Rhéia a de Cronos, tour à tour, six enfants : Histiè, Déméter, Héra, Hadès, Poséidon et le cadet : Zeus *mètioeis*, Zeus le Rusé. Dès qu'elle accouche de l'un d'entre eux, Cronos, qui la guette, s'en saisit pour le dévorer. Ouranos refoulait sa progéniture dans le ventre de Gaia. Averti par ses parents que son destin était de succomber un jour sous son propre fils, Cronos boucle sa descendance, pour plus de sûreté, à l'intérieur du sien. Mais pour violent, pour rusé qu'il soit, le premier souverain va trouver plus fort et plus malin que lui. De concert avec Gaia et Ouranos, Rhéia complote un plan de ruse, une *mètis*, pour que Zeus, ultime rejeton, échappe au sort de ses prédécesseurs. A la guette vigilante de Cronos échappent les manœuvres secrètes de son épouse : elle accouche clandestinement, elle cache son fils en Crète, elle camoufle sous des langes une pierre ; elle l'offre, sous l'apparence trompeuse du nouveau-né, à la voracité de Cronos qui ne se doute de rien. Et cette ruse, tramée par son épouse et ses parents, en dupant l'astuce retorse du Premier Souverain, permet à son jeune dernier de conserver la vie à l'insu de son père pour bientôt, de force, le chasser du trône et régner à sa place sur les Immortels (489-491).

Ce thème de l'intelligence rusée, de l'astuce vigilante *(mètis)*, arme nécessaire pour assurer à un dieu, en toute circonstance, quelles que soient les conditions de la lutte et la puissance de l'adversaire, la victoire et la domination sur autrui, chemine comme un fil rouge à travers toute la trame des mythes grecs de souveraineté. Seule la supériorité en *mètis* y apparaît capable de conférer à une suprématie l'universalité et la permanence qui en font véritablement un pouvoir souverain. Le roi du ciel doit disposer, en dehors et au-delà de la force brutale, d'une intelligence habile à prévoir au plus loin, à tout machiner à l'avance, à combiner, en sa prudence, moyens et fins jusque dans le détail de telle sorte que le temps de l'action ne comporte plus d'aléas, que l'avenir soit sans surprise, rien ni personne ne pouvant plus prendre le dieu à l'improviste ni le trouver démuni.

Entre Cronos et Zeus, Titans et Olympiens, la rivalité se traduit, sur le terrain, en une épreuve de force, mais le secret du succès est ailleurs : comme le dit le *Prométhée* d'Eschyle, la victoire devait revenir « à qui l'emporterait, non par force et violence, mais par ruse » (212-213). Et dans la perspective de la tragédie, c'est Prométhée, l'*aiolomètis*, le prodigieux malin, « capable même à l'inextricable de trouver une issue », le débrouillard fertile en invention, qui livre à Zeus le stratagème dont son camp a besoin. Dans la version d'Hésiode, la marche de Zeus vers le pouvoir se place également, dès le départ, sous le signe de l'astuce, de l'adresse, de la tromperie et son triomphe se trouvera comme consacré par ses épousailles en première noce avec l'ondoyante et rusée déesse, patronne de l'intelligence avisée, l'Océanide Mètis.

Dans la *Bibliothèque* du Pseudo-Apollodore, c'est Mètis précisément qui donne à boire à Cronos un philtre *(pharmakon)* le contraignant à vomir, avec la pierre avalée à la place de Zeus, toute la suite des frères et sœurs qui vont appuyer l'Olympien dans sa lutte contre les Titans. Chez Hésiode, Mètis n'est pas nommée : il est question seulement d'une ruse, ourdie à l'instigation de Gaia, pour faire dégurgiter à Cronos toute sa descendance.

Libérée du ventre de leur père, la jeune lignée des Cronides fait face sur l'Olympe aux Titans juchés sur l'Orthrys. La guerre s'engage et se poursuit, indécise, pendant dix ans. Mais Gaia a révélé à Zeus à quelles conditions lui reviendrait la victoire : il lui faut disposer de l'arme fulgurante que détiennent les habiles Cyclopes et s'assurer le concours, au combat, des terribles Cent-Bras, avec leur force sans pareille. Autrement dit, la défaite des Titans passe par le ralliement à la cause des dieux nouveaux de divinités proches des anciens par leur filiation, leur nature et leur âge. Zeus ne peut espérer triompher qu'avec le soutien de puissances incarnant la même vitalité originelle, la même vigueur cosmique primordiale qu'il s'efforce de réglementer en se soumettant les Titans. Pour instituer l'ordre, il faut un pouvoir capable de s'imposer aux forces de désordre ; mais pour s'imposer, à quelles sources d'énergie devrait s'alimenter ce pouvoir régulateur sinon à celles mêmes dont se nourrit, à l'origine, la dynamique du désordre ?

Cyclopes et Cent-Bras, frères des Titans, vont donc jouer les transfuges et passer dans le camp olympien. Il le faut bien. Détenteurs de l'arme absolue qu'est la foudre, maîtres des prises imparables et des liens infrangibles, ils sont les auxiliaires indispensables de la souveraineté. Pour justifier leur ralliement à Zeus, le mythe raconte que Cronos les avait laissés, ou placés de nouveau, après l'éloignement de leur père et geôlier commun Ouranos, dans un état de servitude dont Zeus seul devait les libérer. A peine les a-t-il affranchis de leurs chaînes que l'Olympien offre aux Cent-Bras nectar et ambroisie, consacrant ainsi leur pleine accession aux honneurs du statut divin. En reconnaissance de ces bienfaits, Cyclopes et Cent-Bras mettent à la disposition de Zeus une habileté et une force qui s'apparentent à celles des deux entités cosmiques dont ils sont issus. Ils font figure désormais, non plus de monstres primordiaux, mais de fidèles gardes de Zeus ; de la même façon, Cratos et Bia, Pouvoir et Force violente, enfants de Styx, sur le conseil du vieil Okéanos, leur aïeul, se sont précipités les premiers sur l'Olympe avec leur mère pour se mettre au service de Zeus, dont, à aucun instant, ils ne s'éloigneront plus (385 *sq.*).

Tout va alors se jouer très vite. Les Titans sont foudroyés par Zeus, ensevelis sous les pierres par les Cent-Bras qui les expédient, enchaînés, au Tartare brumeux où Poséidon, sur eux, referme les portes d'airain, devant lesquelles les trois Cent-Bras, au nom de Zeus, montent la garde.

L'affaire cette fois paraît réglée. Mais Gaia, unie à Tartare, enfante un dernier rejeton, Typhée ou Typhon, monstre aux bras puissants, aux pieds infatigables, avec cent têtes de serpent dont les yeux jettent des lueurs de flamme. Ce monstre, que sa voix bariolée assimile tantôt aux dieux, tantôt aux bêtes sauvages, tantôt aux forces de la nature, incarne la puissance élémentaire du désordre. Dernier enfant de Gaia, il représente, dans le monde organisé, le retour au chaos primordial où toute chose se trouverait ramenée s'il triomphait. La victoire du monstre chaotique n'aura pas lieu. Ses yeux de flammes multipliées ne peuvent rien contre le regard vigilant de Zeus qui ne se laisse pas surprendre, l'aperçoit à temps, le foudroie. L'Olympien jette Typhon au Tartare : de sa dépouille sortent les vents de tempête, fougueux, imprévisibles qui, contrairement aux souffles réguliers qu'ont enfantés Aurore et Astraios, s'abattent en bourrasques, d'un côté et de l'autre, livrant l'espace humain à l'arbitraire d'un pur désordre.

Chez Hésiode, la défaite de Typhon marque le terme des luttes pour la souveraineté. Les Olympiens pressent Zeus de prendre le pouvoir et le trône des Immortels. Le nouveau roi des dieux, le second souverain, leur répartit alors entre tous honneurs et privilèges. Sa suprématie, qui fait suite à celle de Cronos renversé, ne la répète pas pour autant : elle la redresse. Zeus unit en effet en sa personne la plus haute puissance et le scrupuleux respect du juste droit ; sa souveraineté réconcilie la supériorité de force et l'exacte répartition des honneurs, la violence guerrière et la fidélité au contrat, la vigueur des membres et toutes les formes de l'astuce intelligente. L'ordre et le pouvoir, associés dans son règne, sont désormais inséparables.

Une autre tradition, dont on trouve l'écho en particulier chez le Pseudo-Apollodore, ajoutait un chapitre à l'histoire des batailles pour la royauté du ciel. Les Olympiens devaient encore affronter l'assaut des Géants, représentant un ordre : celui des combattants, une classe d'âge : les jeunes dans la fleur de leur virilité, une fonction : celle de la guerre. Le statut des Géants apparaît, au seuil de la bataille, équivoque. La défaite les livrera-t-elle à la mort ou le succès les fera-t-il accéder à l'immortalité divine ? Zeus a été averti que, pour en triompher, il a besoin d'un plus petit que lui : les Géants devront mourir de la main d'un mortel. Héraclès, qui n'a pas encore été déifié, fera l'affaire. Cependant la Terre, mère des Géants, prépare une parade. Elle se met en quête d'une herbe d'immortalité qui préserverait ses fils. Là encore, la prévoyance de Zeus déjoue les plans de l'adversaire. Prenant par ruse les devants sur Terre, il cueille et coupe lui-même l'herbe de non-mort. Aucune force ne peut plus empêcher les Géants de périr et la fonction guerrière de se soumettre à une souveraineté qu'elle a le devoir d'appuyer sans jamais la combattre.

Le récit de la lutte contre Typhon a été lui-même enrichi pour dramatiser les périls de la souveraineté et souligner la place que tient la ruse dans son exercice. Chez le Pseudo-Apollodore, dans un premier combat, Typhon prend l'avantage sur son adversaire royal ; il le désarme, lui coupe les nerfs des bras et des jambes, le livre paralysé à la garde d'une femme serpent, Delphynè. Le salut viendra sous la forme de deux rusés compères, l'astucieux Hermès, assisté d'un complice, Égipan. Sans être vus, ils subtilisent les nerfs de Zeus et les lui remettent en place. Le combat reprend ; il serait resté indécis si une seconde tromperie machinée par les Moires n'avait eu raison des forces du monstre. Les filles de Zeus persuadent Typhon d'avaler une prétendue drogue d'invincibilité ; mais ce *pharmakon*, loin de lui apporter un surcroît d'énergie, est une nourriture « éphémère », dont on ne peut goûter sans connaître, comme les hommes, l'usure des forces, la fatigue et la mort.

Chez Nonnos, dans les *Dionysiaques*, Typhon, candidat à la royauté du désordre, parvient à mettre la main sur la foudre et sur les nerfs de Zeus ; affolés, les dieux abandonnent le ciel. Zeus combine alors avec Éros le plan de ruse que l'ingénieux Cadmos doit réaliser, avec l'aide de Pan, pour berner la puissante brute. Cadmos endort sa violence au son de la flûte. Typhon, charmé, veut faire du jeune homme le chanteur officiel de son règne. Cadmos réclame, pour en munir sa lyre, les nerfs dérobés à Zeus. Profitant du sommeil où la musique a plongé le monstre, Zeus récupère, avec ses nerfs, son arme fulgurante. Quand Typhon se réveille, le tour est joué. Zeus enveloppe tout entier son ennemi dans le trait incandescent de sa foudre.

Ces développements tardifs du mythe ne sont pas gratuits. Avec une fantaisie un peu baroque, ils illustrent un thème qui occupait déjà chez Hésiode, avec le mariage de Zeus et de Métis, une place centrale. Dans la *Théogonie*, aussitôt promu roi des dieux, Zeus convole en premier mariage avec Mètis, fille d'Océan, déesse « qui en sait plus que tout dieu ou homme mortel ». Cette union ne fait pas que reconnaître les services que lui a rendus l'intelligence rusée, dans son accession au trône. Elle illustre la nécessaire présence de Mètis au fondement d'une souveraineté qui ne peut, sans elle, ni se conquérir, ni s'exercer, ni se conserver. Tenant de leur mère le même type d'astuce retorse qui la caractérise, les fils de la déesse ne manqueraient pas d'être invincibles et de l'emporter sur leur père. Zeus se voit donc menacé, par le mariage qui le consacre roi des dieux, de connaître le même sort qu'il a réservé au souverain précédent : tomber sous les coups de son propre fils. Mais Zeus n'est pas un souverain comme les autres. Cronos, avalant ses enfants, laissait subsister audehors de lui des puissances de ruse supérieure à la sienne. Zeus va à la racine du danger. Il retourne contre Mètis les armes mêmes de la déesse : la ruse, la tromperie, la surprise. La bernant de mots caressants, il l'avale avant qu'elle n'accouche d'Athéna pour éviter qu'après sa fille elle ne porte encore un fils qui eût été fatalement roi des hommes et des dieux. En épousant, maîtrisant, avalant Mètis, Zeus devient plus qu'un simple monarque : il se fait la Souveraineté elle-même. Averti par la déesse, au fond de ses entrailles, de tout ce qui lui doit advenir, Zeus n'est plus seulement un dieu rusé, comme Cronos, il est le *mètieta*, le dieu tout ruse. Rien ne peut plus le surprendre, tromper sa vigilance, contrecarrer ses desseins. Entre le projet et l'accomplissement, il ne connaît plus cette distance par où surgissent, dans la vie des autres dieux, les embûches de l'imprévu. La souveraineté cesse ainsi d'être l'enjeu d'une lutte toujours recommencée. Elle est devenue, dans la personne de Zeus, un état stable et permanent. L'ordre n'est pas seulement fondé par le pouvoir suprême qui répartit les honneurs. Il est définitivement établi.

Les puissances nocturnes de vengeance, de guerre, de fraude, répandues dans le monde divin par la faute de Cronos, n'y ont désormais plus leur place. S'il arrive que quelque querelle s'élève encore entre divinités, que l'une d'elles, fautive à son tour, se parjure d'un serment mensonger, elle est sur-le-champ, par la procédure quasi juridique que Zeus a instituée avec l'eau du Styx, expulsée du séjour des dieux, bannie de leur conseil et de leurs banquets, sevrée du nectar et de l'ambroisie. Sous le règne de Zeus, l'immédiat exil du dieu coupable d'avoir frayé, ne fût-ce qu'un moment, avec un des enfants de Nuit, répond à la relégation des Titans, rejetés aux frontières du monde, aux confins de Béance, là où le cosmos s'ajuste à Chaos et s'assure solidement contre lui.

5

Mythes sacrificiels [1]

Jean-Pierre Vernant

C'est dans la *Théogonie* d'Hésiode, à la fin du passage consacré à la descendance du Titan Japet, père d'une lignée de rebelles, qu'on trouve le récit de la fondation par Prométhée du premier sacrifice sanglant (535-616). La figure de Prométhée, le contexte où se situent l'abattage de la victime et la répartition de ses morceaux entre les dieux et les hommes, les conséquences proches et lointaines de l'acte prométhéen, d'abord quant aux modalités du rite, ensuite et plus généralement pour la condition humaine, font de ce texte un document de première importance — le mythe de référence, pourrait-on dire, pour comprendre la place, la fonction, les significations du sacrifice sanglant dans la vie religieuse des Grecs [2].

1. Ce chapitre se compose d'un article publié dans le *Dictionnaire des mythologies*, sous la direction d'Yves Bonnefoy (*op. cit.*, n. 1 du chap. 4), intitulé : « Sacrifice. Les mythes grecs ».
2. Sur les problèmes du sacrifice sanglant, cf. W. Burkert, *Homo necans*, Berlin-New York, 1972 ; J. Casabona, *Recherches sur le vocabulaire des sacrifices en grec, des origines à la fin de l'époque classique*, Aix-en-Provence, 1966 ; M. Detienne, « Ronger la tête de ses parents » et « Dionysos orphique et le rôti bouilli », in *Dionysos mis à mort*, Paris, 1977 ; J.-L. Durand, « Le corps du délit », in *Communications*, 26, 1977, p. 46-61, et *Sacrifice et Labour en Grèce ancienne. Essai d'anthropologie religieuse*, Paris-Rome, 1986 ; J. Rudhardt, *Notions fondamentales et Actes constitutifs du culte dans la Grèce classique*, Genève, 1958, p. 249-300, ainsi que « Les mythes grecs relatifs à l'instauration du sacrifice. Les rôles corrélatifs de Prométhée et de son fils Deucalion », in *Museum Helveticum*, 27, 1970, p. 1-15 ; D. Sabatucci, *Saggio sul misticismo greco*, Rome, 1965 ; J.-P. Vernant, « Sacrifice et alimentation humaine », in *Annali della Scuola normale superiore di Pisa*, 7, 1977,

La scène se passe à Méconè, dans une plaine de richesse et d'abondance qui évoque l'âge d'or. Elle se produit au temps où dieux et hommes n'étaient pas encore séparés : ils vivaient ensemble, s'asseyant aux mêmes tables, mangeant la même nourriture en des banquets communs. Mais vient le moment de la division et du partage. Entre Titans et Olympiens la répartition des honneurs s'est faite par la guerre, la contrainte, la violence brutale. Entre Olympiens elle s'est décidée dans le consentement et l'accord mutuels. Comment s'opérera la distribution et qui la réalisera entre les Olympiens et ¹es hommes ? C'est à Prométhée, fils de Japet, que revient cette tâche. Il occupe dans le monde divin une position à tous égards ambiguë. Il n'est pas l'ennemi de Zeus sans être non plus, pour lui, un allié fidèle et sûr. Il est un rival, non qu'il aspire, comme Cronos, à la royauté du ciel : il n'a pas cette ambition, mais il représente au sein même de la société des dieux olympiens un principe de contestation ; sa sympathie, sa complicité vont à tous ceux que l'ordre établi par Zeus rejette au-dehors de lui, voue à la limitation et à la souffrance : les ombres au tableau de la justice divine. Cet esprit de rébellion, quand il met en cause, de l'intérieur, la souveraineté de Zeus, s'appuie sur le type d'intelligence rusée qui est propre à Prométhée. Le Titan se caractérise par la même astuce inventive, la même *mètis*, qui assure au roi des dieux sa suprématie. La méthode qu'emploie le fils de Japet dans la répartition dont il est chargé n'est pas moins ambiguë que son personnage, ni moins équivoque que son statut chez les Olympiens. Elle ne relève ni de la guerre ouverte, ni de l'accord confiant. C'est une procédure biaisée, truquée, frauduleuse, une joute de ruse entre Zeus et lui ; derrière la bonne grâce apparente, le respect réciproque simulé, se cache, dans ce duel, la volonté de contraindre en douce l'adversaire, de le berner en le prenant à son propre jeu.

Ce mode de répartition s'accorde, dans sa singularité, à la nature particulière des hommes, elle aussi contrastée et flottante. Comme les bêtes, dont ils partagent la condition mor-

---

et « A la table des hommes. Mythe de fondation du sacrifice chez Hésiode », *in* M. Detienne et J.-P. Vernant (éd.), *La Cuisine du sacrifice en pays grec*, avec les contributions de J.-L. Durand, S. Georgoudi, F. Hartog et J. Svenbro, Paris, 1979.

telle, les hommes sont étrangers à la sphère divine ; mais d'eux seuls parmi toutes les créatures soumises au trépas, et contrairement aux bêtes, le mode d'existence ne se conçoit qu'en relation avec les puissances surnaturelles : il n'est point de cité humaine qui, par un culte organisé, n'établisse avec le divin une sorte de communauté. Le sacrifice exprime ce statut hésitant, ambigu, des humains dans leurs rapports avec le divin : il unit les hommes aux dieux mais, dans le moment même où il les rapproche, il souligne et consacre l'infranchissable distance qui les sépare les uns des autres. Entre le personnage de Prométhée, son statut dans le monde divin, la répartition à laquelle il préside, le sacrifice, la position de l'homme entre les bêtes et les dieux, il y a donc, au départ, correspondance.

Le drame dont la *Théogonie* fait le récit et que reprend une séquence des *Travaux et les Jours*[3] se déroule en trois actes.

1. Pour opérer la répartition, Prométhée amène, abat et découpe devant les dieux et les hommes un grand bœuf. De tous les morceaux, il fait exactement deux parts. La frontière qui doit séparer dieux et hommes se dessine donc suivant la ligne de partage entre ce qui, dans l'animal sacrifié, revient aux uns et aux autres. Le sacrifice apparaît ainsi comme l'acte qui a consacré, en l'effectuant pour la première fois, la ségrégation des statuts divin et humain. Chacune des deux parts préparée par le Titan est un leurre, une duperie. La première dissimule sous l'apparence la plus appétissante les os de la bête entièrement dénudés ; la seconde camoufle sous la peau et l'estomac *(gastèr)*, d'aspect rebutant, tous les bons morceaux comestibles. C'est à Zeus, bien sûr, de choisir. En feignant d'entrer dans le jeu du Titan, Zeus qui « a compris la ruse et su la reconnaître[4] » retourne contre les hommes le piège où Prométhée croyait le prendre. Il choisit la portion extérieurement alléchante, celle qui cache sous une mince couche de graisse les os immangeables. Telle est la raison pour laquelle, sur les autels odorants du sacrifice, les hommes brûlent pour les dieux les os blancs de la bête dont ils vont manger la chair. Ils gardent en effet pour eux la por-

---

3. Hésiode, *Les Travaux et les Jours*, 42-105.
4. Hésiode, *Théogonie*, 551.

tion que Zeus n'a pas choisie : celle de la viande. Mais, dans cette épreuve à coups fourrés, le jeu des renversements entre apparence et réalité réserve au Titan des surprises. La bonne part, aux yeux de Prométhée — c'est-à-dire celle qui se mange et qu'il projetait de réserver aux hommes en lui donnant la fausse apparence de l'immangeable —, est en réalité la mauvaise ; les os calcinés sur l'autel forment la seule portion authentiquement bonne. Car, en mangeant la viande, les hommes se comportent eux-mêmes comme des « ventres », *gasteres oion*[5]. S'ils ont plaisir à se repaître de la chair d'une bête morte, s'ils ont un impérieux besoin de cette nourriture, c'est que leur faim sans cesse renaissante implique l'usure des forces, la fatigue, le vieillissement et la mort. En se contentant de la fumée des os, en vivant d'odeurs et de parfums, les dieux se révèlent d'une tout autre nature : ils sont les Immortels toujours vivants, éternellement jeunes, dont l'existence ne comporte aucun élément périssable, aucun contact avec le domaine du corruptible.

2. Zeus veut faire payer aux hommes la fraude dont Prométhée s'est rendu coupable en truquant les parts pour les favoriser à ses dépens. Il cache le feu, son feu céleste, c'est-à-dire qu'il ne le laisse plus comme auparavant à la disposition des hommes qui en usaient librement. Faute de feu, ils seront incapables de cuire, pour la manger, la viande qu'ils ont obtenue en partage. Le souverain des dieux cache aussi aux hommes leur vie, *bios*[6], autrement dit la nourriture céréalière, les grains que la terre jusqu'alors offrait généreusement à leur appétit sans qu'il soit besoin de la travailler : les blés poussaient tout seuls, en suffisance, comme s'offrait tout seul, à discrétion, le feu du ciel.

Le grain caché, les hommes devront l'enfouir dans le sein de la terre, en en labourant les sillons, s'ils veulent le récolter. Plus d'abondance désormais, pour pallier la faim, sans le dur labeur.

Le feu céleste étant caché, Prométhée en dérobe secrètement une semence qu'il dissimule, pour le porter sur terre, au creux d'une tige de fenouil. Enfoui dans le fond de sa cache, le feu volé échappe à la vigilance de Zeus qui ne l'aper-

5. *Théogonie*, 26.
6. *Les Travaux et les Jours*, 42-47.

çoit qu'au moment où brille déjà ici-bas la lueur des foyers de cuisine. Le feu prométhéen est un feu ingénieux, un feu technique mais il est aussi précaire, périssable, affamé : il ne subsiste pas de lui-même ; il faut l'engendrer à partir d'une semence, l'alimenter sans cesse, en conserver sous la cendre une braise quand il s'éteint.

Seuls de tous les animaux, les hommes partagent avec les dieux la possession du feu. Aussi est-ce lui qui les unit au divin en s'élevant depuis les autels du sacrifice où il est allumé jusque vers le ciel. Cependant, à l'image de ceux qui l'ont domestiqué, ce feu est ambigu : céleste par son origine et sa destination, il est aussi mortel, comme les hommes, et même sauvage, comme une bête brute, par son ardeur dévorante.

La frontière entre les dieux et les hommes est donc à la fois traversée par le feu sacrificiel qui les unit les uns aux autres, et soulignée par la différence entre le feu céleste, dont dispose Zeus, et celui qui, montant de la terre, a été remis aux hommes par Prométhée. La fonction du feu sacrificiel est, d'autre part, de distinguer, dans la bête, la part des dieux, entièrement calcinée, et celle des hommes, juste assez cuite pour n'être pas consommée crue.

En ce sens le rapport ambigu des hommes aux dieux, dans le sacrifice alimentaire, se double d'une relation équivoque des hommes aux animaux. Les uns et les autres ont besoin, pour vivre, de manger — que leur nourriture soit végétale ou carnée. Aussi tous sont-ils également mortels. Mais les hommes sont les seuls à manger cuit, et selon des règles. Aux yeux des Grecs, les céréales, nourriture spécifiquement humaine, sont des plantes « cultivées » et triplement cuites (par une coction interne, par l'action du soleil, par la main de l'homme), comme les bêtes sacrifiables, et donc propres à la consommation, sont des animaux domestiques dont les chairs doivent être rituellement rôties ou bouillies, avant d'être mangées.

3. Furieux de voir briller au milieu des hommes le feu qu'il ne voulait pas leur donner, Zeus leur mitonne un don fait pour eux, sur mesure. Ce cadeau que tous les dieux contribuent à façonner est la contrepartie du feu volé, son revers : il brûlera les hommes, il les séchera sur pied, sans flammes, de fatigues, de tracas et de peines. Il s'agit de la Femme, baptisée *Pandora* (don de tous les dieux), qui se présente dans

le mythe comme la première épouse et comme l'ancêtre de l'espèce féminine. Les hommes vivaient auparavant sans femme ; ils surgissaient directement de la terre qui les produisait, comme les céréales, toute seule. Ignorant la naissance par engendrement, ils ne connaissaient pas non plus la vieillesse et la mort qui en sont solidaires. Ils disparaissaient, aussi jeunes qu'aux premiers jours, dans une paix semblable au sommeil. Cette Femme, double de l'Homme et son contraire, que le mâle devra besogner pour cacher en son sein la semence, s'il veut avoir des enfants, comme il doit labourer la terre pour y cacher le grain, s'il veut avoir du blé, comme il doit cacher au creux d'un narthex la semence du feu s'il veut l'allumer sur l'autel — cette Femme donc, Zeus l'a fait fabriquer comme un leurre, un piège profond et sans issue[7]. A l'extérieur elle a l'apparence d'une déesse immortelle ; de sa beauté rayonnent une grâce et une séduction auxquelles on ne peut résister. A l'intérieur, Hermès a mis, avec le mensonge et la tromperie, la chiennerie de l'âme et un tempérament de voleur. Divine par son aspect, humaine par la parole, par son rôle d'épouse légitime et de mère, bestiale par la chiennerie de ses appétits sexuels et alimentaires insatiables, la femme résume en sa personne tous les contrastes du statut humain. Elle est un mal mais un mal aimable, revêtu d'une émouvante beauté, un *kakon kalon ;* on ne peut ni s'en passer, ni le supporter. Si on l'épouse, son ventre dévore toutes les richesses alimentaires de la maison et vous voilà, de votre vivant, sur la paille ; mais si on ne se marie pas, faute d'un ventre féminin pour recevoir la semence et nourrir l'embryon, point d'enfant pour vous prolonger ; au seuil de la mort, vous vous retrouvez seul. Avec elle, le bien et le mal, comme le divin et la bestialité, se voient unis et confondus.

Incarnant cette forme d'existence ambiguë, constamment dédoublée, qui attend la race humaine, une fois séparée des dieux, Pandora est expédiée par Zeus, dans tout l'attrait de sa séduction, au frère de Prométhée, son double et son contraire, Épiméthée. L'un est le Prévoyant, celui qui devine à l'avance ; l'autre, l'Étourdi, celui qui comprend trop tard, après coup. Proche de Prométhée comme d'Épiméthée, l'homme assume, en son intelligence et son aveuglement, l'un

7. *Théogonie*, 589.

et l'autre aspect des Titans. Épiméthée, que son frère a pourtant mis en garde, accueille Pandora sous son toit et en fait son épouse. Voilà la Femme introduite, avec le mariage, dans le monde humain. Les hommes vivaient sans connaître la fatigue, le labeur, les peines, les maladies, la vieillesse. Tous les maux étaient encore enfermés en une jarre dont Pandora, sur l'ordre de Zeus, ouvre le couvercle. Ils se répandent sur la terre où ils se mêlent aux biens sans qu'on les puisse prévoir ni reconnaître. Les uns, qui errent de par le monde, sont cachés invisibles. Les autres, qui gîtent en la maison, comme le « beau mal » qu'est Pandora, se cachent sous l'apparence mensongère de la séduction.

Dans le mythe prométhéen, le sacrifice, avec toutes les conséquences qu'il comporte, apparaît comme le résultat de la rébellion du Titan cherchant à contrecarrer les desseins de Zeus au moment où hommes et dieux doivent se séparer et fixer leurs attributions respectives. La morale du récit est qu'on ne peut espérer duper l'esprit de Zeus ; Prométhée, le plus subtil des dieux, s'y est essayé ; de son échec, les hommes doivent payer les frais.

Accomplir le rite sacrificiel c'est donc, en établissant le contact avec la divinité, commémorer l'aventure du Titan et en accepter la leçon. C'est reconnaître qu'à travers le sacrifice et tout ce qui nécessairement l'accompagne : le feu prométhéen, la culture des céréales liée au labeur, la femme et le mariage, les malheurs et la mort, Zeus a situé les hommes à la place qui est désormais la leur, entre les bêtes et les dieux. En sacrifiant, les hommes se soumettent au vouloir de Zeus qui a fait des mortels et des Immortels deux races bien distinctes. La communication avec le divin s'établit au cours d'un cérémonial de fête, un repas, qui rappelle que l'ancienne commensalité est finie : dieux et hommes sont maintenant séparés, ils ne vivent plus ensemble, ne mangent plus aux mêmes tables. On ne saurait à la fois sacrifier suivant le mode prométhéen et prétendre, par quelque rite que ce soit, s'égaler aux dieux. En cherchant à rivaliser de ruse avec Zeus pour donner aux hommes la meilleure part, le Titan a voué ses protégés au triste sort qui est le leur aujourd'hui. Depuis que la fraude prométhéenne a institué le premier repas sacrificiel, tout dans la vie humaine comporte son ombre et son revers : il n'est plus de contact possible avec les dieux qui

ne soit aussi, à travers le sacrifice, consécration d'une infranchissable barrière entre l'humain et le divin ; il n'est plus de
bonheur sans malheur, de naissance sans mort, d'abondance
sans peine, de savoir sans ignorance, d'homme sans femme,
de Prométhée sans Épiméthée.

6

Athènes et l'Atlantide
Structure et signification
d'un mythe platonicien [1]

Pierre Vidal-Naquet

« Il est plus facile, écrivait Harold Cherniss à propos du problème tant débattu depuis l'Antiquité de l'Atlantide, de faire sortir le génie de la bouteille que de l'y faire rentrer [2]. » Certes, mais quel est exactement le problème [3] ? Au début du *Timée* et dans le dialogue interrompu du *Critias*, Platon présente, sous la forme d'une tradition recueillie par Solon de la bouche des prêtres de la déesse Neith à Saïs (Égypte), transmise par celui-ci à son parent Critias l'Ancien et recueillie enfin par Critias le Jeune, membre du corps des « Trente Tyrans » et oncle de Platon [4], les institutions, la géographie

1. Version remaniée d'un texte publié dans la *Revue des études grecques*, 77, 1964, p. 420-444, et repris dans *Le Chasseur noir*, Paris, 1981, puis 1983, p. 335-360.
2. « Compte rendu de E. Gegenschatz, *Platons Atlantis*, Zurich, 1943 », *American Journal of Philology*, 68, 1947, p. 251-257.
3. On trouvera une première esquisse de ces réflexions dans P. Lévêque et P. Vidal-Naquet, *Clisthène l'Athénien. Essai sur la représentation de l'espace et du temps dans la pensée politique grecque de la fin du VIe siècle à la mort de Platon [3]*, Paris, 1983, p. 134-139.
4. Cette transmission présente d'incontestables difficultés chronologiques, dont Platon a pu jouer avec perversité. Le personnage qui donne son nom au *Critias* est-il celui qui fit partie des Trente Tyrans ou son grand-père ? Dans ce dernier cas, il y aurait trois Critias sur six générations : le « tyran », son grand-père et le grand-père de ce dernier ; on trouvera le débat résumé dans J. K. Davies, *Athenian Propertied Families 600-300 B.C.*, Oxford, 1971, p. 325-326. S'il faut absolument prendre parti, je dirai tout de même qu'il me semble normal que le tyran Critias dialogue avec Hermocrate, homme d'État syracusain bien connu

politique et l'histoire de deux cités disparues depuis près de neuf mille ans, antérieures à la dernière des catastrophes (incendie généralisé ou déluge) qui se renouvellent périodiquement sur notre planète[5], l'Athènes primitive et l'Atlantide.

Pourquoi ce récit ? Socrate et ses amis viennent de rappeler, de résumer les traits fondamentaux de la cité platonicienne, tels qu'ils sont exposés aux livres II à V de *La République* : existence d'un corps de *gardiens*, hommes et femmes, séparé du reste de la population, communauté des femmes et des enfants, organisation rationnelle et secrète des unions sexuelles[6]. Socrate explique alors qu'il veut voir fonctionner dans la réalité une cité ainsi conçue, l'insérer en somme dans le monde concret, celui des guerres, des négociations. L'insérer dans l'histoire, au sens que ce mot a pour nous ? Certainement non ; il s'agit plutôt de créer un de ces modèles mécaniques qu'aimait à imaginer Platon et qui lui permettaient de dramatiser un débat abstrait[7].

Mais, modèle, le combat entre l'Athènes primitive et l'Atlantide le sera en un autre sens. Tout paradigme suppose en effet, dans le langage platonicien, qu'il existe une structure commune entre le modelant et le modelé, entre la réalité et le mythe[8] ; ainsi, dans *Le Politique*, le prince est défini à partir de l'image du tisserand, parce que le chef politique est un tisserand, un artisan qui travaille lui-même les yeux fixés sur le modèle divin. Les problèmes soulevés par les récits du *Timée* et du *Critias* sont encore infiniment plus complexes. La cité dont les fondements sont décrits dans *La République* est le paradigme qui inspire la constitution de l'Athènes primitive ; l'*histoire* de l'Atlantide, de son empire et de la catastrophe finale dans laquelle elle s'abîme se détermine donc par rapport au point fixe que constitue la cité juste.

_____

de la fin du Vᵉ siècle, porte-parole de la résistance dans Thucydide. On ajoutera enfin que ce même Critias fut aussi un très important théoricien de la philosophie politique.

   5. *Timée*, 22 d *sq.* et 23 e.
   6. *Timée*, 17 b-19 b.
   7. Cf. P.-M. Schuhl, *Études sur la fabulation platonicienne*, Paris, 1947, p. 75-108.
   8. Cf. surtout V. Goldschmidt, *Le Paradigme dans la dialectique platonicienne*, Paris, 1947, p. 81 *sq.*

Mais ce « conte des deux cités » est lui-même raccroché de la façon la plus étroite à la physique du *Timée*. Platon le dit expressément : on ne peut aborder, comme le fait le *Critias*, le récit détaillé de cette aventure humaine qu'une fois définie la place que tient l'homme dans cette *nature* que reconstruit sous nos yeux le physiologue de Locres [9]. La physique elle-même, parce que son objet appartient au monde du devenir, ne peut donner naissance qu'à un « mythe vraisemblable [10] » ; le narrateur ayant cependant contemplé comme le démiurge « l'être qui est toujours et qui n'a pas part au devenir » (τὸ ὂν ἀεί, γένεσιν δὲ οὐκ ἔχον), celui qu'appréhende non « l'opinion jointe à la sensation » (δόξα μετ'αἰσθήσεως), mais « l'intelligence accompagnée du raisonnement » (νόησις μετὰ λόγου) [11], bref, ce qui est par excellence « le même », son récit n'en sera pas moins fondé en vérité, digne de la déesse dont on célèbre la fête (Athéna). Socrate pourra même le définir « comme une histoire vraie, non comme un conte fabriqué de toutes pièces » (μὴ πλασθέντα μῦθον ἀλλ'ἀληθινὸν λόγον) [12]. Ainsi parleront toujours, après Platon, les auteurs de romans, qui jouent sur la « ressemblance » entre le réel et la fiction. En l'espèce, le succès de l'artifice platonicien, le premier du genre dans la littérature occidentale, devait être immense.

L'historien qui veut comprendre le mythe de l'Atlantide se trouve soumis à une triple obligation : il ne séparera pas les deux cités que Platon a si étroitement unies, il se référera constamment à la physique du *Timée*, et par là même il mettra en relation le mythe historique dont il cherche à déterminer la structure avec l'« idéalisme » platonicien. Ce n'est que dans la mesure où ce travail préalable aura été fait qu'une interprétation proprement historique pourra être dégagée [13].

Si l'Athènes primitive est paradigme aux yeux de Platon,

9. *Timée*, 27 ab.
10. *Ibid.*, 29 d.
11. *Ibid.*, 28 a.
12. *Ibid.*, 26 e.
13. Un tel travail a rarement été tenté ou esquissé. On s'étonnera par exemple que ces problèmes soient à peine abordés dans les grands commentaires du *Timée* d'A. E. Taylor (*A Commentary of the Timaeus*, Oxford, 1928), et de F. M. Cornford. Citons cependant, pour l'effort qu'elle représente, la dissertation d'E. Gegenschatz *(loc. cit.)*.

c'est l'Atlantide, à cause du caractère à la fois précis et romanesque du mythe, qui a, et de loin, le plus attiré l'attention[14]. Dans l'Antiquité, le récit du philosophe a été
considéré tantôt comme un conte que, dès le IVe siècle, Théo-
pompe s'amusait à pasticher, remplaçant l'entretien entre
Solon et les prêtres de Saïs par un dialogue entre Silène et
le roi Midas, l'Atlantide par la cité guerrière *(Machimos)* et
Athènes par la cité pieuse *(Eusébès)*[15], tantôt comme
ouvrant la voie à une discussion géographique ; la philologie hellénistique facilitera ce genre de spéculations plus sou-
cieuses de mots que de réalités ; du moins Strabon met-il en
opposition Posidonios et Aristote, le premier croyant à la
« réalité » du récit platonicien, le second pensant qu'il en était
de l'Atlantide comme du rempart des Achéens évoqué par
Homère : celui qui avait fabriqué ce continent était aussi celui
qui l'avait détruit[16]. Nous sommes moins bien renseignés
sur les interprétations des philosophes, que nous ne connais-

14. La bibliographie de l'Athènes primitive a longtemps été extraor-
dinairement maigre. L'intéressante étude d'O. Broneer, « Plato's description of early Athens and the origin of Metageitnia », *Hesperia*, suppl.
8, 1949 *(Mélanges T. L. Shear)*, p. 47-59, est une exception, mais elle
intéresse surtout l'archéologue et l'historien des religions ; cf. maintenant H. Herter, « Urathen der Ideal Staat », *Mélanges R. Stark*, Wies-
baden, 1969 ; repris dans H. Herter, *Kleine Schriften*, Munich, 1975,
p. 279-304. La bibliographie récente du *Critias*, qu'on trouvera mentionnée par H. Cherniss, « Plato 1950-1957 », *Lustrum*, 4, 1959, p. 79-83,
et par L. Brisson, « Platon, 1958-1975 », *Lustrum*, 20, 1979, p. 266, montre au contraire le déferlement des études sur l'Atlantide. Celles-ci sont
commodément synthétisées dans E. S. Ramage (éd.), *Atlantis, Fact or
Fiction ?*, Bloomington et Londres, 1978, p. 196-200 ; cf. aussi, pour
l'histoire de ces délires, L. Sprague de Camp, *Lost Continents : The
Atlantis Theme in History and Literature*, New York, 1954.

15. Fragment 14, *in* Jacoby, *Die Fragmente der griechischen Historiker*, Leyde, 1958, 115. Il s'agit d'un extrait de la Meropia (autrement
dit, du conte de la condition humaine) de l'historien de Chios. Il nous
est connu essentiellement par Elien, *Histoires variées*, III, 18.

16. II, 102, et XIII, 598. Sur l'histoire des interprétations de l'Atlantide depuis l'Antiquité, cf. P. Couissin, « Le mythe de l'Atlantide », *Mer-
cure de France*, 15 février 1927, p. 29-71, et surtout E. S. Ramage,
« Perspectives ancient and modern », *in* E. S. Ramage (éd.), *Atlantis,
Fact or Fiction ? (op. cit.)*, p. 3-45. Je renvoie à mes articles : « Hérodote et l'Atlantide : entre les Grecs et les Juifs. Réflexions sur l'historiographie du siècle des Lumières », *Quaderni di Storia*, 8, 1982, n° 16 ;
et « L'Atlantide et les Nations », in *Représentations de l'origine. Litté-

sons guère que par le Commentaire du *Timée* de Proclus. Celui-ci notait, non sans profondeur, que le début du *Timée* déployait sous des images la théorie de l'Univers [17]. Les interprétations de ses prédécesseurs et la sienne propre, pour absurdes qu'elles fussent parfois, avaient du moins le mérite, sans oser écarter les hypothèses réalistes, de ne pas séparer Athènes de l'Atlantide et de mettre systématiquement le mythe en rapport avec la physique du *Timée* [18]. Mais, à ces philosophes, qui baignaient dans un milieu social et religieux profondément différent de celui qu'avait connu Platon, les aspects politiques de la pensée de l'Athénien échappaient totalement. Plus tard encore, un géographe chrétien fera de Solon... Salomon, et accusera Platon d'avoir déformé un récit qui lui venait des « Oracles chaldéens » [19].

Le « réalisme » n'avait fait, somme toute, que peu de ravages dans l'Antiquité ; il n'en est plus de même depuis la Renaissance. A la fin du XVIIe siècle et au XVIIIe siècle, l'Atlantide est l'enjeu d'un vaste débat : le continent décrit par Platon est-il le Nouveau Monde, l'Amérique ? Est-il le monde d'où les chrétiens voyaient surgir la civilisation, c'est-à-dire la Palestine juive ? Est-il au contraire une anti-Palestine, source des sciences et des arts, que l'on peut situer en Sibérie ou au Caucase ? Le début des nationalismes modernes se met aussi de la partie [20]. Ainsi le Suédois Olof Rudbeck consacra-t-il une érudition presque incroyable à démon-

---

rature, histoire, civilisation, Cahiers CRLH-CIRAOI, publications de l'Université de la Réunion, 4, 1987, repris dans mon livre *La Démocratie grecque vue d'ailleurs*, Paris, 1990, p. 139-159.

17. *In Platonis Timaeum Commentaria*, I, 4, 12 *sq.* (Diehl).

18. *Ibid.*, I, 75, 30 *sq.*

19. Cosmas Indicopleustes, *Topographie chrétienne*, 452 a 11 *sq.* (Winstedt). Les références platoniciennes de Cosmas ne sont certes pas sans bévues, comme le rappelle à bon droit W. Wolska, *La Topographie chrétienne de Cosmas Indicopleustes*, Paris, 1962, p. 270 ; du moins le moine byzantin manifeste-t-il en termes énergiques son scepticisme quant à l'historicité du récit platonicien. Pour d'autres références, du reste peu significatives, au mythe de l'Atlantide chez Philon, les Pères et les auteurs tardifs, cf. E. S. Ramage, « Perspectives ancient and modern », *loc. cit.*, p. 24-27.

20. Je résume ici mon étude « Hérodote et l'Atlantide : entre les Grecs et les Juifs. Réflexions sur l'historiographie du siècle des Lumières » *(loc. cit.)*, p. 3-76.

trer que l'Atlantide ne pouvait se situer ailleurs qu'en Scandinavie [21]. Et sans doute ces recherches passèrent-elles progressivement des mains des savants à celles des demi-savants [22], puis des mythomanes et des escrocs, ceux-là mêmes qui, de nos jours encore, « trouvent » ou vendent une Atlantide oscillant entre Heligoland et le Sahara, entre la Sibérie et le lac Titicaca [23]. Chassée de la science, l'interprétation « réaliste » a-t-elle cependant vraiment disparu ? A défaut d'un continent englouti, Platon a pu, estime-t-on souvent, connaître une tradition qui reproduisait plus ou moins fidèlement le souvenir d'un événement historique ou une *saga* locale.

Déjà, T. H. Martin, dans ses célèbres et admirables *Études sur le Timée de Platon*, tout en situant l'Atlantide au voisinage de « l'île Utopie », se demandait si Platon ne s'était pas inspiré d'une tradition égyptienne [24]. Depuis les découvertes d'Evans, c'est évidemment la Crète qui a été le plus sou-

---

21. *Atland eller Manheim - Atlantica sive Manheim*, 4 vol., Uppsala, 1679-1702. Rudbeck s'en prend notamment avec beaucoup d'énergie à ceux qui avaient tout simplement retrouvé l'Atlantide dans l'Amérique. Sur Rudbeck et le courant intellectuel auquel il se rattache, voir le livre d'Erica Simon, dont H. Marrou m'avait jadis appris l'existence, *Réveil national et Culture populaire en Scandinavie. La genèse de la højskole nordique 1844-1878*, Paris, 1960, p. 269-284, et l'étude fortement documentée de J. Svenbro, « L'idéologie gothisante et l'*Atlantica* d'Olof Rudbeck », *Quaderni di Storia*, 11, janv.-juin 1980, p. 121-156.

22. Demi-savants ? Ayant lu pour la circonstance le roman de Pierre Benoit, j'avoue avoir d'abord pris le géographe Berlioux, dont il est souvent question dans ce livre, pour un mythe. C'était pure ignorance de ma part. On trouvera dans l'*Annuaire de la faculté des lettres de Lyon*, I, 1884, p. 1-70, une étude d'E. F. Berlioux, « Les Atlantes. Histoire de l'Atlantis et de l'Atlas primitif, ou Introduction à l'histoire de l'Europe », qui est une des sources de P. Benoit. Il n'est pas inutile de rappeler que cet essai est contemporain de la pénétration française au Sahara.

23. P. Couissin a donné un amusant tableau de cette littérature dans son petit livre, *L'Atlantide de Platon et les Origines de la civilisation*, Aix-en-Provence, 1928. Voir aussi l'étude déjà citée d'E. S. Ramage (« Perspectives ancient and modern »). Depuis, le déferlement n'a pas connu de répit. On comprendra que je m'abstienne de citer les auteurs de ce genre d'ouvrages, malgré l'intérêt sociologique qu'ils présentent, et bien qu'on rencontre parmi eux des personnes distinguées par leur rang social, notamment un pasteur luthérien, un colonel et un lieutenant-colonel.

24. « Dissertation sur l'Atlantide », p. 332.

vent mise à contribution : le rôle que joue le sacrifice du taureau dans le serment des rois atlantes conduisait à peu près
inévitablement au pays du Minotaure, et la destruction du
fabuleux royaume fut assimilée à la chute de Cnossos [25]. Malheureusement, ces affirmations restent strictement indémon-
trables, et l'on peut même se demander quel progrès dans
l'interprétation du texte a été accompli depuis O. Rudbeck
quand on lit, sous la plume d'un archéologue, que le site de
l'Atlantide correspond à merveille à celui du lac Copaïs, avec
cependant cette réserve : « La plus grande difficulté réside dans
le fait que l'Atlantide de Platon se trouve loin vers l'ouest,
tandis que le lac Copaïs est au milieu de la Grèce [26]. »

A la racine de ces études, on découvre une singulière image
du philosophe, celle d'un Platon historien dont il faudrait
découvrir les « sources », comme on tente de le faire pour un
Hérodote ou un Diodore de Sicile. Mais Platon ne pensait pas
en termes de « sources », de ce qu'Hérodote appelait l'*opsis*
et l'*akoè*, mais précisément en termes de modèles [27].

---

25. Le premier érudit qui soutint cette thèse fut, à ma connaissance,
K. T. Frost, « The *Critias* and Minoan Crete », *Journal of Hellenic Studies*, 33, 1913, p. 189-206. La même hypothèse a été reprise sous une
forme plus compliquée (la « saga » remplaçant la tradition historique)
par W. Brandenstein, et surtout par S. Marinatos (*Some Words about
the Legend of Atlantis*, Athènes, 1971 ; trad. complétée d'un article publié
en grec dans *Krétika Chronika*, 1950) et par J. V. Luce, sous une forme
tantôt franchement romanesque (*The End of Atlantis* [en Amérique :
Lost Atlantis], Londres et New York, 1969), tantôt plus mesurée (« The
sources and literary form of Plato's Atlantis narrative », *in* E. S. Ramage,
Atlantis, Fact or Fiction ?, *op. cit.*, p. 49-78). Ces auteurs auraient peut-
être dû méditer la formule de Proclus : « Les théologiens ont coutume
de mettre en avant la Crète quand ils veulent désigner l'intelligible » (*In
Platonis Timaeum Commentaria*, I, 118, 25).
26. R. L. Scranton, « Lost Atlantis found again ? », *Archaeology*,
2, 1949, p. 160. L'article s'intitule évidemment « L'Atlantide perdue et
retrouvée ? ». On a aussi, à la suite d'A. Schulten, cherché l'Atlantide
à Tartessos ; autre entreprise espagnole centrée, elle, sur Cadix, celle de
Victor Bérard, *Calypso et la Mer de l'Atlantide. Les Navigations d'Ulysse*,
III, Paris, 1929. On y appréciera cet argument qui se réfère au sacrifice
de taureaux dans le serment des rois atlantes : « Est-il besoin de dire que
Cadix a toujours sa Plaza de toros, où l'on amène, du continent voisin,
les troupeaux sauvages de Géryon ? » (p. 281).
27. En formulant cette remarque, je ne cherche pas — est-il besoin
de le dire ? — à disqualifier les recherches qui confrontent l'« information » de Platon avec les témoignages de son temps, et dont L. Gernet

Ces « modèles », on les a cherchés avec peut-être moins
d'ardeur que les « sources ». On les a cherchés, il faut bien le
dire, d'une façon quelque peu empirique ; du moins est-on parvenu à un certain nombre d'évidences qu'il faut ici rappeler et
commenter.

On a souvent rapproché de l'île des Atlantes la Schéria des
Phéaciens[28], et le parallélisme n'est pas contestable. Le
royaume d'Alcinoos, avec sa monarchie patriarcale idéale et
son palais des merveilles, n'est-il pas la première cité utopique
de la littérature grecque[29] ? Pour le moins, telle pouvait être
l'impression d'un homme du IVe siècle. Encore faut-il souligner
qu'il s'agit d'une utopie marine ; Schéria, comme l'Atlantide,
est une cité de marins : « Nous mettons nos espoirs en nos croi-
seurs rapides, car l'ébranleur du sol a concédé le grand abîme
à nos passeurs[30]. » Les rois atlantes descendent de l'union de
Poséidon et de la mortelle Clito, Alcinoos et Arètè descendent
de l'union de Poséidon et de la nymphe Péribée[31]. Le seul
temple de Schéria est consacré au dieu de la mer ; ainsi en est-il
du seul temple décrit par Platon[32]. Le poète évoque deux sources, ainsi fait le philosophe[33]...

a donné un admirable exemple avec son introduction aux *Lois* (coll. des
Universités de France, I, p. XCIV-CCVI). L'abbé A. Vincent a précisément montré ce qu'on pouvait tirer d'une étude comparative du serment
des rois atlantes (« Essai sur le sacrifice de communion des rois atlantes », *Mémorial Lagrange*, Paris, 1940, p. 159-184 ; cf. aussi L. Gernet,
« Droit et prédroit en Grèce ancienne, *Année sociologique*, 1948-1949,
repris dans *Anthropologie de la Grèce antique*, Paris, 1976, p. 207-215).
Encore faut-il montrer comment cette « information » s'intègre à la pensée
platonicienne ; R. Weil a bien vu le problème, mais ne s'y est engagé
qu'à moitié (*L'Archéologie de Platon*, Paris, 1959, p. 31-33).
    28. Cf. M. Pallotino, « Atlantide », *Archeologia Classica*, 4, 1952,
p. 229-240, qui mêle malheureusement à de justes remarques des considérations beaucoup plus douteuses sur l'Atlantide et la Crète.
    29. Cf. mon article « Valeurs religieuses et mythiques de la terre et
du sacrifice dans l'*Odyssée* », 1970, repris dans P. Vidal-Naquet, *Le Chasseur noir*, *op. cit.*, 2e éd., 1983, p. 39-68, spécialement p. 67.
    30. *Odyssée*, 7, 34-35 (trad. V. Bérard).
    31. *Critias*, 113 de ; *Odyssée*, 7, 56 sq.
    32. *Odyssée*, 6, 266 ; *Critias*, 116 d-117 a.
    33. *Odyssée*, 7, 129 ; *Critias*, 117 a.

Nous sommes donc dans un climat, celui de l'épopée, et Platon précise du reste dès le début du *Timée* que Solon aurait pu, s'il l'avait voulu, égaler Homère et Hésiode [34]. Les noms des rois de la grande île ne sont-ils pas pour une part empruntés à Homère [35] ? Mais le monde homérique est renversé, la terre accueillante devient l'empire d'où s'élanceront les armées qui tenteront de détruire la Grèce. Un tel rapprochement n'explique pas tout, mais il faut sans aucun doute le joindre au dossier de la querelle que fit le philosophe au poète.

Paul Friedländer et, à sa suite, Joseph Bidez ont insisté de leur côté sur les raisons multiples qu'il y avait de considérer l'Atlantide, que Platon situe à l'extrême ouest du monde, comme une transposition idéale de l'Orient et du monde perse [36]. Il est effectivement vraisemblable que Platon a pu s'inspirer, en décrivant les enceintes de la capitale et la ville elle-même, des tableaux qu'avait faits Hérodote d'Ecbatane et de Babylone [37]. Le roi oriental apparaissait aux yeux des Grecs comme le maître de l'eau. Hérodote décrit le centre mythique de l'Asie, plaine entourée de montagnes et donnant naissance à un fleuve immense et imaginaire, qui s'écoulait par cinq brèches au-delà des montagnes jusqu'au jour où le Grand Roi installe cinq écluses que seul il peut faire ouvrir [38] ; il n'est guère besoin de rappeler ce qu'il nous dit du Nil, de l'Égypte et du pharaon. Les gigantesques travaux d'irrigation auxquels se livrent les rois atlantes [39], l'immensité même du royaume montrent suffisamment que Platon évoque ici, au premier chef, non le petit monde des cités grec-

34. *Timée*, 21 c.
35. Sur ces noms, cf. L. Brisson, « De la philosophie politique à l'épopée, le *Critias* de Platon », *Revue de métaphysique et de morale*, 1970, p. 402-438.
36. P. Friedländer, *Platon*, I², Berlin 1954 ; trad. anglaise par A. J. Meyerhoff, 2 vol., New York, 1958-1964, p. 300-304 ; J. Bidez, *Eos ou Platon et l'Orient*, Bruxelles, 1945, appendice II, p. 33 *sq.*
37. Hérodote, *Histoires*, I, 98, I, 178, et Platon, *Critias*, 116 a *sq.*
38. Hérodote, *op. cit.*, III, 117. Sur les aspects « hydrauliques » de la monarchie orientale, je me permets de renvoyer à l'avant-propos que j'ai donné au livre de K. Wittfogel, *Despotisme oriental*, 1964, également publié en partie dans *Annales ESC*, 1964, p. 531-549, et repris (dans une version complétée) dans mon livre : *La Démocratie grecque vue d'ailleurs, op. cit.*, p. 277-317.
39. *Critias*, 117 cd.

ques, mais l'univers du despotisme oriental. On voit immédiatement où nous entraîne cette interprétation, à considérer, ce
qui a souvent été fait [40], le conflit entre Athènes et l'Atlantide
comme une transposition mythique du conflit entre Grecs et
Barbares et singulièrement des guerres médiques. On peut même
montrer, ce qui n'a pas, je crois, été fait, que Platon s'est inspiré directement d'Hérodote. On lit en effet dans le *Timée* [41] :
« Solon raconta donc à Critias, mon aïeul, comme ce dernier
aimait à s'en souvenir devant moi, que de grands et merveilleux exploits (μεγάλα καὶ θαυμαστά) accomplis par cette cité-
ci étaient tombés dans l'oubli, par l'effet du temps et de la mort
des hommes » (ὑπὸ χρόνου καὶ φθορᾶς ἀνθρώπων ἠφα-
νισμένα). Hérodote commence ainsi son propre récit : « Hérodote de Thourioi expose ici ses recherches, pour empêcher que
ce qu'ont fait les hommes avec le temps ne s'efface de la
mémoire, et que de grands et merveilleux exploits (ἔργα μεγάλα
τε καὶ θωμαστά) accomplis tant par les Barbares que par les
Grecs ne cessent d'être renommés [42]. » L'historien s'efforçait,
lui, d'être juste envers les deux adversaires [43].

S'il s'agit bien d'une guerre médique, Platées y précède
cependant Marathon : Athènes est d'abord à la tête des Hel-
lènes, mais c'est seule qu'elle remporte la victoire, qu'elle
dresse le trophée et libère Grecs et sujets de l'empire [44], ces

40. Ainsi A. Rivaud, éd. de la coll. des Universités de France, p. 352.
41. 20 e. Je cite ici la traduction d'A. Rivaud, que je modifie ailleurs
librement.
42. I, 1 (trad. Legrand). Ma démonstration a été acceptée par J. V.
Luce, « The sources and literary form of Plato's Atlantis narrative »,
loc. cit., p. 66. Pour d'autres rapprochements avec des textes d'historiens, cf. C. Gill, « The genre of the Atlantis story », *Classical Philology*, 72, 1977, p. 287-304, spécialement p. 297-298.
43. Il ne me paraît pas douteux que le nom même de l'Atlantide est
emprunté par Platon à Hérodote. Celui-ci place ses propres Atlantes à
l'extrémité ouest de ce qu'il connaît du bourrelet saharien, dont il précise qu'il s'étend encore plus à l'ouest, par-delà les colonnes d'Héraclès
(IV, 184-185). Ces Atlantes habitent une montagne en forme de colonne.
Il a suffi à Platon de pousser un peu plus loin le mythe géographique
en transposant son île « devant ce passage que vous appelez, dites-vous,
les colonnes d'Héraclès » (*Timée*, 24 e).
44. *Timée*, 25 bc. Sur l'ordre du récit platonicien dans son rapport
avec l'« histoire athénienne d'Athènes », cf. N. Loraux, *L'Invention
d'Athènes. Histoire de l'oraison funèbre dans la « cité classique »*, La
Haye-Berlin-Paris, 1981, p. 300-308.

cités et ces peuples sur lesquels l'Athènes historique avait étendu, après la guerre, son emprise. Devons-nous nous étonner ? La deuxième guerre médique était pour Platon souillée par les batailles navales de l'Artémision et de Salamine[45]. Quand il en fait l'histoire, ce n'est certes pas pour exalter l'audace de Thémistocle et le rôle décisif de la flotte. Lorsque Xerxès se prépara à envahir l'Attique, « les Athéniens estimèrent qu'il n'y avait pas de salut pour eux *ni sur terre ni sur mer*. [...] Une seule issue leur apparaissait, précaire sans doute et désespérée, mais il n'y en avait pas d'autre, lorsqu'ils considéraient les événements précédents et comment alors aussi la victoire qu'ils avaient remportée leur avait paru sortir d'une situation inextricable ; s'embarquant sur cette espérance (ἐπὶ δὲ τῆς ἐλπίδος ὀχούμενοι), ils ne trouvaient pour eux de refuge qu'en eux-mêmes et dans les dieux[46] ». Ce n'était donc point sur des bateaux que s'embarquaient les Athéniens que remodelait Platon... C'est sur terre et non sur la mer que les Athéniens l'emportent sur les Atlantes, peuple marin. Étrange Athènes et étrange « Orient »... Un examen plus approfondi des textes ne va-t-il pas nous conduire, sans nier ce qui est acquis, à une interprétation plus complexe du conflit des deux cités ? Rencontrant et vainquant l'Atlantide, qui donc vainc en réalité l'Athènes de Platon, sinon elle-même ?

L'affirmation peut paraître étrange[47] ; mais reprenons les faits et les textes.

45. *Lois*, IV, 707 bc.
46. *Lois*, III, 699 ac. Il est à peine utile d'insister sur l'hostilité qu'éprouvait l'aristocrate Platon à l'égard de tout ce qui touchait à la mer et à la vie maritime. Cf. les faits rassemblés par J. Luccioni, « Platon et la mer », *Revue des études anciennes*, 61, 1959, p. 15-47, et R. Weil, *L'Archéologie de Platon, op. cit.*, p. 163.
47. Elle n'a pas le mérite de la nouveauté absolue. Divers traits athéniens de la description de l'Atlantide ont été relevés, notamment par A. Rivaud (éd. de la coll. des Universités de France, p. 249-250), P. Friedländer, *Platon, op. cit.*, p. 300-304, et par divers auteurs que l'on trouvera mentionnés dans H. Herter, « Platons Atlantis », *Bonner Jahrbücher*, 1928, p. 28-47 ; le plus important d'entre eux, le plus original, est aussi le plus ancien, G. Bartoli (*Essai sur l'explication historique que Platon a donnée de sa République et de son Atlantide et qu'on*

Sur le fronton ouest du Parthénon de Phidias et d'Ictinos figurait une représentation de la dispute légendaire d'Athéna et de Poséidon ; je ne crois pas exagérer en disant que cette dispute était un des fondements mythiques de l'histoire d'Athènes. « Notre pays, dit l'oraison funèbre ironique du *Ménexène*, mérite les louanges de tous les hommes et non pas seulement les nôtres, pour bien des raisons diverses, dont la première et la plus grande est qu'il a la chance d'être aimé des dieux. Notre affirmation est attestée par la querelle *(eris)* et le jugement *(krisis)* des divinités qui se disputèrent pour lui [48]. » A ce texte s'oppose directement un passage du *Critias :* « Les dieux se sont un jour partagé la terre entière par régions. Partage sans querelle (οὐ κατ'ἔριν) ! Car ce serait manquer de rectitude que de dire que les dieux ignorent ce qui convient à chacun d'eux ou que, sachant ce qui convenait plus aux uns, les autres aient entrepris de s'en emparer à la faveur de querelles [49]. » C'est donc Dikè qui répartit les lots. Athènes échoit à Athéna et à Héphaïstos, l'Atlantide est le domaine de Poséidon [50]. Les deux divinités qui étaient vénérées en commun à l'Érechtheion sont donc séparées, et Platon sépare et oppose avec elles les deux formes grecques de la puissance ; les Athéniens, issus de la semence d'Héphaïstos et de Gaia [51], héritent de la puissance terrestre ; les rois atlantes, descendant de Poséidon, de la puissance maritime. Mais Platon nous montre par là même qu'il présente sa cité

---

n'a pas considérée jusqu'à maintenant, Stockholm et Paris, 1779), sur lequel je reviens avec quelques détails dans mon étude « Hérodote et l'Atlantide », *loc. cit.* Pour une comparaison entre l'impérialisme atlante et l'impérialisme athénien, cf. aussi Ch. Kahn, « Plato's funeral oration : the motive of the *Menexenus* », *Classical Philology,* 58, 1963, p. 220-234. Dans une monographie publiée en 1977, *Character, Plot and Thought in Plato's Timaeus-Critias,* Leyde, W. Welliver écrit sérieusement, p. 43, n. 8 : « Beaucoup d'autres ont remarqué ces parallèles et quelques autres encore entre l'Atlantide d'une part, la Perse et Athènes de l'autre ; personne, à ce que je sache, n'a suggéré l'intention de Platon était de les réfléchir l'une et l'autre dans le même miroir. »
48. *Ménexène*, 237 c (trad. L. Méridier). Rappelons que l'arbitre de la querelle fut, selon la tradition, Cécrops, dont Platon fait précisément un des chefs militaires de son Athènes préhistorique (*Critias,* 110 a).
49. *Critias,* 109 b.
50. *Ibid.*, 109 c et 113 c.
51. *Timée,* 23 e.

natale sous deux angles différents : la cité d'Athéna et de l'olivier s'identifie à l'Athènes primitive, la cité de Poséidon, maître du cheval et de la mer, s'incarne dans l'Atlantide.

Examinons de plus près la topographie et les institutions de l'Athènes idéale. Celle-ci est essentiellement une immense acropole, occupant, outre l'Acropole classique, la Pnyx et le Lycabette, et s'étendant ainsi jusqu'à l'Éridan et à l'Illissos ; enfin, garnie de terre, elle est fort distincte, par conséquent, du rocher que connaissait Platon[52]. Le sommet forme une plaine entourée d'une enceinte *unique* (ἑνὶ περιβόλῳ)[53] et occupée par les guerriers, la deuxième classe de la population, artisans et agriculteurs habitant la périphérie et cultivant les champs à l'entour. Ce corps des guerriers *(machimon génos)*, Platon le définit de façon caractéristique par une expression utilisée pour évoquer l'être invariant, il est αὐτὸ καθ'αὑτό[54]. L'espace civique est organisé d'une manière qui ne rappelle en rien la cité classique. Pas d'Agora qui soit le *méson* de la vie politique, aucun temple qui soit le prototype des sanctuaires bâtis au Ve siècle. Le nord est occupé par des logements collectifs, des réfectoires adaptés à la mauvaise saison et des sanctuaires, le sud par des jardins, des gymnases et des réfectoires d'été[55]. Le centre est occupé par le sanctuaire d'Athéna et d'Héphaïstos, transposition évidente de l'Héphaïsteion qui domine encore aujourd'hui l'Agora, et devant lequel Pausanias a noté la présence, peu surprenante à ses yeux, puisqu'il connaissait le mythe d'Érichthonios, d'une statue d'Athéna dont nous savons qu'elle était, comme la statue d'Héphaïstos, l'œuvre d'Alcamène[56].

Que représente ici ce couple divin ? L'hymne homérique à Héphaïstos chantait le dieu « qui, avec Athéna aux yeux

52. *Critias*, 111 e-112 a.
53. *Ibid.*, 112 b. Le vocabulaire employé suggère une enceinte circulaire.
54. *Ibid.* Je ne puis comprendre la traduction d'A. Rivaud : « séparé du reste » ; si tant est que cette expression soit traduisible, il faut dire : « toujours identique à lui-même ».
55. *Ibid.*, 112 bd.
56. I, 14, 6 ; O. Broneer, « Plato's description of early Athens... », *loc. cit.*, p. 52, et H. A. Thompson et R. E. Wycherley, *The Athenian Agora*, XIV : *The Agora of Athens. The history, shape and uses of an ancient city center*, Princeton, 1972, p. 140-149.

pers, apprit les nobles travaux aux hommes de la
terre[57] » ; mais ce n'est pas de la seule *technè* qu'il peut
s'agir ici. « Héphaïstos et Athéna, qui partagent la même
nature, à la fois parce que, frère et sœur, ils la tiennent
du même père et parce que philosophie *(philosophia)* et
amour de l'art *(philotechnia)* les conduisent à un même
but, reçurent tous deux en un lot commun et unique cette
contrée-ci[58]. » Héphaïstos et Athéna garantissent donc
l'union étroite des deux classes, gardiens et producteurs,
de l'Athènes primitive.

Nous avons déjà noté combien cette Athènes est terrienne.
L'adjectif s'applique à vrai dire à l'Atttique tout entière, plus
étendue que la cité de Platon, puisqu'elle atteignait l'isthme
de Corinthe[59]. Terre admirablement fertile, couverte de
plantations et de forêts, « capable de nourrir une grande
armée exempte des travaux agricoles[60] », et de permettre
ainsi aux guerriers de n'être que des guerriers, comme le sou-
haitait Platon, témoin des progrès de la *technè* militaire et
du professionnalisme, et désireux cependant de concilier cette
évolution avec l'idéal du soldat-citoyen, ce que même Sparte
ne pouvait réaliser[61]. La cité du *Timée* et du *Critias* est une
république terrienne jusqu'au bout de son histoire. Quand
survient le grand cataclysme, son armée est engloutie sous
terre, tandis que l'Atlantide disparaît abîmée dans la mer[62].
A peine est-il besoin de faire remarquer que, dans sa description de l'Attique primitive, Platon ne fait aucune place à la
vie maritime ; le pays touche à la mer, il n'a pas de ports.
République terrienne... République une et permanente.
L'unité, fondement de toutes les « Constitutions » platoniciennes[63], est ici assurée par le couple divin et par la

57. V, 2-3 (trad. J. Humbert).

58. *Critias*, 109 c. Platon n'entend pas établir par là qu'Athéna est
une pure philosophe ; au contraire, les statues d'Athéna guerrière sont
pour lui la preuve que la femme combattait jadis au même titre que
l'homme (110 b).

59. *Ibid.*, 110 e. Vers le nord, les frontières atteignaient la ligne de
faîte du Cithéron et du Parnès, et comprenaient l'Oropia.

60. *Ibid.*, 110 d-111 e.

61. Cf. notamment *République*, II, 373 a *sq.*

62. *Timée*, 25 d.

63. Λέγω δὲ τὸ μίαν εἶναι τὴν πόλιν ὡς ἄριστον ὂν ὅτι μάλιστα
πᾶσαν· λαμβάνει γὰρ ταύτην ὑπόθεσιν ὁ Σωκράτης (Aristote, *Poli-*

communauté des femmes et des enfants ; Platon s'amuse à souligner dans le détail cette unité et cette permanence : il n'y a qu'une seule source, et elle donne une eau d'une température suffisamment équilibrée pour convenir à l'hiver comme à l'été[64]. Permanence : elle s'exprime par le chiffre, invariant autant qu'il est possible, du nombre des guerriers, par le caractère établi une fois pour toutes de la constitution et de l'administration de leur domaine[65] ; elle s'exprime aussi, ce qui est plus plaisant, par l'art de bâtir des maisons que leurs habitants transmettent « toujours les mêmes à d'autres semblables à eux[66] ».

Entre cette structure terrienne, cette unité et cette permanence, y a-t-il un rapprochement à faire, autre que ceux qui s'imposent immédiatement à l'esprit ? Dans la cosmologie du *Timée*, des quatre éléments la terre est précisément celui qui ne peut se transformer : οὐ γὰρ εἰς ἄλλο γε εἶδος ἔλθοι ποτ'ἄν[67]. Le mouvement de la cosmologie est dans le mélange, à tous les niveaux, du principe de permanence, « de

---

tique, II, 1261 a 15). Il serait aisé de citer ici de nombreux textes platoniciens ; cf. surtout *République*, IV, 462 ab. Naturellement, aucune organisation tribale comparable à celle de l'Athènes classique ne divise la Cité-Une du *Critias* ou de *La République*. Sur les tribus de la cité des *Lois*, cf. mon article « Étude d'une ambiguïté : les artisans dans la cité platonicienne », repris dans *Le Chasseur noir*, *op. cit.*, p. 289-315, spécialement p. 302.

64. Je comprends ainsi (avec J. Moreau, éd. de la Pléiade) l'expression εὐκρὰς οὖσα πρὸς χειμῶνά τε καὶ θέρος (112 d), et non comme A. Rivaud, qui traduit : « également saine en hiver et en été », ce qui ne rend nullement l'idée de mélange, qui est exprimée également à propos des saisons (ὥρας μετριώτατα κεκραμένας, 111 e ; cf. aussi *Timée*, 24 c : τὴν εὐκρασίαν τῶν ὡρῶν).

65. *Critias*, 112 de. « Ils veillaient à ce que, parmi eux, le nombre des femmes et des hommes capables déjà de porter les armes, ou qui l'étaient encore, fût en tout temps le même, autant que possible, environ vingt mille au maximum. » C'est au détour d'une phrase que nous apprenons que les Athéniens étaient « devenus les guides des Grecs avec l'accord de ceux-ci ». Il s'agit là, comme dans tant d'autres passages de la description de l'Athènes primitive, d'un emprunt au vocabulaire de l'oraison funèbre, sur laquelle je renvoie une fois de plus à N. Loraux, *L'Invention d'Athènes...*, *op. cit.*

66. *Ibid.*, 112 c. Tout cela avait été bien compris par Proclus, *In Platonis Timaeum Commentaria*, I, p. 132 *sq.*

67. *Timée*, 56 d.

la substance indivisible et qui se comporte toujours d'une manière invariable », le Même, et de la « substance divisible qui est dans les corps », l'Autre [68]. L'Athènes primitive peut être considérée comme la représentation politique du Même. Politiquement, la signification du mythe n'est pas moins claire. Ce n'est pas un hasard si Platon fait de Solon l'intermédiaire par lequel a été connue cette image d'Athènes : l'archonte de 594 était devenu au milieu du IVe siècle le grand homme des modérés, des partisans de la *patrios politeia* [69]. Le cataclysme a privé Athènes de la plus grande partie de la terre qui la recouvrait. Le peu qui en reste, et qui est d'excellente qualité, est un témoignage sur ce que fut le passé [70], de même que chez les Athéniens du temps de Solon « un peu de la semence [71] » des Athéniens de jadis s'est conservé. Athènes n'est donc pas « perdue », si tant est que ce mot ait un sens dans la philosophie de Platon, mais, par rapport à la cité du Ve et du IVe siècle, la ville que décrit Platon est un modèle antithétique, et pour tout dire une anti-Athènes.

Dans *Le Politique*, Platon présente sous forme de mythe deux cycles de l'univers [72]. A certains moments, « c'est Dieu lui-même qui guide sa marche et préside à sa révolution »,

---

68. *Timée*, 35 a *sq.* J'adopte ici, comme Rivaud, le texte de J. Burnet, qui considère les mots αὖ πέρι comme une interpolation ancienne ; voir cependant les objections de L. Brisson, *Le Même et l'Autre dans la structure ontologique du Timée de Platon*, Paris, 1974, p. 270-275. Il me semble que, même si on le suit, mon argumentation n'en est pas substantiellement modifiée, puisque le Même et l'Autre restent les éléments fondamentaux de la structure de l'Ame du Monde.

69. Cf. *Clisthène l'Athénien...*, *op. cit.*, p. 118-119, et les auteurs cités en note. Comme l'a remarqué E. Ruschenbusch, « *Patrios Politeia*. Theseus, Drakon, Solon und Kleisthenes in Publizistik und Geschichtsschreibung des 5. und 4. Jahrhunderts v. Chr. », *Historia*, 7, 1958, p. 398-424, spécialement p. 400, chez les orateurs attiques, toutes les allusions à Solon se situent (à trois exceptions près) après p. 356, date de la défaite d'Athènes dans la guerre sociale et de la fin du second empire athénien. On peut dater le *Timée* et le *Critias* précisément de ces années.

70. *Critias*, 110 e.

71. *Timée*, 23 c.

72. 269 c-274 e. Cf. J. Bollack, *Empédocle*, I, *Introduction à l'ancienne physique*, Paris, 1965, p. 133-135, pour la structure du mythe et son rapport avec la pensée d'Empédocle. Cf. *infra*, « Le mythe du *Politique* ».

le monde connaît alors ce que les poètes ont appelé l'âge de Cronos, les hommes étant gouvernés par des pasteurs divins. « Fils de la terre », les humains vivent une vie à l'inverse de la nôtre, naissant vieillards et mourant enfants. Puis le cycle se renverse et Dieu abandonne le gouvernail. Les hommes parviennent d'abord à administrer convenablement les choses ; « mais, plus le temps s'avance et l'oubli l'envahit, plus aussi reprennent puissance les reste de sa turbulence primitive ». Le monde est alors menacé de s'abîmer « dans la région infinie de la dissemblance » (εἰς τὸν τῆς ἀνομοιότητος ἄπειρον ὄντα τόπον)[73] ; le dieu intervient et le monde renverse à nouveau son mouvement. Aux livres VIII et IX de *La République*, Platon présente un mouvement analogue, de la cité timocratique à l'oligarchie, de l'oligarchie à la démocratie, et de la démocratie à la tyrannie, le modèle idéal se dégrade, chaque cité conservant cependant quelque chose de la forme précédente. A chaque stade également on est un peu plus loin de l'Unité modèle. La démocratie est comme « un bazar aux Constitutions, où l'on peut venir choisir le modèle qu'on veut reproduire[74] ». Pour caractériser la démocratie et la tyrannie qui lui fait logiquement suite, Platon emploie volontiers l'adjectif *poikilos*[75]. Ces deux régimes poussent en effet la « diversité », le « bariolage », au maximum.

Ce bariolage ou, pour dire autrement, cet *apeiron*, Platon se le représente sous une forme double : grand et petit, chaud et froid, aigu et grave, etc. « Partout où ils sont, en effet, ils empêchent la réalisation d'une quantité définie, et toujours, au contraire, introduisant dans toute action l'opposi-

---

73. *Ibid.*, 273 d. Je cite le texte des manuscrits. La tradition indirecte (Proclus, Simplicius) cite généralement ce passage en remplaçant *topon* par *ponton*, texte accepté par de nombreux éditeurs, notamment A. Diès qui traduit : « dans l'Océan sans fond de la dissemblance ». On a beaucoup discuté ce passage (cf. notamment J. Pépin, « A propos du symbolisme de la mer chez Platon et dans le néo-platonisme », *Congrès de l'Association Guillaume-Budé*, Tours et Poitiers, 1953, p. 257-259). Je maintiens *topon* par ascétisme, *ponton* favorisant trop ma propre démonstration pour que je ne m'impose pas d'être prudent. Les images qui précèdent, celle du pilote, du gouvernail, de la tempête, peuvent sans doute appeler « naturellement celle de l'Océan » (A. Diès) ; elles peuvent appeler, non moins naturellement, une correction.

74. *République*, VIII, 557 d.

75. *Ibid.*, 557 c, 558 c, 561 e, 568 d.

tion du plus violent au plus paisible et inversement, ils engendrent le plus et le moins (τὸ πλέον καὶ τὸ ἔλαττον ἀπεργάζε-
σθον) et font disparaître la quantité définie. [...] Si, au lieu
de faire disparaître la quantité définie, ils la laissaient s'installer, elle et la mesure, là où résident le plus, le moins, le
violemment, le doucement, ce serait à ceux-ci de fuir la place
où ils étaient. Le "plus chaud" et le "plus froid" n'existe-
raient plus, en effet, une fois reçue la quantité définie ; car
plus chaud et plus froid vont toujours de l'avant et jamais
ne demeurent, mais la quantité définie est arrêt, cessation de
tout progrès. A ce compte, et le plus chaud et son contraire
se révéleraient donc infinis [76]. » On reconnaît ici la fameuse
« dyade indéfinie » *(duas aoristos)* du grand et du petit par
laquelle Aristote définissait le principe matériel chez Platon,
et tout aussi bien l'« Autre » du *Timée* [77].

Nous retrouvons dans le corps de ce dernier dialogue, mais
étroitement unis, les deux cycles que *Le Politique* décompose.
Le cercle du Même correspond au mouvement des étoiles et
est orienté de la gauche vers la droite, tandis que l'Autre,
divisé en sept cercles inégaux, ceux des planètes, est orienté
de droite à gauche, mais la révolution de l'Autre est entraî-
née par la révolution du Même qu'elle imite [78] ; ainsi peuvent être justifiés l'harmonie de l'univers, mais aussi les
accidents auxquels il est soumis.

Si l'Athènes primitive est l'expression politique et mythique du Même, qu'en est-il de l'Atlantide ? Ne disons pas
qu'elle *est* l'expression politique de l'Autre, car l'Autre n'*est*
pas. Ce qui est sujet à la naissance et visible (γένεσιν ἔχον
καὶ ὁρατόν) est imitation du Modèle (μίμημα δὲ

---

76. *Philèbe*, 24 cd (trad. A. Diès). On notera que dans ce passage Platon emploie systématiquement le duel.
77. Sur la place de l'*apeiron* dans la doctrine platonicienne, cf. l'exposé
très clair de K. Gaiser, *Platons ungeschriebene Lehre*, Stuttgart, 1963,
p. 190-192. La deuxième hypothèse du *Parménide* est une étude de la
dilution de l'un dans le monde de la dyade ; cf. aussi *Théétète*, 155 bc.
78. *Timée*, 36 c *sq.* Ces mêmes divisions caractéristiques de l'Ame du
Monde se retrouvent à tous les degrés de l'échelle des âmes. Chacun des
deux cercles est formé, selon des proportions définies, par la substance
du Même, celle de l'Autre et celle qui résulte de leur mélange. C'est la
position dans l'univers qui détermine la primauté du cercle du Même.
Sur ces mécanismes, voir les exposés minutieux de L. Brisson, *Le Même
et l'Autre*, *op. cit.*

παραδείγματος) lui-même intelligible et immuable (νοητὸν καὶ ἀεὶ κατὰ ταὐτὰ ὄν)[79].

Pour comprendre ce qu'est l'Atlantide, il est de bonne méthode de réexaminer d'abord le destin d'Athènes. La cité primitive a perdu ce qui lui assurait la permanence : « En effet, une seule nuit de déluge fit fondre autour toute la terre et laissa cette partie entièrement dénudée[80]. [...] Notre terre est demeurée par rapport à celle d'alors comme le squelette d'un corps décharné par la maladie. » Elle est devenue ce rocher que Platon dépeint en ces termes : « Détachée tout entière du reste du continent, elle s'allonge aujourd'hui dans la mer comme une pointe[81]. » Athènes est ainsi condamnée à la vie maritime et à tout ce qu'elle apporte : les mutations politiques, le commerce, l'impérialisme. N'est-ce pas le destin de l'Atlantide ? Est-il athénien, ce monde insolite, cette île « plus grande que la Libye et l'Asie réunies[82] », et dont nous avons nous-même analysé les traits homériques et orientaux[83] ? Au début de sa description, Platon use d'une ruse singulière pour expliquer que les noms dont il usera sont des noms grecs : « Lors donc que vous entendrez des noms pareils à ceux de par ici (οἶα καὶ τῇδε ὀνόματα), n'en soyez pas surpris[84] » ; les récits faits à Solon sont en effet passés par l'intermédiaire de l'égyptien et retranscrits en grec ; argumentation inutile, s'il ne s'agissait pas précisément de suggérer que les « noms pareils à ceux de par ici » pourraient révéler des réalités non moins semblables. La structure d'Athènes est donnée une fois pour toutes, celle de l'Atlantide est au

---

79. *Ibid.*, 48 e-49 a. Nous laissons de côté ici toute discussion sur le réceptacle matériel qui permet à l'altérité de se développer, la *chôra* (*Timée*, 50 b *sq.*).

80. *Critias*, 112 a.

81. *Ibid.*, 111 a. Platon utilise immédiatement après une comparaison avec les îles.

82. *Timée*, 23 d. Notons ici qu'une comparaison entre l'Athènes impérialiste et une île n'est nullement insolite. Périclès invite les Athéniens, au début de la guerre du Péloponnèse, à agir comme s'ils étaient des insulaires (Thucydide, I, 92, 5), et la même image est utilisée par le « Vieil oligarque » (*République des Athéniens*, II, 14) et par Xénophon (*Revenus*, I).

83. D'autres y ont retrouvé, peut-être non sans raison, des souvenirs du voyage de Platon à Syracuse. Cf. G. Rudberg, *Platonica Selecta*, Stockholm, 1956, p. 51-72.

84. *Critias*, 113 b.

contraire une création continue. Au point de départ, sur une île, une plaine fertile comme celle d'Athènes et voisine de la mer. Au-dessus de cette plaine, une montagne habitée par un couple « né de la terre », Événor et Leucippè [85]. La réalité primitive est donc terrienne, et Poséidon, maître de l'île, avant de devenir le dieu de la mer, est dans un premier stade une divinité terrestre. Pour protéger ses amours avec Clito, le dieu construit cependant autour de la montagne deux enceintes circulaires de terre et trois de mer ; mais Platon note : « Ainsi elles étaient infranchissables aux hommes, car il n'y avait encore alors ni vaisseaux ni navigation [86]. » L'alternance entre la terre et l'eau n'en devient pas moins dès ce moment un trait fondamental de la structure de l'Atlantide. L'eau coule au centre de l'île, non plus sous la forme d'*une* source utilisable en toute saison comme à Athènes, mais de *deux* sources, l'une chaude, l'autre froide, que le dieu lui-même a fait jaillir, de même qu'il avait fait jaillir à Athènes la célèbre mer d'Érechthée [87]. L'eau est même présente dans l'Atlantide d'une manière plus inattendue ; la terre atlante est riche de tous les métaux possibles et imaginables, de l'or et du célèbre et mystérieux orichalque notamment [88]. Or Platon nous explique précisément dans le *Timée* que les métaux, et singulièrement le plus pur d'entre eux, l'or, ne sont que des variétés de l'eau [89].

85. *Ibid.*, 113 cd. Les premiers habitants de l'Atlantide sont donc des autochtones, tout comme les habitants de l'Attique (*Critias*, 109 d). Il n'y a pas à s'en étonner, étant donné la répartition des deux contrées entre Poséidon et Athéna où l'on peut voir comme un dédoublement de l'Érechtheion, où sont honorés conjointement Athéna et Poséidon-Érechtheus. Platon soulignera ce trait en donnant le nom d'Autochthonos à un des rois atlantes (113 c). La saveur étymologique des noms est évidente dans toute l'évocation de l'Atlantide. Événor est l'homme de bien, Leucippè le cheval blanc (de Poséidon), leur fille Clito la gloire, etc. (cf. L. Brisson, « De la philosophie politique à l'épopée, le *Critias* de Platon », *Revue de métaphysique et de morale*, 1979, p. 402-438, surtout p. 421-424).

86. *Critias*, 113 de.

87. *Ibid.*, 113 e et 117 a. Nous avons rapproché ci-dessus, n. 33, cette indication d'une donnée homérique ; il y a là un bon exemple de la multiplicité de significations des textes platoniciens.

88. *Ibid.*, 114 e.

89. *Timée*, 58 b *sq.* Les pierres dont l'Atlantide regorge sont également obtenues par le filtrage de la terre à travers l'eau (60 b *sq.*). Ces considérations scientifiques sur l'origine des métaux ne sont sûrement

Cette alternance terre-eau, déjà significative en elle-même, n'est que le trait le plus frappant d'une dualité que Platon s'amuse à tous moments à souligner et qui montre que la structure de l'Atlantide est celle du déploiement de l'*apeiron*, de l'altérité.

Au centre, l'île refuge a cinq stades de large ; lui font suite une enceinte d'eau d'un stade de large, puis deux groupes d'enceintes de terre et d'eau, chacune ayant respectivement deux stades et trois stades de large [90]. Nous avons donc une séquence qui évoque assez bien une fugue-miroir : 5 (3 + 2), 1, 2, 2, 3, 3. Celui qui quitte l'île centrale entre rapidement dans le monde de la duplication [91].

Aux cinq enceintes qui protègent l'île correspondent assez bien les paires de jumeaux que Clito enfante des œuvres de Poséidon. Dressant la liste de ces jumeaux, dont l'un porte à la fois un nom barbare et un nom grec (Gadiros-Eumélos), Platon prend soin de distinguer l'aîné du cadet [92]. De même, il notera que, parmi les constructions, les unes étaient simples *(hapla)*, les autres bariolées *(poikila)*, que, parmi les bassins, les uns sont à ciel ouvert, les autres couverts, « que les habitants recueillaient deux fois l'an les produits de la terre », utilisant les eaux du ciel pendant l'hiver et celle des canaux pendant l'été, que les rois se réunissaient « tantôt tous les cinq, tantôt tous les six ans, pour accorder une place égale

---

pas exemptes de souvenirs mythiques. On se souvient du début de la première *Olympique* : Ἄριστον μὲν ὕδωρ, ὁ δὲ / χρυσὸς αἰθόμενον πῦρ / ἅτε διαπρέπει / νυκτὶ μεγάνορος ἔξοχα πλούτου (« Le premier des biens est l'eau, l'or étincelant comme une flamme qui s'allume dans la nuit efface les trésors de la fière opulence » — trad. A. Puech). Les métaux précieux sont naturellement absents de l'Athènes primitive, comme le veut du reste la législation (*Critias*, 112 c).

90. *Critias*, 115 d-116 a. Cf. le schéma reproduit dans *Clisthène l'Athénien*, *op. cit.*, p. 137. On notera le rôle que jouent les intervalles doubles et triples dans la structure de l'Ame du Monde (*Timée*, 36 d) ; l'intervalle double correspond à l'octave, le rapport 3-2 à la quinte.

91. Nicole Loraux me fait remarquer que cette duplication est impliquée dans la double origine autochtone, mâle et femelle, des habitants de l'Atlantide : il y a là une innovation très remarquable par rapport au mythe athénien de l'autochtonie qui concerne exclusivement les hommes (cf. *Les Enfants d'Athéna. Idées athéniennes sur la citoyenneté et la division des sexes*, Paris, 1981).

92. *Critias*, 113 e-114 d.

au pair et à l'impair » (τῷ τε ἀρτίῳ καὶ τῷ περιττῷ μέρος ἴσον ἀπονέμοντες)[93]. En décrivant dans le *Timée* la formation de la nature, de l'Ame du Monde à l'homme, de l'homme au poisson, Platon décrit en même temps les progrès de l'altérité qui triomphe dans la *phusis*. La nature apparaît dans l'Atlantide avec toute son infinité : arbres, plantes diverses, fruits, animaux, et notamment l'éléphant, « le plus gros et le plus vorace des animaux[94] ». Dans cette structure s'inscrit une histoire : les dix fils de Poséidon donnent naissance à dix dynasties royales ; les travaux auxquels se livrent ces dynasties mettent en communication l'île centrale et la mer extérieure[95]. Les rois construisent des ponts et ouvrent le pays à la vie maritime[96] ; ils mettent en valeur la plaine au moyen d'un immense système de canaux [97], se donnent une

93. *Ibid.*, 116 b, 117 b, 118 e, 119 d. Le pair et l'impair, comme le chaud et le froid, l'humide et le sec, etc., faisaient partie de la célèbre table des oppositions *(systoichia)* qu'Aristote attribue aux Pythagoriciens (*Métaphysique*, A, 5, 986 a 15). On trouvera une interprétation, à mon sens contestable, des données numériques que Platon multiplie dans l'Atlantide dans le livre stimulant de R. S. Brumbaugh, *Plato's Mathematical Imagination*, Bloomington, 1957. Je ne pense pas que Platon ait voulu présenter un monde mal construit selon les données d'une mathématique archaïque. Mais l'auteur a raison de souligner la place que tiennent dans la description platonicienne les chiffres 6 et 5 : il y a cinq paires de jumeaux et cinq enceintes, l'île centrale a cinq stades de large, la largeur totale des cercles d'eau est aux cercles de terre comme 6 à 5, la statue de Poséidon le montre conduisant six chevaux (116 d), la plaine centrale a six mille stades carrés de surface (118 a), elle est oblongue et non carrée, ce qui la met du « mauvais côté » de la *systoichia*. Le chiffre 6 et ses multiples jouent un rôle essentiel dans l'organisation militaire (119 ab). Je renonce à interpréter ici ces faits en détail, me bornant à remarquer que Platon souligne lui-même que l'opposition entre 5 et 6 est une forme de l'opposition entre l'impair et le pair, c'est-à-dire, selon la *sustoichia* pythagoricienne, entre le bien et le mal.

94. *Ibid.*, 115 a.

95. *Ibid.*, 115 b-116 a. Les rois construisent à la fois des canaux et des ponts qui rompent l'isolement premier de l'île de Clito. C'est un pas en avant dans la marche de l'altérité.

96. *Ibid.*, 117e. Cf. C. Gill, « The origin of the Atlantis myth », *Trivium*, 11, 1976, p. 1-11 ; on lira notamment p. 8 et 9.

97. *Ibid.*, 118 ae. On notera que, dans *Les Lois* (III, 681 d *sq.*), le moment où après les cataclysmes les hommes colonisent les plaines est celui « où se rencontrent toutes les espèces de régimes et de cités, et toutes les maladies constitutionnelles et civiques ».

grande armée [98]. Ils créent enfin au centre de l'île une zone monumentale avec un palais, un sanctuaire de Poséidon, un hippodrome enfin, comme il est normal dans une île consacrée à ce dieu [99]. Pour la plupart de ces entreprises, Platon nous donne des chiffres ; le temple, par exemple, « était long d'un stade, large de trois plèthres et d'une hauteur proportionnée » *(summétron)* [100], ce qui, converti en plèthres, donne les chiffres 6, 3 et 2, simple exemple parmi d'autres d'un jeu sur les dix premiers nombres, et notamment le nombre 10 dont l'Atlantide offre beaucoup d'exemples [101].

Le régime politique qu'établissent les descendants de Poséidon est lui-même un singulier mixte [102]. Dans sa circonscription, chaque roi est un souverain absolu, jouissant du droit de vie et de mort, ce qui peut correspondre aussi bien, s'il s'agit d'un philosophe, au statut du *Politique* idéal [103] que, dans le cas contraire, à la tyrannie. Réunis, les dix rois forment une oligarchie ou une aristocratie, qui gouverne collectivement, conformément à une législation gravée par les premiers rois sur une colonne d'orichalque d'après les décrets de Poséidon [104]. Le maintien de ces prescriptions est assuré,

98. *Ibid.*, 119 ab. Cette armée a à la fois des traits grecs et des traits barbares, comme le prouve la présence à côté des hoplites de combattants sur char. Il est inexact de dire avec Albert Rivaud (éd. de la coll. des Universités de France, *op. cit.*) que la fronde était également une arme barbare : cf. les frondeurs rhodiens que mentionne Thucydide, VI, 93.

99. *Ibid.*, 116 c-117 a.

100. *Ibid.*, 116 d.

101. Le nombre 10, somme des quatre premiers nombres, correspond à la tétractys. Sur son rôle dans le pythagorisme et la pensée de Platon, cf. *Clisthène l'Athénien*, *op. cit.*, p. 100 (et la bibliographie) ; K. Gaiser, *Platons ungeschriebene Lehre*, *op. cit.*, p. 118-123, et les textes aristotéliciens cités p. 542. La tétractys est, pour Platon, un mode d'expression de la *génésis ;* cf. notamment *Timée*, 53 e, sans parler de la construction de l'Ame du Monde (*ibid.*, 32 b - 35 c), bâtie suivant une double tétractys. Dans le cas du *Critias*, il me semble que la genèse des nombres est en étroite correspondance avec le déploiement de la *physis*. Ces remarques n'ont pas convaincu L. Brisson (« De la philosophie politique à l'épopée... », *loc. cit.*, p. 430) qui se fait, je le crains, une conception trop rationaliste du platonisme pour y admettre volontiers les spéculations sur les nombres.

102. *Critias*, 119 b-120 d.

103. Cf. *Politique*, 292 d-297 b.

104. On pensera aux *kurbeis* sur lesquelles étaient gravées les lois de Solon.

quand il s'agit de rendre la justice, par le singulier serment dont l'épisode essentiel est une aspersion et la consécration du sang d'un taureau, moyen typique par lequel des non-philosophes peuvent maintenir une ordonnance constitutionnelle [105]. Quand il s'agit enfin de donner la mort à un membre de la famille royale, un vote majoritaire intervient. L'Atlantide, par ses institutions, peut ainsi apparaître comme un de ces mixtes réussis que définissent *Le Politique*, le *Timée*, le *Philèbe* et *Les Lois*. Et, de fait, pendant de nombreuses générations, « les rois écoutèrent les lois et demeurèrent attachés au principe divin, auquel ils étaient apparentés ». On les voit même porter « comme un fardeau la masse de leur or et de leurs autres richesses [106] ». Mais l'élément divin diminue en eux et les rois s'emplissent « d'injuste avidité et de puissance » (πλεονεξίας ἀδίκου καὶ δυνάμεως) [107]. C'est alors que, pour les châtier, Zeus réunit l'assemblée des dieux au centre de l'univers, en un lieu « d'où l'on voit tout ce qui participe du devenir » (ἣ... καθορᾷ πάντα ὅσα γενέσεως μετείληφεν), et que... le dialogue s'interrompt, sans doute parce que tout est dit et que la suite de l'histoire est connue [108]. L'histoire de l'Atlantide témoigne ainsi de ce même progrès de l'altérité que nous avions relevé dans sa structure.

---

105. Le serment joue dans la Constitution de l'Atlantide un rôle analogue à celui que tiennent les incantations et les mythes dans *Les Lois*. Il s'agit, suivant la formule d'E. R. Dodds, de « stabiliser le conglomérat hérité du passé » (*Les Grecs et l'Irrationnel*, trad. M. Gibson, Paris, 1977, p. 205).

106. *Critias*, 120 e-121 a. Dans la typologie de la désunion sociale que contiennent les livres VIII et IX de *La République*, rien n'est peut-être plus étonnant que l'analyse du rôle de l'or. Inexistant dans la cité timocratique de type spartiate (VIII, 547 b-548 b), il apparaît en plein jour dans la cité oligarchique, où il fonde officiellement le droit à gouverner (*ibid.*, 550 de), devient l'objet de la jalousie des déclassés qui fondent la démocratie (*ibid.*, 555 b *sq.*) ; mais mettre possédants et non-possédants sur le même plan ne suffit pas, et la haine des riches jette les pauvres dans les bras du tyran (*ibid.*, 556 a *sq.*).

107. *Critias*, 121 ab. On notera l'emploi d'un vocabulaire qui désigne couramment l'impérialisme.

108. *Ibid.*, 121 bc. De même, dans l'*Odyssée* (XII, 154-184), le sort des Phéaciens, coupables d'avoir fait rentrer Ulysse dans le monde des hommes, n'est pas autrement précisé : le récit s'arrête sur un sacrifice de taureaux.

A ce stade de l'exposé, il importe de souligner, plus que nous ne l'avons fait jusqu'à présent, les traits athéniens de la grande île. La réforme de Clisthène avait divisé Athènes en dix tribus ; c'est en dix parties que Poséidon divise son propre domaine (δέκα μέρη κατανείμας) [109]. Quand Platon évoque l'orichalque, métal qui contribue si puissamment à la fortune des rois atlantes, il note qu'« il était le plus précieux, après l'or, des métaux qui existaient en ce temps-là [110] ». La description des ports et de leurs fortifications doit beaucoup — le fait a été souvent noté — à l'ensemble formé par le Cantharos, Zéa, Mounychie, la Skeuothèque et l'Arsenal. Quant à l'activité de ces ports, dont les arsenaux sont garnis de trières, voici ce qu'en dit Platon : « Ils regorgeaient de vaisseaux et de marchands venus de partout. Leur foule y causait jour et nuit un vacarme continuel de voix, un tumulte incessant et divers » (φωνὴν καὶ θόρυβον παντοδαπόν) [111], ce qui évoque assez bien l'atmosphère du Pirée.

Le temple de Poséidon, contrairement au palais royal, est longuement décrit : malgré l'éclat barbare de la décoration, il évoque de façon saisissante le Parthénon. Dans le sanctuaire se dressait la statue de Poséidon, debout sur un char entouré de cent Néréides sur des dauphins, « si grand que le sommet de sa tête touchait le plafond » : ainsi en était-il de la Par-

---

109. *Ibid.*, 113 e. Sur la signification de cette division, je m'excuse de renvoyer encore à *Clisthène l'Athénien, op. cit.*, p. 96-98, 110-111, 135-136 et 141-142. On y trouvera analysés notamment les textes des *Lois* qui permettent de définir les réactions de Platon devant les institutions clisthéniennes.

110. *Critias*, 114 e. L'allusion à l'argent du Laurion est évidente.

111. *Ibid.*, 117 e. *Thorubos* est un mot qu'emploie volontiers Platon pour évoquer la vie des assemblées démocratiques (cf. par exemple *République*, VI, 492 bc). Dans le *Timée*, l'union de l'âme avec le corps entraîne également un *thorybos* (42 c). Au contraire, le raisonnement véritable et immuable (λόγος ὁ κατὰ ταὐτὸν ἀληθὴς) se fait sans bruit ni écho (ἄνευ φθόγγου καὶ ἠχῆς) (37 b). Le dialogue de *La République* s'engage au Pirée, après une procession en l'honneur d'une divinité étrangère, dans la demeure de l'armurier Céphale, au milieu d'une foule bruyante de jeunes gens peu aptes à la philosophie. Dans ces conditions, ne faut-il pas voir dans la phrase initiale du dialogue : κατέβην χθὲς εἰς Πειραιᾶ (« je descendais hier au Pirée »), comme une image de la descente du philosophe dans la caverne ? C'est ce que nous suggérait Henri Margueritte (cours de l'École pratique des hautes études, 1952-1953).

thénos de Phidias [112]. Toutes ces statues étaient en or, et l'on
songe aux précisions que donne Périclès dans Thucydide :
« L'idole comportait de l'or affiné pour un poids de quarante
talents [113]. » Autour du temple, de nombreuses effigies, en
particulier celles des femmes des dix rois (sinon des dix héros
éponymes de la cité de Clisthène) ; et Platon ajoute cette
curieuse précision : « plusieurs grandes statues votives de rois
et de particuliers, originaires de la cité même ou des pays du
dehors sur lesquels elle avait la souveraineté », comme si
s'imposait à lui l'image des deux Athéna que Phidias avait
dressées sur l'Acropole, la *Promachos*, érigée sur l'ordre de
Périclès, et la *Lemnienne*, qui devrait son nom aux cléro-
ques athéniens de Lemnos qui l'avaient dédiée [114].

Enfin et surtout, l'Atlantide devient une puissance impérialiste : « Les rois avaient formé un empire grand et merveilleux. Cet empire était maître de l'île tout entière et aussi de
beaucoup d'îles et de portions du continent. » Non contents
de ces possessions, ses chefs se lancent dans l'aventure maritime et leur choc avec l'Athènes primitive entraîne pour eux
un désastre comparable à celui que l'Athènes historique avait
connu en Sicile, ou venait de connaître, quand Platon rédige
le *Timée* et le *Critias* [115], face à ses alliés révoltés.

La démonstration ne sera cependant pas complète si nous
n'expliquons pas pourquoi Platon a étrangement uni, dans ce
mythe historique, les traits athéniens et les traits « orientaux ». Dans *Les Lois*, le philosophe donne une brève analyse

112. *Critias*, 116 d. Cf. Ch. Picard, *Manuel d'archéologie grecque.
Sculpture*, II, 1, Paris, 1939, p. 174, n. 2.
113. II, 13, 5.
114. *Critias*, 116 e-117 a ; cf. Pausanias, I, 28, 2. Le mérite de la plupart de ces remarques archéologiques (qu'on retrouvera dans *Clisthène
l'Athénien*, *op. cit.*, p. 138) appartient à Pierre Lévêque.
115. *Timée*, 25 a ; cf. aussi *Critias*, 114 c. Le *Timée* fait partie des
derniers dialogues de Platon ; cette vue n'a rien de neuf, mais elle a été
mise en cause récemment par G. E. L. Owen, « The Place of *Timaeus*
in Plato's Dialogues », *Classical Quarterly*, 47, 1953, repris *in* R. E. Allen
(éd.), *Studies in Plato's Metaphysics*, Londres, 1965, p. 313-338 e auquel
a répondu de façon à mon avis décisive H. Cherniss, « The relation of
the *Timaeus* to Plato's later dialogs », *American Journal of Philology*,
78, 1957 ; repris également dans R. E. Allen (éd.), *op. cit.*, p. 339-378 ;
de son côté, C. Gill, « Plato and Politics : the Critias and the Politi-
cus », *Phronesis*, 24, 1979, p. 148-167, aboutit lui aussi, par le biais d'une
comparaison avec le mythe du *Politique*, à la même conclusion.

de deux régimes constitutionnels qui sont « comme deux mères dont on dirait avec raison que les autres sont nés [116] », le despotisme perse et la démocratie athénienne. La description, fort peu « historique », que donne Platon de leur évolution [117] établit un parallélisme absolu entre eux et offre des analogies frappantes avec l'histoire de l'Atlantide. Même juste mais précaire équilibre établi au début, même évolution désastreuse, aboutissant dans le premier cas, sous l'influence de l'or et de l'impérialisme, au despotisme tyrannique, dans le second, après les guerres médiques, et par suite de l'abandon de la vieille *mousikè*, à la « théâtrocratie ». Faut-il rappeler d'autre part que le Grand Roi, au IVe siècle, était devenu un personnage fort influent dans le monde grec, qu'il agît directement ou par cité interposée ?

L'éloge d'Athènes qui figure dans le *Timée* et dans le *Critias* prend ainsi sa véritable signification. Le procédé est de ceux dont Platon use à tout moment [118]. Dans le *Phèdre*, faisant l'éloge du jeune Isocrate [119], alors que celui-ci était un vieillard et son adversaire, Platon fait appel de l'Isocrate réel à un Isocrate possible, le rhéteur-philosophe qu'il n'a pas été. Dans *Les Lois*, l'étranger d'Athènes proteste quand ses interlocuteurs crétois et lacédémonien expliquent par les nécessités militaires les institutions de leur pays. Platon crée alors de toutes pièces une Sparte et une Crète philosophes, et précise que « le système ainsi formé est transparent pour quiconque a la science des lois, soit technique, soit même empirique, tandis qu'à nous autres profanes il reste caché [120] ».

La morale de notre fable est cependant complexe : Athènes triomphe, et la Cité-Une l'emporte sur celle qui s'était laissé gagner par la désunion et la dissemblance. L'eau engloutit

---

116. III, 693 d.

117. *Lois*, III, 694 a-701 b.

118. C'est ce qu'a bien montré R. Schaerer, *La Question platonicienne*, Neuchâtel, 1948.

119. 278 e-279 ab. Ce passage a fait l'objet de nombreuses discussions, lesquelles il est inutile de revenir ici. Cf. les remarques de J. Bollack, *in* J. Bollack et E. von Salin, *Platon, Phaidros*, Francfort, 1963, p. 152-153.

120. *Lois*, I, 632 d (trad. E. Des Places) ; cf. aussi la Sparte philosophe de *Protagoras*, 342 be.

l'Atlantide, mettant ainsi un terme au progrès de l'altérité par son triomphe total ; Athènes perd cependant sa substance terrienne et devient l'Atlantide[121]. Ce jeu est-il « sérieux » ? « On doit traiter sérieusement ce qui est sérieux, mais non point ce qui n'est pas sérieux. [...] Seule la divinité est par nature digne d'un attachement sérieux » (σπουδῆς ἄξιον)[122] ; mais Platon vient de dire que, si « les affaires humaines ne valent pas qu'on les prenne tout à fait au sérieux, nous sommes cependant forcés de le faire, et c'est là notre malheur[123] ». L'homme n'étant qu'une marionnette entre les mains de Dieu, un jouet fabriqué par Dieu pour son propre plaisir (θεοῦ τι παίγνιον μεμηχανημένον)[124], il rendra hommage à Dieu « en jouant les plus beaux jeux possibles » (παίζοντα ὅτι καλλίστας παιδιάς)[125]. Le mythe et l'histoire, comme tout ce qui relève de l'imitation, sont au nombre de ces jeux. Le *Timée* ne dit-il pas que, « lorsque, par manière de relâche, abandonnant les raisonnements relatifs aux êtres éternels, on cherche à se procurer, en considérant les opinions vraisemblables au sujet du devenir, un plaisir sans remords, on peut ainsi dans la vie se donner une récréation mesurée et prudente » (μέτριον... παιδιὰν καὶ φρόνιμον)[126] ? Le jeu en vaut tout de même la peine ; au début du dialogue, Critias sollicite l'indulgence de ses auditeurs, en annonçant qu'il va « traiter un grand sujet » (ὡς περὶ μεγάλων μέλλων λέγειν)[127] ; il est plus difficile, dit-il, de parler des hommes que des dieux, car un homme est toujours exigeant quand un peintre entreprend de faire son portrait[128]. La remarque n'aurait guère eu de portée si Platon n'avait pu faire comprendre à ses contemporains cette idée qui fut un jour exprimée par Horace et que tant de philosophes ont répétée après lui, à l'usage de leurs propres contemporains : *de te fabula narratur*.

121. Le mythe eschatologique des *Lois* (X, 903 e-904 e) est fondé sur un jeu de bascule analogue.
122. *Lois*, VII, 803 c (trad. L. Robin).
123. *Ibid.*, 803 b.
124. *Ibid.*, I, 644 d *sq.* ; VII, 803 c.
125. *Ibid.*
126. *Timée*, 59 cd.
127. *Critias*, 106 c.
128. *Ibid.*, 107 d.

7

Le mythe platonicien
du Politique,
les ambiguïtés de l'âge d'or
et de l'histoire [1]

Pierre Vidal-Naquet

Dans le traité qu'il a consacré à justifier l'abstention d'aliments carnés, le *De abstinentia*, le philosophe néo-platonicien Porphyre cite un long fragment de la *Vie de la Grèce* du péripatéticien Dicéarque (fin du IVe siècle av. J.-C.) qui fut le disciple immédiat d'Aristote [2]. Ce livre se présente, on le sait, comme une sorte d'histoire culturelle de l'humanité grecque depuis les temps les plus reculés.

Que dit, pour l'essentiel, notre texte ? L'âge d'or, l'âge de Cronos dont parlent les poètes, et principalement Hésiode dans les *Travaux*, dont Dicéarque cite les vers 116-119 : « Tous les biens étaient à eux, la terre donneuse de blé *(zeidôros aroura)* produisait d'elle-même une abondante et géné-

---

1. Version légèrement remaniée d'un texte publié dans J. Kristeva (éd.), *Langue, discours, société. Pour Émile Benveniste*, Paris, 1975, p. 374-391, et traduit en anglais par M. Jolas, *Journal of Hellenic Studies*, 98, 1978, p. 132-141 ; repris dans *Le Chasseur noir, op. cit.*, p. 361-380.
2. Porphyre, *De l'abstinence*, IV, 2, p. 228-321 de l'éd. A. Nauck (Bibliotheca Teubneriana) ; le texte de Dicéarque forme le n° 49 du recueil de ses fragments par F. Wehrli (cf. aussi les fragments 47, 48, 50 et 51 qui dérivent de la même source mais ne sont pas des citations directes). Notre texte est également reproduit (avec traduction anglaise) dans A. O. Lovejoy et G. Boas, *Primitivism and Related Ideas in Antiquity*, Baltimore, 1936 (réimpr. New York, 1965), p. 94-96. Sur le problème des sources de Porphyre, cf. l'introduction de J. Bouffartigue et M. Patillon à l'édition de la coll. des Universités de France de Porphyre, *De l'abstinence*, 1977.

reuse récolte, et eux, dans la joie et dans la paix, vivaient
de leurs champs, au milieu de biens sans nombre », cette époque merveilleuse, Dicéarque fait le pari de la considérer
comme ayant effectivement existé (λαμβάνειν μὲν αὐτὸν ὡς
γεγονότα), et non comme une complaisante et vaine fiction
(καὶ μὴ μάτην ἐπιπεφημισμένον) ; étant entendu qu'il faut
éliminer de cette tradition « ce qui est exagérément fabuleux
(τὸ δὲ λίαν μυθικόν), afin de la réduire, au moyen du raisonnement, à un sens naturel ». De quoi s'agit-il dans cette
démarche ? De concilier ce qui n'est pas, en apparence,
conciliable : une vision foncièrement pessimiste de l'histoire
de l'humanité avec tout ce que les enquêtes historico-
sociologiques du Vᵉ siècle (Démocrite, Protagoras, Thucydide...) ont appris aux penseurs grecs sur les difficultés et les
misères des premiers hommes et qui ne semble pas s'accorder avec la vision d'un âge d'or [3]. De tenir compte aussi de
ce qu'a apporté, au IVᵉ siècle, la nouvelle réflexion médicale,
centrée tout particulièrement sur une diététique minutieuse [4].
L'âge d'or est effectivement aux origines de la vie humaine,
et par âge d'or entendons un temps où la propriété n'existait
pas et où n'existaient pas non plus ces corollaires de la propriété que sont les conflits sociaux et les guerres. Mais cet
« âge d'or » est marqué du signe non de l'infinie abondance,
mais de la frugalité, de la simplicité de vie et de régime. C'est
la rareté *(spanis)* des produits naturels de la terre qui explique l'excellence d'un régime parfaitement conforme aux
enseignements de la science médicale la plus avancée. Cette
simplicité est évoquée par un proverbe que Dicéarque (et
beaucoup d'autres avec lui) cite quand il veut résumer la rupture avec la vie simple : ἅλις δρυός. Finissons-en avec le
chêne, c'est-à-dire avec les glands dont se nourrit l'humanité
primitive. Cette rupture se traduira successivement par
l'invention de la vie pastorale (et avec elle de la guerre et de
la chasse), puis de la vie agricole (et avec elle de tous les régimes politiques connus des hommes du IVᵉ siècle). Un tel texte
mériterait, en lui-même, une longue analyse. Cette analyse

---

3. Qu'il me suffise de renvoyer au livre fondamental de T. Cole, *Democritus and the Sources of Greek Anthropology*, Ann Arbor, 1967.
4. Je pense tout particulièrement à ce que nous a appris J. Bertier,
Mnésithée et Dieuchès, éd. et traduction, Leyde, 1972.

pourrait et devrait comporter une confrontation de cette page avec un document contemporain, le *Sur la piété* de Théophraste, qui nous est connu lui aussi essentiellement par le *De l'abstinence* de Porphyre. Il vaudrait aussi la peine de prolonger cette analyse à travers les utopies et les constructions historiques de l'époque hellénistique : le conte philosophique de Iamboulos [5] ou le livre VI de Polybe. Mon propos est ici plus modeste, et j'utiliserai le texte de Dicéarque non pour une prospective mais, au contraire, pour une rétrospective tentant de déceler ce dont il hérite et ce qu'il masque.

Remarquons-le immédiatement : ce Cronos, père de Zeus, sous le signe duquel Dicéarque, après tant d'autres, place les débuts heureux — mais simples — de l'humanité, est un personnage divin fort ambigu [6]. Ainsi Théophraste, qui, dans le *Sur la piété*, nous donne l'esquisse d'une histoire des pratiques religieuses de l'humanité, place lui aussi les premiers humains sous le signe de la nourriture végétale et d'un mode de sacrifice ne faisant appel qu'à des produits non cultivés de la terre. Mais le Cronos dont il nous parle est également un dieu terrible et quasi cannibale, celui auquel les Carthaginois sacrifient des enfants [7], et tout le récit de Théophraste mêle étroitement, dans son tableau de l'humanité primitive, aux traits végétariens et idylliques l'évocation sanglante de l'allélophagie, du cannibalisme. Le sacrifice humain est celui qui « succède » immédiatement au sacrifice végétal. Le sacrifice animal n'intervient qu'à l'« étape » suivante, comme substitut du sacrifice humain [8]. Bien entendu, nous sommes en droit, quand nous étudions ces textes, de lire, « sous » la succession historique, une opposition logique, et il n'est pas très difficile de montrer que Dicéarque et Théophraste historicisent des mythes beaucoup plus anciens qu'eux. Mais peut-on tenir pour négligeable le fait que nos philosophes aient tenu expressément à situer les fables qu'ils nous racontent dans le temps des hommes ? C'est par une évolution

5. Diodore de Sicile, II, 55-60.
6. Cf. mon article « Valeurs religieuses et mythiques de la terre et du sacrifice dans l'*Odyssée* », repris dans *Le Chasseur noir, op. cit.*, p. 39-67, p. 43-44.
7. *De l'abstinence*, II, 27, p. 156 Nauck = fragment 13, p. 174 de l'édition de W. Pötscher, Leyde, 1964.
8. *Ibid.*

historique et continue que Dicéarque et Théophraste se représentent le cheminement depuis le temps des chênes et des
glands qui est aussi, pour Dicéarque, le temps de Cronos,
jusqu'au temps des villes et des empires, celui d'Athènes, celui
d'Alexandre. C'est par une démarche analogue que procé-
dait un historien du IVe siècle comme Éphore, mais végétarianisme et anthropophagie ne se succédaient pas chez lui dans
le temps ; ils étaient contigus dans l'espace. Protestant contre les historiens qui, « parce qu'ils savent combien le merveilleux et le terrible sont propres à frapper les esprits »,
attribuent la férocité à l'ensemble des Scythes et des Sarma-
tes, il faisait valoir que ces peuples sont loin d'avoir tous les
mêmes mœurs ; « les uns poussent la cruauté jusqu'à manger de la chair humaine, tandis qu'il en est d'autres qui s'abstiennent de manger même de la chair des animaux [9] ».

Pour se convaincre de la très profonde différence qui sépare
ce type de représentation historique ou géographique des schémas de l'époque archaïque, il suffit de revenir, pour un bref
moment, à Homère et à Hésiode. Il ne s'agit pas, alors, de
décrire une succession ou une contiguïté. Comme l'a montré
J.-P. Vernant, le mythe hésiodique des « races », s'il
s'exprime par un *récit*, ce qui n'est pas indifférent, ne définit pas une *histoire* de la décadence de l'humanité, il définit
une série de statuts fondée sur l'opposition de la *dikè* et de
l'*hubris*, la « race » d'or étant l'accomplissement suprême de
la *dikè* [10]. Le fait même que les « races » disparaissent entièrement, une fois accompli leur temps, montre que pour
Hésiode il n'y a pas continuité entre l'âge d'or et le nôtre,
celui où *hubris* et *dikè* sont mêlées. Nous ne *descendons* pas
à proprement parler des hommes de l'âge de Cronos. Mais
on peut dire plus : ce statut de l'humanité, Homère et Hésiode
le définissent tantôt implicitement, tantôt explicitement,
comme intermédiaire entre le monde des dieux auquel touche l'âge d'or et celui de la bestialité caractérisée par l'allélophagie. « Telle est, dit Hésiode [11], la loi que le Cronide a

9. F. Jacoby, *Die Fragmente der Griechischen Historiker* (*op. cit.*,
n. 15 du chap. 6), 70-42, *in* Strabon, *Géographie*, VII, 3, 9, trad. A.
Tardieu, coll. des Universités de France.
10. Cf. J.-P. Vernant, « Le mythe hésiodique des races. Essai d'analyse
structurale » ; *supra*, chap. 1, 2 et 3.
11. Hésiode, *Les Travaux et les Jours*, 276-278.

prescrite aux hommes, que les poissons, les fauves, les oiseaux ailés se dévorent puisqu'il n'est point parmi eux de justice. » Il en résulte que celui-là même qui est, chez Hésiode et dans la tradition postérieure, aux origines du statut de l'homme social, Prométhée, fournisseur du feu culinaire et instaurateur du sacrifice, assure aussi la rupture et avec les dieux et avec les bêtes sauvages [12]. Comme l'a écrit Marcel Detienne : « Dans un cas, par l'invention du sacrifice, Prométhée assure le passage de la commensalité de l'âge d'or à l'alimentation carnée ; dans l'autre, par l'apport du feu et l'invention des différentes techniques, Prométhée arrache l'humanité à la vie sauvage et la détourne de la bestialité [13]. » Mais il ne suffit pas de poser cette opposition dans les termes d'une logique binaire. C'est d'ambiguïté qu'il nous faut parler. Non, bien sûr, d'une ambiguïté « primitive » comme celle que Freud avait placée aux « origines » du langage, aux temps où la contradiction n'existait pas. É. Benveniste a fait justice de ce mythe et rappelé que, « à supposer qu'il existe une langue où *grand* et *petit* se disent identiquement, ce sera une langue où la distinction de *grand* et *petit* n'a littéralement pas de sens et où la catégorie de la dimension n'existe pas, et non une langue qui admettrait une expression contradictoire de la dimension [14] ». Mais, comme le remarque encore É. Benveniste, « ce que Freud a demandé en vain au langage *historique*, il aurait pu en quelque mesure le demander au mythe [15] », et il est effectivement clair qu'à l'époque archaïque l'âge d'or de Cronos est aussi celui de la bestialité. Ainsi le Cyclope d'Homère, dont la terre fournit tout, avec la libéralité qu'évoquera Hésiode, mais qui n'en est pas moins le cannibale que chacun connaît [16].

12. J.-P. Vernant, « A la table des hommes. Mythe de fondation du sacrifice chez les hommes », *in* M. Detienne et J.-P. Vernant (éd.), *La Cuisine du sacrifice en pays grec* (*op. cit.*, n. 2 du chap. 5).

13. M. Detienne, « Ronger la tête de ses parents », in *Dionysos mis à mort* (*op. cit.*, n. 2 du chap. 5), p. 133-160, spécialement p. 142.

14. E. Benveniste, « Remarques sur la fonction du langage dans la découverte freudienne », *La Psychanalyse*, 1, 1956, repris dans *Problèmes de linguistique générale*, Paris, 1966, p. 327-335 ; voir p. 82.

15. *Ibid.*, p. 83.

16. Voir mon article « Valeurs religieuses et mythiques de la terre et du sacrifice dans l'*Odyssée* », *loc. cit.*

Cette ambiguïté, la pensée grecque, fille de la cité, va la contester, tenter de la réduire ; la « pensée grecque » ou, du moins, tout un courant de cette pensée. Le *Prométhée* de Protagoras, dans le mythe rapporté par Platon et qui a de bonnes chances de remonter à la pensée du grand sophiste [17], ne *sépare* pas les hommes des dieux. Mieux, dès le moment où l'homme dispose de la *technè* dérobée à Athéna et à Héphaïstos, il a sa « part du lot divin [18] », part du reste insuffisante pour permettre la vie en cité. Celle-ci n'est rendue possible que lorsque Zeus et Hermès font don à l'humanité de l'*aidôs* et de la *dikè*. Cette introduction de la dimension proprement civique et politique résume à sa façon la mutation opérée depuis Homère et Hésiode. Pour les poètes archaïques, le statut humain qu'ils définissaient à l'aide des oppositions que j'ai signalées plus haut était un statut technique et social : la dimension politique, sans être absente [19], n'est qu'un aspect de ce statut. Pour les penseurs de l'époque classique, il fallait donner une place à part à cette invention suprême qui fait la vie civilisée : la *polis* triomphante.

Mais revenons à ce IVᵉ siècle d'où nous sommes partis en parlant de Dicéarque et de Théophraste. C'est, on le sait bien, une période de crises, de mutations politiques et sociales, de subversion, de remise en cause des systèmes de valeurs. La question de l'âge d'or n'est pas seulement alors un problème théorique que l'on s'efforce d'intégrer au discours historique. L'âge de Cronos, la « vie du temps de Cronos », comme on dit, est un mot d'ordre pour les sectes philosophiques et religieuses que l'ordre civique ne satisfait pas ou ne satisfait plus. Certes, en ce domaine, la transgression est beaucoup plus ancienne que le IVᵉ siècle, mais c'est bien à cette époque que sur le double plan religieux et philosophique qui est alors le sien, elle s'organise en système [20].

17. Cf., par exemple, ce qu'en dit E. Will, *Le Monde grec et l'Orient*, I, Paris, 1972, p. 482. La démonstration détaillée est donnée dans la thèse, toujours inédite, de R. Winton (Cambridge).

18. *Protagoras*, 322 a.

19. Je rappelle simplement ici les vers célèbres de l'*Odyssée* (IX, 112-115) sur l'absence d'institutions délibératives chez les Cyclopes.

20. Aristote nous donne probablement un témoignage qui vaut pour sa propre époque quand il nous dit que la tyrannie de Pisistrate apparaissait dans la tradition des paysans athéniens comme l'âge de Cronos (*Constitution d'Athènes*, 16, 7).

Comme l'a montré Detienne[21], le dépassement du cadre civique peut se faire dans deux directions opposées : par le « haut » et par le « bas ». Par le « haut », on cherche à installer dans *notre* monde les vertus de l'âge d'or. Dès l'époque archaïque, cette tendance s'est exprimée dans l'orphisme et dans le pythagorisme. Par le « bas », on cherche au contraire une communion avec l'animalité qui s'exprime notamment par la pratique et, plus encore, par le fantasme dionysiaque de l'omophagie, de la consommation du cru, débouchant à la limite sur le cannibalisme. Mais, et c'est là tout l'intérêt du problème, ces deux formes de transgression sont toujours susceptibles d'interférer l'une avec l'autre et certaines œuvres tragiques mettent en lumière de façon privilégiée cette interférence[22]. Ainsi, à l'extrême fin du Ve siècle, la tragédie des *Bacchantes* nous montre les compagnes de Dionysos tantôt vivant dans l'univers paradisiaque que le messager a décrit à Penthée : « Toutes parent leur front de couronnes de lierre ou de feuilles de chêne ou de fleurs de smilax. Et l'une de son thyrse ayant frappé la roche, un flot frais d'eau limpide à l'instant en jaillit ; l'autre de son narthex ayant fouillé la terre, le dieu en fit sortir une source de vin. Celles qui ressentaient la soif du blanc breuvage, grattant du bout des doigts le sol, en recueillaient le lait en abondance[23]. » A cette vision idyllique s'oppose, dans le même récit du messager, celle des bacchantes quittant la montagne pour la plaine de Déméter, ravissant les enfants, déchiquetant les bœufs, prélude du meurtre final, celui, symboliquement incestueux et quasi cannibalesque, de Penthée par sa mère. Ce qui unifie ces deux états contradictoires est cependant fort clair ; dans le premier comme dans le second, la séparation de l'être humain et de l'animal n'est pas faite ou n'est plus faite. Les bacchantes de l'âge d'or elles-mêmes allai-

---

21. Dans son étude, citée ci-dessus, « Ronger la tête de ses parents », qui peut être considérée tout entière comme un commentaire de la formule d'Aristote : « Celui qui est, par nature et non par accident, sans cité est un être vil *(phaulos)* ou plus puissant que ne l'est un homme » *(Politique*, I, 1253 a 4).
22. Cf. N. Loraux, « L'interférence tragique », *Critique*, 317, 1973, p. 908-925.
23. *Bacchantes*, 702-711.

tent non leurs enfants qu'elles ont abandonnés [24], mais des faons et des louveteaux. Les bacchantes furieuses sont d'une animalité qu'il n'est même pas besoin de rappeler avec précision.

Notre époque, fertile en propagande et en publicité, aussi bien pour l'« eau sauvage » que pour les nourritures « pures » (que préconisaient les orphiques), fertile aussi en sectes néonaturistes, est particulièrement apte, me semble-t-il, à comprendre ce que signifia au IVe siècle l'irruption de ceux qui réclament l'âge d'or ici-bas et tout de suite. Entre tant de sectes qui s'affrontent, il en est une qui a fait son choix, et qui, avec une rigueur totale, a opté pour le retour à la sauvagerie, ce qui veut dire aussi à l'ascétisme radical dont le modèle est Héraclès. Je veux évidemment parler des Cyniques. Certes, personne ne soutiendrait aujourd'hui, comme le faisait au siècle dernier C. W. Göttling [25], que la pensée cynique est la philosophie du prolétariat grec — l'expression est absurde en elle-même —, mais il n'est pas discutable que le cynisme exprime à merveille un aspect de la crise de la cité classique. N'est-il pas caractéristique que celui qui a été le précurseur, sinon peut-être le fondateur de la secte, Antisthène, ait été non un Athénien de plein droit, mais un bâtard, fils d'un Athénien et d'une Thrace, un de ceux qui se réunissaient au gymnase de Cynosarges, réservé aux *nothoi* (bâtards) [26], un « marginal » dirions-nous aujourd'hui ? Le mode de vie que les Cyniques sont censés adopter repose sur la transgression délibérée de tous les interdits, alimentaires et sexuels notamment, sur lesquels repose la société : d'où l'apologie du cru face au cuit, de la masturbation et de l'inceste face à la sexualité réglée, du cannibalisme enfin. On n'est guère étonné d'apprendre qu'Antisthène avait écrit deux traités sur le Cyclope, et Dio-

24. *Ibid.*, 701-702.

25. « Eine Schule, welche recht für die Proletarier Athens gerechnet war » (Göttling, G. W., « Das Kynosarges », *Berichte über die vernandlungen der Königlich Sächsischen Gesselschaft*, 6, 1854 ; repris dans *Gesammelte Abhandlungen*, II, Munich, 1863, p. 156-174).

26. Diogène Laërce, VI, 1, 13 ; *Lexic. Rhet.* de Bekker, p. 274. Cf. maintenant les discussions de S. Humphreys, « The *Nothioi* of Kynosarges », *Journal of Hellenic Studies*, 94, 1974, p. 88-95, et de J. Bremmer, « Es Kynosarges », *Mnemosyne*, 30, 1977, p. 369-374.

gène une tragédie sur Thyeste[27]. L'ennemi des Cyniques, c'est le héros civilisateur d'Eschyle et de Protagoras, c'est Prométhée[28]. En bref, il s'agit, pour reprendre une formule de Plutarque[29], d'ensauvager la vie : τὸν βίον ἀποθηριῶσαι. Ne nous étonnons donc pas si les Cyniques ont repris à leur compte le mot d'ordre de l'ἐλευθερία ἡ ἐπὶ Κρόνου, de la liberté du temps de Cronos[30], en la plaçant sous le signe non du végétarianisme et des nourritures orphiques, mais de la sauvagerie « primitive ». L'âge d'or est celui de Polyphème et la « vie cyclopique », dont on trouve l'éloge, par exemple, dans le *Gryllos* de Plutarque qui donne la parole aux victimes de Circé pour chanter leur bonheur, est un thème d'origine cynique.

Au carrefour de ces crises du IVe siècle, dont la subversion cynique témoigne si éloquemment, la philosophie platonicienne se présente à la fois comme un document sur la crise et comme un effort pour la résoudre, au moins sur le plan théorique. C'est dans la mesure où l'âge d'or était effectivement au cœur des débats contemporains et c'est à travers ce débat qu'il nous faut étudier ce que devient ce thème chez Platon, notamment dans le « mythe du *Politique* » (268 d-274 e). Rappelons brièvement le moment du dialogue où se situe le mythe. Entre le jeune Socrate et l'étranger d'Élée, la discussion, menée par la voie des dichotomies successives, a abouti à une impasse : la définition du *Politique* comme berger du troupeau humain. Le mythe, qui remplit ici un « rôle de critère[31] », met en garde contre l'« angélisme[32] » qui nous conduirait à confondre politique divin et politique humain, âge d'or et cycle de Zeus ; non que l'identification du roi et du pasteur des hommes soit fausse, mais elle est applicable à trop de personnages divers pour être utilisable.

27. Diogène Laërce, VI, 17, 18, 73, 80.
28. Cf. Plutarque, *L'eau est-elle plus utile que le feu ?* ; Dion Chrysostome, VI, 25, 29-30 ; l'anti-Prométhée est Héraclès.
29. *De la manducation des viandes*, 995 cd.
30. Cf. [Diogène], *Epistulae* (Hercher), Lettre XXXII, A Aristippe ; Lucien, *Drapetai*, 17 ; et T. Cole, *Democritus and the Sources of Greek Anthropology*, *op. cit.*, p. 151, n. 12.
31. V. Goldschmidt, *Les Dialogues de Platon. Structure et méthode dialectique*, Paris, 1963, p. 259. Sur le rôle du mythe dans la définition de l'*eidos* humain, cf. S. Benardete, « Eidos and Diairesis in Plato's *Statesman* », *Philologus*, 107, 1963, p. 196-226, 198.
32. V. Goldschmidt, *op. cit.*, p. 260.

Le mythe est introduit par un préambule (268 e-269 c) qui semble avoir été curieusement négligé par les commentateurs. Platon regroupe en effet, avant de les fondre en un récit unifié, trois « histoires du temps jadis ». La première parle du phénomène singulier qui marqua la querelle d'Atrée et de Thyeste, épisode évoqué par de très nombreuses sources[33]. Les deux frères se disputent le trône. Un prodige intervient pour appuyer les prétentions d'Atrée : dans son troupeau naît une brebis à toison d'or. Mais Thyeste, amant de la femme d'Atrée, dérobe, avec la complicité de celle-ci, la brebis miraculeuse. Zeus intervient alors par un prodige décisif : il inverse le cours du soleil et des Pléiades. Telle est du moins la version la plus répandue, car il en est une autre, connue des poètes latins et peut-être de Sophocle, mais à laquelle Platon ne fait pas allusion directement : c'est par horreur du festin criminel offert à Thyeste que la divinité aurait modifié le chemin du soleil[34]. Notons tout de suite ce que l'utilisation de *cette* légende a d'un peu étrange. Pour renvoyer d'un cycle solaire à l'autre, Platon n'avait nul besoin d'évoquer ces inquiétants « pasteurs » qu'étaient Atrée et Thyeste et de rappeler le prodige accompli au profit de l'auteur d'un festin cannibale. Hérodote savait que le soleil « avait changé quatre fois de demeure, deux fois se levant là où maintenant il se couche et deux fois se couchant là où maintenant il se lève[35] », et il avait utilisé cette légende au profit d'un autre mythe, celui de la pérennité de l'Égypte. Platon, dans le *Timée* et ailleurs, saura se souvenir de la leçon[36].

La deuxième tradition sur laquelle s'appuie Platon est celle des hommes nés de la terre, des *gègéneis*. Sans rappeler ici tout ce qui, dans la mythologie grecque de la fonction guerrière, utilise ce type de naissance pour représenter la force brutale[37], je me contenterai de rappeler que les « fils de la

---

33. Elles ont été rassemblées par J. G. Frazer dans son édition de la Bibliothèque du Pseudo-Apollodore, II, p. 164-166 ; les textes les plus importants, avant Platon, sont Euripide, *Électre*, 699-730 ; *Oreste*, 996-1012.

34. Cf. A. C. Pearson, *The Fragments of Sophocles*, Cambridge, 1917 ; I, p. 93.

35. II, 142 ; cf. Ch. Froidefond, *Le Mirage égyptien*, Paris, 1971, p. 143.

36. Cf. Ch. Froidefond, *op. cit.*, p. 267-342.

37. Cf. par exemple F. Vian, *Les Origines de Thèbes. Cadmos et les Spartes*, Paris, 1963, dont je n'accepte du reste pas les interprétations

terre » appparaissent à deux reprises encore dans l'œuvre de Platon. Dans *La République*, tout d'abord, où ils sont les héros de la fameuse « histoire phénicienne » du « beau mensonge » que l'on utilise pour persuader les citoyens de la « cité idéale » qu'ils sont tous nés de la même mère, la terre, mais que les uns sont d'or, les autres d'argent, les derniers de bronze [38]. Dans *Le Sophiste* enfin, les *gègéneis* sont ces gens définis comme σπαρτοί τε καὶ αὐτόχθονες, semés dans le sol et issus de lui [39], les « matérialistes » que Platon oppose aux « amis des formes », dans ce dialogue qui est précisément contemporain du *Politique*.

La troisième « tradition », enfin, est celle de la royauté de Cronos. Platon reviendra sur cette royauté, identifiée avec l'âge d'or dans *Les Lois*, ouvrage de son extrême vieillesse [40]. Notons simplement ici comment il en a parlé dans un dialogue largement antérieur, le *Gorgias*. Évoquant, dans le mythe qui conclut le dialogue, la façon dont se faisait au temps de Cronos et dans les tout débuts du règne de Zeus le jugement des hommes, c'est-à-dire l'acte qui décidait si quelqu'un avait droit à entrer aux Iles fortunées, Socrate fait observer que c'était alors le temps de l'injustice, car des vivants jugeaient des vivants au terme de leur vie. Zeus décide d'en finir avec ces errements. Prométhée est chargé d'ôter aux hommes la connaissance qu'ils avaient de l'heure de leur mort. Le jugement sera désormais celui des âmes et ce sont les âmes de Minos, de Rhadamante et d'Éaque qui le prononceront [41]. Autant dire que Prométhée aide l'homme à s'accomplir comme mortel et que le temps de Zeus est opposé au temps de Cronos, comme le temps des justes juges à celui des juges arbitraires. Le Cronos de Platon n'est pas un personnage simple.

---

historicistes. La force brutale caractérise les *gègéneis*, et non la totalité des autochtones. Cf. C. Bérard, *Anodoi. Essai sur l'imagerie des passages chthoniens*, Neuchâtel, 1974, p. 35, et N. Loraux, « L'autochtonie : une topique athénienne. Le mythe dans l'espace civique », *Annales ESC*, 34, 1979, p. 3-26, repris dans *Les Enfants d'Athéna. Idées athéniennes sur la citoyenneté et la division des sexes* (*op. cit.*, n. 91 du chap. 6), p. 9.

38. III, 414 c, et V, 468 c.

39. *Sophiste*, 248 c.

40. Voir ici même, p. 191-193

41. *Gorgias*, 523 be ; rappelons aussi, sur les aspects négatifs de Cronos, *République*, II, 378 a.

Nous sommes donc, en quelque sorte, avertis par avance
qu'une certaine ambiguïté va se traduire dans le mythe lui-
même. Rappelons brièvement comment le mythe fonctionne
— je dis bien « fonctionne », car, comme cela a été démon-
tré[42], Platon a dans l'esprit un modèle mécanique auquel le
texte se réfère implicitement. Platon suppose que le cosmos
est animé par « deux mouvements circulaires qui se déploient
tour à tour, en sens contraire, et engendrent les deux mondes : opposé à notre ère, l'âge du dieu, et, livré à son mouvement, le cours actuel des choses[43] » ; ces deux états
successifs du monde sont séparés par un renversement, *méta-
bolè*, caractérisé tantôt par la prise en charge, par le dieu,
de la conduite du monde qui se dirige alors tout entier comme
le fait dans le *Timée* le cercle du Même, tantôt par l'abandon de la direction divine : le monde tourne en sens contraire
et vogue vers « l'océan sans fin de la dissemblance ». Comme
le dit très bien J. Bollack : « Le mythe de Platon développe
en sens contraire, afin de les examiner, les deux aspects du
même monde qui coexistent en vérité, et non les stades d'une
évolution cyclique. » Comment s'opposent, à l'intérieur du
mythe, les deux mondes ? L'un d'entre eux est bien l'âge de
Cronos, avec les traits qui, depuis Hésiode, sont les siens :
fécondité infinie de la terre, entente entre les hommes et les
animaux, absence de l'allélophagie (271 e). Il est aussi
conforme au récit ancien que l'humanité du temps de Cro-

42. P.-M. Schuhl, « Sur le mythe du *Politique* », *Revue de métaphysique et de morale*, 1932 ; repris dans *La Fabulation platonicienne*, Paris,
1947, p. 89-104.
43. J. Bollack, *Empédocle*, I, *Introduction à l'ancienne physique* (*op.
cit.*, n. 72 du chap. 6), p. 133 ; je renvoie aussi à l'excellente analyse
que contient la note 1 de la p. 135 ; cf. déjà V. Goldschmidt, *La Religion de Platon*, Paris, 1959 ; repris dans *Platonisme et Pensée contemporaine*, Paris, 1970, p. 104. On a parfois soutenu qu'il y avait non pas
deux cycles du cosmos mais trois étapes : âge de Cronos, âge du monde
à l'envers, âge de notre monde qui est mixte. Cette interprétation est
défendue par A. O. Lovejoy et G. Boas, *op. cit.*, p. 158, et indépendamment par L. Brisson, *Le Même et l'Autre dans la structure ontologique du* Timée *de Platon* (*op. cit.*, n. 68 du chap. 6), p. 478-496. Cette
hypothèse peut s'appuyer sur des textes comme *Politique*, 269 d, où
« notre » monde est décrit comme un monde mixte en des termes que
ne désavouerait pas le *Timée*, mais elle est rigoureusement incompatible
avec une lecture attentive du mythe.

nos ne soit pas une humanité politique, encore que Platon
développe singulièrement cet aspect du mythe au profit de
sa propre argumentation. Dieu paît l'humanité, de même que
celle-ci paît aujourd'hui les animaux, mais « point de Constitution et point de possession de femmes ni d'enfants » (272 a).
Notons-le au passage, seuls les « hommes » *(andres)* naissent
de la terre dans la mythologie grecque ; la présence des femmes et des enfants, qui suppose la vie civilisée, vient ordinairement après. En ce sens, le tableau de la vie du temps
de Cronos est, contrairement à ce qui a été parfois soutenu [44], radicalement différent de celui de la *cité* placée très
loin dans l'histoire, l'Athènes idéale du *Critias*. Enfin, à cet
ensemble, Platon ajoute des traits qui lui sont propres : cette
humanité du temps de Cronos mène une vie à l'envers ; les
hommes naissent de la terre et ils naissent vieux. Les corps
qui sortent de la terre sans mémoire (272 a) ont des cheveux
blancs [45], comme auront des cheveux blancs les hommes qui,
selon Hésiode, naîtront à la fin de notre âge [46]. Le cycle de
leur vie est à l'inverse du nôtre. Ces hommes à l'envers ne
sont donc pas des citoyens ; mais pratiquent-ils la philosophie ? Platon pose la question, mais n'y répond qu'indirec-
tement. « Si, occupés à se gorger de nourriture et de boisson,
ils ne surent échanger entre eux et avec les bêtes que des fables,
comme celles que l'on conte maintenant à leur sujet, dans
ce cas [...] la question serait facile à résoudre » (272 c-d). Des
fables ? Celles d'Hésiode certainement, mais aussi celles que
Platon lui-même a évoquées dans le prélude du mythe. Il y
a là, une fois de plus, une dissonance remarquable à l'intérieur de ce bel ensemble symétrique. Car il n'est pas suffisant de dire, avec P. Friedländer, que Platon ironise ici sur
le peu de foi qu'il faut accorder à toute description humaine
de l'âge d'or [47]. Le paradis de l'âge d'or est, en définitive,

44. Notamment par G. Rodier, « Note sur la politique d'Antisthène :
le mythe du *Politique* », *Année philosophique*, 1911 ; repris dans *Études de philosophie grecque*, Paris, 1926, p. 152-160.
45. C'est bien ainsi qu'il faut comprendre une expression de *Politique* 273 e : Τὰ δ'ἐκ γῆς νεογενῆ σώματα πολιὰ φύντα. La traduction
d'A. Diès fait sur ce point un contresens qui avait été évité par L. Camp-
bell dans son édition commentée publiée à Oxford en 1867.
46. *Les Travaux et les Jours*, 181.
47. P. Friedländer, *Platon I²* (*op. cit.*, n. 36 du chap. 6) ; trad. anglaise,
p. 206.

un paradis animal. L'humanité, y compris celle des philosophes, est sur l'autre versant, du côté du cycle de Zeus. Au
vocabulaire pastoral utilisé pour décrire le temps de Cronos[48] succède, pendant le cycle de Zeus, un vocabulaire
politique. Le monde abandonné de Dieu dispose du *kratos*
sur lui-même (273 a), il est *autokratôr* (274 a)[50]. Notre
humanité est donc celle qui affronte la nécessité et même la
sauvagerie qui suit immédiatement la catastrophe engendrée
par le départ du dieu (274 c). Elle reçoit de Prométhée le feu,
d'Athéna et d'Héphaïstos l'ensemble des arts (274 c). C'est,
en somme, l'humanité du mythe du *Protagoras*, à ceci près
et qui est important : il n'y a pas de vol. Les dons des dieux
et ceux de Prométhée sont placés sur le même plan.

Je dis « notre humanité » et je dois aussitôt me corriger. Une
des grosses difficultés du mythe est dans la définition du statut de « notre » monde. Quand Platon dit νῦν, maintenant (en
272 b et 271 a), que désigne-t-il exactement ? Le monde du
mythe, celui qui est dominé par le désir inné, la *sumphutos épi-
thumia* (271 e), celui qui évolue logiquement vers la dissemblance, la dissolution ? Ou parle-t-il d'un monde mixte, celui
du *Timée*, celui qui est fondé sur la collaboration de la raison et de la nécessité ? On est tenté, par exemple, d'interpréter ainsi le texte dans lequel Platon définit le monde
comme un mixte : « L'être que nous appelons Ciel et Monde,
tout comblé qu'il ait été de dons bienheureux par celui qui
l'engendra, ne laisse point de participer au corps. Il ne sau-

48. Cf. l'emploi des verbes νέμειν, νομεύειν, du nom νομή, en 271
d - 272 a, 74 b ; voir E. Laroche, *Histoire de la racine* nem *en grec ancien*,
Paris, 1949, p. 115-129, et, brièvement, E. Benveniste, *Le Vocabulaire
des institutions indo-européennes*, Paris, 1969, I, p. 84-86. La valeur
« pastorale » n'est pas première mais, à l'époque de Platon, elle était
très clairement ressentie.

49. Le rapprochement de ces deux expressions, « abandonné de Dieu »,
« cycle de Zeus », souligne une fois de plus l'équivoque scintillante du
texte platonicien. Toutes deux s'appuient naturellement sur des passages précis (272 b, e, etc.). Il est cependant vrai que Platon souligne le
fait que le règne de Zeus n'est qu'un *logos*, ici un « on-dit » (272 b),
et que le dieu abandonne la gestion directe du monde, mais continue
à occuper un poste d'observation (272 e).

50. La préhistoire du mot *kratos* à l'époque homérique a été étudiée
par E. Benveniste, *Le Vocabulaire, op. cit.*, II, p. 57-83. Une affirmation de l'auteur est capitale pour notre propos : « Kratos se dit exclusivement des dieux et des hommes » (p. 78).

rait donc être entièrement exempt de changement ; en revanche, dans la mesure de ses forces, il se meut sur place, du mouvement le plus identique et le plus un qu'il puisse avoir : aussi a-t-il reçu en partage le mouvement circulaire [51] qui, entre tous, l'éloigne le moins de son mouvement primitif » (269 d-e). La suite éclaire, il est vrai, ce que veut dire ici Platon : alors que, dans le *Timée,* cercle du Même et cercle de l'Autre fonctionnent *ensemble*, l'un dans un sens, l'autre en sens contraire, l'un étant incarné dans les astres fixes, l'autre dans les planètes [52], le mouvement du monde est ici tantôt direct et tantôt rétrograde, mais cette solution logique ne lève pas toutes les ambiguïtés, elle ne rend pas compte du fait qu'un des états du cosmos, celui qui est marqué par la direction immédiate de Dieu, soit un anti-monde, un monde à l'envers, et que l'état inverse corresponde précisément à un monde à l'endroit, un monde où l'ordre du temps est celui que nous connaissons. Et sans doute objectera-t-on sur la philosophie, c'est précisément, comme le disait le Calliclès du *Gorgias*, « le monde renversé », que lire philosophiquement le réel, c'est voir en lui le contraire de ce qu'il paraît être. La leçon est certes platonicienne, mais encore faudra-t-il expliquer ce fait singulier : les dons divins, ceux de Prométhée, d'Athéna, d'Héphaïstos, dispensés à l'humanité [53] en ce moment précis du cycle où Dieu est censé s'être entièrement retiré du monde. Force est alors d'admettre que l'ambiguïté du texte n'est pas le fait du hasard, mais se situe en son centre. Toujours est-il que, dans l'évocation que fait

51. Je corrige sur ce point la traduction d'A. Diès, qui comprend : « le mouvement de rétrogradation circulaire » ; sur la valeur d'*anakyklôsis*, cf. la note de L. Robin, *Platon*, éd. de la Pléiade, II, p. 1456, n. 46. La traduction de Diès est incompatible avec la suite du texte, qui voit le monde tourner tantôt dans un sens, tantôt dans l'autre.

52. Le texte essentiel est *Timée*, 36 b-d ; pour le détail, je me contente de renvoyer au livre déjà cité de L. Brisson, *Le Même et l'Autre*.

53. On peut, il est vrai, hésiter sur le sens exact de ce que veut dire Platon en 274 c : τὰ πάλαι λεχθέντα παρὰ θεῶν δῶρα, ce sont « les dons des dieux dont parle la tradition », une tradition que Platon ne reprend pas obligatoirement à son compte ; mais, entre l'invention des arts et des techniques par les hommes et leur définition comme dons divins, toutes deux « traditionnelles », Platon choisit évidemment la version la plus opposée à l'humanisme (cf. *Ménexène*, 238 b, où déjà cette version est choisie, de préférence à celle, « laïque », de l'oraison funèbre).

Platon des difficultés de l'humanité livrée à elle-même, on ne trouve pas d'arguments pour faire du philosophe un banal adorateur du passé, plaçant l'âge d'or au commencement de l'histoire. Sur ce point, on ne peut que donner tort à ceux qui, tels K. R. Popper et E. Havelock, ont fait de Platon le théoricien par excellence de la décadence [54]. On ne saurait trop insister sur ce fait fondamental : dans *Le Politique*, l'« âge d'or » est séparé radicalement de la cité. Et, certes, Platon nous dit bien que c'est dans les débuts du cycle de Zeus que le monde se souvient le mieux des enseignements « de son auteur et père » (273 a-b). Mais l'anthropologie ne suit pas le même rythme que la cosmologie. Le progrès protagoréen, celui qui arrache l'homme à la dépendance et à la guerre que lui mènent les animaux, marche en sens inverse de l'évolution du Cosmos [55]. Platon ne se débarrasse pas aussi aisément qu'on pourrait le croire de Protagoras. Car, implicitement, du côté du cycle de Zeus sont placés aussi la philosophie, la science et la cité [56]. Certains interprètes ont même voulu aller plus loin que je ne le fais ici. E. Zeller, dans une note de son *Histoire de la philosophie* [57], comprenait la description des hommes de l'âge d'or comme une critique ironique de la philosophie naturaliste d'Antisthène. G. Rodier a

54. E. A. Havelock, *The Liberal Temper in Greek Politics*, Londres, 1957, p. 40-51 ; K. R. Popper, *La Cité ouverte et ses ennemis*, trad. J. Bernard et Ph. Minod, I, *L'Ascendant de Platon*, Paris, 1979. Ce livre vigoureux, qui a fait de Platon un précurseur de Hegel, Marx et Hitler, a soulevé toute une polémique parfois brillante, presque toujours inutile (cf. G. J. de Vries, *Antisthenes Redivivus, Popper's attack on Platon*, Leyde, 1953 ; R. Bambrough, *Plato, Popper and Politics*, Cambridge, 1969 et R. Levinson, *Defense of Plato ;* et la bibliographie rassemblée par L. Brisson in *Lustrum*, 20, 1977, p. 191 ; on verra aussi V. Goldschmidt, *Platonisme et Pensée contemporaine, op. cit.*, p. 139-141).

55. On trouvera une opposition analogue dans la philosophie épicurienne ; cf. l'étude classique de L. Robin, « Sur la conception épicurienne du progrès », *Revue de métaphysique et de morale*, 1916.

56. V. Goldschmidt a raison de relever que « la cité, dont la cause matérielle est dans les besoins, dans l'impuissance des individus à se suffire à eux-mêmes, dans la nécessité aveugle, ne semble pas avoir d'emploi dans l'au-delà. Il n'y a pas chez Platon l'équivalent de la cité de Dieu » (*La Religion de Platon, op. cit.*, p. 120). Mais, si la science est en droit, chez Platon, séparable de l'institution civique, il reste que, comme on l'a vu, les hommes de l'âge d'or ne semblent guère la pratiquer.

57. *Die Philosophie der Griechen*, II, 1, Leipzig, 1889, p. 324, n. 5.

réfuté cette interprétation [58] et son argumentation a généralement été retenue. Si l'on admet qu'il y a comme une ombre de bestialité dans l'âge d'or platonicien, on pensera pourtant que l'intuition de Zeller n'était pas totalement absurde. A la date où il écrit *Le Politique*, date inconnue, mais évidemment antérieure à la « résignation » dont témoignent *Les Lois* [59], Platon ne tente de s'évader de la cité ni par la voie de l'âge d'or ni, bien entendu, par la voie du retour à la sauvagerie.

Y a-t-il pourtant, dans son dernier ouvrage, de quoi expliquer ou du moins amorcer l'historicisation de l'âge d'or qui, à la fin du siècle, marquera l'œuvre de Dicéarque ? Essayons de poser la question.

L'univers que *Le Politique* présente sous une forme décomposée, avec les deux cycles du mythe que je viens de commenter, est, dans *Les Lois*, un de ces « mixtes » dont le *Timée*, le *Philèbe* et *Le Sophiste* font la théorie, et c'est bien une histoire « mixte » dont Platon fait l'esquisse au livre III de son dernier ouvrage. Il serait vain de chercher à cette histoire *un* « sens » positif ou négatif. L'histoire peut aussi bien aboutir, par une série d'accidents heureux et d'interventions divines, à ce mixte réussi qu'est la Constitution spartiate [60] qu'au désastre qui frappa Argos et Messène [61]. Cette enquête historique aboutit, on le sait, à la décision de fonder une cité qui sera, par rapport à la cité de *La République*, μία δευτέρως, seconde en unité [62]. Quelle place tient, dans cette

58. « Note sur la politique d'Antisthène », *loc. cit.*
59. On sait que Wilamowitz avait titré ainsi le chapitre consacré aux *Lois* dans son *Platon*, Berlin, 1920, II, p. 654-704. On date généralement *Le Politique* de la période qui suit immédiatement le troisième voyage de Platon en Sicile (361), donc antérieurement à la crise finale de l'empire athénien.
60. Un dieu crée la double royauté, « une nature humaine unie à une nature divine » installe la gérousia, un « troisième sauveur » invente l'éphorat. « Et ainsi, grâce à ce dosage, la royauté de votre pays, mélange proportionné des éléments qu'il fallait, s'est sauvée elle-même et a fait le salut des autres » (*Lois*, III, 691 d-692 a).
61. *Ibid.*, 690 d-691b.
62. *Ibid.*, V, 739 e. Je garde ici, comme me l'avait enseigné autrefois H. Margueritte, le texte des manuscrits A et O et rejette la plate conjecture d'Apelt, τιμία δευτέρως, « seconde en honorabilité », suivie dans l'édition Des Places. Sur l'unité comme principe de base de la *République* platonicienne, cf. Aristote, *Politique*, II, 1263 b 30-35.

ultime tentative, l'âge de Cronos ? Il intervient au moment
précis où l'Athénien va, dans son discours aux colons ima-
ginaires, expliquer que « la divinité doit être la mesure de toutes choses, au degré suprême, et beaucoup plus, je pense, que
ne l'est, prétend-on, l'homme » (IV, 716 c). Et, de fait, la
cité des *Lois*, cette théocratie « au sens étymologique du
terme[63] », n'a à certains égards que l'apparence, poussée il
est vrai jusqu'au détail le plus infime, d'une cité classique,
c'est-à-dire d'un groupe fondé sur la responsabilité du
citoyen. Les institutions et les magistratures traditionnelles
n'y exercent que des fonctions plus ou moins fictives ; la souveraineté est placée ailleurs. On a présenté la référence à l'âge
de Cronos (IV, 713 a-714 b) comme un simple « extrait » du
mythe du *Politique*[64]. Certes, compte tenu du fait que nous
sommes dans un temps recomposé, Cronos est renvoyé si loin
dans l'histoire, ἔτι προτέρα τούτων, πάμπολυ (713 b) qu'on
ne peut parler d'un temps humain qui commencerait avec
l'âge d'or. Mais, par rapport au mythe du *Politique*, il y a
trois différences essentielles. Tout d'abord, à la direction
immédiate de Dieu fait pendant un gouvernement des
démons, personnages religieux que *Le Politique* préposait
simplement à l'administration des animaux. De plus, le règne
de Cronos, bien que caractérisé par « l'abondance sans travail » (713 c) qui fait partie de la tradition, depuis Hésiode,
n'en connaît pas moins des institutions et un vocabulaire politiques. L'âge de Cronos comporte des *poleis* (713 d-e), des
archontes divins (713 b). Il n'y a pas seulement abondance
de biens mais abondance de justice, *aphthonia dikès* (713 e),
et le régime politique est caractérisé par la « bonne législation », l'*eunomia*. Platon note même l'existence de précau-
tions contre la révolution (713 e). Enfin, l'image pastorale,
qui est récusée comme impropre dans *Le Politique*, est prise
en charge par le Platon des *Lois*, qui, jouant sur les différentes valeurs de la racine *nem*, constate, après avoir expli-
qué que, les bœufs n'étant pas gouvernés par des bœufs, les
hommes n'ont pas à l'être par des hommes, que ce que nous
appelons *loi*, c'est la *dianomè* de l'esprit (714 a). Il est donc

---

63. V. Goldschmidt, *La Religion de Platon, op. cit.*, p. 113.
64. E. Des Places, éd. des *Lois*, coll. des Universités de France, II,
p. 61, n. 2.

légitime de dire que ce que nos institutions actuelles ont de meilleur est une imitation « du pouvoir et de l'administration du temps de Cronos », ἀρχή τε καὶ οἴκησις... ἐπὶ Κρόνου (713 b).

L'âge de Cronos est paradigme par rapport à la meilleure cité actuelle, exactement comme la cité de *La République* est paradigme par rapport à celle des *Lois* (V, 739 e). Mais, de la cité idéale, Platon ne parle plus que pour dire qu'elle est habitée par des dieux ou des enfants des dieux. S'ensuit-il pour autant que Platon, même dans *Les Lois*, se soit rallié au « primitivisme », c'est-à-dire à l'idéalisation des premiers temps de l'humanité[65] ; bref, qu'il ait cru, pour reprendre une formule de K. R. Popper, que « "le modèle", l'*original*, de son état parfait peut être découvert dans le passé le plus lointain, dans un âge d'or qui exista à l'aube de l'histoire[66] » ? Certes, Platon, quand il nous parle de la découverte des techniques agricoles par Triptolème, donc de Déméter et Corè, fait une allusion très explicite aux traditions orphiques : « Il fut un temps où nous n'osions même pas manger de bœuf, où l'on n'offrait pas aux dieux de sacrifices d'êtres vivants, mais des gâteaux ou des fruits trempés dans le miel et d'autres sacrifices *purs* comme ceux-là, où l'on s'abstenait de viande, dans l'idée qu'il était impie d'en manger ou de souiller de sang les autels des dieux » (VI, 782 c). Les vies dites orphiques (ὀρφικοί... λεγόμενοι βίοι) ont donc leur référent dans le passé lointain. Mais l'inverse de la vie orphique ne manque pas non plus de garants « historiques ». « Que des hommes en immolent d'autres, c'est ce dont nous voyons jusqu'aujourd'hui bien des survivances » (VI, 782 c). De fait, avant l'invention de l'agriculture, « les êtres vivants[67] », comme cela se voit encore, s'appliquaient à s'entre-dévorer. Le passé le plus lointain nous offre donc tout autre chose que la seule vie orphique, et celle-ci, du reste, ne peut guère être considérée comme un modèle. L'auteur de l'*Épinomis* — qu'il soit ou non Platon — reviendra du

---

65. L'expression est à la lettre impropre, puisque, chez Platon, l'humanité recommence, elle ne commence pas.

66. *La Cité ouverte* (*op. cit.*, n. 54), p. 29.

67. Τά ζῷα ; il ne peut guère s'agir des seuls animaux, qui ne sont pas seuls concernés par l'invention de l'agriculture.

reste là-dessus, en expliquant que l'interdiction de l'allélophagie est à placer sur le même plan que l'invention de l'agriculture et des techniques, c'est-à-dire sur un plan secondaire
(975 a-b).

Reste pourtant à examiner les pages célèbres du livre III
des *Lois* qui décrivent les nouveaux débuts de l'humanité,
après la catastrophe et la vie patriarcale que Platon évoque
en s'aidant des Cyclopes d'Homère, mais sans référence au
cannibalisme [68]. Vie sauvage, est-il dit explicitement (680 d),
mais vie juste et simple. Une fois de plus, Platon s'affronte
à Protagoras, en faisant valoir que l'absence des arts n'est
pas un obstacle décisif au bonheur humain. Mais, quand il
compare ces « bons sauvages » à ses contemporains, Platon
note qu'ils étaient plus simples *(euèthestéroi)*, plus courageux
(andreiôtéroi), plus tempérants *(sôphronestéroi)*, plus justes
(dikaiôtéroi) que nous (679 e). Justice, tempérance, courage...
les vertus traditionnelles dont Platon avait fait la théorie dans
La République sont là, sauf la première de toutes, la sagesse
(sophia), qui est la vertu de l'esprit, celle des philosophes,
des détenteurs du savoir [69]. La sagesse remplacée par la simplicité, au double sens de ce mot : le compliment est assez
ambigu [70].

Aussi bien Platon s'explique-t-il de façon parfaitement
claire à ce sujet : notre monde, issu du développement historique, « cités, constitutions, arts et lois », est « abondance
de vice, abondance aussi de vertu », πολλὴ μὲν πονηρία,
πολλὴ δὲ καὶ ἀρετή [71]. Le primitivisme, bien loin d'être un
mot d'ordre, n'est qu'un pis-aller, et la simplicité de la vie
patriarcale n'est pas vue avec beaucoup plus d'illusions —
quant au fond des choses — que la cité élémentaire de *La
République* fondée sur le seul besoin, que Glaucon, frère de
Platon, qualifie, en dépit du bonheur qui lui est attribué, de
« cité de pourceaux [72] ». Reste que, si, jusqu'au bout, Pla-

---

68. La citation d'*Odyssée*, IX, 112-115, est en *Lois*, III, 680 bc ; cf.
J. Labarbe, *L'Homère de Platon*, Liège, 1949, p. 236-238.
69. *République*, IV, 428 e-429 a.
70. La simplicité, la naïveté des premières législations sera aussi un
thème aristotélicien (cf. *Politique*, II, 1268 b 42). Je remercie R. Weil
de m'avoir rappelé ce texte.
71. *Lois*, III, 678 a.
72. *République*, II, 372 d.

ton ne cède pas aux différents mirages de l'âge d'or que l'époque suivante verra refleurir, cela ne va pas sans une tension, entre le bonheur et la science, la cité des hommes et celle que gouverne Dieu — au besoin, comme dans *Les Lois*, par l'intermédiaire des philosophes masqués en vieillards du « conseil nocturne » —, entre l'histoire et les formes intelligibles, tension qui semble déboucher sur la rupture [73]. On a dit très justement que, si la cité platonicienne représente elle-même « le plus beau des drames [74] », « ce drame vécu semble exempt de tout élément dramatique : rien d'irréparable ne peut arriver à l'âme ; il ne comporte ni péripéties tragiques ni même de dénouement, puisque la mort n'y met pas un terme [75] ». La véritable tragédie platonicienne est effectivement ailleurs. Elle est dans la situation même du platonisme, dans l'ambiguïté de l'histoire.

---

73. Le début de cette étude a essayé de montrer que la rupture s'était produite après Platon.
74. *Lois*, VII, 817 b.
75. V. Goldschmidt, *La Religion de Platon, op. cit.*, p. 98.

8

La formation
de la pensée positive
dans la Grèce archaïque [1]

Jean-Pierre Vernant

La pensée rationnelle a un état civil ; on connaît sa date et son lieu de naissance. C'est au VIe siècle avant notre ère, dans les cités grecques d'Asie Mineure, que surgit une forme de réflexion nouvelle, toute positive, sur la nature. Burnet exprime l'opinion courante quand il remarque à ce sujet : « Les philosophes ioniens ont ouvert la voie que la science, depuis, n'a eu qu'à suivre [2]. » La naissance de la philosophie, en Grèce, marquerait ainsi le début de la pensée scientifique — on pourrait dire : de la pensée tout court. Dans l'école de Milet, pour la première fois, le *logos* se serait libéré du mythe comme les écailles tombent des yeux de l'aveugle. Plus que d'un changement d'attitude intellectuelle, d'une mutation mentale, il s'agirait d'une révélation décisive et définitive : la découverte de l'esprit [3]. Aussi serait-il vain de rechercher dans le passé les origines de la pensée rationnelle.

1. In *Annales ESC*, 1957, p. 183-206, sous le titre : « Du mythe à la raison : la formation de la pensée positive dans la Grèce archaïque » ; repris in *Mythe et Pensée chez les Grecs, op. cit.*, Paris, 1985, p. 373-402.
2. *Early Greek Philosophy*, 3e éd., Londres, 1920. L'ouvrage a été traduit en français sous le titre : *L'Aurore de la philosophie grecque* par A. Reymond (d'après la 2e éd. anglaise) en 1919 à Paris. La première édition en anglais datait de 1892.
3. On trouve encore cette interprétation chez Bruno Snell dont la perspective, pourtant, est historique. Cf. *Die Entdeckung des Geistes. Studien sur Entstehung des europäischen Denkens bei den Griechen*, Hambourg, 1955 ; trad. anglaise sous le titre : *The Discovery of the Mind*, Oxford, 1953.

La pensée vraie ne saurait avoir d'autre origine qu'elle-même. Elle est extérieure à l'histoire, qui ne peut rendre raison, dans le développement de l'esprit, que des obstacles, des erreurs et des illusions successives. Tel est le sens du « miracle » grec : à travers la philosophie des Ioniens, on reconnaît, s'incarnant dans le temps, la Raison intemporelle. L'avènement du *logos* introduirait donc dans l'histoire une discontinuité radicale. Voyageur sans bagages, la philosophie viendrait au monde sans passé, sans parents, sans famille ; elle serait un commencement absolu.

Du même coup, l'homme grec se trouve, dans cette perspective, élevé au-dessus de tous les autres peuples, prédestiné ; en lui le *logos* s'est fait chair. « S'il a inventé la philosophie, dit encore Burnet, c'est par ses qualités d'intelligence exceptionnelles : l'esprit d'observation joint à la puissance du raisonnement[4]. » Et, par-delà la philosophie grecque, cette supériorité quasi providentielle se transmet à toute la pensée occidentale, issue de l'hellénisme.

I

Au cours des cinquante dernières années, cependant, la confiance de l'Occident en ce monopole de la Raison a été entamée. La crise de la physique et de la science contemporaines a ébranlé les fondements — qu'on croyait définitifs — de la logique classique. Le contact avec les grandes civilisations spirituellement différentes de la nôtre, comme l'Inde et la Chine, a fait éclater le cadre de l'humanisme traditionnel. L'Occident ne peut plus aujourd'hui prendre *sa* pensée pour *la* pensée, ni saluer dans l'aurore de la philosophie grecque le lever du soleil de l'Esprit. La pensée rationnelle, dans le temps qu'elle s'inquiète de son avenir et qu'elle met en question ses principes, se tourne vers ses origines ; elle interroge son passé pour se situer, pour se comprendre historiquement.

Deux dates jalonnent cet effort. En 1912, Cornford publie

---

4. *Op. cit.*, p. 10. Comme l'écrit Clémence Ramnoux, la physique ionienne, selon Burnet, sauve l'Europe de l'esprit religieux d'Orient : c'est le Marathon de la vie spirituelle (« Les interprétations modernes d'Anaximandre », *Revue de métaphysique et de morale*, 3, 1954, p. 232-252).

From Religion to Philosophy, où il tente, pour la première fois, de préciser le lien qui unit la pensée religieuse et les débuts de la connaissance rationnelle. Il ne reviendra à ce problème que beaucoup plus tard, au soir de sa vie. Et c'est en 1952 — neuf ans après sa mort — que paraissent, groupées sous le titre *Principium Sapientiae. The Origins of Greek Philosophical Thought*, les pages où il établit l'origine mythique et rituelle de la première philosophie grecque.

Contre Burnet, Cornford montre que la « physique » ionienne n'a rien de commun avec ce que nous appelons science ; elle ignore tout de l'expérimentation ; elle n'est pas non plus le produit de l'intelligence observant directement la nature. Elle transpose, dans une forme laïcisée et sur le plan d'une pensée plus abstraite, le système de représentation que la religion a élaboré. Les cosmologies des philosophes reprennent et prolongent les mythes cosmogoniques. Elles apportent une réponse au même type de question : comment un monde ordonné a-t-il pu émerger du chaos ? Elles utilisent un matériel conceptuel analogue : derrière les « éléments » des Ioniens, se profile la figure d'anciennes divinités de la mythologie. En devenant « nature », les éléments ont dépouillé l'aspect de dieux individualisés ; mais ils restent des puissances actives, animées et impérissables, encore senties comme divines. Le monde d'Homère s'ordonnait par une répartition entre les dieux des domaines et des honneurs : à Zeus, le ciel « éthéré » (αἰθήρ, le feu) ; à Hadès, l'ombre « brumeuse » (ἀήρ, l'air) ; à Poséidon la mer ; à tous les trois en commun, Γαῖα, la terre, où vivent et meurent les hommes [5]. Le cosmos des Ioniens s'organise par une division des provinces, une répartition des saisons entre des puissances opposées qui s'équilibrent réciproquement.

Il ne s'agit pas d'une analogie vague. Entre la philosophie d'un Anaximandre et la théogonie d'un poète inspiré comme Hésiode, Cornford montre que les structures se correspondent jusque dans le détail [6]. Bien plus, le processus d'élaboration conceptuelle qui aboutit à la construction naturaliste

5. *Iliade*, XV, 180-194.
6. *Principium Sapientiae* (*op. cit.*, n. 13 du chap. 4), p. 159-224. La démonstration est reprise par G. Thomson, *Studies in Ancient Greek Society*, vol. II, *The First Philosophers*, Londres, 1955, p. 140-172.

du philosophe est déjà à l'œuvre dans l'hymne religieux de gloire à Zeus que célèbre le poème hésiodique. Le même thème mythique de mise en ordre du monde s'y répète en effet sous deux formes qui traduisent des niveaux différents d'abstraction.

Dans une première version, le récit met en scène les aventures de personnages divins[7] : Zeus lutte pour la souveraineté contre Typhon, dragon aux mille voix, puissance de confusion et de désordre. Zeus tue le monstre, dont le cadavre donne naissance aux vents qui soufflent dans l'espace séparant le ciel de la terre. Puis, pressé par les dieux de prendre le pouvoir et le trône des immortels, Zeus répartit entre eux les « honneurs ». Sous cette forme, le mythe reste très proche du drame rituel dont il est l'illustration, et dont on trouverait le modèle dans la fête royale de création de la Nouvelle Année, au mois Nisan, à Babylone[8]. A la fin d'un cycle temporel — une grande année, — le roi doit réaffirmer sa puissance de souveraineté, mise en question en ce tournant du temps où le monde revient à son point de départ[9]. L'épreuve et la victoire royales, rituellement mimées par une lutte contre un dragon, ont la valeur d'une recréation de l'ordre cosmique, saisonnier, social.

Le roi est au centre du monde, comme il est au centre de son peuple. Chaque année, il répète l'exploit accompli par

7. Hésiode, *Théogonie*, 820-871.
8. Comme le note Guthrie, qui a revu et publié le manuscrit de Cornford, l'hypothèse d'une filiation entre les mythes cosmologiques de la *Théogonie* d'Hésiode et un ensemble mythico-rituel babylonien a été renforcée par la publication récente d'un texte hittite, l'épopée de Kumarbi, qui fait le lien entre les deux versions (*Principium Sapientiae, op. cit.*, p. 249, n. 1). G. Thomson insiste aussi sur le rôle d'intermédiaire qu'a pu jouer une version phénicienne du mythe, dont on trouve l'écho, à date tardive, chez Philon de Byblos (*op. cit.*, p. 141 et 153).
9. A Babylone, le rite se célèbre tous les ans, durant les onze jours qui, ajoutés à la fin d'une année lunaire, permettent de la faire coïncider avec l'année solaire, et assurent ainsi, avec la connaissance exacte des saisons, la possibilité de prévoir et d'organiser d'échelonnement des travaux agricoles. Le moment choisi pour intercaler dans l'année les onze jours « hors temps » était celui de l'équinoxe de printemps, avant le début des labours. Sur les rapports entre la fonction royale, le développement de l'agriculture, le contrôle du temps saisonnier grâce à l'invention du calendrier solaire ou luni-solaire, on trouvera des indications intéressantes dans G. Thomson, *op. cit.*, p. 105-130.

Marduk et que célèbre un hymne, l'*Enuma eliš*, chanté au
quatrième jour de la fête : la victoire du dieu sur Tiamat,
monstre femelle, incarnant les puissances de désordre, le
retour à l'informe, le chaos. Proclamé roi des dieux, Marduk tue Tiamat, avec l'aide des vents qui s'engouffrent à
l'intérieur du monstre. La bête morte, Marduk l'ouvre en
deux comme une huître, en jette une moitié en l'air et l'immobilise pour former le ciel. Il règle alors la place et le mouvement des astres, fixe l'année et les mois, crée la race humaine,
répartit les privilèges et les destins. A travers rite et mythe
babyloniens, s'exprime une pensée qui n'établit pas encore
entre l'homme, le monde et les dieux une nette distinction
de plan. La puissance divine se concentre dans la personne
du roi. La mise en ordre du monde et la régulation du cycle
saisonnier apparaissent intégrées à l'activité royale : ce sont
des aspects de la fonction de souveraineté. Nature et société
sont confondues.

Par contre, dans un autre passage du poème d'Hésiode [10],
le récit de la création de l'ordre se présente dépouillé de toute
imagerie mythique, et les noms des protagonistes sont assez
transparents pour révéler le caractère « naturel » du processus qui aboutit à l'organisation du cosmos. A l'origine, se
trouve Chaos, gouffre sombre, vide *aérien* où rien n'est dis-
tingué. Il faut que Chaos s'ouvre comme une gueule (Χάος
est associé étymologiquement à χάσμα : ouverture béante,
χαίνω, χάσκω, χασμῶμαι : s'ouvrir, béer, bâiller) pour que
la Lumière (αἰθήρ) et le Jour, succédant à la Nuit, y péné-
trent, illuminant l'espace entre Gaia (la terre) et Ouranos (le
ciel), désormais désunis. L'émergence du monde se poursuit
avec l'apparition de Πόντος (la mer), issu, à son tour, de
Gaia. Toutes ces naissances successives se sont opérées, souligne Hésiode, sans Éros (amour) [11] : non par union, mais
par ségrégation. Éros est le principe qui rapproche les opposés — comme le mâle et la femelle — et qui les lie ensemble.
Tant qu'il n'intervient pas encore, la *genesis* se fait par séparation d'éléments auparavant unis et confondus (Gaia enfante
Ouranos et Pontos).

10. *Théogonie*, 116 *sq*.
11. *Ibid*., 132. Cf. F.M. Cornford, p. 194 *sq*. ; G. Thomson, p. 151.

On reconnaîtra, dans cette seconde version du mythe, la structure de pensée qui sert de modèle à toute la physique ionienne. Cornford en donne schématiquement l'analyse suivante : 1° au début, il y a un état d'indistinction où rien n'apparaît ; 2° de cette unité primordiale émergent, par ségrégation, des paires d'opposés, chaud et froid, sec et humide, qui vont différencier dans l'espace quatre provinces : le ciel de feu, l'air froid, la terre sèche, la mer humide ; 3° les opposés s'unissent et interagissent, chacun l'emportant tour à tour sur les autres, suivant un cycle indéfiniment renouvelé, dans les phénomènes météoriques, la succession des saisons, la naissance et la mort de tout ce qui vit, plantes, animaux et hommes [12].

Les notions fondamentales sur lesquelles s'appuie cette construction des Ioniens : ségrégation à partir de l'unité primordiale, lutte et union incessantes des opposés, changement cyclique éternel, révèlent le fond de pensée mythique où s'enracine leur cosmologie [13]. Les philosophes n'ont pas eu à inventer un système d'explication du monde; ils l'ont trouvé tout fait. L'œuvre de Cornford marque un tournant

12. L'année comprend quatre saisons, comme le cosmos quatre régions. L'été correspond au chaud, l'hiver au froid, le printemps au sec, l'automne à l'humide. Au cours du cycle annuel, chaque « puissance » prédomine pendant un moment, puis doit payer, suivant l'ordre du temps, le prix de son « injuste agression » (Anaximandre, fr. 1), en cédant à son tour la place au principe opposé. A travers ce mouvement alterné d'expansion et de retraite, l'année revient périodiquement à son point de départ. — Le corps de l'homme comprend, lui aussi, quatre humeurs qui dominent alternativement, suivant les saisons. Cf. F.M. Cornford (Hippocrate, De la Nature de l'homme, 7), op. cit., p. 168 sq. ; G. Thomson, op. cit., p. 126.
13. La lutte des opposés, figurée chez Héraclite par Polémos, chez Empédocle par Neikos, s'exprime chez Anaximandre par l'injustice — ἀδικία — qu'ils commettent réciproquement à l'égard les uns des autres. L'attraction et l'union des opposés, figurées chez Hésiode par Éros, chez Empédocle par Philia, se traduisent chez Anaximandre par l'interaction des quatre principes, après qu'ils se sont séparés. C'est cette interaction qui donne naissance aux première créatures vivantes, quand l'ardeur du soleil réchauffe la vase humide de la terre. Pour G. Thomson (op. cit., p. 45, 91 et 126), cette forme de pensée, qu'on pourrait appeler une logique de l'opposition et de la complémentarité, doit être mise en rapport avec la structure sociale la plus archaïque : la complémentarité dans la tribu des deux clans opposés, exogames avec intermariages. La tribu, écrit G. Thomson, est l'unité des opposés.

dans la façon d'aborder le problème des origines de la philosophie et de la pensée rationnelle. Parce qu'il lui fallait combattre la théorie du miracle grec, qui présentait la physique ionienne comme la révélation brusque et inconditionnée de la Raison, Cornford avait pour préoccupation essentielle de rétablir, entre la réflexion philosophique et la pensée religieuse qui l'avait précédée, le fil de la continuité historique ; aussi était-il conduit à rechercher entre l'une et l'autre les aspects de permanence et à insister sur ce qu'on y peut reconnaître de commun. De sorte qu'on a parfois le sentiment, à travers sa démonstration, que les philosophes se contentent de répéter, dans un langage différent, ce que déjà disait le mythe. Aujourd'hui que la filiation, grâce à Cornford, est reconnue, le problème prend nécessairement une forme nouvelle. Il ne s'agit plus seulement de retrouver dans la philosophie l'ancien, mais d'en dégager le véritablement nouveau : ce par quoi la philosophie cesse d'être le mythe pour devenir philosophie. Il faut définir la mutation mentale dont témoigne la première philosophie grecque, préciser sa nature, son ampleur, ses limites, ses conditions historiques.

Cet aspect de la question n'a pas échappé à Cornford. On peut penser qu'il lui aurait donné une place plus large s'il avait pu conduire à son terme son dernier ouvrage. « Dans la philosophie, écrit-il, le mythe est "rationalisé" [14].» Mais qu'est-ce que cela signifie ? D'abord, qu'il a pris la forme d'un problème explicitement formulé. Le mythe était un récit, non la solution d'un problème. Il racontait la série des actions ordonnatrices du roi ou du dieu, telles que le rite les mimait. Le problème se trouvait résolu sans avoir été posé. Mais, en Grèce, où triomphent, avec la cité, de nouvelles formes politiques, il ne subsiste plus de l'ancien rituel royal que des vestiges dont le sens s'est perdu [15] ; le souvenir s'est effacé du

---

Pour la conception cyclique, Cornford en montre également la persistance chez les Milésiens. Comme l'année, le cosmos revient à son point de départ : l'unité primordiale. L'Illimité — ἄπειρον — est non seulement origine, mais fin du monde ordonné et différencié. Il est principe — ἀρχή —, source infinie, inépuisable, éternelle, dont tout provient, où tout retourne. L'Illimité est « cycle » dans l'espace et dans le temps.

14. F.M. Cornford, *op. cit.*, p. 187-188.

15. Une des parties les plus suggestives du livre de G. Thomson est

roi créateur de l'ordre et faiseur du temps [16] ; le rapport n'apparaît plus entre l'exploit mythique du souverain, symbolisé par sa victoire sur le dragon, et l'organisation des phénomènes cosmiques. L'ordre naturel et les faits atmosphériques (pluies, vents, tempêtes, foudres), en devenant indépendants de la fonction royale, cessent d'être intelligibles dans le langage du mythe où ils s'exprimaient jusqu'alors. Ils se présentent désormais comme des « questions » sur lesquelles la discussion est ouverte. Ce sont ces questions (genèse de l'ordre cosmique et explication des *meteôra*) qui constituent, dans leur forme nouvelle de problème, la matière de la première réflexion philosophique. Le philosophe prend ainsi la relève du vieux roi-magicien, maître du temps : il fait la théorie de ce que le roi, autrefois, effectuait [17].

Chez Hésiode déjà, fonction royale et ordre cosmique se sont dissociés. Le combat de Zeus contre Typhon pour le titre de roi des dieux a perdu sa signification cosmogonique. Il faut toute la science d'un Cornford pour déceler dans les vents qui naissent du cadavre de Typhon ceux qui, s'engouffrant à l'intérieur de Tiamat, séparent le ciel de la terre. Inversement, le récit de la genèse du monde décrit un processus naturel, sans attache avec le rite. Cependant, malgré l'effort de délimitation conceptuelle qui s'y marque, la pensée d'Hésiode reste mythique. Ouranos, Gaia, Pontos sont bien des réalités physiques, dans leur aspect concret de ciel, de terre, de

---

celle où il rattache le cycle de l'*octaétéris*, qui fait coïncider, en Grèce, l'année lunaire avec l'année solaire, aux formes archaïques de la royauté. On sait que, tous les neuf ans, Minos fait renouveler dans l'antre de Zeus son pouvoir royal comme tous les neuf ans, à Sparte, les éphores inspectent les étoiles pour confirmer celui de leurs rois. Les fêtes octennales des *Daphnéphories* à Thèbes et du *Septérion* à Delphes seraient en liaison étroite à la fois avec l'établissement du calendrier, à date beaucoup plus ancienne que ne le suppose Nilsson, et avec l'institution royale.

16. Le souvenir affleure encore chez Homère (*Odyssée*, XIX, 109), mais, dans l'histoire de Salmoneus, le personnage du roi-magicien et faiseur de temps ne sert plus déjà qu'à illustrer le thème de l'*hubris* humaine et de sa punition par les dieux.

17. Et il l'effectue, lui aussi, à l'occasion : Empédocle connaît l'art d'arrêter les vents et de changer la pluie en sécheresse. Cf. L. Gernet, « Les origines de la philosophie », *Bulletin de l'enseignement public du Maroc*, 183, 1945, p. 9 ; repris dans *Anthropologie de la Grèce antique*, Paris, 1968, p. 415-430.

mer ; mais ils sont en même temps des puissances divines dont
l'action est analogue à celle des hommes. La logique du mythe
repose sur cette ambiguïté : jouant sur deux plans, la pensée
appréhende le même phénomène, par exemple la séparation
de la terre et des eaux, simultanément comme fait naturel dans
le monde visible et comme enfantement divin dans le temps
primordial. Chez les Milésiens, au contraire, note Cornford
après W. Jaeger [18], Okéanos et Gaia ont dépouillé tout
aspect anthropomorphique pour devenir purement et simplement l'eau et la terre. La remarque, sous cette forme, reste
un peu sommaire. Les éléments des Milésiens ne sont pas des
personnages mythiques comme Gaia, mais ce ne sont pas non
plus des réalités concrètes comme la terre. Ce sont des « puissances » éternellement actives, divines et naturelles tout à la
fois. L'innovation mentale consiste en ce que ces puissances
sont strictement délimitées et abstraitement conçues : elles
se bornent à produire un effet physique déterminé, et cet effet
est une qualité générale abstraite. A la place, ou sous le nom
de terre et de feu, les Milésiens posent les qualités de sec et
de chaud, substantifiées et objectivées par l'emploi nouveau
de l'article τό, *le* chaud [19], c'est-à-dire une réalité tout
entière définie par l'action de chauffer, et qui n'a plus besoin,
pour traduire son aspect de « puissance », d'une contrepartie mythique comme Héphaïstos. Les forces qui ont produit
et qui animent le cosmos agissent donc sur le même plan et
de la même façon que celles dont nous voyons l'œuvre, chaque jour, quand la pluie humidifie la terre ou qu'un feu sèche
un vêtement mouillé. L'originel, le primordial se dépouillent
de leur mystère : ils ont la banalité rassurante du quotidien.
Le monde des Ioniens, ce monde « plein de dieux », est aussi
pleinement naturel.

　　La révolution, à cet égard, est si ample, elle porte si loin
la pensée que, dans ses progrès ultérieurs, la philosophie

　　18. Werner Jaeger, *The Theology of the Early Greek Philosophers*,
Oxford, 1947, p. 20-21 ; F.M. Cornford, *op. cit.*, p. 259. L'exemple de
Gaia, retenu par Cornford, n'est pas d'ailleurs des plus heureux. Comme
le note Aristote — et pour les raisons qu'il en donne —, les Milésiens
ne font pas jouer, en général, dans leur physique, un rôle de premier
plan à la terre (*Métaphysique*, A 8 989 *sq.*). D'autre part, Gaia, comme
puissance divine, est assez peu humanisée.
　　19. Cf. B. Snell, *op. cit.*, p. 299 *sq.*

paraîtra la ramener en arrière. Chez les « Physiciens », la positivité a envahi d'un coup la totalité de l'être, y compris l'homme et les dieux. Rien de réel qui ne soit Nature [20]. Et cette nature, coupée de son arrière-plan mythique, devient elle-même problème, objet d'une discussion rationnelle. Nature, *phusis*, c'est puissance de vie et de mouvement. Tant que restaient confondus les deux sens de φύειν : produire et enfanter, comme les deux sens de γένεσις : origine et naissance, l'explication du devenir reposait sur l'image mythique de l'union sexuelle [21]. Comprendre, c'était trouver le père et la mère, dresser l'arbre généalogique. Mais, chez les Ioniens, les éléments naturels, devenus abstraits, ne peuvent plus s'unir par mariage à la façon des hommes. La cosmologie, par là, ne modifie pas seulement son langage ; elle change de contenu. Au lieu de raconter les naissances successives, elle définit les principes premiers, constitutifs de l'être. De récit historique, elle se transforme en un système qui expose la structure profonde du réel. Le problème de la *genesis*, du devenir, se mue en une recherche, par-delà le changeant, du stable, du permanent, de l'identique. En même temps, la notion de *phusis* est soumise à une critique qui la dépouille progressivement de tout ce qu'elle empruntait encore au mythe. On fait appel, de plus en plus, pour rendre raison des changements dans le cosmos, aux modèles qu'offrent les ingéniosités techniques, au lieu de se référer à la vie animale ou à la croissance des plantes. L'homme comprend mieux, et autrement, ce qu'il a lui-même construit. Le mouvement d'une machine s'explique par une structure permanente de la matière, non par les changements qu'engendre le dynamisme vital [22]. Le vieux principe mythique d'une « lutte » entre puissances qualitativement opposées, produisant l'émergence des choses, cède la place, chez Anaximène, à un tri mécanique d'éléments qui n'ont plus entre eux que des dif-

20. L'âme humaine est un morceau de la nature, taillé dans l'étoffe des éléments. Le divin est le fond de la nature, l'inépuisable tissu, la tapisserie toujours en mouvement où, sans fin, se dessinent et s'effacent les formes.

21. F.M. Cornford, *op. cit*, p. 180-181.

22. Le recours à un modèle technique ne constitue pas nécessairement, par lui-même, une transformation mentale. Le mythe se sert d'images techniques comme le fait la pensée rationnelle. Il suffit de rappeler la place que l'imagination mythique accorde aux opérations de liage, de

férences quantitatives. Le domaine de la *phusis* se précise et
se limite. Conçu comme un mécanisme, le monde se vide peu
à peu du divin qui l'animait chez les premiers physiciens. Du
même coup, se pose le problème de l'origine du mouvement ;
le divin se concentre en dehors de la nature, en opposition
avec la nature, l'impulsant et la réglant de l'extérieur, comme
le *Nous* d'Anaxagore [23].

La physique ionienne vient ici rejoindre un courant de pensée différent et, à beaucoup d'égards, opposé [24]. On pourrait
dire qu'elle vient l'épauler, tant les deux formes de la philosophie naissante apparaissent, dans leur contraste, complémentaires. Sur la terre d'Italie, en Grande Grèce, les sages
mettent l'accent, non plus sur l'unité de la *phusis*, mais sur
la dualité de l'homme, saisie dans une expérience religieuse
autant que philosophique : il y a une âme humaine différente
du corps, opposée au corps et qui le dirige comme la divinité
fait pour la nature. L'âme possède une autre dimension que
spatiale, une forme d'action et de mouvement, la pensée, qui
n'est pas déplacement matériel [25]. Parente du divin, elle peut
dans certaines conditions le connaître, le rejoindre, s'unir à
lui, et conquérir une existence libérée du temps et du changement.

Derrière la nature, se reconstitue un arrière-plan invisible,

---

tissage, de filage, de modelage, à la roue, à la balance, etc. Mais, à ce
niveau de pensée, le modèle technique sert à caractériser un type d'activité, ou la fonction d'un agent : les dieux filent le destin, pèsent les sorts,
comme les femmes filent la laine, comme les intendantes les pèsent. Dans
la pensée rationnelle, l'image technique assume une fonction nouvelle,
structurelle et non plus active. Elle fait comprendre le jeu d'un mécanisme au lieu de définir l'opération d'un agent ; cf. B. Snell, *The Discovery of the Mind, op. cit.*, p. 215 *sq.* L'auteur souligne la différence
entre la comparaison technique quand il arrive à Homère de l'utiliser,
et le parti qu'en tire, par exemple, un Empédocle. Empédocle ne cherche plus à exprimer une manifestation vitale et active, mais une propriété,
une structure permanente d'un objet.

23. Cf. W. Jaeger, *op. cit.*, p. 160 *sq.*

24. Pierre-Maxime Schuhl a montré que ces deux courants correspondent aux deux tendances antagonistes de la religion et de la culture grecques, et que leur conflit sert d'élément moteur au développement de la
philosophie (*Essai sur la formation de la pensée grecque. Introduction
historique à une étude de la philosophie platonicienne*, Paris, 1949).

25. B. Snell (*op. cit.*, p. 36-37) a suivi, à travers la poésie lyrique grecque ancienne, la découverte de l'âme humaine, dans ce qui constitue ses

une réalité plus vraie, secrète et cachée, dont l'âme du philosophe a la révélation et qui est le contraire de la *phusis*. Ainsi,
dès son premier pas, la pensée rationnelle paraît revenir au
mythe[26]. Elle paraît seulement. En reprenant à son compte
une structure de pensée mythique, elle s'éloigne en fait de
son point de départ. Le « dédoublement » de la *phusis*, et la
distinction qui en résulte de plusieurs niveaux du réel, accuse
et précise cette séparation de la nature, des dieux, de l'homme,
qui est la condition première de la pensée rationnelle. Dans
le mythe, la diversité des plans recouvrait une ambiguïté qui
permettait de les confondre. La philosophie multiplie les
plans pour éviter la confusion. A travers elle, les notions
d'humain, de naturel, de divin, mieux distinguées, se définissent et s'élaborent réciproquement.

En revanche, ce qui disqualifie la « nature » aux yeux des
philosophes, et la ravale au niveau de la simple apparence,
c'est que le devenir de la *phusis* n'est pas plus intelligible que
la *genesis* du mythe. L'être authentique que la philosophie,
par-delà la nature, veut atteindre et révéler n'est pas le surnaturel mythique ; c'est une réalité d'un tout autre ordre[27] :
la pure abstraction, l'identité à soi, le principe même de la
pensée rationnelle, objectivé sous la forme du *logos*. Chez
les Ioniens, l'exigence nouvelle de positivité était du premier
coup portée à l'absolu dans le concept de la *phusis* ; chez un

---

dimensions proprement spirituelles : intériorité, intensité, subjectivité.
Il note l'innovation que constitue l'idée d'une « profondeur » de la pensée. Homère ne connaît pas des expressions comme βαθυμήτης,
βαθύφρων : au penser profond ; il dit πολύμητις, πολύφρων : au multiple penser. La notion que les faits intellectuels et spirituels (sentiment,
réflexion, connaissance), ont une « profondeur » se dégage dans la poésie
archaïque avant de s'exprimer, par exemple, chez Héraclite.

26. L'antithèse, fondamentale dans la pensée religieuse, des φανερά :
les choses visibles, et des ἄδηλα : les choses invisibles, se retrouve transposée dans la philosophie, dans la science, et dans la distinction juridique des biens apparents et non apparents : cf. P.-M. Schuhl, « Adèla »,
Homo. Études philosophiques, I, *Annales publiées par la faculté des lettres de Toulouse*, 1953, p. 86-94 ; L. Gernet, « Choses visibles et choses
invisibles », *Revue philosophique*, 1956, p. 79-87 ; repris dans *Anthropologie de la Grèce antique*, p. 405-414.

27. Dans la religion, le mythe exprime une vérité essentielle : il est
savoir authentique, modèle de la réalité. Dans la pensée rationnelle, le
rapport s'inverse. Le mythe n'est plus que l'image du savoir authentique, et son objet, la *génésis*, une simple imitation du modèle, l'Être

Parménide, l'exigence nouvelle d'intelligibilité est portée à l'absolu dans le concept de l'Être, immuable et identique. Déchirée entre ces deux exigences contradictoires, qui marquent l'une et l'autre également une rupture décisive avec le mythe, la pensée rationnelle s'engage, de système en système, dans une dialectique dont le mouvement engendre l'histoire de la philosophie grecque.

La naissance de la philosophie apparaît donc solidaire de deux grandes transformations mentales : une pensée positive, excluant toute forme de surnaturel et rejetant l'assimilation implicite établie par le mythe entre phénomènes physiques et agents divins ; une pensée abstraite, dépouillant la réalité de cette puissance de changement que lui prêtait le mythe, et récusant l'antique image de l'union des opposés au profit d'une formulation catégorique du principe d'identité.

Sur les conditions qui ont permis, dans la Grèce du VIe siècle, cette double révolution, Cornford ne s'explique pas. Mais, dans le demi-siècle qui s'écoule entre la publication de ses deux ouvrages, le problème a été posé par d'autres auteurs. Dans l'*Essai sur la formation de la pensée grecque*, P.-M. Schuhl, en introduction à l'étude de la philosophie positive des Milésiens, soulignait l'ampleur des transformations sociales et politiques qui précèdent le VIe siècle ; il notait la fonction libératrice qu'ont dû remplir, pour l'esprit, des institutions comme la monnaie, le calendrier, l'écriture alphabétique ; le rôle de la navigation et du commerce dans l'orientation nouvelle de la pensée vers la pratique[28]. De son côté, B. Farrington rattachait le rationalisme des premiers physiciens d'Ionie au progrès technique dans les riches cités grecques d'Asie Mineure[29]. En substituant une interprétation mécanicienne et instrumentaliste de l'univers aux anciens schèmes anthropomorphiques, la philosophie des Ioniens refléterait l'importance accrue du technique dans la vie sociale de

---

immuable et éternel. Le mythe définit alors le domaine du vraisemblable, de la croyance, πίστις, par opposition à la certitude de la science. Pour être conforme au schème mythique, le dédoublement de la réalité, par la philosophie, en modèle et image n'en a pas moins le sens d'une dévaluation du mythe, ravalé au niveau de l'image. Cf. en particulier Platon, *Timée*, 29 *sq.*

28. P.-M. Schuhl, *op. cit.*, p. 151-175.
29. B. Farrington, *Greek Science*, t. I, Londres, 1944, p. 36 *sq.*

l'époque. Le problème a été repris par G. Thomson, qui formule contre la thèse de Farrington une objection décisive. Il est impossible d'établir un lien direct entre pensée rationnelle et développement technique. Sur le plan de la technique, la Grèce n'a rien inventé, rien innové. Tributaire de l'Orient en ce domaine, elle ne l'a jamais réellement dépassé. Et l'Orient, en dépit de son intelligence technique, n'a pas su se dégager du mythe et construire une philosophie rationnelle [30]. Il faut donc faire intervenir d'autres facteurs — et G. Thomson insiste, à juste titre, sur deux grands groupes de faits : l'absence, en Grèce, d'une monarchie de type oriental, très tôt remplacée par d'autres formes politiques ; les débuts, avec la monnaie, d'une économie mercantile, l'apparition d'une classe de marchands pour lesquels les objets se dépouillent de leur diversité qualitative (valeur d'usage) et n'ont plus que la signification abstraite d'une marchandise semblable à toutes les autres (valeur d'échange). Cependant, si l'on veut serrer de plus près les conditions concrètes dans lesquelles a pu s'opérer la mutation de la pensée religieuse à la pensée rationnelle, il est nécessaire de faire un nouveau détour. La physique ionienne nous a éclairés sur le contenu de la première philosophie ; elle nous y a montré une transposition des mythes cosmogoniques, la « théorie » des phénomènes dont le roi possédait, aux temps anciens, la maîtrise et la pratique. L'autre courant de la pensée rationnelle, la philosophie de Grande Grèce, va nous permettre de préciser les origines du philosophe lui-même, ses antécédents comme type de personnage humain.

II

A l'aube de l'histoire intellectuelle de la Grèce, on entrevoit toute une lignée de personnalités étranges sur lesquelles Rohde a attiré l'attention [31]. Ces figures à demi légendaires, qui appartiennent à la classe des voyants extatiques et des mages purificateurs, incarnent le modèle le plus ancien du

---

30. G. Thomson, *op, cit.*, p. 171-172.
31. E. Rohde, *Psyché* (*op. cit.*, n. 6 du chap. 1) ; trad. française *op. cit.*, p. 336 *sq.*

« sage ». Certains sont étroitement associés à la légende de Pythagore, fondateur de la première secte philosophique. Leur genre de vie, leur recherche, leur supériorité spirituelle les placent en marge de l'humanité ordinaire. Au sens strict, ce sont des « hommes divins » ; eux-mêmes, parfois, se proclament des dieux.

Halliday déjà avait noté l'existence, dans une forme archaïque de mantique enthousiaste, d'une catégorie de devins publics, de *demiourgoi*, qui présentent à la fois les traits du prophète inspiré, du poète, du musicien, chanteur et danseur, du médecin, purificateur et guérisseur [32]. Ce type de devins, très différent du prêtre et opposé, souvent, au roi, jette une première lueur sur la lignée des Aristéas, Abaris, Hermotime, Épiménide et Phérécyde. Tous ces personnages cumulent en effet, eux aussi, les fonctions de devin, de poète et de sage, fonctions associées, qui reposent sur un même pouvoir mantique [33]. Devin, poète et sage ont en commun une faculté exceptionnelle de voyance au-delà des apparences sensibles ; ils possèdent une sorte d'extra-sens qui leur ouvre l'accès à un monde normalement interdit aux mortels.

Le devin est un homme qui voit l'invisible. Il connaît par contact direct les choses et les événements dont il est séparé dans l'espace et dans le temps. Une formule le définit, de façon quasi rituelle : un homme qui sait toutes choses passées, présentes et à venir [34]. Formule qui s'applique aussi bien au poète inspiré, à cette nuance près que le poète tend à se spécialiser plutôt dans l'exploration des choses du passé [35]. Dans le cas d'une poésie sérieuse, visant à l'instruction plus qu'au divertissement, les choses du passé que l'inspiration divine fait voir au chanteur ne consistent pas, comme chez Homère, en un catalogue exact de personnages et d'événements

---

32. W.R. Halliday, *Greek Divination. A Study of its Methods and Principles*, Londres, 1913.

33. F.M. Cornford, *op. cit.*, p. 89 *sq.*

34. *Iliade*, I, 70 ; cf. F.M. Cornford, *op. cit.*, 73 *sq.*

35. C'est la même formule qu'Hésiode emploie dans *Théogonie* 32 — les Muses l'ont inspiré pour chanter les choses qui furent et qui seront, et 38 — elles disent les choses qui sont, qui seront, qui ont été. D'autre part, la divination ne concerne pas moins, dans le principe, le passé que le futur. Un prophète purificateur, comme Épiménide, pourra même restreindre sa compétence divinatoire exclusivement à la découverte des faits passés, demeurés inconnus (Aristote, *Rhétorique*, III, 17, 1418 a 24).

humains, mais, comme chez Hésiode, dans le récit véridique des « origines » : généalogies divines, genèse du cosmos, naissance de l'humanité [36]. En divulguant ce qui se cache dans les profondeurs du temps, le poète apporte, dans la forme même de l'hymne, de l'incantation et de l'oracle, la révélation d'une vérité essentielle qui a le double caractère d'un mystère religieux et d'une doctrine de sagesse. Cette ambiguïté, comment ne se retouverait-elle pas dans le message du premier philosophe ? Il porte, lui aussi, sur une réalité dissimulée derrière les apparences et qui échappe à la connaissance vulgaire. La forme de poème dans laquelle s'exprime encore une doctrine aussi abstraite que celle de Parménide traduit cette valeur de révélation religieuse que garde la philosophie naissante [37]. Au même titre que le devin et le poète, encore mêlé à eux, le sage se définit à l'origine comme l'être exceptionnel qui a la puissance de voir et de faire voir l'invisible. Quand le philosophe cherche à préciser sa propre démarche, la nature de son activité spirituelle, l'objet de sa recherche, il utilise le vocabulaire religieux des sectes et des confréries : il se présente lui-même comme un élu, un θεῖος ἀνήρ, qui bénéficie d'une grâce divine ; il effectue dans l'au-delà un voyage mystique, par un chemin de recherche qui évoque la Voie des mystères et au terme duquel il obtient, par une sorte d'*époptie*, cette Vision qui consacre le dernier degré de l'initiation [38]. Abandonnant la foule des « insensés », il entre dans le petit cercle des initiés : ceux qui ont vu, οἱ εἰδότες, qui savent, σοφοί. Aux divers degrés d'initiation des mystères correspond, dans la confrérie pythagoricienne, la hiérarchie des membres suivant leur degré d'avancement [39] ; comme, chez Héraclite, la hiérarchie des trois types différents d'humanité : ceux qui entendent le logos (qui ont eu l'ἐποπτεία), ceux qui l'entendent pour la première fois, sans

---

36. Hésiode, *Théogonie*, 43 *sq.* Cf. F.M. Cornford, *op. cit.*, p. 77.

37. Cf. L. Gernet, *Les Origines de la philosophie*, *op. cit.*, p. 2.

38. Sur le rapport entre le vocabulaire, les images, les thèmes de pensée, chez un Parménide et dans une tradition de sectes mystiques, cf. L. Gernet, *op. cit.*, p. 2-6 ; G. Thomson, *op. cit.*, p. 289 *sq.*

39. L. Gernet, p. 4. Gernet souligne la valeur religieuse du terme *beatus (eudaimón)* qui désigne le plus haut degré de la hiérarchie et qui se décompose en *doctus, perfectus et sapiens* ; cf. aussi F.M. Cornford, p. 110.

le comprendre encore (la μύησις des nouveaux initiés), ceux qui ne l'ont pas entendu (les ἀμύητοι) [40].

La vision divinatoire du poète se place sous le signe de la déesse Mnémosyné, Mémoire, mère des Muses. Mémoire ne confère pas la puissance d'évoquer des souvenirs individuels, de se représenter l'ordre des événements évanouis dans le passé. Elle apporte au poète — comme au devin — le privilège de voir la réalité immuable et permanente ; elle le met en contact avec l'être originel, dont le temps, dans sa marche, ne découvre aux humains qu'une infime partie, et pour la masquer aussitôt. Cette fonction révélatrice du réel, attribuée à une mémoire qui n'est pas, comme la nôtre, survol du temps, mais évasion hors du temps, nous la retrouvons transposée dans l'*anamnèsis* philosophique [41] : la réminiscence platonicienne permet de reconnaître les vérités éternelles que l'âme a pu contempler dans un voyage où elle était libérée du corps. Chez Platon, apparaît en pleine lumière le lien entre une certaine notion de la mémoire et une doctrine nouvelle de l'immortalité qui tranche fortement avec les conceptions helléniques de l'âme, depuis Homère jusqu'aux penseurs ioniens.

Suffit-il, pour comprendre cette innovation, qui donne à tout le courant mystique de la philosophique grecque son originalité, de faire intervenir, avec Rohde, l'influence du mouvement dionysiaque et de l'expérience qu'il est censé procurer, par ses pratiques extatiques, d'une séparation de l'âme d'avec le corps et de son union avec le divin [42] ? L'extase dionysiaque, délire collectif, brusque possession par un dieu qui s'empare de l'homme, est un état impersonnel passivement subi. Tout autre se présente la notion d'une âme individuelle, qui possède en elle-même et par elle-même le pouvoir inné de se libérer du corps et de voyager dans l'au-delà [43]. Ce n'est pas dans le culte de Dionysos que cette croyance a pu s'enraciner ; elle trouve son origine dans les pratiques de ces

---

40. Héraclite, fr. 1 ; cf. F.M. Cornford, *op. cit.*, p. 113 ; G. Thomson, *op. cit.*, p. 274.

41. L. Gernet, p. 7 *sq.* ; F.M. Cornford, *op. cit.*, p. 45-61 et 76 *sq.*

42. E. Rohde, *op. cit.*, p. 278-279.

43. La différence est très fortement soulignée par E. R. Dodds, *The Greeks and the Irrational (op. cit.*, n. 105 du chap. 6), p. 140 *sq.*

ἰατρομάντεις qui préfigurent le philosophe, et dont la légende impose le rapprochement avec le personnage et le comportement du *shamane* des civilisations d'Asie du Nord[44]. Les sages sont, dans le groupe social, des individualités en marge que singularise une discipline de vie ascétique : retraites au désert ou dans les cavernes ; végétarisme ; diète plus ou moins totale ; abstinence sexuelle ; règle du silence, etc. Leur âme possède l'extraordinaire pouvoir de quitter leur corps et de le réintégrer à volonté, après une descente au monde infernal, une pérégrination dans l'éther ou un voyage à travers l'espace qui les fait apparaître à mille lieux de l'endroit où ils gisent, endormis dans une sorte de sommeil cataleptique. Certains détails accusent ces aspects de *shamanisme* : la flèche d'or, qu'Abaris porte partout avec lui, le thème du vol dans les airs, l'absence de nourriture. C'est dans ce climat religieux très spécial que prend corps une théorie de la métensomatose explicitement rattachée à l'enseignement des premiers sages. Cette doctrine prolonge la conception archaïque suivant laquelle la vie se renouvelle cycliquement dans la mort. Mais, dans ce milieu de mages, la vieille idée d'une circulation entre les morts et les vivants prend un sens autrement précis. La maîtrise de l'âme qui permet au sage, au terme d'une dure ascèse, de voyager dans l'autre monde, lui confère un nouveau type d'immortalité personnelle. Ce qui

44. Le rapprochement est indiqué en passant par E. Rohde, *op. cit.*, p. 283. La thèse du shamanisme grec a été développée par Meuli, « Scythica », *Hermes*, 1935, p. 121-177 ; cf. aussi L. Gernet, *op. cit.*, p. 8 ; E. R. Dodds, *op. cit.*, dans le chapitre intitulé : « Le shamanisme grec et le puritanisme », F. M. Cornford, *op. cit.*, dans le chapitre « Shamanisme ». — Cornford suppose, avec N. Kershaw Chadwick (*Poetry and Prophecy*, Cambridge, 1942, p. 12), que la Thrace a pu être pour la Grèce le maillon qui l'a reliée, par ses contacts avec les Germains au Nord, les Celtes à l'Ouest, au système mantique apparenté au shamanisme d'Asie du Nord. Meuli et Dodds font une place, en dehors de la Thrace, à la Scythie avec laquelle la colonisation du littoral de la mer Noire a mis les Grecs en contact. On notera l'origine nordique des mages, Aristéas, Abaris, Hermotime, et leur accointance avec le monde hyperboréen. Il est vrai qu'Épiménide, lui, est crétois. Mais, après sa mort, on constate que son cadavre est tatoué ; le tatouage était une pratique, nous dit Hérodote, en usage dans la noblesse thrace (V, 6, 3). On sait, d'autre part, la place de la Crète dans les légendes hyperboréennes. — Pour notre part, plus qu'avec les faits de shamanisme, nous serions tenté d'établir un rapprochement avec les techniques de type yoga.

fait de lui un dieu parmi les hommes, c'est qu'il sait, grâce
à une discipline de tension et de concentration spirituelles,
dont L. Gernet a marqué le lien avec une technique de
contrôle du souffle respiratoire, ramasser sur elle-même l'âme
ordinairement dispersée en tous les points du corps [45]. Ainsi
rassemblée, l'âme peut se détacher du corps, s'évader des limites d'une vie où elle est momentanément enclose et retrouver le souvenir de tout le cycle de ses incarnations passées.
Le rôle se comprend mieux des « exercices de mémoire » dont
Pythagore avait institué la règle dans sa confrérie, quand on
évoque le mot d'Empédocle à son sujet : « Cet homme qui,
par la tension des forces de son esprit, voyait facilement chacune des choses qui sont en dix, en vingt vies humaines [46]. »
Entre la maîtrise de l'âme, son évasion hors du corps et la
rupture du flux temporel par la remémoration des vies antérieures, il y a une solidarité qui définit ce qu'on a pu appeler
le *shamanisme* grec et qui apparaît encore pleinement dans
le pythagorisme ancien.

Pourtant, le premier philosophe n'est plus un *shamane*.
Son rôle est d'enseigner, de faire école. Le secret du *shamane*,
le philosophe se propose de le divulguer à un corps de disciples ; ce qui était le privilège d'une personnalité exceptionnelle, il l'étend à tous ceux qui demandent à entrer dans sa
confrérie. A peine est-il besoin d'indiquer les conséquences
de cette innovation. Divulguée, élargie, la pratique secrète
devient objet d'enseignement et de discussion : elle s'organise en doctrine. L'expérience individuelle du *shamane*, qui
croit réincarner un homme de dieu, se généralise à l'espèce
humaine sous la forme d'une théorie de la réincarnation.

Divulgation d'un secret religieux, extension à un groupe
ouvert d'un privilège réservé, publicité d'un savoir auparavant interdit, telles sont donc les caractéristiques du tournant
qui permet à la figure du philosophe de se dégager de la per-

45. Cf. L. Gernet, p. 8 ; Ernst Bickel a souligné le rapport entre une
notion archaïque de l'âme, et le souffle respiratoire (*Homerischer See-
lenglaube*, Berlin, 1925). Cf. aussi sur ce point, R. Onians, *The Origins
of European Thought about the Body, the Mind, the Soul, the World,
Time and Fate*, Cambridge, 1951.
46. Cf. L. Gernet, *op. cit.*, p. 8.

sonne du mage. Ce tournant d'histoire, c'est celui que nous constatons sur toute une série de plans dans la période d'ébranlement social et d'effervescence religieuse qui prépare, entre le VIIIᵉ et le VIIᵉ siècle, l'avènement de la cité. On voit alors s'élargir, se populariser, et parfois s'intégrer entièrement à l'État, des prérogatives religieuses sur lesquelles des *genè* royaux et nobiliaires assuraient leur domination. Les anciens clans sacerdotaux mettent leur savoir sacré, leur maîtrise des choses divines au service de la cité entière. Les idoles saintes, les vieux *xoana*, talismans gardés secrets dans le palais royal ou la maison du prêtre, émigrent vers le temple, demeure publique, et se transforment, sous le regard de la cité, en images faites pour être vues. Les décisions de justice, les themistes, privilège des Eupatrides, sont rédigées et publiées. En même temps que s'opère cette confiscation des cultes privés au bénéfice d'une religion publique, se fondent, en marge du culte officiel de la cité, autour d'individualités puissantes, des formes nouvelles de groupements religieux. Thiases, confréries et mystères ouvrent, sans restriction de rang ni d'origine, l'accès à des vérités saintes qui étaient autrefois l'apanage de lignées héréditaires. La création de sectes religieuses comme celles appelées orphiques, la fondation d'un mystère, et l'institution d'une confrérie de « sages », comme celle de Pythagore, manifestent, dans des conditions et des milieux différents, le même grand mouvement social d'élargissement et de divulgation d'une tradition sacrée aristocratique.

La philosophie se constitue dans ce mouvement, au terme de ce mouvement, que, seule, elle pousse jusqu'au bout. Sectes et mystères restent, en dépit de leur élargissement, des groupes fermés et secrets. C'est cela même qui les définit. Aussi, malgré certains éléments de doctrine qui recoupent les thèmes de la philosophie naissante, la révélation mystérieuse garde-t-elle nécessairement le caractère d'un privilège qui échappe à la discussion. Au contraire, la philosophie, dans son progrès, brise le cadre de la confrérie dans lequel elle a pris naissance. Son message ne se limite plus à un groupe, à une secte. Par l'intermédiaire de la parole et de l'écrit, le philosophe s'adresse à toute la cité, à toutes les cités. Il livre ses révélations à une publicité pleine et entière. En portant le « mystère » sur la place, en pleine agora, il en fait l'objet d'un débat public et contradictoire, où l'argumentation dialectique finira par prendre le pas sur l'illumination surnaturelle [47].

Ces remarques générales trouvent leur confirmation dans des constatations plus précises. G. Thomson [48] a fait observer que les fondateurs de la physique milésienne, Thalès et Anaximandre, sont apparentés à un clan de haute noblesse sacerdotale, les *Thelidai*, qui descendent d'une famille thébaine de prêtres-rois, les *Kadmeioi*, venus de Phénicie. Les recherches des premiers philosophes en astronomie et en cosmologie ont ainsi pu transposer, en les divulgant dans la cité, une ancienne tradition sacrée, d'origine orientale.

L'exemple d'Héraclite est plus suggestif encore. L'aspect heurté et antithétique d'un style où s'entrechoquent des expressions opposées, l'usage de calembours, une forme volontairement énigmatique, tout rappelle dans la langue d'Héraclite les formules liturgiques utilisées dans les mystères, en particulier à Éleusis. Or, Héraclite descend du fondateur d'Éphèse, Androclos, qui dirigea l'émigration ionienne et dont le père était Codros, roi d'Athènes. Héraclite lui-même eût été roi, s'il n'avait renoncé en faveur de son frère. Il appartient à cette famille royale d'Éphèse qui avait gardé, avec le droit à la robe pourpre et au sceptre, le privilège du sacerdoce de Déméter Éleusinia. Mais le *logos* dont Héraclite apporte dans ses écrits l'obscure révélation, s'il prolonge les *legomena* d'Éleusis et les *hieroi logoi* orphiques, ne comporte plus d'exclusive à l'égard de personne ; il est au contraire ce qu'il y a de commun chez les hommes, cet « universel » sur quoi ils doivent tous également s'appuyer « comme la Cité sur la loi [49] ».

47. L. Gernet écrit : « Les Pythagoriciens n'ont pas de "mystères", il est vrai, mais c'est que la "philosophie" pour eux en est justement un » (*op. cit.*, p. 4). C'est à travers la discussion et la controverse, par la nécessité de répondre aux arguments de l'adversaire, que la philosophie se constitue comme une discipline intellectuelle spécifique. Même lorsqu'il ne polémique pas, le philosophe réfléchit en fonction des problèmes posés par ses devanciers et ses contemporains ; il pense par rapport à eux. La pensée morale prend la forme rationnelle du jour où Socrate discute publiquement sur l'agora avec tous les Athéniens de ce que sont le courage, la justice, la piété, etc.

48. G. Thomson, « From religion to philosophy », *Journal of Hellenic Studies*, 73, 193, p. 77-84. L'auteur a repris son étude dans *The First Philosophers*, *op. cit.*, p. 131-137.

49. « Pour parler avec intelligence, il faut se prévaloir de ce qui est universel, comme la Cité s'appuie sur la loi » (Héraclite, fr. 128, trad. Battistini).

III

La solidarité que nous constatons entre la naissance du philosophe et l'avènement du citoyen n'est pas pour nous surprendre. La cité réalise, en effet, sur le plan des formes sociales, cette séparation de la nature et de la société que suppose, sur le plan des formes mentales, l'exercice d'une pensée rationnelle. Avec la cité, l'ordre politique s'est détaché de l'organisation cosmique ; il apparaît comme une institution humaine qui fait l'objet d'une recherche inquiète, d'une discussion passionnée. Dans ce débat, qui n'est pas seulement théorique, mais où s'affronte la violence de groupes ennemis, la philosophie naissante intervient ès qualités. La « sagesse » du philosophe le désigne pour proposer les remèdes à la subversion qu'ont provoquée les débuts d'une économie mercantile. On attend de lui qu'il définisse le nouvel équilibre politique propre à retrouver l'harmonie perdue, à rétablir l'unité et la stabilité sociales par l'« accord » entre des éléments dont l'opposition déchire la cité. Aux premières formes de législation, aux premiers essais de constitution politique, la Grèce associe le nom de ses sages. Là encore, on voit le philosophe prendre en charge les fonctions qui appartenaient au roi-prêtre au temps où, nature et société étant confondues, il ordonnait à la fois l'une et l'autre. Mais, dans la pensée politique du philosophe, la transformation mentale ne se marque pas moins que dans sa pensée cosmologique. Séparées, nature et société font également l'objet d'une réflexion plus positive et plus abstraite. L'ordre social, devenu humain, se prête à une élaboration rationnelle au même titre que l'ordre naturel, devenu *phusis*. Il s'exprime, chez un Solon, dans le concept du *metron*, de la juste mesure, que la décision du nomothète doit imposer aux factions rivales en fixant une « borne » à leur ambition excessive ; chez les pythagoriciens, dans celui de l'*homonoia*, accord numérique qui doit réaliser l'harmonie des contraires, leur fusion en une nouvelle unité [50]. La vieille idée d'un ordre social fondé sur une distribution, une répartition *(nomos)* des honneurs et des privilèges entre groupes étrangers qui s'opposent dans la communauté politique, comme les « puissances » élémentai-

50. Cf. G. Thomson, *op. cit.*, p. 228 *sq.*

res dans le cosmos, cette idée deviendra, après le VIᵉ siècle, la notion abstraite de l'*isonomia*, égalité devant la loi entre des individus qui se définissent tous de façon semblable en tant que citoyens d'une même cité[51].

Comme la philosophie se dégage du mythe, comme le philosophe sort du mage, la cité se constitue à partir de l'ancienne organisation sociale : elle la détruit, mais elle en conserve en même temps le cadre ; elle transpose l'organisation tribale dans une forme qui implique une pensée plus positive et plus abstraite. Pensons par exemple à la réforme de Clisthène[52] : à la place des quatre tribus ioniennes d'Attique, dont Aristote prétendra qu'elles correspondaient aux quatre saisons de l'année, elle crée une structure artificielle permettant de résoudre des problèmes proprement politiques. Dix tribus, chacune groupant trois *trittyes*, lesquelles rassemblent plusieurs *dèmes*. *Trittyes* et *dèmes* sont établis sur une base purement géographique ; ils réunissent les habitants d'un même territoire, non des parents de même sang comme, en principe, les *génè* et les *phratries*, qui subsistent intactes, mais en marge du cadre tribal, sur un autre plan désormais que la cité. Les trois *trittyes* qui forment chaque tribu se recrutent, la première dans la région côtière, la seconde à l'intérieur des terres, la troisième dans la zone urbaine. Par cet amalgame délibéré, la tribu réalise l'*unification* politique, le mélange, comme dit Aristote[53], des populations et des acti-

---

51. Cf. L. Gernet, *Recherches sur le développement de la pensée juridique et morale en Grèce (op. cit.*, n. 104 du chap. Iᵉʳ), p. 6 et 26, avec référence à Hirzel, *Themis, Dike, und Werwandies*. E. Laroche a montré (*Histoire de la racine nem en grec ancien, op. cit.*, n. 48 du chap. 7) que *nomos* a d'abord un sens religieux et moral assez voisin de *cosmos* : ordre, arrangement, juste répartition. Il prendra, après les Pisistratides, à Athènes, celui de loi politique, en remplacement de *thesmos*, grâce à son association à l'idéal démocratique de l'*isonomia*. La loi (*nomos*), qu'elle s'appuie sur une égalité absolue ou proportionnelle, garde un caractère distributif. Un autre sens de *nomos*, affaibli par rapport au sens premier de règle, est celui qu'on rencontre, par exemple, chez Hérodote, de coutume, usage, sans valeur normative. Entre le sens de loi politique et de coutume, un glissement peut se produire dont la pensée philosophique, spécialement avec les sophistes, tirera parti.

52. Cf. G. Thomson, *op. cit.*, p. 224 *sq.*

53. *Constitution d'Athènes*, XXI, 3.

vités diverses qui composent la cité. A cet artifice dans l'organisation administrative répond une division artificielle du temps civil. Le calendrier lunaire continue à régler la vie religieuse. Mais l'année administrative est divisée en dix périodes de trente-six ou trente-sept jours, correspondant aux dix tribus. Le conseil des Quatre Cents est élevé à cinq cents membres, cinquante par tribu, de façon qu'à tour de rôle, au cours des périodes de l'année, chaque tribu forme la commission permanente du conseil.

Par leur cohérence et la netteté de leur dessin, les réformes de Clisthène accusent les traits caractéristiques du nouveau type de pensée qui s'exprime dans la structure politique de la cité. Sur un autre plan, ils sont comparables à ceux qui nous ont paru définir, avec l'avènement de la philosophie, la transformation du mythe en raison. La promulgation d'un calendrier civil répondant aux exigences de l'administration humaine et entièrement distinct du temps lunaire, l'abandon de la correspondance entre le nombre des tribus dans le groupe social et celui des saisons dans le *cosmos*, autant de faits qui supposent et qui renforcent à la fois la séparation de la société et de la nature. Un nouvel esprit positif inspire des réformes qui cherchent moins à mettre la cité en harmonie avec l'ordre sacré de l'univers qu'à atteindre des objectifs politiques précis. L'effort d'abstraction se marque sur tous les plans : dans la division administrative fondée sur des secteurs territoriaux délimités et définis, non plus sur des liens de consanguinité ; dans le système des nombres arbitrairement choisis pour répartir de façon équitable, grâce à une correspondance mathématique, les responsabilités sociales, les groupes d'hommes, les périodes de temps ; dans la définition même de la cité et du citoyen : la cité ne s'identifie plus avec un personnage privilégié ; elle n'est solidaire d'aucune activité, d'aucune famille particulières ; elle est la forme que prend le groupe uni de tous les citoyens envisagés indépendamment de leur personne, de leur ascendance, de leur profession. L'ordre de la cité, c'est celui dans lequel le rapport social, pensé abstraitement et dégagé des liens personnels ou familiaux, se définit en termes d'égalité, d'identité.

Mais ce n'est pas seulement dans les structures politiques que s'inscrivent des changements mentaux analogues à ceux qui paraissent constituer, dès lors qu'on les limite au seul domaine de la philosophie, l'incompréhensible avènement d'une raison étrangère à l'histoire. Sans parler du droit et de l'art, une institution économique comme la monnaie témoigne, dans son développement, de transformations qui ne sont pas sans rapport avec la naissance de la pensée rationnelle. Il suffira de rappeler l'étude de L. Gernet sur les implications mythiques de la valeur dans les anciens symboles prémonétaires en Grèce [54]. L'*agalma* — vase, bijou, trépied, vêtement —, produit d'une industrie de luxe, remplit un rôle d'échange dans une forme de commerce noble : par son intermédiaire s'opère une circulation de richesses meubles. Mais, dans ce système prémonétaire, la fonction d'échange ne s'est pas encore dessinée comme catégorie indépendante, susceptible de faire l'objet d'une connaissance positive, dans une pensée proprement économique. La valeur de l'objet précieux reste intégrée aux vertus surnaturelles dont on l'imagine chargé. L'*agalma* véhicule, fondus dans un même symbolisme de richesse, des pouvoirs sacrés, des prestiges sociaux, des liens de dépendance entre les hommes ; sa circulation, à travers dons et échanges, engage les personnes et mobilise des forces religieuses, en même temps qu'elle transmet la possession de biens.

La monnaie au sens propre, monnaie titrée, estampillée, garantie par l'État, est une invention grecque du VIIᵉ siècle [55]. Elle a joué, sur toute une série de plans, un rôle révolutionnaire. Elle a accéléré le processus dont elle était elle-même l'effet : le développement, dans l'économie grecque, d'un secteur marchand s'étendant à une partie des produits de consommation courante. Elle a permis la création d'un nouveau type de richesse, radicalement différent de la richesse en terres et en troupeaux, et d'une nouvelle classe de riches dont l'action a été décisive dans la réorganisation

---

54. « La Notion mythique de la valeur en Grèce », *Journal de psychologie*, 1948, p. 415-462 ; repris dans *Anthropologie de la Grèce antique*, p. 93-137.

55. D'après Hérodote, I, 94, la première monnaie frappée l'aurait été par les rois de Lydie. Cf. P.-M. Schuhl, *op. cit.*, p. 157-158, et G. Thomson, *op. cit.*, p. 194.

politique de la cité. Elle a produit, sur le plan psychologique et moral, un véritable effet de choc dont on perçoit l'écho dramatique dans la poésie d'un Solon et d'un Théognis [56]. Si l'argent fait l'homme, si l'homme est désir insatiable de richesse, c'est toute l'image traditionnelle de l'*aretè* de l'excellence humaine, qui se trouve mise en question. Et la monnaie *stricto sensu* n'est plus comme en Orient un lingot de métal précieux qu'on troque contre toute espèce de marchandise parce qu'il offre l'avantage de se conserver intact et de circuler aisément ; elle est devenue un signe social, l'équivalent et la mesure universelle de la valeur. L'usage général de la monnaie titrée conduit à dégager une notion nouvelle, positive, quantifiée et abstraite de la valeur.

Pour apprécier l'ampleur de cette innovation mentale, il suffira de comparer deux attitudes extrêmes. Au départ, ce qu'évoque un terme comme *tokos* qui désigne l'intérêt de l'argent. Rattaché à la racine τεκ-, « enfanter, engendrer », il assimile le produit du capital au croît du bétail qui se multiplie, à intervalle saisonnier, par une reproduction naturelle, de l'ordre de la *phusis* [57]. Mais, dans la théorie qu'en fait Aristote, la reproduction de l'argent par intérêt et usure devient le type même du phénomène contraire à la nature ; la monnaie est un artifice humain qui, pour la commodité des échanges, établit, entre des valeurs en elles-mêmes toutes différentes, l'apparence d'une commune mesure. Il y a, dans la forme de la monnaie plus encore que dans celle de la cité, une rationalité qui, jouant sur le plan du pur artifice humain, permet de définir le domaine du *nomos*.

A-t-on le droit d'aller plus loin et de supposer, avec G. Thomson, un lien direct entre les plus importants concepts de la philosophie, l'Être, l'Essence, la Substance, et, sinon la monnaie même, du moins la forme abstraite de marchandise qu'elle prête, à travers la vente et l'achat, à toute la diversité

---

56. L. Gernet, *Recherches sur le développement de la pensée juridique et morale en Grèce, op. cit.*, p. 21, *sq. ;* G. Thomson, *op. cit.*, p. 195.

57. Cf. L. Gernet, « Le temps dans les formes archaïques du droit », *Journal de psychologie*, 1956, p. 401 ; repris dans *Anthropologie de la Grèce antique*. Gernet note que le paiement de l'intérêt devait se régler à chaque lunaison (cf. Aristophane, *Nuées*, 1659).

des choses concrètes échangées sur le marché[58] ? Une position théorique comme celle d'Aristote nous paraît devoir déjà mettre en garde contre la tentation de transposer trop mécaniquement les notions d'un plan de pensée à un autre[59].

Ce qui définit, pour Aristote, l'essence d'une chose, naturelle ou artificielle, c'est sa valeur d'usage, la fin pour laquelle elle a été produite. Sa valeur marchande ne relève pas de la réalité, de l'*ousia*, mais d'une simple illusion sociale[60]. Seul un sophiste comme Protagoras pourra accepter d'assimiler la chose, dans sa réalité, avec la valeur conventionnelle que lui prête, à travers la forme de la monnaie, le jugement des hommes. Le relativisme de Protagoras, qui s'exprime dans une formule du type : « L'homme est la mesure de toutes choses », traduit cette constatation que l'argent, pur *nomos*, convention humaine, est la mesure de toutes les valeurs. Mais il est bien significatif que, chez Platon, dont la philosophie prolonge la pensée de Pythagore et de Parménide, le personnage du sophiste symbolise précisément l'homme qui reste au niveau du non-être, en même temps qu'il se définit comme un trafiquant livré à des occupations mercantiles[61].

Il est vrai que le terme *ousia*, qui désigne, dans le vocabulaire philosophique, l'Être, la Substance, signifie également le patrimoine, la richesse. Mais, comme l'a montré L. Gernet, l'analogie ne fait que souligner davantage les directions

---

58. G. Thomson, *op. cit.*, p. 297, 300 et 315. L'auteur écrit, au sujet de Parménide : « Just as his universe of pure being, stripped of everything qualitative, is a mental reflex of the abstract labour embodied in commodities, so his pure reason, which rejects everything qualitative, is a fetish concept reflecting the money forme of value. »

59. Sur le caractère spécifique des divers types d'œuvres et d'activités mentales, cf. I. Meyerson, « Discontinuités et cheminements autonomes dans l'histoire de l'esprit », *Journal de psychologie*, 1948, p. 28 *sq.* ; « Problèmes d'histoire psychologique des œuvres », *Hommage à Lucien Febvre*, Paris, 1954, I, p. 207 *sq*.

60. Marx a souligné que le point de vue de la valeur d'usage reste dominant dans toute l'Antiquité classique. Dans la perspective marxiste qui est la sienne, Thomson nous paraît commettre un anachronisme : c'est seulement quand le travail libre et salarié devient lui-même marchandise que « la forme marchandise des produits devient la forme sociale dominante » (*Capital*, trad. Molitor, I, p. 231-232), et que le travail devient travail abstrait (*Critique de l'économie politique*, p. 70).

61. Cf. L. Gernet, « Choses visibles et choses invisibles » (*supra*, n. 26), p. 207.

opposées dans lesquelles la pensée a travaillé dans la perspective des problèmes philosophiques et au niveau du droit et des réalités économiques [62]. Au sens économique, l'*ousia* est d'abord et avant tout le *klèros*, la terre, patrimoine longtemps inaliénable, qui constitue comme la substance visible d'une famille. A ce type de bien apparent, οὐσία φανερά, s'oppose, suivant une distinction usuelle encore qu'un peu flottante, la catégorie de l'οὐσία ἀφανής, du bien inapparent, qui comprend parfois, à côté des créances et des hypothèques, l'argent liquide, la monnaie. Dans cette dichotomie, il y a entre les deux termes différence de plan : l'argent est dévalorisé par rapport à la terre, bien visible, stable, permanent, substantiel, qui possède seul un statut de pleine réalité et dont le « prix » se nuance d'une valeur affective et religieuse. A ce niveau de la pensée sociale, l'Être et la Valeur sont du côté du visible, alors que le non-apparent, l'abstrait paraissent impliquer un élément purement humain d'illusion, sinon de désordre. Au contraire, dans la pensée philosophique, la notion même d'*ousia* s'élabore en contraste avec le monde visible. La réalité, la permanence, la substantialité passent du côté de ce qu'on ne voit pas ; le visible devient simple apparence, par opposition au réel véritable, à l'οὐσία.

C'est en un autre terme que se reflète l'effort d'abstraction qui se poursuit à travers l'expérience commerciale et la pratique monétaire. Τὰ χρήματα désigne à la fois les choses, la réalité en général et les biens, spécialement sous leur forme d'argent liquide. Aristote écrit : « Nous appelons biens *(khrèmata)* toutes choses dont la valeur est mesurée par la monnaie [63]. » On aperçoit ici la façon dont l'usage de la monnaie a pu substituer une notion abstraite, quantitative et économique, de la chose comme marchandise, au concept ancien, qualitatif et dynamique, de la chose comme *phusis*. Mais une double réserve s'impose. D'abord, une question de chronologie : ce témoignage de rationalisme mercantile date du IVe siècle, non des débuts de la pensée philosophique. Il éclaire la réflexion de certains sophistes, plus que celle de

---

62. *Ibid.*, p. 79-87.
63. *Éthique à Nicomaque*, IV, 1119 b 26 ; cf. L. Gernet, *loc. cit.*, p. 82.

Pythagore, d'Héraclite et de Parménide [64]. D'autre part, les *khrèmata* appartiennent, pour utiliser une formule religieuse qui n'est pas déplacée dans la perspective philosophique, au monde d'ici-bas, au monde terrestre ; l'*ousia*, qui constitue pour le philosophe la réalité, est d'un autre ordre. Elle ne se situe pas au niveau de la nature, ni non plus de l'abstraction monétaire. Elle prolonge, nous l'avons vu, le monde invisible que révèle la pensée religieuse, cette réalité stable et permanente qui a plus d'Être et non, comme la monnaie, moins d'Être, que la *phusis*.

Devrons-nous dire, en dernière analyse, que la philosophie applique à la notion de l'Être impérissable et invisible, héritée de la religion, une forme de réflexion rationnelle et positive, acquise dans la pratique de la monnaie ? Ce serait encore trop simple. L'Être de Parménide n'est pas le reflet, dans la pensée du philosophe, de la valeur marchande ; il ne transpose pas, purement et simplement, dans le domaine du réel, l'abstraction du signe monétaire. L'Être parménidéen est Un ; et cette unicité, qui constitue un de ses traits essentiels, l'oppose à la monnaie non moins qu'à la réalité sensible.

Dans le langage des Ioniens, le réel s'exprime encore par un pluriel, τὰ ὄντα, les choses qui existent, telles qu'elles nous sont données dans leur multiplicité concrète. Comme le note W. Jaeger, ce qui intéresse les physiciens et dont ils cherchent le fondement, ce sont les réalités naturelles, actuellement présentes [65]. L'Être revêt pour eux, quels qu'en soient l'origine et le principe, la forme visible d'une pluralité de choses. Au contraire, chez Parménide, l'Être, pour la première fois, s'exprime par un singulier, τὸ ὄν : il ne s'agit plus de tels êtres, mais de l'Être en général, total et unique. Ce changement de vocabulaire traduit l'avènement d'une nouvelle notion de l'Être : non plus les choses diverses que saisit l'expé-

64. La formule célèbre d'Héraclite : « Le Tout est transmuté en feu, et le feu en toutes choses, comme les biens *(krèmata)* sont échangés contre l'or, et l'or contre les biens », ne nous paraît pas se situer encore sur ce plan d'un rationalisme mercantile ; cf. les remarques de Clémence Ramnoux, *Héraclite ou l'Homme entre les choses et les mots*. Paris, 1959, p. 404-405.

65. W. Jeager, *op. cit.*, c. II, p. 197, n. 2.

rience humaine, mais l'objet intelligible du *logos*, c'est-à-dire de la raison, s'exprimant à travers le langage, conformément à ses exigences propres de non-contradiction. Cette abstraction d'un Être purement intelligible, excluant la pluralité, la division, le changement, se constitue en opposition avec le réel sensible et son perpétuel devenir ; mais elle ne fait pas moins contraste avec une réalité du type de la monnaie, qui non seulement comporte la multiplicité, au même titre que les choses de la nature, mais qui implique même, dans le principe, une possibilité indéfinie de multiplication. L'Être parménidéen ne peut pas plus « se monnayer » qu'il n'est susceptible de devenir.

C'est dire que le concept philosophique de l'Être ne s'est pas forgé à travers la pratique monétaire ou l'activité mercantile. Il traduit cette même aspiration vers l'unité, cette même recherche d'un principe de stabilité et de permanence dont nous avons vu le témoignage, à l'aube de la cité, dans la pensée sociale et politique, et qu'on retrouve aussi dans certains courants de la pensée religieuse, comme l'orphisme. Mais cette aspiration vers l'Un et l'Identique s'exprime dans le cadre des problèmes nouveaux, proprement philosophiques, qui surgissent lorsque l'ancienne question : « Comment l'ordre émerge-t-il du chaos ? » s'est transformée en un type différent d'apories : « Qu'y a-t-il d'immuable dans la nature ? Quel est le principe de la réalité ? Comment pouvons-nous l'atteindre et l'exprimer ? » Or, l'appareil des notions mythiques que les physiciens d'Ionie avaient hérité de la religion : la genèse, l'amour, la haine, l'union et la lutte des opposés, ne répondait plus aux besoins d'une recherche visant à définir, dans un langage purement profane, ce qui constitue le fonds permanent de l'Être. La doctrine de Parménide marque le moment où la contradiction est proclamée entre le devenir du monde sensible — ce monde ionien de la *phusis* et de la *genesis* — et les exigences logiques de la pensée. La réflexion mathématique a joué à cet égard un rôle décisif. Par sa méthode de démonstration et par le caractère idéal de ses objets, elle a pris valeur de modèle. En s'efforçant d'appliquer le nombre à l'étendue, elle a rencontré, dans son domaine, le problème des rapports de l'un et du multiple, de l'identique et du divers : elle l'a posé avec rigueur en termes logiques. Elle a conduit à dénoncer l'irrationalité du mouvement et de la pluralité, et à formuler clairement les difficultés théoriques du jugement et de l'attribution. La pensée philosophique a pu ainsi se déprendre des formes spontanées du langage dans lesquelles elle s'exprimait, les soumettre à une première analyse critique : au-delà des mots, *epea*, tels que les emploie le vulgaire, il y a, selon Parménide, une raison immanente au discours, un *logos*, qui consiste en une exigence absolue de non-contradiction : l'être est, le non-être n'est pas [66]. Sous cette forme catégorique, le nouveau principe, qui préside à la pensée rationnelle, consacre la rupture avec l'ancienne logique du mythe. Mais, du même coup, la pensée se trouve séparée, comme à la hache, de la réalité physique : la Raison ne peut avoir d'autre objet que l'Être, immuable et identique. Après Parménide, la tâche de la philosophie grecque consistera à rétablir, par une définition plus précise et plus nuancée du principe de contradiction, le lien entre l'univers rationnel du discours et le monde sensible de la nature [67].

Nous avons indiqué les deux traits qui caractérisent la nouvelle pensée grecque, dans la philosophie. D'une part, le rejet, dans l'explication des phénomènes, du surnaturel et du merveilleux ; d'autre part, la rupture avec la logique de l'ambivalence, la recherche, dans le discours, d'une cohérence interne, par une définition rigoureuse des concepts, une nette délimitation des plans du réel, une stricte observance du principe d'identité. Ces innovations, qui apportent une première forme de rationalité, ne constituent pas un miracle. Il n'y a pas d'immaculée conception de la Raison. L'avènement de la philosophie, Cornford l'a montré, est un fait d'histoire, enraciné dans le passé, se formant à partir de lui en même temps que contre lui. Cette mutation mentale apparaît solidaire des transformations qui se produisent, entre le VIIe et le VIe siècle, à tous les niveaux des sociétés grecques : dans

---

66. Cf. Parménide, d'après Diels, *Fragmente der Vorsokratiker*[7], I, p. 238, 7 *sq.*, et p. 239, 6 *sq.* ; sur les rapports des mots et du *logos*, chez Parménide, cf. P.-M. Schuhl, *op. cit.*, p. 283 et 290, et la note 3 de la p. 290.

67. *Ibid.*, p. 293 *sq.*

les institutions politiques de la cité, dans le droit, dans la vie économique, dans la monnaie. Mais solidarité ne signifie pas simple reflet. La philosophie, si elle traduit des aspirations générales, pose des problèmes qui n'appartiennent qu'à elle : nature de l'Être, rapports de l'Être et de la pensée. Pour les résoudre, il lui faut élaborer elle-même ses concepts, construire sa propre rationalité. Dans cette tâche, elle s'est peu appuyée sur le réel sensible ; elle n'a pas beaucoup emprunté à l'observation des phénomènes naturels ; elle n'a pas fait d'expériences. La notion même d'expérimentation lui est demeurée étrangère. Sa raison n'est pas encore notre raison, cette raison expérimentale de la science contemporaine, orientée vers les faits et leur systématisation théorique. Elle a bien édifié une mathématique, première formalisation de l'expérience sensible ; mais, précisément, elle n'a pas cherché à l'utiliser dans l'exploration du réel physique. Entre le mathématique et le physique, le calcul et l'expérience, la connexion a manqué ; la mathématique est restée solidaire de la logique [68]. Pour la pensée grecque, la nature représente le domaine de l'à-peu-près, auquel ne s'appliquent ni exacte mesure, ni raisonnement rigoureux [69]. La raison ne se découvre pas dans la nature, elle est immanente au langage. Elle ne se forme pas à travers les techniques qui opèrent sur les choses ; elle se constitue par la mise au point et l'analyse des divers moyens d'action sur les hommes, de toutes ces techniques dont le langage est l'instrument commun : l'art de l'avo-

---

68. Cf. La préface de L. Brunschvicg à l'ouvrage d'Arnold Reymond, *Histoire des sciences exactes et naturelles dans l'Antiquité gréco-romaine* Paris, 1955, p. VI et VII. La théorie des Idées-Nombres, chez Platon, illustre cette intégration du mathématique dans le logique. Reprenant une formule de J. Stenzel, A. Lautman note que les Idées-Nombres constituent les principes qui à la fois ordonnent les unités arithmétiques à leur place dans le système et explicitent les différents degrés de la division progressive des Idées : « Les schèmes de division des Idées dans le *Sophisic*, écrit-il, s'organisent ainsi selon les mêmes plans que les schèmes de génération des nombres » (*Essai sur les notions de structure et d'existence en mathématiques*, Paris, 1937, p. 152).

69. Cf. A. Koyré « Du monde de l'à-peu-près à l'univers de la précision », *Critique*, 1948, p. 806-883.

cat, du professeur, du rhéteur, de l'homme politique[70]. La raison grecque, c'est celle qui permet d'agir de façon positive, réfléchie, méthodique, sur les hommes, non de transformer la nature. Dans ses limites, comme dans ses innovations, elle apparaît bien fille de la cité.

70. Sur le passage de la rhétorique et de la sophistique à la logique, cf. J. de Romilly, *Histoire et Raison chez Thucydide*, Paris, 1956, p. 181-239. La pratique des discours antithétiques, des antilogies, conduira, par l'établissement des « lieux communs » du discours, l'analyse des structures de la démonstration, la mesure et l'arithmétique des arguments opposés, à une science du raisonnement pur.

9

Les origines de la philosophie [1]

Jean-Pierre Vernant

Où commence la philosophie ? Il y a deux façons d'entendre la question. On peut se demander d'abord où situer les frontières de la philosophie, les marges qui la séparent de ce qui n'est pas encore ou pas tout à fait elle. On peut se demander ensuite où elle est apparue pour la première fois, en quel lieu elle a surgi — et pourquoi là plutôt qu'ailleurs. Question d'identité, question d'origine, liées l'une à l'autre, inséparables — même si en trop bonne, en trop simple logique, la seconde semble supposer déjà résolue la première. On dira : pour établir la date et le lieu de naissance de la philosophie, encore faut-il connaître qui elle est, posséder sa définition afin de la distinguer des formes de pensée non philosophiques. Mais, à l'inverse, qui ne voit qu'on ne saurait définir la philosophie dans l'abstrait comme si elle était une essence éternelle ? Pour savoir ce qu'elle est, il faut examiner les conditions de sa venue au monde, suivre le mouvement par lequel elle s'est historiquement constituée, lorsque dans l'horizon de la culture grecque, posant des problèmes neufs et élaborant les outils mentaux qu'exigeait leur solution, elle a ouvert un domaine de réflexion, tracé un espace de savoir qui n'existaient pas auparavant, où elle s'est elle-même établie pour en explorer systématiquement les dimensions. C'est à travers l'élaboration d'une forme de rationa-

---

1. In *Philosopher. Les interrogations contemporaines,* sous la direction de Christian Delacampagne et Robert Maggiori, Paris, 1980, p. 463-471 ; repris in *Mythe et Pensée chez les Grecs, op. cit.,* p. 403-410.

lité et d'un type de discours jusqu'alors inconnus que la pratique philosophique et le personnage du philosophe émergent, acquièrent leur statut propre, se démarquent, sur le plan social et intellectuel, des activités de métier comme des fonctions politiques ou religieuses en place dans la cité, inaugurant une tradition intellectuelle originale qui en dépit de toutes les transformations qu'elle a connues n'a jamais cessé de s'enraciner dans ses origines.

Tout a commencé au début du VIᵉ siècle avant notre ère, dans la cité grecque de Milet, sur la côte d'Asie Mineure où les Ioniens avaient établi des colonies riches et prospères. En l'espace de cinquante ans, trois hommes : Thalès, Anaximandre, Anaximène, se succèdent, dont les recherches sont assez proches par la nature des problèmes abordés et par l'orientation d'esprit pour que, dès l'Antiquité, on les ait considérés comme formant une seule et même école. Quant aux historiens modernes, certains ont cru reconnaître, dans la floraison de cette école, le coup de tonnerre annonciateur du « miracle grec ». Dans l'œuvre des trois Milésiens, la Raison se serait tout à coup incarnée. Descendant du ciel sur la terre elle aurait, pour la première fois, à Milet, fait irruption sur la scène de l'histoire ; et sa lumière, désormais révélée, comme si les écailles étaient enfin tombées des yeux d'une humanité aveugle, n'aurait plus cessé d'éclairer les progrès de la connaissance. « Les philosophes ioniens, écrit ainsi John Burnet, ont ouvert la voie que la science, depuis, n'a plus eu qu'à suivre [2]. »

Qu'en est-il en réalité ? Les Milésiens sont-ils déjà, au plein sens du terme, des philosophes ? Dans quelle mesure leurs ouvrages — que nous ne connaissons d'ailleurs, dans le meilleur des cas, que par de très rares fragments — marquent-ils, par rapport au passé, une coupure décisive ? En quel sens les innovations qu'ils apportent justifient-elles qu'on inscrive à leur crédit l'avènement de ce nouveau mode de réflexion et de recherche que nous appelons philosopher ? A ces questions, il n'est pas de réponse simple. Mais c'est précisément en affrontant cette complexité, en la prenant en charge, qu'on peut espérer mettre en place les divers aspects du problème des origines de la philosophie.

---

2. J. Burnet, *Early Greek Philosophy*, 3ᵉ éd. (*op. cit.,* n. 2 du chap. 8) ; trad. fr., *L'Aurore de la philosophie grecque, op. cit.*

Et, d'abord, un point de vocabulaire. Au VIe siècle, les mots « philosophe », « philosophie » n'existent pas encore. Le premier emploi attesté de *philosophos* figurerait dans un fragment qu'on attribue à Héraclite, au début du Ve siècle. En fait, c'est seulement avec Platon et Aristote que ces termes acquièrent droit de cité en prenant une valeur précise, technique, et à certains égard polémique. S'affirmer « philosophe », c'est, autant et plus encore que se rattacher à ses devanciers, prendre ses distances à leur égard : c'est *ne pas être*, comme les Milésiens, un « physicien », se limitant à une enquête sur la nature *(historia peri phuseôs)*, n'être pas non plus un de ces hommes qu'aux VIe et Ve siècles encore on désigne du nom de *sophos*, sage, comme les Sept Sages, au rang desquels figure Thalès, ou *sophistès*, habile en savoir, à la façon de ces experts dans l'art de la parole, ces maîtres en persuasion, à compétence prétendument universelle, qui s'illustreront au cours du Ve siècle, et dont Platon fera, pour mieux établir par contraste le statut de sa discipline, le repoussoir du philosophe authentique.

Phusiologos, sophos, sophistès, voire, si l'on s'en tient à certains propos de Platon[3], *muthologos*, raconteur de fables, d'histoires de bonnes femmes — autant dire qu'aux yeux de la philosophie constituée, établie, institutionnalisée par la fondation d'écoles, comme l'Académie et le Lycée, où l'on enseigne à devenir philosophe, le sage Thalès, en faisant démarrer les recherches des Milésiens, n'a pas pour autant franchi le seuil de la nouvelle demeure. Mais si résolue que soit l'affirmation de la différence, elle n'exclut pas la conscience de la filiation. Parlant des « anciens » penseurs, de ceux d'« autrefois », dont il récuse le « matérialisme », Aristote observe que Thalès est à juste titre considéré comme « l'initiateur de ce type de philosophie[4] ».

Hésitations dans le vocabulaire qui les désigne, incertitudes à leur égard des grands philosophes grecs classiques : le statut des Milésiens ne va pas sans faire problème.

Pour évaluer exactement leur apport aux origines de la philosophie, il faut commencer par les situer dans le cadre de la culture grecque archaïque. Il s'agit d'une civilisation fonda-

---

3. Cf. Platon, *Le Sophiste*, 242 cd.
4. Aristote, *Métaphysique*, 983 b 20.

mentalement orale. L'éducation y repose, non sur la lecture de textes écrits, mais sur l'écoute de chants poétiques transmis, avec leur accompagnement musical, de génération en génération. L'ensemble du savoir est ainsi stocké dans de vastes compositions épiques, des récits légendaires qui font office, pour le groupe, de mémoire collective et d'encyclopédie des connaissances communes. C'est dans ces chants que se trouve consigné tout ce qu'un Grec doit savoir sur l'homme et son passé — les exploits des héros d'antan —, sur les dieux, leurs familles, leurs généalogies, sur le monde, sa figure et ses origines. A cet égard, l'œuvre des Milésiens représente bien une innovation radicale. Ni chanteurs, ni poètes, ni conteurs, ils s'expriment en prose, dans des textes écrits qui ne visent pas à dérouler, dans la ligne de la tradition, le fil d'un récit mais à exposer, concernant certains phénomènes naturels et l'organisation du cosmos, une théorie explicative. De l'oral à l'écrit, du chant poétique à la prose, de la narration à l'explication, le changement de registre répond à un type d'enquête entièrement neuf ; neuf par l'objet qu'elle désigne : la nature, *phusis* ; neuf par la forme de pensée qui s'y manifeste et qui est toute positive.

Certes, les anciens mythes, spécialement la *Théogonie* d'Hésiode, racontaient eux aussi la façon dont le monde avait émergé du chaos, dont ses diverses parties s'étaient différenciées, son architecture d'ensemble constituée et établie. Mais le processus de genèse, dans ces récits, revêt la forme d'un tableau généalogique ; il se déroule suivant l'ordre de filiation entre dieux, au rythme des naissances successives, des mariages, des intrigues mêlant et opposant des êtres divins de générations différentes. La déesse *Gaia* (Terre) engendre à partir d'elle-même *Ouranos* (Ciel) et *Pontos* (Flot salé) ; accouplée à *Ouranos* qu'elle vient de créer, elle enfante les Titans, premiers maîtres du ciel, révoltés contre leur père et que leurs enfants, les Olympiens, vont combattre et renverser à leur tour pour confier au plus jeune d'entre eux, Zeus, le soin d'imposer au cosmos, en tant que nouveau souverain, un ordre enfin définitif.

Rien ne subsiste chez les Milésiens de cette imagerie dramatique et sa disparition marque l'avènement d'un autre mode d'intelligibilité. Rendre raison d'un phénomène ne peut plus consister à nommer son père et sa mère, à établir sa filiation. Si les réalités naturelles présentent un ordre régulier ce ne peut être parce qu'un dieu souverain, un beau jour, au terme de ses combats, l'a imposé aux autres divinités à la façon d'un monarque répartissant dans son royaume les charges, les fonctions, les domaines. Pour être intelligible, l'ordre doit être pensé comme une loi immanente à la nature et présidant, dès l'origine, à son aménagement. Le mythe disait la genèse du monde en chantant la gloire du prince dont le règne fonde et maintient, entre puissances sacrées, un ordre hiérarchique. Les Milésiens recherchent, derrière le flux apparent des choses, les principes permanents sur lesquels repose le juste équilibre des divers éléments dont l'univers est composé. Même s'ils conservent des vieux mythes certains thèmes fondamentaux, comme celui d'un état primordial d'indistinction à partir duquel le monde se développe, même s'ils continuent d'affirmer, avec Thalès, que « tout est plein de dieux », les Milésiens ne font intervenir dans leurs schémas explicatifs aucun être surnaturel. Avec eux, la nature, dans sa positivité, a envahi tout le champ du réel ; rien n'existe, rien ne s'est produit ni ne se produira jamais qui ne trouve dans la *phusis*, telle que nous pouvons l'observer chaque jour, son fondement et sa raison. C'est la force de la *phusis*, dans sa permanence et dans la diversité de ses manifestations, qui prend la place des anciens dieux ; par la puissance de vie et le principe d'ordre qu'elle recèle, elle assume elle-même tous les caractères du divin.

Constitution d'un champ d'enquête où la nature est appréhendée en termes à la fois positifs, généraux et abstraits : *l'*eau, *l'*air, *le* non-limité *(apeiron)*, *le* tremblement de terre, *l'*éclair, *l'*éclipse, etc. Notion d'un ordre cosmique reposant non sur la puissance d'un dieu souverain, sur sa *basileia*, son pouvoir royal, mais sur une loi de justice *(dikè)* inscrite dans la nature, une règle de répartition *(nomos)* impliquant pour tous les éléments constitutifs du monde un ordre égalitaire, de telle sorte qu'aucun ne puisse dominer les autres et l'emporter sur eux. Orientation géométrique dans la mesure où il s'agit, non plus de retracer dans son cours successif une intrigue narrative, mais de proposer une *théoria*, de conférer une figure au monde, c'est-à-dire de « donner à voir » comment les choses se passent en les projetant dans un cadre

spatial. Ces trois traits qui, dans leur solidarité, marquent
le caractère novateur de la physique milésienne n'ont pas surgi
au VIᵉ siècle comme le miraculeux avènement d'une Raison
étrangère à l'histoire. Ils apparaissent au contraire intimement liés aux transformations qu'à tous les niveaux les sociétés grecques ont connues et qui, après l'écroulement des
royaumes mycéniens, les ont conduites à l'avènement de la
cité-État, à la *polis*. A cet égard, on doit souligner les affinités entre un homme comme Thalès et son contemporain
d'Athènes, Solon, poète et législateur. Tous les deux figurent parmi les Sept Sages qui, aux yeux des Grecs, incarnent
la première espèce de *sophia* qui soit apparue au milieu des
hommes : sagesse toute pénétrée de réflexion morale et de
préoccupations politiques. Cette sagesse tend à définir les fondements d'un nouvel ordre humain qui substituerait au pouvoir absolu du monarque ou aux prérogatives d'une petite
minorité une loi écrite, publique, commune, égale pour tous.
De Solon à Clisthène, la cité prend ainsi, au cours du VIᵉ siècle, la forme d'un cosmos circulaire, centré sur l'*agora*, la
place publique, et où chaque citoyen, semblable à tous les
autres, tour à tour obéissant et commandant, devra successivement suivant l'ordre du temps occuper et céder toutes les
positions symétriques qui composent l'espace civique. C'est
cette image d'un monde social réglé par l'*isonomie*, l'égalité
par rapport à la loi, que nous trouvons, chez Anaximandre,
projetée sur l'univers physique. Les anciennes théogonies
étaient intégrées à des mythes de souveraineté enracinés dans
des rituels royaux. Le nouveau modèle du monde qu'élaborent les physiciens de Milet est solidaire, dans sa positivité,
sa conception d'un ordre égalitaire, son cadre géométrique,
des formes institutionnelles et des structures mentales propres à la *polis*.

« S'étonner, déclare le Socrate du *Théétète*, la philosophie
n'a pas d'autre origine⁵. » S'étonner se dit *thaumazein*, et
ce terme, parce qu'il témoigne du renversement qu'effectue

5. Platon, *Théétète*, 155 d ; cf. Aristote, *Métaphysique*, 982 b 13 :
« Ce fut l'étonnement qui poussa les premiers penseurs aux spéculations
philosophiques. »

par rapport au mythe l'enquête des Milésiens, les établit au point même où la philosophie s'origine. Dans le mythe, *thauma* c'est « le merveilleux » ; l'effet de stupeur qu'il provoque est le signe de la présence en lui du surnaturel. Pour les Milésiens l'étrangeté d'un phénomène, au lieu d'imposer le sentiment du divin, le propose à l'esprit en forme de problème. L'insolite ne fascine plus, il mobilise l'intelligence. De vénération muette, l'étonnement s'est fait interrogation, questionnement. Lorsqu'au terme de l'enquête le *thauma* a été réintégré dans l'ordinaire de la nature, il ne reste de merveilleux que l'ingéniosité de la solution proposée. Ce changement d'attitude entraîne toute une série de conséquences. Pour atteindre son but, un discours explicatif doit être *exposé* : non seulement énoncé sous une forme et en des termes permettant de le bien comprendre, mais encore livré à une publicité entière, placé sous le regard de tous, de la même façon que, dans la cité, la rédaction des lois en fait pour chaque citoyen un bien commun également partagé. Arrachée au secret, la *theoria* du physicien devient ainsi l'objet d'un débat ; elle est mise en demeure de se justifier ; il lui faut rendre compte de ce qu'elle affirme, se prêter à critique et à controverse. Les règles du jeu politique — la libre discussion, le débat contradictoire, l'affrontement des argumentations contraires — s'imposent dès lors comme règles du jeu intellectuel. A côté de la révélation religieuse qui, dans la forme du mystère, reste l'apanage d'un cercle restreint d'initiés, à côté aussi de la foule des croyances communes que tout le monde partage sans que personne ne s'interroge à leur sujet, une notion nouvelle de la vérité prend corps et s'affirme : vérité ouverte, accessible à tous et qui fonde sur sa propre force démonstrative ses critères de validité.

La voie ainsi dégagée par les Milésiens débouche cependant sur un autre horizon que le leur. Après eux, en rupture avec eux, s'instaurera un mode de réflexion dont les exigences et les ambitions vont aussi au-delà de leur entreprise. Appelé à comparaître au tribunal du *logos*, de la raison démonstrative, tout l'appareil de notions sur lequel les physiciens assuraient leur enquête — la nature, la genèse, le changement, l'émergence du multiple et du mobile à partir d'un élément unique et permanent — se trouve dénoncé comme illusoire et inconsistant. Au début du Ve siècle, divers courants de pensée surgissent qui, prolongeant les Milésiens et les contredisant aussi bien, viennent les « épauler » pour constituer comme l'autre versant de l'arc sur lequel la philosophie va appuyer son édifice : face à la pleine positivité des physiciens d'Ionie, s'affirme l'idéal d'une entière et parfaite intelligibilité. Pour que le discours humain sur la nature ne s'effondre pas, ruiné de l'intérieur à la façon des anciens mythes [6], il ne suffit pas que les dieux aient été laissés à la porte ; il faut encore que le raisonnement soit tout entier transparent à lui-même, qu'il ne comporte pas la moindre incohérence, l'ombre d'une contradiction interne. C'est la rigueur formelle de la démonstration, son identité à soi dans toutes ses parties, sa congruence jusque dans ses implications les plus lointaines, qui établissent sa valeur de vérité, et non son apparent accord avec les données naturelles, c'est-à-dire, à la fin du compte, ces pseudo-évidences sensibles, toujours flottantes et incertaines, relatives et contradictoires.

L'effort pour construire des chaînes de propositions qui se commandent si nécessairement que chacune implique toutes les autres revêt dans le cours du Vᵉ siècle des aspects multiples. Parménide lui donne d'emblée sa forme extrême en dégageant avec une rigueur sans compromis les assises du concept d'Être. Les impératifs logiques de la pensée font s'évanouir l'illusion que la multiplicité des êtres aurait pu être produite par une quelconque genèse. L'Être exclut la génération. D'où l'Être pourrait-il avoir été engendré ? Si c'est de lui-même, il n'y a pas eu génération. Si c'est du Non-Être, on aboutit à des conséquences contradictoires : avant la génération, ce que nous appelons Être était alors du Non-Être. De l'Être, on ne peut donc ni dire ni penser qu'il est devenu, mais seulement qu'il est. La vérité de cette proposition n'est pas constatée empiriquement ; au contraire, en dépit de l'apparence du mouvement, du changement, de la dispersion des choses dans l'espace, de leur diversité au cours du temps, son évidence s'impose absolument à l'esprit au terme d'une démonstration indirecte, faisant apparaître que l'énoncé

---

6. Cf. Platon, *Philèbe*, 14 a : « Comme si notre thèse *(logos)* se perdait anéantie à la façon d'une fable *(muthos)* et que nous ne puissions nous en sortir qu'au prix de quelque absurdité dans le raisonnement *(alogia).* »

contraire est logiquement impossible. Commandée du dedans par cet ordre démonstratif, la pensée n'a pas d'autre objet que ce qui lui appartient en propre, le *logos*, l'intelligible.

Les progrès des mathématiques, que l'orientation géométrique des Milésiens avait conduites à privilégier l'étude des figures, confèrent à cette recherche de l'intelligibilité par la rigueur démonstrative une solidité et une précision exemplaires. Telle qu'elle se présente dans les *Éléments* d'Euclide, la géométrie prend ainsi, par son caractère apodictique, valeur de modèle pour la pensée vraie. Si cette discipline peut prendre la forme d'un corps de propositions entièrement et exactement déduites d'un nombre restreint de postulats et d'axiomes, c'est qu'elle ne vise pas les réalités concrètes ni même ces figures que le géomètre donne à voir au cours de sa démonstration. Elle porte sur de purs concepts, qu'elle définit elle-même, et dont l'idéalité, c'est-à-dire pour reprendre la formule de Maurice Caveing, la perfection, l'objectivité, la pleine intelligibilité, est liée à leur non-appartenance au monde sensible.

Ainsi se reconstitue, derrière la nature et au-delà des apparences, un arrière-plan invisible, une réalité plus vraie, secrète et cachée, que le philosophe se donne pour tâche d'atteindre et dont il fait l'objet propre de sa méditation. En se réclamant de cet être invisible contre le visible, de l'authentique contre l'illusoire, du permanent contre le fugace, de l'assuré contre l'incertain, la philosophie prend, à sa façon, la relève de la pensée religieuse. Elle se situe dans le cadre même que la religion avait constitué quand, posant au-delà du monde de la nature les puissances sacrées qui, dans l'invisible, en assurent le fondement, elle établissait un complet contraste entre les dieux et les hommes, les immortels et les mortels, la plénitude de l'être et les limitations d'une existence fugace, vaine, fantomatique. Cependant, jusque dans cette commune aspiration à dépasser le plan des simples apparences pour accéder aux principes cachés qui les confortent et les soutiennent, la philosophie s'oppose à la religion. Certes, la vérité que le philosophe a le privilège d'atteindre et de révéler est secrète, dissimulée pour le commun dans l'invisible ; sa transmission, par l'enseignement du maître au disciple, conserve à certains égards le caractère d'une initiation. Mais la philosophie porte le mystère sur la place. Elle n'en fait plus l'enjeu

d'une vision ineffable, mais l'objet d'une enquête en plein
jour. A travers le libre dialogue, le débat argumenté ou
l'énoncé didactique, le mystère se transmue en un savoir dont
la vocation est d'être universellement partagé. L'Être authentique auquel s'attache le philosophe apparaît ainsi comme
le contraire autant que l'héritier du surnaturel mythique ;
l'objet du *logos*, c'est la rationalité elle-même, l'ordre qui
préside à la déduction, le principe d'identité dont toute
connaissance véritable tire sa légitimité. Chez les physiciens
de Milet, l'exigence nouvelle de positivité était du premier
coup portée à l'absolu dans le concept de *phusis ;* chez Parménide et ses successeurs éléates, l'exigence nouvelle d'intelligibilité est portée à l'absolu dans le concept de l'*Être,* un,
immuable, identique. Entre ces deux exigences qui d'une certaine façon se conjuguent, d'une certaine façon se combattent, mais qui marquent également l'une et l'autre une rupture
décisive avec le mythe, la pensée rationnelle s'engage, système
après système, dans une dialectique dont le mouvement
engendre l'histoire de la philosophie grecque.

10

La raison grecque et la cité [1]

Pierre Vidal-Naquet

Est-il encore possible de se référer à la *raison grecque* comme à un modèle dont nous puissions nous inspirer ? Il n'y a pas si longtemps la réponse ne semblait faire aucun doute : notre raison, notre conception de la vérité fondée sur le principe d'identité, trouvait son origine dans la Grèce, dans ce développement de la pensée qui naît en Ionie au VIᵉ siècle av. J.-C. pour s'accomplir avec Platon et Aristote, jugement banal, mais qui a, lui aussi, son histoire. On sait, par exemple, le mépris total qu'avait pour les Grecs, ces bavards, ces raisonneurs non raisonnables, cet amateur d'idées claires, ce fondateur de l'Union rationaliste qu'était Voltaire.

N'insistons pas sur cette histoire, mais rappelons que, à l'évidence, une offensive complexe se développe contre l'idée même d'une raison grecque modèle. Quelles en sont sommairement les lignes de force ? C'est à la fois notre conception de la raison et notre conception de la pensée grecque qui se sont, profondément, modifiées.

Je suis peu qualifié pour développer le premier de ces deux thèmes. Il me semble cependant que la science moderne n'a pas pu ne pas bouleverser la représentation que nous nous faisons de la raison. Bachelard, interprète du *Nouvel esprit scientifique*, parlait de « rendre à la raison sa turbulence et son agressivité » ; il montrait que le principe d'identité n'a d'application que dans un secteur particulier de l'activité

---

1. In *Raison présente*, 2, 1967, p. 51-61 ; repris dans *Le Chasseur noir, op. cit.*, p. 319-334.

rationnelle, de même que la géométrie créée par les Grecs,
la géométrie euclidienne, n'est qu'un cas particulier parmi
les géométries possibles et effectivement mises en œuvre
depuis Riemann et Lobatchevski par les mathématiques
modernes.

Une démarche symétrique est entreprise dans un tout autre
domaine. L'ethnologie contemporaine a montré que la pensée occidentale, celle qui procède, ou est censée procéder, des
Grecs, était l'expression d'une voie de développement tout
à fait spécifique. Même si Claude Lévi-Strauss, héritier plus
fidèle qu'il ne paraît de l'universalisme du XIXᵉ siècle,
retrouve dans la « pensée sauvage » les lois de l'« esprit
humain », l'entreprise ne va pas sans paradoxes et sans
conséquences pour notre propos.

On sait en effet que ce que découvre Lévi-Strauss chez les
« primitifs » n'est pas à proprement parler une « pensée sauvage » mais une « pensée à l'état sauvage », de véritables
« logiques pratico-théoriques » fondées du reste sur le principe d'identité, sous sa double forme : A est A, A n'est pas
non-A. « Le principe logique, dit-il, est de toujours *pouvoir
opposer* des termes qu'un appauvrissement préalable de la totalité empirique permet de concevoir comme distincts[2]. » Le
totémisme, par exemple, est une grille, un code, véhiculant
un message. Tout système totémique suppose un « opérateur
totémique » idéal qui codifie la nature et en donne une interprétation globale, interprétation qui sera déchiffrée, au *niveau
de l'inconscient*, par l'ethnologie. Ces logiques de l'inconscient
vont donc mettre en difficulté la raison grecque et la raison
occidentale sa fille, parce que celles-ci ne sont que des « cas
particuliers », mais elles les restaurent, dans le même moment,
dans toute leur dignité, puisque l'« esprit humain » en général, ce créateur de formes, n'est autre, comme a pu le montrer Paul Ricœur, qu'un avatar de l'entendement kantien[3].

2. C. Lévi-Strauss, *La Pensée sauvage*, Paris, 1962, p. 100-101.
3. « Structure et herméneutique », *Esprit*, novembre 1963, p. 596-627 ;
sur les équivoques de la notion d'« esprit humain » chez Lévi-Strauss,
on renverra aux différents travaux d'E. Leach, notamment « Claude Lévi-
Strauss anthropologue et philosophe » (trad. A. Lyotard-May), *Raison
présente*, 3, 1967, p. 91-106. Sur l'opérateur totémique, cf. C. Lévi-
Strauss, *Le Totémisme aujourd'hui*, Paris, 1962.

Ce n'est donc pas sur ce plan que Lévi-Strauss met en question le modèle gréco-occidental. Le vrai paradoxe et la vraie difficulté sont ailleurs. Ils résident, me semble-t-il, dans l'équivoque de la notion de structure, dans le jeu scintillant qu'elle mène entre le conscient et l'inconscient, ou plus précisément dans le fait que Lévi-Strauss tient délibérément pour secondaire toute opposition entre le conscient et l'inconscient. Toute organisation sociale est un langage écrit dans un code qu'il faut savoir déchiffrer, tout langage est une pensée et suppose, à la limite, un système organisé du monde, c'est pourquoi une organisation totémique ne le cède nullement en richesse de signification et de pensée au plus élaboré des systèmes philosophiques, à la cosmologie grecque la plus articulée.

Mais la question est précisément de savoir — disons les choses avec simplicité et même avec grossièreté — si tout fait de langage est un fait de pensée, au sens actif de ce mot.

Dans tout code linguistique il y a des *pensées*, il n'y a pas obligatoirement une *pensée ;* il me paraît impossible de tenir pour secondaire la différence entre les « petites perceptions » de Leibniz et la perception, entre le langage et la parole délibérée. La structure, chez Lévi-Strauss et ses disciples, est tantôt structurante et tantôt structurée, et c'est bien là que réside l'équivoque. Le fait qu'en grec ancien il y ait une alternance vocalique d'origine indo-européenne pour marquer l'opposition, à l'aoriste, entre le singulier et le pluriel *(éthèka, éthémen)* et bien d'autres merveilles qui se laissent comme on dit structurer présuppose-t-il un « opérateur linguistique » qui fasse œuvre de « pensée » ? Le fait que telle langue de l'Océanie dispose de neuf duels, ce qui suppose une classification très fine des différentes catégories de rapports dualistes, ce fait est-il un acte autonome de pensée, est-il, surtout, un fait de conscience, implique-t-il cette séparation radicale d'avec la nature qu'est pour nous, depuis les Grecs précisément, la *pensée* ?

Je reprendrais volontiers à mon compte ce qu'écrivait récemment J.-F. Lyotard : « Les sauvages parlent, à coup sûr, mais d'une parole sauvage, ils usent du langage avec parcimonie [...]. Les manifestations verbales y sont souvent limitées à des circonstances prescrites, en dehors desquelles on ménage les mots (*Anthropologie structurale,* p. 78). Ils sont comme les paysans de Brice Parain et les gens de province de Balzac : ce dont ils parleraient est là dans l'évidence d'une quasi-perception, qui est l'évidence dont leur culture dote les choses et les hommes, de sorte que l'univers du langage n'a pas pour eux, comme pour nous, charge d'expliciter, voire de restituer et bientôt d'instituer, le sens de la réalité [...], que la parole primitive n'est pas essentiellement un discours sur la réalité [...] mais l'*existence poursuivie par d'autres moyens*[4]. »

Lévi-Strauss lui-même écrit : « Les Indiens Omaha voient une des différences majeures entre les Blancs et eux dans le fait que les Indiens ne cueillent pas les fleurs[5]. » Comprenons : pour mettre dans des vases, mais aussi « pour herboriser ». Et j'entends bien que pour Lévi-Strauss le langage est expérience de la différence entre la « nature » et la « culture ». Accordons-lui son explication du totémisme, acceptons de définir ce dernier comme une « application » œuvre de l'intellect, « de l'univers animal et végétal sur la société »[6], il restera toujours que l'identification à l'animal et au végétal, même si elle n'est qu'un moment logique, même si on ne peut la séparer dans le cadre d'une logique binaire de la distinction d'avec l'animal ou le végétal, nous conduit très loin de la science et de la philosophie. Celles-ci commencent précisément quand le langage se sépare de ce qu'il veut exprimer, quand apparaît comme fondamentale la distinction entre le signifié et le signifiant. C'est ce qu'exprime à sa manière la parole fameuse d'Héraclite : « Le maître à qui appartient l'oracle, celui de Delphes, ni ne dit ni ne cache ; il indique » (fragment 93). Reste à savoir précisément quelle est l'expérience fondamentale qui a permis aux Grecs cette séparation, cette *dénaturation* décisive de la pensée.

Ce n'est pas seulement notre conception traditionnelle, positiviste, de la science et de la pensée scientifique qui subit de rudes assauts, c'est notre représentation de la Grèce et de

---

4. J.-F. Lyotard, « Les Indiens ne cueillent pas les fleurs », *Annales ESC*, 20, 1965 ; repris et complété dans R. Bellour et C. Clément (éd.), *Claude Lévi-Strauss*, Paris, 1979, p. 49-92.
5. *La Pensée sauvage*, Paris, 1962.
6. *Le Totémisme aujourd'hui*, p. 144.

la pensée grecque. Nous n'imaginons plus, et c'est fort heureux, les penseurs grecs comme de purs rationalistes devisant dans le ciel de l'entendement pur. Un siècle d'hellénisme moderne a abouti, dans une large mesure, à éloigner plus qu'à rapprocher la Grèce de nous. La question se pose donc de savoir si l'esprit grec fonctionnait avec les mêmes modèles et les mêmes motivations que le nôtre ; en particulier, la recherche contemporaine se heurte constamment au problème suivant : pourquoi la raison grecque qui a découvert les mathématiques n'a-t-elle pas découvert leur application à la science ? Certains aujourd'hui vont jusqu'à se demander si la raison grecque relève bien de ce que nous appelons aujourd'hui le rationnel.

Depuis Nietzsche, la philologie moderne a été conduite à explorer de façon préférentielle les zones dites obscures de l'âme grecque, à opposer Dionysos à Apollon. Au début de ce très beau livre qui s'appelle précisément *Les Grecs et l'Irrationnel*, E. R. Dodds raconte l'anecdote suivante, très typique d'une certaine mentalité moderne : « Un jour, il y a quelques années, comme je regardais les sculptures du Parthénon au British Museum, un jeune homme de mine inquiète m'aborda en disant : "Je sais bien que cela ne se fait pas d'avouer une chose pareille, mais ces *machines* grecques, moi, ça ne me touche absolument pas. — Voilà qui est intéressant, lui dis-je, pourriez-vous préciser les causes de votre indifférence ?" Il réfléchit et répondit enfin : "Eh bien, tout cela me paraît beaucoup trop rationnel." » Et Dodds de montrer de façon souvent très heureuse, parfois de façon plus contestable, à la fois les aspects non rationnels de la pensée grecque, du *shamanisme* ou du *ménadisme*, et les efforts de la raison grecque pour dominer les « forces obscures ». Par-delà cette anecdote et cette tentative, comment ne pas rappeler que, sous l'influence de Heidegger notamment, la vision que nous avons aujourd'hui de Parménide et d'Héraclite n'a avec le « rationalisme », comme d'ailleurs avec l'« humanisme », que des rapports fort lointains ? Plutôt que sur la chaîne des raisons et des méditations, on insistera sur l'expérience fondamentale de la vérité comme dévoilement de l'être, sur l'*exaiphnès*, le « soudain » de la troisième hypothèse de Parménide (comprise du reste à contresens) et de la VIIe lettre de Platon.

Peu importe ici le caractère souvent démentiel de ces exégèses ; ce qui est sûr, c'est que nous ne pouvons plus guère aujourd'hui nous représenter la Raison surgissant brusquement, telle Athéna, de l'univers du mythe, Thalès et Pythagore traitant soudain les concepts « sans recours à la matière et de façon purement intellectuelle », comme le disait Proclus. A vrai dire, pour toute une école historique, le problème que nous avons coutume de poser sous la forme suivante : *du mythe à la raison*, ne se pose pas. C'est ce qu'a tenté de montrer F. M. Cornford tout au long d'une œuvre essentielle et qui se poursuivit jusqu'à son livre posthume *Principium Sapientiae*[7]. En passant du mythe à la raison, on n'est pas sorti du mythe, et ce que nous appelons la raison chez les Grecs, c'est bien souvent le mythe.

Parce qu'il entendait combattre la théorie du miracle grec, Cornford a voulu rétablir entre la réflexion philosophique et la pensée mythico-religieuse le fil de la continuité historique. Entre les mythes babyloniens et hittites et la cosmogonie d'Anaximandre, la théogonie d'Hésiode fournit le *chaînon manquant*. Il n'y pas de différence fondamentale entre le mythe d'ordonnancement de l'*Enuma Eliš*, le poème babylonien de la création qui évoquait le meurtre du monstre Tiamat par le dieu Mardouk et la création du monde à partir du cadavre de Mardouk, le mythe de Zeus tuant Typhon dans la *Théogonie* et en tirant sinon le monde tout entier, du moins les vents, et la cosmogonie d'Anaximandre, où les différentes qualités, froid et chaud, sec et humide, etc., sortent par paires de l'*apeiron* (indéfini).

Cornford allait encore plus loin : il tentait de montrer la part du mythe dans une œuvre qui nous apparaît à bien des égards comme un des accomplissements majeurs de la raison grecque, celle de Thucydide. Pour l'auteur de *Thucydides Mythistoricus*, tout un aspect, sinon l'essentiel, de l'*Histoire de la guerre du Péloponnèse* est d'être une laïcisation, une rationalisation de la tragédie d'Eschyle, c'est

7. Je suis ici de près les remarques de J.-P. Vernant, « Du mythe à la raison : la formation de la pensée positive dans la Grèce archaïque » qui compose le chapitre 8 du présent volume ; cf. aussi *Les Origines de la pensée grecque*, Paris, 1981. Sur l'insoluble problème des origines orientales, voir le livre optimiste de M. L. West, *Early Greek Philosophy and the Orient*, Oxford, 1971.

l'*hubris* d'Agamemnon qui le conduit à la mort, et c'est l'*hubris* d'Alcibiade victime de l'*atè* (destin funeste) qui conduit les Athéniens en Sicile. Dans le détail, les analyses de Cornford vont extrêmement loin et peuvent parfois être admises telles quelles ; seulement, pour qu'un mythe soit rationalisé, encore faut-il qu'il y ait une raison à l'œuvre ; encore faut-il expliquer pourquoi Thucydide ne s'est pas contenté de mythes à l'état nu, pourquoi il a expressément repoussé le mythe, fût-ce sous la forme qu'il prenait encore chez Hérodote. Même si nous accordons à Cornford tout ce qu'il nous demande, nous n'aurons fait que reculer pour mieux sauter.

Que retenir donc de cette double attaque contre la vision naïve de la raison grecque ? Peut-être essentiellement ceci que la raison, fût-elle grecque, doit être replacée dans l'histoire. C'est dans l'histoire grecque qu'il nous faudra chercher les traits fondamentaux qui expliquent l'abandon *volontaire* du mythe, le passage des structures organisatrices inconscientes, en tant qu'elles sont « logiques » au sens de Lévi-Strauss, à une tentative délibérée de décrire à la fois le fonctionnement de l'univers, et c'est la raison des « physiciens » ioniens et italiens, et le fonctionnement des groupes humains, et c'est la raison historique, celle d'un Hérodote et plus encore celle de Thucydide. Quels sont les « modèles d'intelligibilité » qui informent un Anaximandre, un Empédocle, un Thucydide ? Quelles sont les règles de la pratique sociale des Grecs qui s'expriment dans ce langage très particulier qu'est la physique ionienne ou l'histoire, comme les règles sociales des Caduveos s'expriment, Lévi-Strauss l'a merveilleusement montré dans *Tristes Tropiques*, dans les dessins que ces mêmes Caduveos gravent sur leur corps ?

L'œuvre de J.-P. Vernant nous propose une réponse claire à ces questions.

Le mythe « oriental » avait dans les sociétés « orientales » avec lesquelles les Grecs étaient en contact (principalement l'Égypte et la Mésopotamie) une fonction bien précise et des modèles d'intelligibilité définis. La cosmogonie comme l'histoire exprimaient un type très particulier de relations sociales, celles qu'avait le roi tant avec le monde de la nature qu'avec le monde des hommes, roi intégrant les hommes à la nature, garant de la sécurité des uns et de l'ordre de l'autre,

tel que l'ont décrit dans des ouvrages célèbres A. Moret,
R. Labat, H. Frankfort. Bien entendu, cette *théologie royale*
n'a pas été historiquement toujours vécue comme telle [8],
mais cela ne diminue en rien son importance dans l'histoire
de la pensée. A l'intérieur de ce type de pensée, l'histoire se
présente non comme un récit explicatif, mais comme un
communiqué des hommes aux dieux, comme l'accomplissement du plan divin dans le monde des hommes. La cosmogonie transpose sur le plan divin le roi comme créateur
d'ordre. L'*Enuma Eliš* (« Lorsqu'en haut ») est un poème
rituel répété annuellement lors de la fête du Nouvel An à
Babylone, fête au cours de laquelle le roi renouvelait sa souveraineté comme Mardouk renouvelait la sienne en tuant
annuellement Tiamat, comme, dans un autre secteur géographique, le pharaon renouvelait la sienne au cours de la fête
Sed.

Les Grecs ont-ils connu ce type de souveraineté ? Il faut
sûrement se montrer nuancé et ne pas chercher, en Crète et
à Mycènes, des types trop « purs » de la société « orientale ».
Même en Mésopotamie, on a pu montrer qu'il existait des
tensions entre économie et société palatiales, royales, fondées sur le contrôle, par le souverain ou le temple, du plat
pays, et économie et société urbaines [9]. En Crète, en dépit
d'interprétations archéologiques extrêmement discutables, il
y a peut-être quelque chose à retenir des hypothèses de Henri
Van Effenterre sur l'existence à côté du palais d'un autre centre de décisions [10].

---

8. Cf. G. Posener, *De la divinité de Pharaon*, Paris, 1960, et les travaux,
qu'il critique implicitement ou explicitement, d'A. Moret, *Du Caractère
religieux de la royauté pharaonique*, Paris, 1902, de R. Labat, *Le Caractère religieux de la monarchie assyro-babylonienne*, Paris, 1939, et de
H. Frankfort, *La Royauté et les Dieux. Intégration de la société et de la
nature dans la religion de l'ancien Proche-Orient* (trad. J. Marty et P. Krie-
ger), Paris, 1951.
9. Cf. A. L. Oppenheim, *La Mésopotamie. Portrait d'une civilisation* (trad. P. Martory), Paris, 1970, chap. 2.
10. H. Van Effenterre, « Politique et religion dans la Crète minoenne »,
Revue historique, janv.-mars 1963, p. 1-18 ; cf. maintenant *Le Palais de
Mallia et la Cité minoenne*, 2 vol., Rome, 1980, t. I, p. 189-195.

Ces considérations ne doivent toutefois pas masquer l'évidence. Le déchiffrement du linéaire B, reculant de sept siècles environ les premiers témoignages sur la langue grecque, permet désormais de considérer cette langue sur trente-cinq siècles d'évolution continue, des archives de Cnossos, Pylos et Mycènes à Kazantzakis. Il ne permet pas pour autant d'établir, comme on le croit souvent avec une désarmante naïveté, cette même continuité dans le domaine des institutions et de la vie sociale. Quel que soit exactement le personnage qui habite les palais de Cnossos, Phaestos, Mallia, Palaeokastro, il entasse dans ses *pithoi* (jarres) les produits du pays, contrôle l'élevage et comptabilise les récoltes ; qu'il soit dieu, prêtre ou roi (en tout état de cause, l'appellation qui le désignait sera toujours mal traduite), il sera proprement incompréhensible aux générations futures, et je n'entends pas par là seulement l'âge de la cité, mais bien déjà ce qu'on appelle le monde homérique — et cela quelle qu'ait été la force du souvenir et des traditions légendaires qui formeront ou déformeront la figure d'un Minos et d'un Agamemnon.

Ce monde s'est écroulé à la fin du XIIIᵉ siècle. Dans quelles conditions exactes, nous ne le savons pas, et nous ignorons notamment quel a été le rôle de ce que les savants modernes appellent l'« invasion dorienne ». La catastrophe matérielle fut immense ; on peut s'en rendre compte aisément aujourd'hui sur les sites du Péloponnèse ou de la Crète, mais plus décisive encore fut ce qu'on a appelé la « crise de la souveraineté ». C'est dans un univers désencombré de l'obsédante présence du *Wanax* (souverain), où se trouvent face à face, longtemps séparés, tardivement réunis à partir de la fin du VIIIᵉ siècle (l'œuvre d'Hésiode pouvant servir de limite), villageois d'une part, aristocrates guerriers de l'autre, que va se constituer, de cette réunion même, la *polis* classique. N'essayons pas ici de poser l'insoluble problème des origines de la *polis*. Comment est-on parvenu à cette situation si extraordinaire qu'une communauté puisse publier des décrets — le plus ancien est, je crois, crétois — qui portent ces formules si souvent répétées au long de près de dix siècles d'histoire mais qui me plongent personnellement toujours dans l'admiration : *il a plu à la cité, il a plu au peuple, il a plu au conseil et au peuple...* et qui marquent la souveraineté d'un groupe d'égaux ? J'indiquerai seulement que, pour

bien cerner cette mutation, il faut comprendre qu'elle est,
pour ainsi dire, à double détente. Dans un premier temps,
mieux connu à Sparte et dans les cités crétoises, parce que
ces communautés n'allèrent guère au-delà, les agents essentiels de la transformation ont été les guerriers, ces jeunes guerriers qui entourent le roi homérique, les *kouroi*.

Ce fut l'intuition admirable d'Henri Jeanmaire [11] que de
montrer que, chez Homère, les seules institutions proprement
politiques : l'Assemblée, le Conseil, la monarchie elle-même,
sont des institutions militaires. Avant lui, Engels avait créé
la notion de *démocratie militaire*, mais, faute de documents,
il n'avait pu la replacer dans une perspective historique réelle.
A partir de la fin du VIIIᵉ siècle environ, les jeunes gens por-
taient l'*uniforme* de l'hoplite. Tous les éléments en avaient
été rassemblés largement auparavant, dès l'époque mycénienne ou presque.

Ce qu'on appelle la « réforme hoplitique » n'est donc pas
une mutation technique, c'est la conséquence d'une mutation sociale [12]. Désormais, c'est la *phalange* qui se bat, non
l'individu. Nous sommes toujours dans un cadre social aristocratique, mais il s'agit d'une aristocratie d'égaux. Les jeunes compagnons du roi homérique réussissent peu à peu à
imposer sinon leur domination, du moins leur présence et leur
participation à un jeu qui est désormais le jeu politique.

Je parlais de *double détente* : le second temps est en effet
celui de la démocratie. On raisonne souvent comme s'il n'y
avait, entre l'oligarchie et la démocratie grecques, qu'une différence de degré, une différence entre le nombre des parties
prenantes. S'il y a pourtant un « miracle grec », il n'est pas
dans le ciel de l'Attique, ou dans les colonnes du Parthénon,
mais dans l'intégration à la cité non plus des seuls aristocrates guerriers bénéficiaires du travail des *hilotes* de Sparte ou
des *pénestes* de Thessalie, mais des petits paysans cultivateurs
de leur champ. A partir des réformes de Solon, à Athènes,
tout « Athénien » est un homme libre, tout homme libre a

---

11. H. Jeanmaire, *Couroi et Courètes. Essai sur l'éducation spartiate
et les rites d'adolescence dans l'Antiquité classique* (*op. cit.*, n. 105 du
chap. 1).
12. Cf. M. Detienne, « La Phalange : problèmes et controverses »,
in J.-P. Vernant (éd.), *Problèmes de la guerre en Grèce ancienne*, Paris-La
Haye, 1968, p. 119-142.

vocation pour être citoyen, c'est ce qu'accomplira la réforme de Clisthène. C'est seulement ce développement, l'élargissement de la notion de citoyen, qui rendra possible le développement des autres catégories sociales : les esclaves au sens propre du terme, ceux qu'on vend et qu'on achète et qui sont les « étrangers » par excellence, et les métèques. L'exemple classique est donc celui d'Athènes, mais des phénomènes analogues ont eu lieu en Ionie, au contact même des monarchies lydienne puis perse, à Chios, à Samos, à Milet.

Peut-être entrevoit-on mieux maintenant ce qu'on a appelé l'« univers spirituel de la *polis*[13] ». L'originalité de la cité grecque n'est pas dans le fait qu'il s'agit d'une société obéissant à des règles — toute société répond à cette définition — ni dans le fait que ces règles forment un système cohérent — c'est une loi non seulement des groupes sociaux, mais de l'étude même de ces groupes — ni même dans le fait que les participants à cette société ont vocation à l'égalité et au partage du pouvoir, car cela est vrai aussi de nombreuses sociétés « primitives ». Lewis Morgan, dans son *Ancient Society,* voyait, par exemple, dans l'Athènes de Clisthène à la fois le début d'un monde nouveau, celui de la civilisation, et l'accomplissement de l'étape « barbare » de l'histoire humaine, celle de la société tribale et classique qu'il avait connue, celle de la *démocratie* iroquoise. En Grèce, ces phénomènes parviennent à l'état conscient, les Grecs prennent conscience de la « crise de la souveraineté », ne serait-ce par exemple qu'en se confrontant avec les empires voisins.

Un des signes de cette transformation, on l'a dit bien souvent, c'est la mutation, après une disparition de près de quatre siècles, du rôle de l'écriture. Celle-ci n'est plus le privilège des scribes « palatiaux », mais une technique publique ; elle ne sert plus à tenir des comptes ou à noter des rites réservés à des spécialistes, mais à transcrire des *lois* religieuses et politiques mises en évidence, à la disposition de tous. Et pourtant la civilisation grecque classique n'est pas une civilisation de l'écrit — ou plus exactement une mutation dans cette direc-

---

13. J.-P. Vernant, *Les Origines de la pensée grecque, op. cit.*

tion ne s'amorcera qu'au IVᵉ siècle —, elle est une civilisation de la parole ; il n'est pas paradoxal de dire que l'écriture est désormais une des formes de la parole.

La cité crée un espace social entièrement nouveau, espace
public, centré sur l'*agora* (place publique), avec son foyer
commun, où sont débattus les problèmes d'intérêt général,
espace où le pouvoir ne réside plus dans le palais mais au
milieu, *es méson*. C'est « au milieu » que vient se placer l'ora-
teur qui est censé parler dans l'intérêt de tous[14]. A cet
espace correspond un temps civique qui est calqué sur lui :
l'image la plus frappante en est donnée par l'année prytani-
que de Clisthène, radicalement distincte du calendrier religieux, divisée en autant de « prytanies » qu'il y a de tribus
dans la cité[15].

Dans la cité, la parole, la persuasion *(peithô)*, devient donc
l'outil politique fondamental. Cela peut être, bien entendu,
la ruse et le mensonge, mais ce n'est plus le mot rituel. L'oracle lui-même n'est pas un ordre, il est une parole particulièrement solennelle, et dont l'ambiguïté est fondamentale. Lui
aussi, on le vit bien à la veille de Salamine quand Thémistocle interpréta par la « flotte » le « rempart de bois » dont avait
parlé Delphes, entre dans un débat contradictoire d'où devra
sortir la décision ou la loi. La religion participe donc à sa
manière, malgré tant d'antagonismes, malgré tant de « survivances » du passé, de cette humanisation progressive. Si la
statue cultuelle devient purement humaine, c'est qu'elle
devient précisément une *eikôn*, une image dont la fonction
rituelle est d'être vue. Bien entendu, et chacun le sait, ce n'est
là qu'un des aspects de la religion grecque ; à la religion civique s'oppose l'univers des sectes et celui des mystères, et ce
double aspect ne sera pas sans retentir sur la philosophie elle-
même, toujours partagée, jusqu'au temps d'Aristote, entre
l'apparition, voire le « scandale » public (d'Empédocle à
Socrate) et le retrait dans les jardins d'Académos, entre l'exo-
térique et l'ésotérique.

---

14. Cf. M. Detienne, « En Grèce archaïque : géométrie, politique et
société », *Annales ESC*, 20, 1965, p. 425-441.
15. Cf. P. Lévêque et P. Vidal-Naquet, *Clisthène l'Athénien (op. cit.*,
n. 3 du chap. 6).

Au point où nous en sommes, indiquons brièvement dans quelle mesure cet univers spirituel ainsi décrit à très grands traits se reflète dans la pensée des philosophes grecs. A vrai dire, on a souvent pensé à bon droit que ces œuvres reflétaient, traduisaient autre chose que ce qu'elles disaient expressément. On a cherché chez les présocratiques, et on a parfois trouvé, des mystères et des symboles sexuels comme ceux que Bachelard découvrait quand il « psychanalysait » le feu. On y a aussi cherché, et moins souvent trouvé, les reflets directs des transformations économiques et des mutations sociales. Presque invariablement, on a abouti à de palpables absurdités. Ainsi le marxiste anglais G. Thomson [16] mettait en rapport la lutte des opposés dans la philosophie grecque avec la structure sociale la plus archaïque et la complémentarité dans la tribu de deux clans opposés avec intermariage. Le malheur est qu'aucun texte n'atteste l'existence d'une telle structure en Grèce.

Un autre type de recherche s'impose au contraire de plus en plus, avec des travaux comme ceux de P. Guérin, G. Vlastos, J.-P. Vernant [17] : entre l'« économique » et la philosophie, il y a place pour une médiation privilégiée, celle que représente précisément l'expérience fondamentale des Grecs, la vie politique.

Il est aisé de multiplier les exemples : il y a le texte d'Alcméon de Crotone qui, pour définir la santé du corps, fait appel à la notion d'*isonomie*, tandis que la maladie est le résultat de la monarchie, de la *tyrannie* qu'exerce un des éléments sur les autres. Il y a ce qui nous reste de l'œuvre d'Anaximandre et qui témoigne à lui seul que nous ne sommes pas au niveau de l'image. L'infini, l'*apeiron*, est une réalité à part de tous les éléments constitutifs de l'univers, la source inépuisable où tous s'alimentent. Aristote nous le dit : si un des éléments possédait l'immunité, le monde ne jouirait pas de l'équilibre égalitaire qui le caractérise. Le célèbre

16. G. Thomson, *Les Premiers Philosophes* (Trad. M. Charlot), Paris, 1973.

17. Cf. P. Guérin, *L'Idée de justice dans la conception de l'univers chez les premiers philosophes grecs de Thalès à Héraclite*, Paris, 1932 ; G. Vlastos, « Equality and Justice in early Greek Cosmology », *Classical Philology*, 42, 1947, p. 156-178 ; J.-P. Vernant, « Du mythe à la raison... », *loc. cit.* et *supra*, p. 197-228.

fragment du « physicien » ionien définit cet ordre du monde
en montrant que les éléments se rendent mutuellement *répa-
ration* et *justice* des *injustices* qu'ils commettent les uns envers
les autres selon l'ordre du temps [18].

Je voudrais insister un peu plus, puisque la parution du
grand livre de J. Bollack sur Empédocle [19] nous en donne
l'occasion, sur ce que nous apprend l'étude du philosophe
d'Agrigente. On a souvent montré les aspects « archaïques »,
« primitifs » du personnage. E. R. Dodds en a fait un *shamane*, L. Gernet a montré que, maître du vent et de la pluie,
il évoquait assez bien le « roi magicien » de Frazer [20]. On
s'est longtemps représenté l'univers d'Empédocle comme passant par une série de phases distinctes de l'unité absolue du
sphairos à la diversité absolue du *Cosmos*, du règne de
l'Amour à celui de la Haine. J. Bollack a montré que cette
vision, qui est proprement gnostique, était fausse. Il n'y a
pas cycle, mais présence simultanée, au cœur d'un même
monde, de l'amour et de la haine, expression dramatique de
ce problème de l'unité et de la diversité de la cité sur lequel
refléchiront Platon et Aristote.

La destruction du *sphairos* (sphère) divin, c'est le partage
de la puissance, le partage des éléments, Feu, Terre, Eau, Air,
comparable au partage du monde entre les dieux d'Homère ;
la construction concomitante du *sphairos*, c'est l'égalité exprimant son pouvoir, établissant entre les éléments non plus la
dispersion mais l'équilibre : à la somme du feu la mer fait
équilibre, un anti-soleil fait pendant au soleil ; le sang lui-même,
cet ensemble d'éléments « sphéromorphes », est composé, si
je puis dire, d'égaux. Comme chez Anaximandre, chaque élément exerce *tour à tour* (tel le citoyen dans la cité) son pouvoir
dans le temps, mais l'égalité de la part qui revient à chacun
détruit ce que leur domination a d'excessif. « Tout est plein
à la fois de lumière et de nuit sans lumière, égales chacune. »

Il est à peine utile de préciser que je n'entends pas réduire

18. Cf. surtout Ch. Kahn, *Anaximander and the Origins of Greek
Cosmology*, New York, 1960.
19. J. Bollack, *Empédocle, I. Introduction à l'ancienne physique* (*op.
cit.*, n. 72 du chap. 6).
20. L. Gernet, « Les origines de la philosophie », cité *supra*, chapitre 8, n. 17.

la pensée philosophique à une transparence politique. Le monde politique propose à la pensée l'image d'un ordre créé et à créer, mais la pensée philosophique va rapidement développer, dès l'époque de Parménide, son propre langage et ses problèmes. Parallèlement, la pensée politique autonome, celle des sophistes, ces professeurs de politique, ces hommes qui estiment avec Protagoras que la politique est possible parce que l'art du choix est connaturel au citoyen, subira à sa façon l'influence de la « physique ionienne » et « italienne ».

Et les historiens ? On oublie trop souvent qu'eux aussi jouèrent leur partie dans la naissance et le développement de la raison grecque [21]. « J'écris — dit le premier d'entre eux, Hécatée de Milet — ce que je crois être vrai, car les paroles des Grecs sont nombreuses et, à ce qu'il me semble, ridicules. » L'œuvre de Thucydide est par excellence l'expression de la raison historique, de la raison constituante de l'histoire. On sait comment Claude Lévi-Strauss retrouve systématiquement dans les mythes les structures binaires qui s'y cachent. Elles ne se cachent pas dans l'œuvre de l'historien athénien, et il est aisé de retrouver les couples superposables, la décision rationnelle *(gnômè)* et le hasard *(tuchè)*, la parole *(logos)* et le fait *(ergon),* la loi et la nature, la paix et la guerre. L'histoire prend ainsi la forme d'une gigantesque confrontation politique ; les plans des hommes d'État sont mis à l'épreuve des plans des autres hommes d'État, à l'épreuve de la réalité, de la *tuchè*, de l'*ergon*, de cette nature dont Thucydide dit curieusement, au début du livre I, qu'elle partagea l'ébranlement du monde humain, comme si la guerre du Péloponnèse avait provoqué les tremblements de terre.

C'est là, je crois, assez dire l'ambition de la raison politique, de cette entreprise conquérante qui entend, au Vᵉ siècle, tout soumettre à la loi, car on pourrait étendre ce que je viens d'esquisser à bien d'autres domaines, à la médecine par exemple. En un sens, toute activité humaine, pour les Grecs, est alors activité politique.

J.-P. Vernant l'a très bien montré, ce qui a fait la force de la raison grecque est aussi ce qui a fait sa faiblesse : elle

21. Cf. F. Châtelet, *La Naissance de l'histoire*, Paris, 1962.

est proprement suspendue à l'idéal du libre citoyen. Le
fameux « blocage technique » de la pensée grecque dont on
a tant parlé a sans doute une cause économique et sociale
(l'esclavage), il a aussi une cause intellectuelle. Dans les
machines qu'elle a conçues, la raison grecque verra non des
instruments de la nature, mais comme des *doubles* de
l'homme, des merveilles *(thaumata)*.

Comme si les Grecs poussaient jusqu'à la limite la plus
extrême la distinction entre la nature et la culture, ou plutôt,
pour employer leur propre langage, entre la *nature* et la *loi*,
ils ne se sont intéressés aux machines que comme à des merveilles de légalisme. Vernant a bien vu aussi que, là encore,
les schèmes politiques, ceux de la sophistique, jouent un rôle
fondamental. Le sophiste enseigne à son élève comment un
raisonnement faible peut l'emporter, politiquement, sur un
raisonnement fort. Le savant grec, dans la mesure où il
s'adresse à la nature, ne lui demande pas de leçons, il lui en
donne, il la domine éventuellement, il ne s'y soumet jamais.

Dans ses *Mécaniques*, Aristote analyse par exemple le
principe du renversement de la puissance qui fait qu'un
treuil transforme un mouvement circulaire en mouvement
rectiligne. Il le découvre dans l'ambiguïté « sophistique »
du cercle : « C'est que le cercle est lui-même une réalité
contradictoire, ce qu'il y a au monde de plus étonnant,
la combinaison dans la même nature de plusieurs opposés.
Il se meut donc dans un sens et dans un autre, il est à
la fois concave et convexe, mobile et immobile[22] » ; en
bref, il est par lui-même une réalité logique, un argument
sophistique.

Faut-il s'étonner dans ces conditions si, leurs progrès déci-
sifs dans le domaine technique, les Grecs les ont accomplis
dans le domaine militaire ? C'était bien là la seule *technè* qui
leur parût engager l'avenir même de la cité.

Limites synchroniques ; disons aussi un mot des limites
diachroniques de la raison politique telle que nous avons tenté
de la décrire. La fin du VIᵉ siècle et le début du Vᵉ siècle ont
marqué une période d'équilibre entre la démocratie naissante

22. J.-P. Vernant, « Remarques sur les formes et les limites de la pensée
technique chez les Grecs », in *Mythe et Pensée chez les Grecs, op. cit.*,
p. 302-322.

et la pensée théorique. Dans le courant du Ve siècle et surtout au IVe siècle, au fur et à mesure que se développent « les
maux internes de l'hellénisme triomphant » (A. Aymard), on
voit la raison, fille de la cité, se retourner pour ainsi dire sur
la cité, se livrer à un examen critique et, dans une large
mesure, se retourner *contre* la cité. Le philosophe, issu pour
une part de l'homme des sectes religieuses — le cas est particulièrement flagrant dans les milieux pythagoriciens — souvent lié aux couches aristocratiques, constatera que la cité
n'obéit pas à cet idéal de justice qu'elle a elle-même créé,
qu'elle fait régner chez elle, par exemple, l'égalité arithmétique — un citoyen vaut un citoyen — et non l'égalité géométrique fondée sur la proportion que lui propose le philosophe.

Tout cela aboutira au paradoxe platonicien. Chez Platon,
l'homme lui-même est une cité où s'affrontent des forces
antagonistes ; quant à la cité du philosophe, elle ne trouve
plus son modèle dans la cité empirique mais dans l'ordre de
l'univers ; les rapports sont proprement inversés. Tenu à
l'écart par la cité réelle, Platon se réfugiera dans « cette république au-dedans de nous-mêmes » dont parle le dialogue *Sur
la justice*[23].

23. Pour une étude d'ensemble des problèmes posés dans ce chapitre, cf. voir celle de G.E.R. Llyod, *Magic, Reason and Experience. Studies in the Origins and Development of Greek Science*, Cambridge, 1979,
p. 226-267 (trad. J. Carlier et F. Regnot, *Magie, Raison et Expérience :
origines et développement de la science grecque*, Paris, 1990, p. 230-276).

Table

Des mêmes auteurs

AUX MÊMES ÉDITIONS

La Grèce ancienne
2. L'espace et le temps
3. Rites de passage et transgressions
« Points Essais », n° 234 et n° 256, 1991-1992

Ouvrages de Jean-Pierre Vernant

AUX MÊMES ÉDITIONS

Divination et rationalité
« Recherches Anthropologiques », 1974

Mythe et religion en Grèce ancienne
« La Librairie du xxᵉ siècle », 1990

Entre mythe et politique
« La librairie du xxᵉ siècle », 1996
et « Points Essais », n° 430, 2000

L'Univers, les dieux, les hommes
Récits des grecs des origines
« La Librairie du xxᵉ siècle », 1999
et « Points Essais », n° 561, 2006

Problèmes de la guerre dans la Grèce ancienne
(ouvrage collectif), nouvelle édition
« Points Histoire », n° 265, 1999

L'Homme grec
(ouvrage collectif)
« Points Histoire », n° 267, 2000

La Traversée des frontières
Entre mythe et politique II
« La Librairie du xxie siècle », 2004

Œuvres
Religions, rationalité, politique
Seuil, « Opus », 2007 (2 vol.)

Ouvrages de Pierre Vidal-Naquet

AUX MÊMES ÉDITIONS

Assassins de la mémoire
« Un Eichmann de papier »
et autres essais sur le révisionnisme
« Points Essais », n° 302, 1995

Les Juifs, la mémoire et le présent
« Points Essais », n° 301, 1995

Mémoires
1. La brisure et l'attente, 1930-1955
1995 et « Points Essais » n° 579, 2007
2. Le trouble et la lumière, 1955-1998
1998 et « Points Essais » n° 580, 2007

L'Atlantide
Petite histoire d'un mythe platonicien
« Points Essais » n° 566, 2007

NORMANDIE ROTO IMPRESSION S.A.S À LONRAI
DÉPÔT LÉGAL : SEPTEMBRE 2011. N° 106163 (113327)
IMPRIMÉ EN FRANCE